CW00555642

Gayls

LES CHRONIQUES DE Télès

LES GARDIENS DE LA LUMIÈRE

Collection Imaginaire

Suivi éditorial :©Anaïs Mony

Couverture et mise en page :© ManyDesign

Correction :©Emilie lectrice correctrice

Images © Abobe stock

ISBN : 978-2-493424-07-5

Existe en format numérique

Les éditions caméléon

8 place Pierre et Marie curie

60530 Neuilly en thelle

Dépôt légal : Avril 2022

www.leseditionscameleon.com

« Je suis en retard, je suis en retard ! Pour une date très importante !
Pas le temps de dire «bonjour, au revoir», je suis en retard, je suis en
retard, je suis en retard !»
Alice aux pays des merveilles (Disney) - Lewis Carroll

GLOSSAIRE

Le Peuple d'Alleia

I : Le Peuple des Lumières :

Les Fées et Fétauds : Ils vivent au Royaume des Eryans à Alleïa. De taille «humaine», ils possèdent de grandes ailes qui les dépassent. Les Eryans ont des pouvoirs magiques plus ou moins puissants. Certains ont notamment la possibilité de communiquer avec les animaux et d'autres ont la «main verte». Plus rarement, des pouvoirs de télékinésie. Ils ont cependant tous la possibilité de jeter des sorts. Mais leur plus grand trésor reste leur capacité à trouver l'âme sœur. Les Eryans sont conduits par le Maël, cependant ils ne lui obéissent pas aveuglément. C'est un peuple libre qui choisit de suivre l'élu des Dieux. Le premier Maël a été désigné après avoir sauvé cinquante-trois Eryans pendant la Guerre des Éléments. C'est maintenant Briac qui occupe le titre après avoir, lui aussi, prouvé qu'il en était digne.

Les Gwraidds : S'apparentant au genre féminin, les Gwraidds sont plus proches biologiquement du végétal que de l'Homme. Elles ne naissent pas, elles éclosent. Puis s'épanouissent jusqu'à communier totalement avec le monde de la Flore. Pendant leur période de floraison, ces plantes humanoïdes se présentent comme de jeunes femmes aux formes fines voire athlétiques. Le teint mat et les cheveux hirsutes tels des buissons. Elles n'ont pas de super pouvoir à proprement dit. Leur capacité à communiquer avec les végétaux est une propriété qui leur vient logiquement de leur nature intrinsèque. Comme toutes plantes, elles ont su s'adapter génétiquement au fur et à mesure de leur évolution dans les différents milieux.

Les Golaus : Peuple qui a inspiré les légendes terriennes sur les fées de petite taille. Les Golaus très étourdis n'ont pas toujours le réflexe de se dissimuler aux humains. Inoffensifs et bons vivants, ils trinqueront facilement avec toutes les personnes qui croiseront leur chemin. Attention cependant à ne pas les vexer en abordant le sujet délicat de leur hauteur au risque de se faire attaquer par un essaim d'abeilles ou pire encore. Les Golaus peuvent communiquer avec toutes les espèces animales et les diriger sans limites. C'est pourquoi, dans leur cas, il est préférable d'appliquer l'adage suivant : l'ami de mon ami est mon ami !

Les Mary-Morgans : Être à la peau bleue et aux cheveux argent. Les Mary-Morgans peuvent se déplacer indifféremment sur la terre ou dans l'eau. Ce peuple n'est pas hostile mais souvent distrait par ses désirs. Sentiment qu'ils provoquent d'ailleurs dès le premier regard. À l'époque où ils vivaient sur Terre, les Mary-Morgans étaient chassés puis brûlés pour cette raison. On les accusait alors de sorcellerie pour justifier la nécessité de leurs morts. Ils ont, par la suite, choisi de vivre sous l'eau afin de s'éloigner des envieux, mais surtout pour se préserver d'une nouvelle tuerie. Après la mort de Pwerus et de son épouse Rhyfeddod, ce sont leurs enfants, des jumeaux nommés Dwrya et Môred qui leur ont succédé sur le trône.

Les Trylows : Peuple de l'air, les Trylows sont partout et nulle part à la fois. Ils choisissent de se montrer aux yeux des autres en prenant l'apparence la plus appropriée. C'est en utilisant cette capacité qu'ils interviennent parfois dans la vie d'autrui sous forme d'un proche disparu. Les Trylows sont intransigeants en ce qui concerne la justice. Toujours impartiaux, à la limite du déraisonnable, ils ne font pas toujours les meilleurs juges. Ils ne maîtrisent pas l'air, ils sont l'air !

II : LE PEUPLE DE L'OMBRE

Les Cairneks : Créature la plus cruelle du peuple de l'Ombre. Elle se constitue avec ce qu'elle trouve sur son passage dans les profondeurs de la terre. Fidèle à elle-même, elle n'aspire qu'à provoquer le chaos et la destruction. Les Cairneks tuent en étouffant leurs victimes, mais parfois s'amusent avec elles en créant une ampoule protectrice de boue autour de leur tête pour les déplacer d'un lieu à un autre. Une légende raconte que si une personne se promène un soir sans lunes la veille du solstice d'hiver, alors un Cairnek emmènera l'imprudent dans une brèche loin sous la terre pour y mourir tandis que la créature se nourrira de ses cris d'agonie.

Les Ergyds : Les membres présents sur Alleïa sont les descendants des Géants arrivés par la mer qui ont combattu Dagda lors de la Guerre des Éléments. Constitués de roches, ils mesurent plusieurs mètres. Quant à leur poids, il se compte en tonnes. Les Ergyds sont les créatures les moins animées par des émotions sombres parmi le peuple de l'Ombre. Mais c'est justement leur absence de distinction entre le bien et le mal associée à leur indifférence à la souffrance des autres qui les rend dangereux. Ils sont redoutables non seulement par leur dimension hors norme mais également car ils sont dépourvus de systèmes nerveux qui les privent de la sensation de douleur.

Les Tâns : Créés par Setenta, ils sont entièrement constitués d'une flamme éternelle façonnée dans la source même de la puissante rage du Gardien. Ils sont apparus lors de la Guerre des Éléments. Depuis, ces créatures vivent dans la partie sud d'Alleïa, là où se trouvent les volcans. Les Tâns collaborent souvent avec les Ergyds pour se déplacer et semblent alors former la tête pensante de ce duo destructeur. Ils sont les seuls témoignages restant de la grandeur du Gardien du Feu.

III : Les autres Peuples magiques

Les Elfes : Ce sont des êtres fiers et indépendants. Ils ne souhaitent pas se «mélanger» avec les autres peuples. Les Elfes sont reconnaissables à leur teint ivoire, leur corps élancé et leurs oreilles en pointe. La communauté résidant à l'Est d'Alleïa a développé un talent particulier pour la musique. On dit même que celle-ci est magique. L'Histoire des Elfes reste mystérieuse surtout depuis qu'ils se sont entièrement coupés du reste du monde. Cette cassure est, paraît-il, liée à un conflit entre le roi actuel, Calion, et un Eryan, mais personne ne sait ce qu'il s'est réellement passé… À la suite de ce triste épisode, les Elfes ont décidé de quitter la communauté des Lumières en ne prenant plus part à la vie des autres peuples.

Les Erdluitles : Les Erdluitles ont été victimes dans le passé de leurs écarts de conduite. Mais ils ont su surpasser cet évènement pour devenir de meilleures personnes. Pas plus hauts que de jeunes enfants, ils se caractérisent également par leurs oreilles d'âne et leurs palmes. Les Erdluitles se divisent en deux communautés : l'une vit avec les Eryans, l'autre dans un village à la frontière du territoire des Cairneks. Un seul chef de clan élu par les habitants du village gère l'ensemble des Erdluitles. Deux familles, les Ek et les Ak, s'opposent pour tenir ce rôle.

Certains Erdluitles ont la capacité de maîtriser un des éléments : eau, terre, feu, air, plus rarement la foudre. Jusqu'à aujourd'hui, un seul d'entre eux a réussi à tous les contrôler. Il se nomme : Sortek.

Ce don n'est offert qu'aux mâles. Leurs compagnes, les Erdbibberlis n'ont pas de pouvoirs. Tout comme les jeunes enfants et les plus âgés.

Les Sirènes : Mi-femmes mi-poissons, elles parcourent les différents mondes sans limites. Les Sirènes ont longtemps été accusées d'avoir provoqué la mort de marins, mais il n'en est rien. Bien au contraire, grâce à leur pouvoir de télépathie, elles fuient tout contact avec les Hommes. Si un humain pénètre dans l'océan, elles en sont immédiatement alertées. Leur mauvaise réputation a été causée par les Néréides qui, tout comme les Nymphes, apparaissent dans les reflets, mais cette fois, lorsqu'elles le font, l'issue est toujours fatale. Personne ne pouvant témoigner de ce crime, ce sont les sirènes qui ont été accusées à tort. Les sirènes se classent en trois catégories : les coquettes, les artistes ou les guerrières. Les plus connues pour se distinguer dans chacune d'elles sont les triplées descendantes du grand guerrier Neptune, respectivement : Aglaopé, Thelxinoé et Ligéia.Les

Tritons, leur pendant masculin, se différencient par leur très grande force.

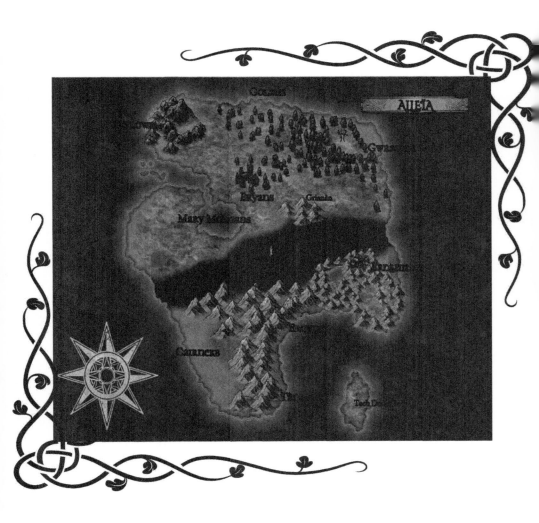

PROLOGUE

Une lune s'était déjà écoulée depuis ma dernière visite à Etede et Calion. J'avais attendu de recevoir des nouvelles de mon amie pour m'annoncer la bonne nouvelle, mais aucun pigeon ne m'était apparu. Je m'étais donc enfin décidée à traverser, seule, tout Eryan pour comprendre ce qui m'échappait. Un mauvais pressentiment m'avait hantée tout au long du chemin qui m'avait conduite jusqu'à leur demeure. Ne souhaitant pas être vue en train de voler en direction du sud, je n'avais pas eu d'autre choix que de monter à cheval pour m'y rendre. Le Frison avait dû ressentir mon agitation, car il n'avait jamais été aussi rapide. Le paysage devenant presque flou tant l'enrobé défilait sous ses sabots. Je me cramponnais à sa crinière, aussi haletante que ma monture. Paniquée à l'idée d'arriver trop tard sans même connaître la raison de ma crainte.

Trop impatiente, je n'attendis pas que le cheval s'arrête pour descendre et je sautai sans réfléchir dès que nous fûmes arrivés au pied des marches. Je dévalai l'immense escalier, le bras tendu pour anticiper l'ouverture de la porte. L'immense portail en fer s'ouvrit dans un grincement sinistre, m'accablant plus encore. Je ne ralentis pas ma course, me dirigeant instinctivement vers la chambre du couple. Le silence assourdissant, qui faisait écho dans l'ensemble du château, m'affolait. Je hurlais sans réfléchir le nom de mes amis dans l'espoir d'entendre leurs voix, me fichant éperdument de ce qu'ils auraient pu penser de moi, tant j'espérais que mon ressentiment ne soit qu'une création de mon esprit. Alors que je commençais à croire que le domaine avait été déserté par tous ses occupants, un cri déchirant me parvint.

— Le bébé, soufflai-je.

Quelqu'un faisait-il du mal au bébé ?

J'accélérai de plus belle, croisant les doigts pour me tromper, espérant que le bourreau n'était pas celle à qui je croyais. Me concentrant sur les pleurs de l'enfant pour me guider, je ne pouvais m'empêcher de me sentir oppressée de toutes parts. Enfin parvenue à l'origine du son, j'ouvris violemment la porte d'une simple pensée pour me trouver face à mon pire cauchemar.

Etede, le regard fou, tenait un immense couteau le long de la peau de son enfant !

Le nourrisson d'à peine quelques jours, allongé sur le ventre, s'époumonait. Du sang, s'écoulant le long de sa minuscule omoplate, venait tacher de rouge le coussin immaculé sur lequel il reposait.

— Ne fais pas ça ! hurlai-je.

La fée leva la tête vers moi. Les traits de son visage dessinaient sa dénégation.

— Je n'ai pas le choix. Elles sont noires, Kellia ! Tu sais ce que cela veut dire ! Je dois l'amputer, c'est la seule solution.

La voyant reprendre là où je l'avais arrêtée, je tentai de gagner du temps en lui parlant pour m'approcher suffisamment et la stopper.

— Et Calion ? Tu penses à lui ? Que va-t-il dire ? Vous devriez en parler avant de…

Etede pencha sa tête en arrière dans un rire hystérique, puis me toisa d'un regard glacial.

— Calion! Il m'a abandonnée. Dès que le bébé est venu au monde, il a tout de suite compris que je l'avais trompé. Depuis le début, il me soupçonnait de l'avoir drogué, mais n'en ayant pas la preuve, il s'était résigné à rester près de moi. Mais maintenant…

Elle observa la chair de sa chair d'un air de dégoût.

— Tout est fini! implorait la fée du regard. Comprends-moi, c'est la seule solution pour moi de continuer à vivre! Et pour Œngus aussi!

Je frémis en entendant le nom de sa progéniture. Elle avait osé appeler son bébé comme son ancien amant «Humain»! Cette histoire devenait de plus en plus sordide.

— Calion va retrouver son peuple et raconter tout ce qui s'est passé, la naissance du petit, également. Veux-tu que je sois déchue? Autoriseras-tu que mon enfant soit exclu de tous, considéré toute sa vie comme un paria? Sans Associé? Lui souhaites-tu la même vie solitaire que la nôtre?

Le nouveau-né tourna sa tête vers moi, me permettant de découvrir l'immensité de son regard. Deux minuscules billes émeraude de la même couleur que son père, transpercées de pupilles anthracite, caractéristiques des Hybrides, me regardaient avec tout l'amour et l'innocence que seuls les nouveau-nés connaissent. Une vague d'amour me submergea, m'emplissant de sentiments inconnus. Il ne fallut qu'un seul instant à ce bambin pour me convaincre qu'il était la lumière qui éclairerait ma vie taciturne. J'avais *besoin* de sa présence auprès de moi.

— Je ne le permettrai pas, promis-je au nourrisson.

La fée sourit, considérant mes paroles pour elle seule.

— Tu vas donc passer sous silence ce que je vais faire?

susurra-t-elle, satisfaite.

Je quittai momentanément des yeux la seule personne qui n'avait jamais eu autant d'importance dans ma vie pour les diriger vers son bourreau.

— Non, pas aujourd'hui! crachai-je. Autrefois, j'ai été lâche. J'ai préféré fermer les yeux sur Terre et faire semblant de ne pas voir tes jeux de manigances. Je regardais ailleurs pendant que tu charmais ces pauvres bougres de Terriens! Même lorsque nous nous sommes installés à Alleïa, je n'ai rien dit. Je connaissais les propriétés de chacune des plantes que tu cultivais avec tant de soin dans ton jardin privé. Mais je me suis tue. Comme d'habitude! Je savais que tu avais lancé un charme à Calion. Et j'avoue que je ne m'en souciais pas tant que cela ne faisait de mal à personne de notre communauté. Je ne suis pas fière de moi… Il est trop tard pour les regrets. Mais cette fois, c'est différent. Œngus est à demi-fétaud. En tant que Laeradenn du peuple d'Eryan, je me dois d'intervenir. *Tu ne le toucheras pas*, articulai-je lentement pour qu'elle comprenne que je la menaçais.

Etede me fixa la bouche ouverte, surprise par mes aveux.

— Tu savais?

— Depuis le début.

Ma voix ne sonnait pas aussi assurément que je l'aurais souhaité.

— Confie-le-moi! Au château, il sera en sécurité. Tu sais que je veillerai bien sur lui.

Je m'avançai vers le bébé, tendant les bras, prête à l'emporter.

Etede, plus rapide que moi, s'empara de lui.

— Qu'est-ce que tu t'imagines? Que je vais te laisser partir avec lui? Comme d'habitude, tu aurais gagné. Tu ne serais plus seule! En plus, ta popularité exploserait. J'entends déjà les Eryans «La colombe a encore fait preuve de générosité. Vive la Laeradenn Kellia!». Et moi, j'aurais encore une fois tout perdu. Je ne suis pas d'accord. Je refuse ta proposition.

— Ce n'est pas un jeu! lançai-je. On parle de la vie de ton fils, enfin! Je me moque de mon image! Je ne songe qu'à son bonheur. Tu es sa mère, tu devrais comprendre cela!

— Pour une fois, je ne te contrarierai pas. Tu as raison. C'est moi, sa mère. Il n'y a donc aucune raison pour que ce soit toi qui élèves *mon* enfant.

Je percevais ces mots comme une injure envers Œngus. Etede ne méritait pas d'avoir pu enfanter! J'étais folle de rage contre elle. Tout cela était si injuste! Cela aurait dû être moi! Pourtant, je devais me résigner. Si je ne voulais pas le perdre, il fallait que je m'allie à sa cause.

— Viens avec moi!

— Quoi? Au château! Tu es prête à m'accueillir?

— À vous accueillir, rectifiai-je aussitôt, mais pas au château. Les Eryans n'accepteront pas la situation. Je vais vous installer dans une demeure à quelques heures de vol du château. Vous ne manquerez de rien. Je veillerai à votre sécurité. Je le promets.

— Tu me le promets? rectifia-t-elle, fourbe.

Je hochai la tête méfiante.

Un rictus mauvais sur le visage, Etede retourna le poignard contre elle pour s'entailler la paume de la main.

La fée s'approcha de moi, me tendant le couteau.

— Tu as promis, non? insista-t-elle en agitant sa main embrasée d'une flamme rouge.

Je ne quittais pas des yeux la main mortelle qu'elle me tendait.

Un scellement!

Je pris quelques instants pour mesurer ma respiration. En m'engageant de la sorte, je prenais beaucoup de risques. Je ne pourrai pas faillir à ma promesse, sans risquer d'en perdre la vie.

D'un geste vif, je tranchai à mon tour ma paume, puis concentrai mon regard sur le visage du bébé pour ne pas voir la main que je serrais.

La chair de ma main sanglante restait ancrée dans celle de mon bourreau, maintenant ainsi en place le sceau maudit pour faire céder mon adversaire. J'y parvenais enfin lorsqu'elle me tendit de son bras libre mon cadeau : le nourrisson! *J'avais gagné!* retrouvai-je enfin ma respiration.

— Je te le promets, garantis-je à Œngus.

CHAPITRE 1

L'équinoxe d'hiver

Quand j'ouvris les yeux, je ne sus pas immédiatement où je me trouvais. Je laissai mon regard divaguer dans la pièce dans le but d'identifier les ombres inquiétantes qui s'y trouvaient. La migraine qui ne m'avait pas quittée depuis trois jours ne m'autorisait pas une seule minute de répit, me laissant la douloureuse sensation que l'on jouait avec mes nerfs optiques comme avec les cordes d'un violon mal accordé. Dans l'espoir candide d'améliorer la situation, je me massais les tempes. Je tentai de m'échapper de cette coque de douleur qui emprisonnait mon crâne en laissant mes pensées vagabonder vers les derniers évènements. Les souvenirs ressurgissaient au compte-gouttes. Notre retour à Pleumeliac pour les vacances de Noël. Louan, venu nous chercher à la gare. Sur le chemin du retour à la maison, notre gêne commune de se retrouver ainsi suivie du silence pesant qui avait régné.

Bientôt majeure, mon père nous avait exceptionnellement donné la permission de rentrer. Il m'avait glissé au téléphone que je serais la seule responsable au cas où un événement similaire à celui de l'été dernier se répétait. Pour ma sœur et moi, il s'agissait plutôt d'une façon pour lui de se faire pardonner de son absence et une remise en question de son comportement de ces dernières années.

Depuis le début de la semaine précédant les vacances, je

ne me sentais pas en grande forme. Malgré mon anticipation, en ingurgitant un cocktail de vitamines combiné à des médicaments de toutes sortes, je n'avais pu empêcher la grippe de s'installer. À peine avions-nous terminé de défaire nos affaires que j'avais dû me résigner à garder mon lit.

Comment pouvais-je passer de pires vacances ?

Il m'était impossible de préparer l'examen blanc qui m'attendait à la rentrée.

Et surtout, comment pourrais-je me rendre au dolmen ce soir avec cette fièvre qui me rendait si fébrile ? Comme si mes deux chiens de garde qui ne quittaient pas le salon n'étaient pas suffisants !

En effet, Louan et Alice avaient compris que j'avais prévu une excursion nocturne. À l'évidence, compte tenu de leur comportement, ils avaient décidé à ma place que ce n'était pas souhaitable...

Je n'aimais pas être infantilisée. Je le vivais d'autant plus mal qu'il m'était impossible de justifier ma démarche à aucun des deux.

Je ne pouvais pas parler d'Alleïa, ni d'Œngus d'ailleurs, à Louan et il n'était pas envisageable d'avouer à Alice que j'avais rendez-vous avec celui que nous aimions toutes les deux.

Pourtant, mon plan semblait parfait.

Quelques jours auparavant, alors que nous regardions une émission sur le cinéma à la télévision, seule activité qu'ils me permettaient de faire, Alice s'était enthousiasmée face à la bande-annonce d'un film qui était encore à l'affiche. Ce bref instant m'avait permis de trouver enfin le moyen de les faire sortir de la maison et par la même occasion de m'éclipser également. J'avais donc tout mis en œuvre pour les convaincre que je n'avais pas besoin de baby-sitters et qu'ils méritaient de profiter un tant soit peu de leurs vacances. Ce ne fut pas sans mal, mais j'avais fini par gagner !

Je me penchai sur le côté de mon lit pour regarder l'heure et fus surprise de voir à quel point ma chambre semblait soudainement éclairée. Je ne mis pas longtemps à réaliser que la douce lumière verte provenait de mon médaillon.

Mon «alarme psychique», songeai-je en souriant.

À l'évidence, Œngus pensait à moi en ce moment. Cet agréable constat me donna la force de me lever d'un seul bond. Jetant un coup d'œil à mon réveil, je m'arrêtai en plein élan.

— 00h43 ! m'exclamai-je.

J'avais dormi toute la soirée. La seule de l'année où je ne devais pas dormir.

Je sortis précipitamment de la chambre et courus vers l'escalier oubliant ma fièvre. Ma sœur, alertée par le bruit, se leva du canapé du salon pour venir voir ce qu'il se passait. J'eus à peine le temps de l'apercevoir qu'une douleur insupportable envahit ma poitrine. Le déchirement de mes entrailles m'arracha un cri. Je me cramponnai à la rampe puis fus happée par l'obscurité.

— Tali, je t'en prie, réveille-toi. Je t'en supplie, ne me laisse pas.

Les paroles de ma sœur me semblaient lointaines. Un murmure dans le néant. Je tentais de m'y accrocher comme pour retrouver le chemin de la lumière. Je voulais bouger, parler ou même juste ouvrir les paupières, mais tout cela me semblait trop difficile. Combien de secondes s'écoulèrent avant que je parvienne à serrer la main qui tenait la mienne ? À moins qu'il s'agisse de minutes ? Quand mon corps commença à me répondre, Alice réagit aussitôt.

— Papa ! Elle a bougé ! Je te jure, elle a bougé !

Papa ? Je devais être encore en train de dormir !

— Œngus ! murmurai-je.

— Ma chérie ? Tu es réveillée ? Ouvre les yeux Tali. S'il te plaît.

Dans un immense effort, j'obéis. Éblouie, il me fallut quelques instants pour distinguer mon père au pied de mon lit et ma sœur près de moi.

— Où suis-je ? Qu'est-ce que tu fais ici ? m'adressai-je à mon père.

— Quel accueil ! Douze heures d'avion et…

— Papa ! le fustigea ma sœur. Ça suffit !

— Désolé, bredouilla mon père.

— Ça va Tali ? Tout va bien ? Tu as mal ? Tu veux que j'appelle le médecin ?

— Euh… Non… Enfin oui. Ça va, capitulai-je.

Mon mal de tête était revenu ! Mais je persistais à obtenir ma réponse :

— Où suis-je ?

Finalement, je commençais à avoir des suspicions. Toute la décoration de couleur pastel. Cette odeur aseptisée que je détestais. La couverture bleue en polaire qui grattait. Je me trouvais à…

— L'hôpital saint Joseph.

Évidemment! Le seul à proximité de la maison… Le seul également dans lequel je m'étais promis de ne jamais revenir après le décès de maman.

— Pourquoi?

La question sous-entendait plus «pourquoi m'avoir punie de la sorte» plutôt que les raisons qui m'avaient conduite ici. Mais c'est bien entendu à la deuxième question que ma sœur répondit.

— Tu ne te souviens pas? Tu as fait une chute dans l'escalier.

— Une très mauvaise chute, renchérit une voix que je ne connaissais pas.

Un homme d'une trentaine d'années venait de passer le seuil de la porte. Le teint mat, les cheveux et la barbe rasés très court. Il ne ressemblait pas du tout à notre médecin de famille, le docteur Marrand. C'était un vieux monsieur qui me mettait toujours mal à l'aise quand il m'examinait. En plus, il portait très mal son nom! Du coup, quel choc de voir qu'il n'y avait pas que dans les séries TV qu'il existait des médecins carrément sexy.

— Je constate que vous êtes réveillée. C'est une très bonne nouvelle. Pardonnez-moi de ne pas m'être présenté, je suis le Docteur Kerec. Votre sœur a appelé les urgences dans la nuit de samedi. L'ambulance vous a conduite ici après votre prise en charge.

Il se tut. Je compris qu'il voulait me laisser un certain temps pour que je réalise quelque chose.

— Quel jour sommes-nous?

Son regard montrait que c'était ce qu'il espérait.

— Mercredi.

— Matin, continua ma sœur, sans doute pour me rassurer.

— Quoi? paniquai-je.

On était déjà le jour de Noël!

— Comme je vous l'ai dit, vous avez fait une très mauvaise chute. Au dire de votre sœur, vous avez fait un malaise dans les escaliers. Votre ami et elle n'ont pas pu vous réveiller. Ils ont donc fait appel à nous.

Il cessa encore une fois de parler. Il semblait embarrassé.

— Qu'est-ce que j'ai eu au juste?

Apparemment, j'avais trouvé la question à ne pas poser!

— En fait, c'est compliqué. Au vu de vos premiers examens, il s'agirait d'un infarctus…

— Quoi? Un infarctus! Mais je n'ai même pas dix huit ans. Je ne fume pas, ne bois pas, ne…

— Calmez-vous. Il n'est certainement pas utile de vous emporter de la sorte!

Compte tenu de mon état! J'imagine, complétai-je mentalement.

— Mais les dernières analyses démontrent le contraire, donc… poursuivit-il sans conviction.

— Vous ne savez pas, si j'ai bien compris.

— C'est exact. Cependant, vous avez quand même besoin de repos. D'ailleurs, je voulais vous demander si vous n'aviez pas eu un problème de ce type récemment?

— Non. Pourquoi?

— Vous avez quelques côtes cassées ainsi qu'une légère commotion. Les résultats des radios montrent que vous avez déjà eu ce type de lésions dernièrement. Vous êtes sûre de vos propos?

Son regard se tourna vers ma sœur qui pâlit.

En voyant son visage hâve, je me remémorais l'été dernier

où elle m'avait projetée contre le mur grâce à ses pouvoirs de télékinésie.

Je me tournais vers le médecin et réalisais qu'il la soupçonnait de ces maux.

— Oui. Je suis sûre de moi! Je suis très maladroite. Il est fort possible que je me sois blessée sans m'en rendre compte. À force de se cogner partout, on ne fait plus attention aux hématomes qui apparaissent. Ma sœur ne m'a pas poussée si vous voulez une réponse plus précise. Louan non plus, si vous le soupçonniez également.

— On peut dire, mademoiselle, que le message ne peut pas être plus clair. Je vais donc vous laisser vous ressourcer en famille. Ah! J'oubliais! Nous avons mis votre médaillon dans le tiroir de votre table de nuit. Il dégageait une telle chaleur à votre arrivée qu'il vous a brûlé la peau au deuxième degré. Je ne sais pas s'il s'agit d'un nouveau gadget pour les jeunes, mais je vous déconseille fortement de le porter de nouveau.

Déglutissant douloureusement, j'articulai un merci peu convaincant. Je regardai le médecin quitter la chambre pour éviter de soutenir le regard de ceux qui étaient restés.

Un toussotement me rappela à l'ordre, je détournai donc le regard de mauvais gré.

— Ne commence pas, papa. Tu pourrais aller chercher des chocolats chauds pour Tali et moi? Cela serait gentil.

Alice n'attendit même pas sa réponse qu'elle se tourna vers moi pour prouver qu'il ne s'agissait pas d'une question. J'aperçus mon père ouvrir la bouche, puis se raviser et quitter la pièce.

À peine la porte fut close que ma sœur s'emballa.

— Bon! me fit-elle sursauter. Maintenant dis-moi la vérité! Est-ce que tu te sens bien? articula-t-elle.

— O.U.I., accentuai-je, ne comprenant pas son comportement.

— Télès, je ne plaisante pas.

— En effet, si tu m'appelles par mon prénom, ce n'est pas bon signe. À part un léger mal de tête et des douleurs aux côtes et un peu partout d'ailleurs, ça va. Ce n'est pas la «super forme» mais sincèrement je vais bien. À ton tour de me dire ce qu'il t'arrive.

— Maman, se contenta-t-elle de répondre.

— Quoi «maman»? Elle t'est réapparue?

Alice secoua la tête. J'avoue que la réponse inverse m'aurait contrariée. J'avais déjà raté un rendez-vous, c'était suffisant!

— Alors quoi?

Face au silence persistant de ma sœur, je tentai de nouveau d'y répondre par moi-même. À croire que tout le monde se fichait que je puisse avoir une migraine!

— Oh! La maladie de maman. C'est de cela dont tu faisais référence.

Cette fois, ce fut un hochement.

— Alice, ne t'inquiète pas. Cela n'a rien à voir. Je ne suis pas comme elle ni même comme toi d'ailleurs. Celle de nous deux qui aurait pu encourir le plus de risques n'est pas celle qui est allongée sur ce lit. Devenia m'a assuré que tout irait bien. Alors, sois rassurée.

— OK. Je te fais confiance, marmonna-t-elle.

Je n'aimais pas la «nouvelle» Alice, si sérieuse, si triste. Je ne pouvais m'empêcher de prendre le relais pour lui apporter la joie de vivre qu'elle avait perdue.

— Mais j'y pense…

— Quoi?

— De nous deux, c'est TOI qui as le plus frôlé la mort.

— Hein! lâcha-t-elle avec très peu d'élégance, ce qui me fit sourire.

— Enfin, j'imagine que tu es venue ici avec Louan et sa voiture de collection. Bah voilà, un peu plus et je me réveillais avec une voisine de chambre.

— Télès, soupira-t-elle en pouffant.

Gagné!!!

— Moi, je dis juste qu'il ne faudra pas te plaindre s'il te fait le «coup de la panne»!

Ma sœur éclata de rire, ce qui nous fit du bien à toutes les deux.

— Sérieusement, il te plaisait bien «avant». Vous ne vous êtes pas rapprochés pendant les vacances?

— Comme tu viens de le dire, c'était «avant». Louan est gentil, intéressant, drôle et ce qui ne gâche rien, il est plutôt beau garçon, mais c'est un gamin. Il est si jeune.

— Il a deux ans de plus que toi, je te rappelle, rétorquai-je.

Je ne supportais pas qu'Alice me remémore qu'elle avait passé près de soixante ans enfermée avec une folle qui avait, de surcroît, tenté de me tuer!

— Télès, il faut…

— OK, la coupai-je. Le médecin? Bel homme. Diplômé. Bon salaire. J'imagine qu'il ne doit pas être stupide même si je n'aime pas son côté «Fouinard». Après, s'il est à ton goût, je le veux bien comme beau-frère, il rendra bien sur les photos de famille.

Ma sœur tenta de transformer son rire en une quinte de toux.

— Je suis trop jeune pour lui.

— Ah, tu vois! triomphai-je.

— Physiquement, j'entends. Légalement aussi, si tu préfères. Je te rappelle que MOI, c'est dix-sept ans que je viens de fêter.

— Argh! Je n'y avais pas pensé. En même temps, un an à attendre ce n'est pas long. De toute façon, tu dois te concentrer sur tes deux années d'études à venir. Tu as deux examens à passer.

— Déjà que ce discours m'exaspère quand il vient de papa, mais alors quand ces mots sortent de ta bouche... Tu ne peux même pas imaginer, tout ce qu'il peut me passer en tête comme idées pour te faire taire.

Je grimaçai et ma sœur se remit à rire de plus belle.

— Si je comprends bien : il te faut un homme, beau de préférence, qui soit suffisamment âgé, mais en même temps qui soit jeune.

— Exactement, murmura-t-elle, tristement.

Qu'avais-je dit? Comment avais-je pu prononcer ces mots?

— Je suis désolée.

— Tu ne devrais pas. Tu ne l'as pas fait exprès. De toute façon, tu n'y peux rien. J'ai passé plus de neuf ans auprès de lui alors que vous n'avez passé que quelques jours. Télès, il a fait son choix et cela avant que je ne le rencontre. Je regrette simplement de ne pas avoir eu l'occasion de constater s'il en aurait été autrement dans d'autres circonstances.

Je baissai les yeux. Cela faisait des mois que je culpabilisais vis-à-vis de ma sœur et je ressentais à cet instant l'apogée de ce sentiment.

— Tu comptais le rejoindre l'autre nuit, n'est-ce pas?

— Oui! Il m'a demandé de revenir, avouai-je pour la première fois.

— Pour l'équinoxe d'hiver, termina-t-elle. Je n'ai jamais eu l'occasion d'y assister mais j'imagine que cela doit être magnifique.

— De quoi s'agissait-il ?

— Si Œngus ne te l'a pas dit, c'est qu'il voulait te faire la surprise. Je ne lui gâcherai pas ce moment. Tu vas devoir te reposer jusqu'à la fin des vacances. Papa doit malheureusement repartir dans quelques jours et il m'a donné l'ordre de te surveiller très étroitement. Il râle beaucoup, mais il a vraiment eu très peur. Il serait bien que nous le ménagions dans les prochaines semaines en évitant de lui annoncer d'autres nouvelles de ce type. Donc, il va falloir que tu sois patiente avant de pouvoir de nouveau traverser le dolmen. Je te conseille de le faire la nuit de l'équinoxe d'été. C'est une célébration différente, mais je pense qu'elle te plaira également. Avec un peu de chance tes examens seront terminés. Maintenant, je vais te laisser dormir.

Elle se leva puis m'embrassa sur le front m'indiquant ainsi que cette conversation était définitivement close.

Alice sortit à son tour en ne me laissant pas le temps de prononcer un seul mot.

Devinant que je n'aurai plus de visites ce matin-là, car je ne doutais pas que ma sœur intercepterait mon père avant qu'il ait eu l'occasion de revenir, je posai instinctivement ma main au creux de ma poitrine pour me réconforter. Hélas, ce fut pour découvrir avec déception qu'au lieu de mon pendentif c'était un pansement que je sentais sous la fine blouse d'hôpital. Le médecin n'avait pas menti, j'avais dû être sérieusement brûlée, car le contact fut douloureux.

Me rappelant ce qui m'avait été dit plus tôt, je me penchai vers la table de nuit pour récupérer mon pendentif et l'attrapai d'une main, avec difficulté compte tenu de la douleur que mes côtes m'occasionnaient. Soulagée dès que j'en sentis le contact lisse, je pris le temps de l'observer avant de le remettre à mon cou, malgré les paroles du médecin.

Comment se faisait-il qu'il ait pu être brûlant à ce point et surtout aussi loin du dolmen ?

Attristée de ne pas avoir pu aller à mon rendez-vous, je l'ouvris pour obtenir un peu de réconfort. La couleur de la pierre, identique à celle des yeux d'Œngus, me permettait de ne pas dénaturer mes souvenirs.

Je n'obtins malheureusement pas encore le résultat escompté.

La pierre était fissurée.

La chute devait en être la cause.

Je caressai la gemme, les yeux embués de larmes, puis refermai le pendentif pour le remettre à la place qu'il n'aurait pas dû quitter. Mon cou.

Je m'allongeai en espérant trouver le sommeil pour oublier tous les derniers événements.

Mes dernières pensées se tournèrent vers l'équinoxe d'été.

— Allez Tali, ne fais pas ta mauvaise tête. C'est Noël, quand même !

— Noël, c'était il y a trois jours ! bougonnai-je.

— Certes, mais je t'ai attendue pour ouvrir mes cadeaux

alors fais un effort sinon la prochaine fois je le ferai sans toi.

La prochaine fois! J'espérais n'avoir jamais à revivre un Noël aussi catastrophique!

Mon père avait déposé Alice à l'hôpital avant d'aller à l'aéroport prendre son avion.

Au moins cette année, nous avions pu profiter un peu de sa présence! C'était toujours mieux que les quatre dernières années! me consolai-je.

C'est donc au moyen d'un taxi que nous étions en train de rentrer chez nous.

En plus pour finir de me déprimer, il pleuvait! Cela signifiait qu'il n'y aurait pas de neige. C'était la première fois. Nous en avions toujours eu pendant les vacances de Noël et j'adorais ça! Alors que d'autres du village n'en profitaient pas, notre maison familiale bénéficiait d'un emplacement idéal dans la forêt pour permettre la tenue de la neige. D'ailleurs nous ne recevions jamais autant de camarades de classe que pendant cette période.

Mais comment lutter contre la pluie?

Le taxi s'aventura dans le chemin qui nous conduisait à la maison.

Il cessa immédiatement de pleuvoir.

C'était déjà ça!

Mais plus on s'avançait, plus le paysage devenait blanc. L'herbe était gelée. Jusqu'à ce que j'aperçoive une mince couche de neige sur le sol.

— Vous devriez nous arrêter ici, le sol sera de plus en plus glissant jusqu'à la maison. Nous allons marcher.

— Il y a de la neige chez vous? Je n'en ai pas vu depuis des années! ne put s'empêcher de commenter le chauffeur.

— La maison est très abritée par la forêt. Du coup, cela abaisse la température au niveau du sol, répondit ma sœur scientifiquement.

Elle paya la course puis me fit un signe de tête pour sortir de la voiture.

— De la neige ! m'émerveillai-je.

— Tu pensais sérieusement qu'il en serait autrement ? Elle est tombée cette nuit. C'est logique, remarqua-t-elle pour elle-même.

— Logique ? Tu veux dire que ce n'est pas naturel ? Que c'est les Eryans qui la provoquent ?

— Plutôt les Erdluitles.

— Pendant toutes ces années ?

— Sans aucun doute.

J'en avais le souffle coupé. C'était si magnifique ! Nous étions si privilégiées.

Nous continuâmes notre ascension. Quand nous fûmes arrivées, la couche de neige devait être épaisse d'une vingtaine de centimètres.

— Mais au fait, la famille de Louan ne s'est jamais posé de questions ?

— Je pense qu'ils sont tous très larges d'esprit. C'est pourquoi ils s'entendent si bien avec notre famille. Tant qu'il n'y a pas de mal, tout va bien. Et puis, ils en profitent également.

Alice sourit et s'écarta d'un pas.

Splatch ! Une énorme masse de neige venait de se répandre dans mon cou. Un liquide gelé commençait déjà à dégouliner dans mon pull.

Je me secouai avant de me retourner pour en prendre une nouvelle en pleine face.

Je dégageai la neige de mon visage pour voir Louan et Nolwenn, sa petite sœur, à quelques mètres de nous rire aux éclats.

— Ah! C'est comme ça! Alice, deux contre deux?

— OK.

— Au fait, je t'autorise à utiliser tes pouvoirs. J'ai vraiment envie de gagner.

L'éclat de rire de ma sœur annonça le début du second round.

— T'étais vraiment obligée de prendre ta douche maintenant?

Alice, assise en tailleur, au pied du sapin de Noël, secouait les paquets un par un.

— Oui, j'étais obligée. D'ailleurs, toi aussi, tu aurais dû le faire. En plus, je te rappelle que je sors tout juste de l'hôpital donc si je pouvais éviter d'y retourner pour une pneumonie ou je ne sais quoi d'autre, ça m'arrangerait.

Ma sœur marmonna quelque chose que je ne compris pas, mais au vu de son expression je décidai d'éviter de la faire répéter.

— Lesquels sont les miens?

— Tes paquets sont là, m'indiqua Alice en pointant une petite pile de trois paquets.

— OK, on commence les festivités.

Je m'installai à côté d'elle et entrepris d'ouvrir un paquet enrobé de tissu vert.

— Non, pas celui-là. Commence par celui-ci d'abord, me tendit-elle le plus petit cadeau.

Il s'agissait d'une pochette qui ne me donnait pas du tout envie de l'ouvrir.

— C'est de la part de papa. On a le même cadeau.

— Et tu veux me dire ce qu'il contient ou tu me permets de regarder par moi-même ?

— Bon, allez, ouvre-le au lieu de faire ta ronchon.

J'ouvris donc le pli de l'enveloppe et fus déçue de voir qu'il ne s'agissait que d'une carte de vœux. J'allais la poser sans même prendre le temps de la lire quand ma sœur m'interrompit :

— Lis-la, enfin.

— Comme tu veux.

Ma sœur battait des jambes d'excitation au rythme de ma lecture.

— C'est une plaisanterie ?

— Non, pas du tout. Aux prochaines vacances d'hiver, on part au ski ! Papa m'a demandé ce que je voulais à Noël, alors je n'ai pas hésité.

Je me jetai à son cou pour la remercier, projetant par la même occasion nos autres paquets un peu partout sur le sol.

— Celui-là maintenant, m'indiqua-t-elle immédiatement pour me faire lâcher mon étreinte.

— Tu as ouvert tous les cadeaux ou il y en a certains que tu ne connais pas encore ? ironisai-je.

— J'ai juste lu les cartes pour savoir de qui cela provenait, avoua-t-elle piteusement.

— Donc ? Il vient de qui alors ?

— Louan. Il m'en a offert un également.

Mon visage se décomposa à cette annonce. Je n'avais absolument pas pensé à lui offrir un cadeau !

— Alors ? s'impatienta ma sœur.

J'ouvris un coin de la boîte. Mais lorsque j'en compris le contenu, je stoppai net dans mon élan.

— Qu'est-ce qu'il y a ? Cela ne te plaît pas ? Il t'a offert quoi ?

Je lui tendis le carton sans mot dire.

— Un téléphone portable ! Visiblement tu as aussi la côte avec lui ! Il va falloir que je fasse une liste, si je veux continuer à m'y retrouver dans mes beaux-frères.

— Ce n'est pas drôle. Je n'aime pas ses appareils. Tout le monde peut te joindre partout. N'importe quand ! Tu ne peux même plus être tranquille.

— Enfin, tu es une des seules à ne pas en posséder un quand même. Il faudrait peut-être que tu songes à être un peu moins réfractaire avec la nouvelle technologie.

— Toi non plus, tu n'en as pas que je sache, la contrai-je.

— En fait, si… Depuis que nous sommes parties en pension à Paris. Papa m'en a acheté un. Il s'est dit que j'étais la plus à même de nous deux pour lui donner des nouvelles. Tu le prends mal ?

— Non, il n'a pas tort. Il t'a offert quoi à toi ? Au minimum un collier en diamant, compte tenu de ton enthousiasme.

— Mieux ! Les « Fleurs du mal » de Baudelaire.

— Si tu le dis… Et le dernier, il vient de qui ? m'échappai-je de ce mauvais pas.

— Cette fois, je te laisse le découvrir par toi-même.

Je repris donc le petit paquet en tissu puis lu la carte : *Ta protectrice*

— Saphyra ? Comment est-ce possible ?

— Je n'en reviens pas que tu puisses encore poser ce genre de question.

Je fis semblant de ne pas avoir entendu la remarque désobligeante de ma sœur et dénouai délicatement le ruban en satin qui fermait le paquet.

— Waouh, soufflâmes-nous.

Nous nous regardâmes l'une et l'autre et échangeâmes nos cadeaux.

Dans l'écrin d'Alice se trouvait une boule à neige. C'était notre maison qui était représentée à l'intérieur. J'observai les détails finement ciselés.

— C'est de la vraie neige, constatai-je avec émerveillement.

— Oui, j'imagine que demain, malheureusement, cela sera de la pluie.

— Tu veux dire que cela te permet de connaître le temps qu'il va faire ?

— Exactement. Sortek est très doué, tu as vu toutes les fleurs qui sont représentées sur le socle ? Ce sont les mêmes dont il m'a appris le nom lors de notre première leçon.

Nous nous restituâmes chacune notre paquet.

— Tu devrais les essayer. Elles sont magnifiques.

Je hochai la tête et sortis de l'écrin mes nouvelles boucles d'oreilles. Elles étaient exactement coordonnées à mon collier. En plus, j'adorais les boucles d'oreilles pendantes ! C'était le plus beau cadeau que j'avais reçu depuis le jour de mes dix ans. Je ne pouvais m'empêcher de me demander, tandis que je les ajustais, si Œngus avait participé à leur conception.

— Alors ? demandai-je en prenant la pose devant ma sœur.

— Digne d'une Laeradenn.

— Tu ne pouvais pas me faire de plus beau compliment !

CHAPITRE 2

L'équinoxe d'été

Enfin, j'y étais ! Après six mois d'attente, je me trouvais face au dolmen. Cela avait été difficile, j'avais passé des épreuves toute la journée et dû me presser pour prendre le train qui me ramènerait à la maison. Sans compter la difficulté de convaincre mon père de la nécessité de rentrer pour le week-end en plein milieu de mes examens. D'ailleurs, Alice n'avait pas eu le droit de m'accompagner mais je crois qu'elle ne le souhaitait pas de toute façon... J'avais donc réussi là où j'avais échoué six mois plus tôt, la nuit de l'équinoxe d'hiver !

J'étais essoufflée. Mon cœur tambourinait dans ma poitrine. Mais je ne savais plus si c'était parce que j'avais pratiquement couru tout le chemin pour arriver à la clairière ou si c'était mon empressement, mon angoisse de retrouver Œngus, mon ange noir.

Je m'avançais sous le dolmen serrant mon pendentif si fort que mes jointures devinrent blanches, paniquant que la fissure de ma pierre ait endommagé le pouvoir magique de mon talisman.

La chaleur émergea soudainement dans ma main ce qui me fit frissonner de bonheur.

Je gravis donc la pente servant de porte et ne fus pas étonnée de sentir sous mon pied la première marche de l'escalier menant à la clairière d'Alleïa.

Je franchissais les dernières marches en ne cessant de lever les yeux, j'avais tellement hâte de contempler le ciel unique d'Alleïa, rose orangé et son collier de planètes violettes. Je ne vis donc pas la main qui s'emparait de la mienne, surprise, je sursautais à ce contact puis me mis immédiatement à espérer.

— Bienvenue Laeradenn Tali, nous vous attendions.

Je dévisageais cet inconnu pour qui je ne l'étais visiblement pas.

Le fétaud, qui m'entraînait galamment au milieu de la clairière, n'avait pas l'air beaucoup plus âgé que moi. Il arborait une tignasse rousse en bataille et un sourire rieur des plus confiant, ce qui n'était pas négligeable dans ces circonstances déconcertantes. Son corps rebondi détonnait avec la petitesse de ses ailes vertes et son pas léger. Il m'emmenait bien malgré moi vers un palanquin doré, trop peu discret à mon goût, à côté duquel nous attendait un autre fétaud.

— Laeradenn Tali, me salua-t-il maladroitement en se prosternant.

Plus jeune et moins assuré que le premier, le fétaud était de corpulence rachitique comparé à son comparse. Ses cheveux bruns disciplinés en arrière de manière trop académique me firent sourire.

Le fétaud roux commençait à me diriger vers l'intérieur de la cabine quand je fis un pas de recul.

— Attendez! paniquai-je, mon cœur battant violemment dans ma poitrine.

Les deux fétauds sursautèrent à mon exclamation, puis se fixèrent l'un l'autre s'interrogeant du regard.

Malgré ma respiration rapide, j'entrepris de m'expliquer afin de préserver le peu de dignité que je possédais.

— Qui êtes-vous ? Surtout, où m'emmenez-vous ?

Même si je me doutais qu'ils ne faisaient pas partie des sbires d'Etede, j'avais besoin d'un minimum d'informations les concernant. Moi qui avais espéré passer le week-end uniquement avec Œngus avant de retourner finir mes examens, j'avais besoin d'un peu de temps pour accepter que ce serait un peu différent.

— Nous faisons partie de la garde royale. Nous avons pour ordre de vous conduire au palais.

— Comment vous nommez-vous ? demandais-je timidement, espérant que la formule était adéquate. Œngus m'avait expliqué l'été précédent la différence entre l'appellation et la nomination, de ce fait je ne savais plus comment poser cette simple question à un Eryan.

— Moi, je m'appelle Mostic. Lui, c'est Patel, m'indiqua-t-il d'un signe de tête.

Je constatai alors que Patel n'avait toujours pas levé les yeux depuis sa révérence, ce qui me mit particulièrement mal à l'aise.

Les fétauds ne semblaient pas se rendre compte à quel point je n'étais pas habituée à ce type de comportement révérencieux.

— Enchantée Mostic, fis-je d'un signe de tête. Enchantée Patel, l'encourageai-je pour se relever.

Les deux fétauds échangèrent de nouveau un regard, mais semblèrent ragaillardis par ma démarche.

— Bien, maintenant que les présentations sont faites, expliquez-moi comment vous saviez que je viendrais aujourd'hui et que j'étais Tali et non Alice puisque nous n'avons pas eu le plaisir de nous rencontrer avant aujourd'hui ?

— Nous ne savions pas que vous viendriez précisément aujourd'hui. Dès le lendemain de votre départ, le Maël Briac a demandé des volontaires pour garder le dolmen pour vous accueillir si nécessaire…

— Tous les jours ! Depuis un an ! l'interrompis-je malgré moi.

Le porte-parole n'eut pas l'air de s'offenser cependant et poursuivit :

— Oui, en permanence.

— Vous étiez donc tous les deux volontaires, remarquai-je non sans une certaine émotion. L'envie de les interroger sur leur motivation me brûlait les lèvres, mais je me retins malgré tout.

— En effet, il y en a aussi d'autres, mais nous sommes présents très régulièrement, fut-il réjoui de m'annoncer, puisqu'à l'évidence mon trouble ne lui avait pas échappé.

J'allais les remercier chaleureusement quand un murmure me coupa dans mon élan.

— Qu'avez-vous dit ? demandai-je en me tournant vers Patel.

Les yeux de nouveau baissés, il contemplait ses doigts qui se tortillaient. Je dus me pencher vers lui pour l'entendre.

— Je disais que c'est vrai, nous étions là régulièrement, mais au début… Il n'y avait qu'un seul volontaire. Il campait nuit et jour devant le dolmen…

— C'est vrai, interrompit Mostic, visiblement très fâché par l'aveu de son ami. Mais bon, du jour au lendemain, il n'est plus venu. Tout le monde sait très bien qu'il voulait attirer les bonnes grâces du Maël Briac.

— Il est resté jusqu'au solstice d'hiver, ce n'est pas rien quand même, s'énerva-t-il.

— Le solstice d'hiver, répétai-je à haute voix pour moi-même.

Mon intervention semblait avoir rappelé aux deux autres ma présence. Patel s'empourpra aussitôt sans doute gêné par sa hardiesse temporaire tandis que Mostic sembla vouloir devenir de plus en plus bavard.

— Vous ne l'auriez sans doute pas apprécié, il s'agissait d'une saleté d'Hybride. On ne peut pas leur faire confiance, ils sont dangereux…

— Son appellation ? l'interrompis-je de colère, devinant déjà la réponse.

— Je ne sais pas, bégaya-t-il visiblement décontenancé par ma fureur.

— Œngus, me répondit timidement Patel

Le fétaud me regardait avec de grands yeux tristes, un léger sourire satisfait d'avoir pu m'aider. Je constatai que le jeune Eryan m'était sympathique, ce qui me permit de retrouver quelque peu mes esprits.

— Vous avez dit qu'il avait campé jusqu'à l'équinoxe d'hiver. Qu'est-il devenu depuis ?

Je tâchais de dissimuler aussi bien que possible mon inquiétude. Œngus m'avait bien fait comprendre que notre relation ne pouvait pas être comprise ni acceptée par le peuple d'Alleïa.

— On dit qu'il a été malade. Gravement malade en fait.

— Et ensuite ? paniquai-je.

— Je ne sais pas, balbutia-t-il.

— Comment ça vous ne savez pas ?

— Eh bien, c'est un Hybride… s'arrêta-t-il net, face à mon regard assassin.

Pourtant il ne se découragea pas et poursuivit son explication bravement :

— Il ne vit donc pas avec les autres Eryans. Certains disent qu'il va mieux… D'autres non.

Je lui étais reconnaissante de m'avoir apporté ses réponses. Pourtant, mon cœur se serra… Il se serra douloureusement à la pensée de mon ange noir agonisant. Me torturant l'esprit face aux interrogations qui me submergeaient. Me demandant même s'il y avait un possible lien avec mon malaise ce soir-là. Mon cerveau bouillonnait alors que mon cœur se disloquait lentement face à mes incertitudes. Était-il possible qu'Œngus soit mort sans que je ne ressente rien?

— Vous n'en avez pas?

— Pardon?

Mostic venait d'interrompre le fil de mes pensées.

— Pardon? répétai-je, non sans être agacée. Je n'ai pas de quoi?

Ma question l'embarrassa cruellement visiblement.

— D'ailes. Vous n'avez pas d'ailes. C'est comme ça que nous avons su que vous étiez Tali et non Alice. Le Maël Briac nous avait informés de cette *différence*, précisa-t-il avec une grimace à peine dissimulée.

«*Différence*» me répétai-je mentalement avec rage. La «différence», c'est ce qui avait empêché les fétauds de sauver ma sœur l'année précédente, de considérer Sortek, Œngus ou moi comme leur égal et aujourd'hui de connaître le sort du gardien du dolmen.

Ce peuple, donneur de leçons, ne semblait pas voir ses propres failles.

M'attarder ici ne me donnerait pas plus d'informations sur l'état de santé de mon ange. Je pris donc une grande inspiration afin de retrouver mes esprits et tentai d'écourter cette conversation le plus poliment possible compte tenu de l'insulte qui m'avait été faite.

— Je vous remercie pour ces précisions.

Regardant ma cage dorée, je fis la moue.

— N'y a-t-il pas un autre moyen de se rendre au palais ? demandai-je piteusement à Patel, estimant que son acolyte ne serait plus mon interlocuteur dorénavant.

— C'est le plus rapide. Mais surtout le plus sûr, Laeradenn Tali, m'encouragea-t-il.

— Bien entendu, cédai-je à contrecœur. Je vous fais confiance.

Je m'installai donc sur le siège du palanquin. Mes mains s'agrippèrent fermement à mon fauteuil au moment du décollage, comme si cela pouvait changer quelque chose en cas de crash… Surprise de la douceur du vol, je commençai enfin à apprécier d'être arrivée à Alleïa et la vue qui s'offrait à moi.

Devenia dut se contenir pour ne pas accourir vers moi et me prendre dans ses bras. Elle avait à l'évidence été prévenue de mon arrivée puisqu'elle m'attendait déjà sur le toit du château.

— Ta sœur ne t'accompagne pas, indiqua-t-elle avec une légère déception.

Malgré tout, elle arborait un immense sourire, ce qui me réchauffa le cœur.

Elle me serra fort et m'embrassa le front. À ce contact, je réalisai que ma tante m'avait manqué plus que je ne me l'étais avouée.

— Tu arrives en plein milieu des festivités. Le Maël et Llewilis sont avec les invités, le banquet ne va plus tarder. C'est merveilleux que tu sois là. Tu vas devoir te changer, mais ne t'inquiète pas, j'ai fait faire une garde-robe spécifiquement pour toi. Il va falloir arranger tes cheveux aussi. Je pense que Alya va pouvoir s'en occuper. Tu as grandi depuis la dernière fois, j'espère qu'il ne faudra pas reprendre les ourlets. J'avais oublié à quel point les jeunes filles changeaient rapidement, débita-t-elle à une vitesse prodigieuse.

— Bonjour, tentai-je, noyée par tant d'informations.

Devenia fit de grands yeux ronds face à ma brève intervention, puis me resserra dans les bras.

— Oui, bien sûr. Bonjour, comment vas-tu ?

Je me désincarcérai de sa douce emprise afin de pouvoir voir son visage.

— Bien merci et vous ? Vous avez l'air bien occupé par les préparatifs en tout cas.

— Je vais bien également. Je suis tellement heureuse de te voir, surtout par une aussi belle journée. Tu vas pouvoir rencontrer une grande partie des représentants des peuples des lumières. Les Golaus. Les Trylows et les Mary-Morgans que tu connais déjà.

— Pourquoi ? Il y en a d'autres ?

Contre toute attente, ma tante avait finalement réussi à piquer ma curiosité.

— Les Elfes qui sont fâchés depuis plusieurs décennies avec le peuple d'Eryan. Les Gwraidds et, dans une moindre mesure, les Erdluitles dont fait partie notre ami Sortek.

— Pourquoi les Gwraidds ne sont-ils pas présents ?

l'interrogeai-je.

Je n'avais pas besoin de la questionner sur les deux autres peuples. Je soupçonnais que le conflit opposant les Elfes et les Eryans avait débuté à la naissance d'Œngus. Quant aux Erdluitles, j'avais déjà pu constater qu'ils étaient considérés comme un peuple inférieur.

— Leurs mœurs sont étranges. Leur choix de vie est... bizarre. Les Gwraidds sont des nymphes avec des penchants particuliers, répondit-elle d'un air dégoûté.

— Plus que les Mary-Morgans ? fus-je surprise.

Après avoir fait un séjour en leur compagnie, je m'inquiétais de ce que pouvait faire ce peuple et si je devais les éviter à tout prix.

— Oui ! Elles vouent un culte presque amoureux à des... arbres, avoua-t-elle extrêmement gênée.

Devenia s'empourpra, perdant ainsi pour la première fois son flegme.

— Oh ! m'exclamai-je.

Je devais bien reconnaître que je ne m'étais pas attendue à ce type d'information. Cependant, cela ne me gênait nullement puisque visiblement je ne risquais pas une nouvelle attaque nocturne. Au souvenir de Môred, le Mary-Morgan, un frisson me traversa l'échine. Je ne sus pas déterminer si cela était dû à la peur ou à une once de désir persistant, ce qui me fit trembler de nouveau.

— Et les autres peuples ? Sont-ils comme vous ? l'interrogeai-je judicieusement, car leurs noms trop compliqués m'avaient déjà échappé.

— Non, nous sommes les seuls à avoir des ailes. Les Trylows sont les plus anciens, nous les associons à l'air. Les Golaus, eux, possèdent un talent bien plus grand que nous pour communiquer avec les animaux. D'ailleurs en parlant des Golaus, je t'en prie, ne fais pas de remarques sur leur petite taille.

— Je vous le promets.

— Bien, va te préparer maintenant. Nous n'attendons plus que les Mary-Morgans. Ils aiment soigner leurs entrées, précisa-t-elle avec un clin d'œil.

J'allais répondre par l'affirmative quand, rassasiée de nouvelles connaissances, mon objectif premier me revint en tête comme une ritournelle.

— En fait, je n'avais pas prévu de rester... Ni même de vous voir, poursuivis-je mentalement pour ne pas la blesser. Je suis venue, certes, pour l'équinoxe d'été, mais surtout pour voir Œngus. Avez-vous des nouvelles ? Votre escorte m'a prévenue qu'il avait été gravement malade, m'inquiétai-je.

— Ah ! Je vois... répondit-elle tristement comme si elle avait perçu mes pensées. Œngus va mieux, beaucoup mieux même. J'ai demandé à Sortek de veiller sur lui après l'incident de l'équinoxe d'hiver afin de m'assurer que tout se passe bien pour lui. Je me doutais que tu n'apprécierais pas qu'il en soit autrement.

— Merci beaucoup, je vous suis très reconnaissante d'être intervenue. Que s'est-il passé au juste ?

— En toute honnêteté, nous ne le savons pas. Le lendemain de l'équinoxe d'hiver, Sortek, qui lui apportait comme chaque matin un panier de provisions pour la journée, l'a retrouvé inanimé. Il est resté inconscient pendant plusieurs semaines. Nous l'avons interrogé à son réveil, mais il dit ne se souvenir de rien. Personnellement, je ne le crois pas.

— Pourquoi ? Que pensez-vous qu'il soit arrivé alors ?

— Sortek a veillé sur lui pendant tout ce temps. Il a cru

plusieurs fois que c'était la fin pour Œngus. Bien que ton ami soit un Hybride, il est encore trop jeune pour que cela lui occasionne des problèmes de dégénérescence. À mon avis, il a retiré sa bague. Je ne vois pas d'autres possibilités.

— Quoi ? Mais pourquoi aurait-il fait cela ? paniquai-je.

— À toi de me le dire, me reprocha-t-elle.

— Vous voulez insinuer quoi ? Qu'il a tenté de se suicider pour moi ? Vous ne vous êtes pas dit qu'il avait pu être attaqué par des assassins d'Etede ? m'emportai-je.

Émue par les sous-entendus de ma tante, des larmes s'écoulèrent sur mes joues. Je refusais d'envisager qu'Œngus ait pu songer à mourir parce que je n'étais pas venue. C'était totalement impossible. Il ne pouvait pas ignorer mes sentiments pour lui. Il ne pouvait pas me faire une chose pareille. Je lui interdisais.

— Excuse-moi Tali si je t'ai bouleversée, mais je devais m'assurer que tu avais conscience des sentiments qu'Œngus nourrit à ton égard. Cependant, ne te méprends pas, je n'apprécie pas cette situation, car je n'ai aucune confiance dans les Hybrides. Mais Kellia, ma sœur, ta mère, avait beaucoup d'affection pour lui. Je me devais donc de vérifier que tu ne lui ferais pas de mal. Elle ne m'aurait jamais pardonné que je laisse faire ça. Ce qui n'empêche pas qu'Alice et toi, vous restez mes priorités même si cela doit être à ses dépens. Je me suis bien fait comprendre ?

— Oui, ma tante, acquiesçai-je piteusement.

— Bien. Puisque tu es Laeradenn, je te prierai de te changer, de faire honneur de ta présence aux invités et de transmettre tes amitiés à Milam. C'est elle que nous célébrons aujourd'hui. Tu te souviens d'elle, n'est-ce pas ?

— Euh, oui. C'est la plus ancienne des fées au service du

château.

— C'était la plus ancienne, elle n'est plus à notre service depuis l'équinoxe d'hiver.

— Ah bon ! Pourquoi ? Elle ne se plaisait plus ?

Cette annonce me déplaisait. J'aimais beaucoup Milam et je regrettais déjà sa gentillesse.

Devenia me dévisageait d'un air sévère.

— Dis-moi Tali, que sais-tu des fêtes de l'équinoxe ? J'ai l'impression que tu ne saisis pas les événements qui sont en train de se dérouler. Œngus ne t'a pas informée, je me trompe ?

— Non, vous avez raison. Je devais venir pour l'équinoxe d'hiver mais je suis tombée malade… Il voulait me faire la surprise… C'est Alice qui m'a conseillé de revenir aujourd'hui…

Les yeux tristes, je les baissais. Je n'assumais pas vraiment tous les aveux que je venais de faire à Devenia.

Un silence trop long s'installa. Ma tante semblait méditer à beaucoup de choses en même temps. Elle semblait tiraillée. Enfin, elle prit une grande inspiration.

— Tali, asseyons-nous un moment.

Elle me présenta, de sa main, les deux sièges que nous avions occupés lors de mes cours l'été précédent.

— Bien. Je vais tâcher de t'expliquer brièvement ce que nous célébrons au moment des équinoxes. Pour commencer, Œngus t'a-t-il expliqué la différence entre appellation et nomination ?

— Oui, il m'a dit que l'appellation était le nom de naissance alors que la nomination était celui donné par le protecteur. Mais que la nomination était devenue rare, car le protecteur s'engage toute sa vie à protéger son « filleul ».

— En effet, c'est correct. La nomination a lieu une fois par an au moment de l'équinoxe d'hiver. C'est symbolique. Les jours deviennent de plus en plus longs à partir de cette nuit-là, comme l'annonce d'une nouvelle vie. Une vie plus sereine pour le nommé. Alors que l'équinoxe d'été symbolise la fin de la vie parmi nous. Quand nous fêtons nos mille ans, il est temps pour nous de partir pour l'île de Tech-Duinn afin d'y terminer notre destinée. Ce soir, tu ne salueras pas Milam. Tu lui diras adieu.

— Que fera-t-elle sur cette île ? Elle y vivra longtemps ?

— Personne ne le sait. Un cortège l'accompagnera dans un bateau, puis une barque la déposera avant de repartir aussitôt. Seuls les anciens sont autorisés à aller sur l'île. Milam poursuivra son chemin sans se retourner.

— Mais c'est horrible ! Vous ne pouvez pas l'abandonner comme ça ! C'est affreux !

Scandalisée, je me levai si vite que mon tabouret se renversa dans un bruit fracassant.

— Je me doutais que tu réagirais ainsi. Tali rassit toi, s'il te plaît.

J'obéissais.

— Ce sont nos coutumes, tu ne peux pas te permettre de les juger si hâtivement. Encore moins en public. Je n'ose imaginer la réaction de nos invités face à un tel esclandre. Si ça peut t'aider à accepter la situation, sache qu'il est extrêmement rare que les Eryans partent sans leurs associés. Ce n'est pas partir qui est difficile, c'est de vivre sans l'amour de sa vie qui est impossible. Certains restent pour leur descendance, mais en toute sincérité quand nous atteignons mille ans ils n'ont plus autant besoin de nous. Alors qu'avoir une âme sœur, cela signifie qu'une partie de nous est dans le corps de l'autre. Tu ne peux te sentir complet et vivant que quand il est présent.

Milam ne partira pas seule ce soir, Bran partira avec elle. Il n'a que huit-cent-soixante-dix ans, mais nous autorisons cette exception. Peu importe les circonstances, nous ne séparons jamais des associés. Ce serait un crime. Donc, maintenant que tu sais tout, j'espère que tu me feras la faveur de te préparer et de nous rejoindre. Tu seras aimable, heureuse et souriante devant Milam. Puis, Sortek t'accompagnera jusqu'au village des Hybrides pour retrouver Œngus. Les festivités clandestines ne commençant pas avant la nuit, tu auras même du temps pour t'expliquer avec lui avant de profiter de ta soirée. Alors Tali, peux-tu m'accorder une heure de ton temps ?

Je sautai dans ses bras, la renversant presque par ma ferveur.

— Oui, oui, oui. Merci, merci, merci. Je vais me préparer au plus vite et je vous rejoins. Vous serez fière de moi, je vous le promets.

Je l'embrassai vivement, puis me précipitai vers les escaliers.

Comme je pouvais déjà m'en douter, Alya fit un travail admirable avec mes cheveux. Ordonnant mon indomptable tignasse grâce à un chignon très complexe. Je choisis pour l'occasion une robe en soie bleu roi avec des broderies d'ailes en fil d'argent dans le dos. Je voulais montrer ainsi à Devenia que je lui étais reconnaissante pour tout ce qu'elle accomplissait pour moi et mon attachement au peuple d'Eryan.

Je descendis les dernières marches qui conduisaient à la cour, puis décidai de rester cacher quelques minutes sous le porche afin d'observer le spectacle à l'extérieur.

Malheureusement, c'était sans compter l'intervention de ce fouineur de Mostic qui m'interpella aussitôt. Bien décidée à tenir ma promesse de ne pas faire honte à ma tante, je lui répondis par un sourire figé. Il me tendit le bras et je l'acceptai à contrecœur.

Je me laissai guider à travers la foule, faisant un signe de tête à chaque Eryan qui me saluait.

Mostic me fit grâce de sa présence quand nous rejoignîmes la famille royale, il les salua bien trop mielleusement à mon goût et nous quitta enfin.

— Tu es splendide ! Cette robe te va à ravir, tenta de m'encourager ma tante.

— Merci, la garde-robe que vous avez conçue pour moi est… somptueuse, balbutiai-je de moins en moins à l'aise.

À la différence d'Alice, je ne savais vraiment pas comment me comporter ni quoi dire dans ce type de mondanité.

— Ta sœur n'est pas venue ? intervint sèchement le Maël.

Il n'avait à l'évidence pas le même tact que sa fille pour dissimuler sa déception. Même s'il était certain qu'une descendance avec des ailes aurait été plus souhaitable face à un tel public, je n'appréciais pas son ton condescendant.

— Elle a été retenue. Nous passons toutes les deux des examens en ce moment. C'est pour cette raison que notre père ne l'a pas autorisée à s'absenter. Elle viendra sans doute vous rendre visite plus tard.

— Ton père ne *l'a pas autorisée*, siffla-t-il. Pourquoi cet humain empêche-t-il tous les membres de ma famille de venir à Alleïa ? Pourquoi se sent-il si important pour intervenir dans la vie de la famille royale ? vociféra-t-il si fort que plusieurs personnes se tournèrent vers nous.

Sa rage était si palpable qu'elle m'en coupa le souffle.

— Père, ton tatouage !

Un bref coup d'œil au bras gauche que ma tante indiquait me laissa entrevoir, un instant, une immense marque qui recouvrait toutes les parties visibles de sa peau.

— Des examens ? C'est intéressant. En quoi consistent-ils au juste ? me lança Llewilis d'un ton léger.

Surprise d'entendre pour la première fois mon oncle s'adresser à moi, je mis quelques instants à comprendre sa question. Cette courte distraction fut suffisante pour qu'en regardant de nouveau le bras de Briac, je n'y voie plus aucun motif.

— Nous passons des épreuves pour obtenir notre baccalauréat. Alice est en première année. Moi, en terminale. Elle aura donc encore des épreuves l'année prochaine. Ma sœur a choisi des épreuves de littérature tandis que j'ai préféré les sciences.

— C'est important ce bacolorea ? demanda Llewilis, étonnamment piqué par la curiosité.

Malgré mon amusement de n'être pas la seule à avoir des difficultés avec le jargon d'un autre peuple, cette question m'embarrassa.

— Oui et non. C'est compliqué à expliquer. Tout le monde n'a pas besoin de le passer. Parfois cela représente la fin d'une scolarité… m'engluai-je dans une réponse peu claire.

Face aux yeux perplexes de mon oncle, je décidai de simplifier la réponse.

— Pour nous deux c'est un examen capital pour poursuivre nos études ! Et donc, pour notre avenir, il est indispensable que nous l'obtenions ! Vous comprendrez aisément que cette obligation m'oblige à repartir dès ce soir après les festivités.

J'espérai, en rendant presque vitale l'obtention de cet

examen, apaiser la colère du Maël envers mon père.

— S'il en est ainsi, nous devrions te laisser profiter de cette soirée, annonça-t-il d'une voix douce. Devenia, ma chère, voudrais-tu présenter la Laeradenn à nos autres invités ? Le Maël et moi-même allons nous assurer que tout est prêt pour le départ de Milam et Bran.

Devenia acquiesça.

Quant à moi, je hochai la tête pour remercier mon oncle de se dérober afin de me sortir d'une situation pesante.

Après m'avoir présenté les principaux invités et fait saluer Milam et Bran, Devenia m'avait laissé de longues minutes avec le chef des Golaus du nom de Tyrom.

Bien que Tyrom eût été charmant, je fus plus que soulagée que ma tante vienne me chercher.

Je n'avais pas su comment me positionner face au chef de clan. En effet, les Golaus étaient des hommes si petits qu'ils pouvaient se déplacer à dos de moineau ! Du coup, pour qu'ils soient au même niveau que notre visage, les Eryans avaient installé des perchoirs à hauteur d'yeux. Tandis que Tyrom était confortablement attablé et trinquant dès qu'il en avait l'occasion, j'avais passé mon temps à dandiner d'une jambe sur l'autre pour soulager mes crampes aux mollets.

Je saluai chaleureusement, mais rapidement Tyrom en tentant de dissimuler mon soulagement de pouvoir me dégourdir les jambes.

Ce fut malheureusement trop bref, puisque quelques pas suffirent pour arriver à notre destination.

— Tali, je te présente Dyrian. Elle est la chef de clan des Trylows.

— Enchantée, annonçai-je en faisant une révérence.

La Trylows était une très grande femme qui dépassait par sa taille tous les invités. Sa peau était d'une blancheur presque irréelle. Ses longs cheveux blonds ondulaient dans un vent qui n'existait pas jusqu'alors. Soudainement une gigantesque bourrasque me fouetta le visage.

Le corps de Dyrian s'effaça quelques instants comme un nuage de poussière.

— Que… hoquetai-je de terreur.

— Rappelle-toi, les Trylows sont des êtres de l'air. Dyrian s'est parée d'une apparence humaine uniquement pour nous faire honneur, me chuchota rapidement ma tante à l'oreille.

Je tentai de retrouver un visage impassible pour ne pas offenser la chef de clan, mais cela s'avéra inutile puisque tous les convives, elle y compris, regardaient vers le ciel.

Une sphère géante se rapprochait rapidement du sol.

À ma grande surprise, personne n'avait l'air d'être inquiet par ce phénomène.

La bulle bleue se posa sur le sol, puis éclata dans un tintement mélodieux laissant apparaître Môred, Dwrya et Sortek.

Je sentis la main de ma tante se poser sur mon épaule.

— Je t'avais prévenue que les Mary-Morgans aimaient soigner leur entrée. Maintenant que Sortek est arrivé, je te libère de tes obligations pour ce soir. Je te serai reconnaissante de venir me dire au revoir avant ton départ.

Sa main me serra plus fort sous l'émotion.

Je me retournai vivement et fis fi de la bienséance pour me plonger dans les bras de ma tante, puis m'arrachai pour rejoindre mon ami Erdluitle.

CHAPITRE 3

La fête des parias

— *N*ous sommes arrivés, m'informa Sortek. Nous allons laisser les chevaux ici et poursuivre à pied.

Tandis que Sortek attachait Cip à un arbre, je posai ma tête sur le chanfrein de Lastalaica pour la remercier de m'avoir conduite jusqu'ici.

— Le chemin est encore long? m'inquiétai-je de ne plus avoir beaucoup de temps pour profiter de ma soirée.

— Non, Laeradenn. Le village sera visible derrière ces arbres. Il ne nous reste plus que quelques mètres.

— OK, répondis-je soulagée. Sortek, diriez-vous que nous sommes amis?

— Oui, bien sûr. À moins que cela ne vous convienne pas? s'empressa-t-il de préciser.

— Ne vous inquiétez pas, cela me convient parfaitement. Nous avons déjà eu cette conversation, mais je souhaite de nouveau insister. J'ai bien compris que vous me deviez allégeance en public pourtant ne pourriez-vous pas faire abstraction de tout cela quand nous sommes seuls et m'appeler simplement Tali?

Sortek voulut m'interrompre, cependant je ne lui en laissai pas l'occasion.

— S'il vous plaît, permettez-moi de finir. Nous avons déjà

traversé tant d'événements ! Vous avez fait beaucoup pour ma famille et Œngus, je serais profondément blessée si vous me refusiez cette faveur. Je vous suis redevable pour tellement de choses que je serais bien plus à l'aise si nous nous estimions égaux. Je ne suis qu'humaine après tout.

Sortek secoua la tête, mais semblait encore réfléchir.

— Juste quand nous sommes seuls, persistai-je pour le convaincre.

— Bien, je le ferai, grommela-t-il. Venez maintenant.

Je ne relevai pas de peur de le contrarier encore plus. Comme toujours, ce n'était pas la réaction que j'avais espérée, mais bon, j'avais l'habitude de cumuler les échecs en matière de relations sociales !

Bien dissimulé dans la forêt, le village n'était composé que d'une dizaine de maisons en bois, plus délabrées les unes que les autres.

— Vous êtes certains que c'est le bon village ? Il semble totalement abandonné. Tout est en ruine ici.

— Pas totalement, Œngus y vit. Sa maison est un peu plus loin, juste à côté du puits.

— Où sont les autres habitants ?

— Il n'y a pas d'autres Hybrides. Œngus est le seul.

— Pas d'autres ? Mais pourquoi il y a plusieurs maisons alors ?

— Le seul encore vivant si vous préférez.

— Oh ! m'exclamai-je avec tristesse. Donc si vous n'étiez pas venu, personne n'aurait veillé sur lui. Merci Sortek. Merci pour lui.

— Ce n'est pas grand-chose. Je me suis habitué à lui à force. En plus, je lui devais bien ça. Il vous a sauvées, votre sœur et vous. Je ne l'oublie pas.

Il s'arrêta près du puits en pierre.

— C'est la maison avec la porte rouge. Je vous aurais bien annoncée, mais je ne suis pas convaincu qu'il me croirait donc je vous laisse y aller.

Je répondis par un signe de tête, puis dans l'espoir futile de me donner de la contenance, je me décidai à défroisser ma robe avec mes mains.

Je me dirigeai vers la porte quand Sortek me héla.

— Tali, me sourit-il. Inutile de frapper, il ne vous ouvrira pas. Il est encore plus taciturne qu'avant, ironisa-t-il. Bon courage pour le faire sortir !

— D'accord, bégayai-je. Merci… Enfin, je crois, murmurai-je.

La main tremblante, j'enfonçai la poignée en fer forgé et retins ma respiration au moment de franchir le seuil.

Je supposai être dans la cuisine compte tenu du peu de mobiliers qui m'entourait. Une table en bois recouverte d'une vieille nappe en vichy, deux tabourets, quelques ustensiles et un calendrier accrochés au mur. Je m'approchai de ce dernier, surprise de voir un calendrier des postes dans un endroit aussi insolite. Abasourdie, j'observai les deux chiots dans un panier, puis regardai l'année.

Je lâchai un juron.

Le calendrier datait de ma naissance.

Mon analyse m'apprit également que certaines dates étaient entourées en noir.

Le 16 août, l'anniversaire de ma mère.

Le 9 octobre, celui de ma sœur.

Le 21 janvier, le mien…

Il y avait également une autre date entourée en rouge cette fois.

Le 26 février.

Je me demandai si cela pouvait être la date de son anniversaire. Il faudrait que je l'interroge à ce sujet.

— Tu t'es déplacé pour rien Sork! Je t'ai déjà dit que je n'avais pas envie d'aller à la fête cette année.

Je sursautai en entendant sa voix.

Je m'approchai de la deuxième et dernière pièce de la maison.

Œngus me tournait le dos, assis devant la cheminée en pierre. Il tournait une grande cuillère en bois dans un chaudron.

L'odeur qui en émanait me rappela douloureusement que j'avais faim.

— Il ne fait pas un peu chaud pour un feu de cheminée? tentai-je de blaguer.

Le fétaud se retourna vivement.

— C'est toi? C'est bien toi cette fois? demanda-t-il plein d'espoir.

Je tortillais mes doigts, appréhendant les prochaines minutes.

— Euh… Oui… Pourquoi cette fois?

— Oublie ce que j'ai dit.

Il traversa la pièce en quelques enjambées, puis me serra dans ses bras fermement.

Ma respiration se saccada, j'étais paniquée par tant de vigueur! Pourtant au contact de sa peau, je me laissai aller et fermai les yeux pour lui rendre son étreinte.

Je m'abandonnai à mes sensations, me laissant submerger

par la chaleur qui m'envahissait, l'ivresse d'amour que je ressentais.

Il m'avait tellement manqué.

Je n'arrivai pas à saisir comment j'avais pu me passer de lui pendant si longtemps.

Je réalisais à cet instant que je serais incapable de le faire de nouveau.

— Qu'est-ce que tu fais ici ? me repoussa-t-il brusquement.

Je gardai, malgré tout, mes mains sur sa taille.

— Je suis venue te voir. J'avais vraiment hâte de te retrouver et…

— HÂTE ! me coupa-t-il. Il t'a fallu un cycle pour revenir et tu oses dire que tu avais *hâte* ! Donc tu n'avais pas encore assez *hâte,* il y a six mois pour venir à notre rendez-vous ?

— J'ai voulu venir, mais je suis tombée malade et ensuite… m'interrompis-je la voix chevrotante. Mon enthousiasme retomba en même temps que mes bras le long de mon corps.

— Oui ? Ensuite quoi ? Je t'écoute. Tu es encore tombée malade ? Tu n'as pas trouvé le temps ? Tu as été trop débordée pendant tes vacances scolaires ? siffla-t-il.

— Mes vacances scolaires ? Que ? Comment tu connais ça ? bafouillai-je.

— Ta mère m'a expliqué le fonctionnement du calendrier qu'elle m'a donné. Donc ? Vas-y, explique-moi ! m'ordonna-t-il.

— En fait, nous sommes parties au ski pendant les vacances d'hiver… Ensuite, pour les autres vacances, nous avons révisé nos examens…

Ma voix s'était éteinte.

Mes bras tombèrent le long de mon corps et je détournai

la tête. J'observai, sans vraiment les voir, des illustrations sur la commode.

— Je suis désolée. Nous avons passé notre temps au pensionnat. Je cherchais tellement à obtenir l'autorisation de venir ce week-end que je n'ai pas osé braver mon père pour obtenir un autre laissez-passer. Tu as raison, j'aurais sans doute pu mieux faire, annonçai-je honteuse.

— Oh, Tali! C'est moi qui suis désolé, je n'aurais pas dû m'emporter de la sorte. Tu ne me dois rien après tout.

Il me prit de nouveau dans ses bras. Je m'autorisais à poser ma tête contre son épaule tout en continuant à détailler les illustrations qui me semblaient de plus en plus familières.

— C'est ma mère! m'exclamai-je. Ce sont des peintures de ma mère!

Je quittai ses bras sans détour afin de voir de plus près ce mini sanctuaire.

— Oui, en effet. Elles datent un peu maintenant. Kellia avait le même âge que moi aujourd'hui sur la plupart de ces illustrations.

Je n'avais jamais eu l'occasion de voir ma mère si jeune et fut surprise de découvrir que je lui ressemblais énormément. Même si elle était d'une beauté bien supérieure à la mienne.

— Et là? C'est un polaroïd? m'étonnai-je de plus en plus.

— Kellia en a emmené un la dernière fois qu'elle est venue. C'est une photo de nous trois. La seule que j'ai avec ta mère et toi…

L'Œngus de la photo était identique à maintenant, mais il était bien plus heureux et souriant que je ne l'aie jamais connu.

Ma mère portait un nourrisson dans ses bras. Me voir bébé à Alleïa n'est finalement pas ce qui me frappa le plus. En effet, sur cette photo, ma mère avait des ailes. Les motifs de celles-ci avaient l'air très semblables à ceux de ma sœur, mais à la différence des siennes, elles étaient bleu turquoise, comme nos bijoux.

Émue, mes yeux s'embuèrent de larmes.

— Tu ne trouves pas qu'il y a un côté pervers dans notre relation ? Te voir sur cette photo bébé et moi déjà un bel Hybride… Ça fait réfléchir non ? s'amusa-t-il.

J'appréciai sa volonté de détourner mon attention.

— Tu as raison, mais bon tout le monde sait que les Hybrides sont des détraqués ! ironisai-je. En parlant de ton *grand âge*, tu comptes rester ici et te coucher tôt ou faire la fête avec *Sork* et moi ?

— Je n'ai pas le choix de vous suivre. Je te connais, tu risquerais encore de provoquer une catastrophe. Apparemment, tu as encore besoin d'un chaperon.

Cette joute verbale nous rasséréna tous les deux.

— Vu que tu as déjà tout préparé, ça te dérange si on mange quelque chose avant de partir ? Je suis affamée.

— Tout ce que Laeradenn veut, Laeradenn aura, récita-t-il en faisant une révérence.

— J'en prends note, mais pour le moment je préfère manger, répondis-je en lui faisant un clin d'œil. Je vais chercher Sortek, je te laisse tout mettre en place. On verra plus tard pour le reste.

Je me retournai très vite afin de ne pas voir sa réaction ni entendre une réponse qui pourrait me déplaire.

— Pourquoi vous avez pris la nappe ? demandai-je à Sortek.

— Ce sera plus rapide pour voyager que de prendre les chevaux.

— Ok, rétorquai-je sans comprendre.

— Du coup, tu préfères partir avec Sork ou avec moi ? me laissa choisir Œngus.

— C'est-à-dire ?

— Soit tu t'assois sur la nappe que Sortek va faire voler grâce au vent qu'il va créer soit je te porte.

Donc j'avais le choix entre risquer de tomber dans le vide du haut d'un tapis volant et m'écraser si Œngus n'avait plus de force et me lâchait.

Eh bien, entre la peste et le choléra autant choisir celui qui me fera passer le meilleur dernier moment !

— Je viens avec toi si tu te sens capable de me porter bien entendu.

— Ça ne devrait pas être un problème.

Il accompagna ses paroles en me soulevant très agilement. Mon égo se sentit très flatté d'être aussi légère. Je m'accrochai à son cou et me nichai dans le creux de son épaule pour sentir son parfum.

— Gus, n'abuse pas non plus de ma patience en profitant de la situation ! cracha Sortek.

— Oups, me redressai-je.

— Ne t'inquiète pas, je la dépose comme un galant homme. Une fois fait, je m'engage à ne plus poser les mains sur elle.

— Quoi ? m'exclamai-je malgré moi.

— Nous sommes d'accord. Partons maintenant, il fera

bientôt nuit.

— Où allons-nous ? m'enquis-je, agacée d'avoir été exclue allègrement de cette conversation.

— À la fête des parias. Ce sera le plus grand spectacle de ta vie, me promit Œngus.

Je caressais l'herbe de ma main.

Œngus avait insisté pour que je m'assoie sur la nappe afin de ne pas me salir. Je n'en avais pas envie ! Je prétextais donc le manque de discrétion de la démarche. Après tout, il était bien connu que les Eryans vivaient en symbiose avec la nature, non ? Ce petit stratagème, dont je n'étais pas peu fière, me permit d'obtenir gain de cause et de retrouver un grand sourire.

Sortek nous avait laissés dès notre arrivée afin de retrouver un petit groupe d'autres Erdluitles.

Nous étions dans une grande prairie entourés d'arbres. Pour ne pas me faire remarquer et pouvoir tout observer, je choisis de m'installer à la lisière de la forêt.

— Pourquoi appelez-vous cela la fête des parias ?

— Le soir de l'équinoxe d'été, il y a plusieurs fêtes qui se déroulent, mais celle-ci est la seule qui accueille tout le monde. Les Erdluitles et les Hybrides sont les bienvenus comme tous les Eryans qui le souhaitent. Mais pas seulement. Regarde autour de nous, tu vas comprendre.

À gauche de nous, il y avait trois feux, de différentes tailles, qui se mouvaient d'une étrange manière, presque humaine. En fait, ils en avaient même la silhouette.

— Ce sont des Tâns, des êtres du feu. C'est compliqué de les faire venir sans créer des incendies sur leurs passages. C'est pourquoi, ils peuvent se déplacer uniquement grâce aux Ergyds.

Il m'indiqua de la tête, d'énormes masses de pierres.

— Ils les portent, me précisa-t-il.

— Tu veux dire que ce tas de cailloux est vivant ?

— Ces tas de cailloux comme tu dis, c'est Gronk et sa femme Grank. Je te déconseille de parler comme ça devant eux. Ils sont gentils, mais un tantinet susceptibles. Debout, ils font près de trois mètres pour une tonne. Tu ne m'en voudras pas je l'espère car je me défilerai pour te défendre si tu les offenses, s'amusa-t-il.

— Désolée, mon comportement est déplacé. Ce sont des êtres vivants après tout, d'ÉNORMES êtres vivants, avec une part de sensibilité quand même, rigolai-je. Malgré tout, il y a un truc qui me chiffonne : pourquoi ma tante ne m'a pas parlé d'eux ?

— Les Tâns et les Ergyds font partie du peuple de l'ombre comme les Cairneks, c'est la raison pour laquelle elle ne t'en a pas parlé.

— Tu plaisantes, j'espère ? Ça ne va pas de les laisser venir ici ? paniquai-je.

— Calme-toi, ils ne sont pas là pour créer des problèmes. Ils veulent juste passer une bonne soirée comme nous tous. J'imagine que Devenia t'a parlé des Gwraidds. Jette un coup d'œil discrètement derrière nous. Elles sont timides.

Je me penchai vers le fétaud comme pour lui chuchoter quelque chose à l'oreille.

J'aperçus deux jeunes femmes très frêles, le visage hâlé, habillées et coiffées de fougères, ce qui donnait à leurs cheveux l'étrange impression d'être un buisson.

Mon regard dut être trop insistant, car elles disparurent presque aussitôt.

— Je dois admettre que cette journée est épique. J'en ai appris plus en quelques heures sur Alleïa que pendant un mois entier l'été dernier. Tu avais raison, cette soirée est extraordinaire ! La musique. L'ambiance. Toi. Tout me convient parfaitement.

Les Erdluitles étaient de très bons musiciens.

Il y avait un grand feu au milieu de la prairie. Autour de lui, des dizaines de fétauds et d'Erdluitles dansaient.

— Bonsoir Laeradenn Tali, vous passez une bonne soirée ?

— Excellente Patel, répondis-je, surprise, ne l'ayant pas entendu arriver. Et vous ?

— De mieux en mieux. M'accorderiez-vous une danse ? demanda-t-il poliment.

— Je ne suis pas une très bonne danseuse, désolée… me dérobai-je.

— Peut-être plus tard alors. Bonne soirée Laeradenn. Œngus, le salua-t-il d'un signe de tête.

Patel s'éloigna rapidement vers le foyer central, me laissant voir ses magnifiques ailes d'un dégradé, de bleu à orange.

— Il me semblait t'avoir expliqué que cela ne se faisait pas de détailler les ailes des Eryans ? persifla Œngus.

— Je n'étais pas en train de le faire ! mentis-je, feignant d'être offensée.

Mes joues rougissantes me trahirent aussitôt.

— Il fait partie des gardiens du dolmen. Je me devais d'être courtoise, me sentis-je obligée de me justifier.

— Ce sont moins des gardiens que des prétendants, cracha-t-il visiblement contrarié.

— Des prétendants à quoi ? l'interrogeai-je complètement à côté de la plaque.

— Tu as vraiment besoin d'un dessin ? railla-t-il. Devenia et Llewilis n'ont pas d'enfants. Ta sœur et toi, vous êtes les seules descendantes du Maël. Il n'est guère étonnant qu'il y ait des vautours qui tentent de faire une bonne union.

— Tu te mets des idées en tête inutilement, le rassurai-je. Cela n'a pas de sens. Nous ne risquons pas de devenir Maël puisque nous ne sommes pas nées ici. De plus, Devenia m'a expliqué que le Maël était élu au mérite. Aucun Eryan ne nous choisirait de toute façon. Quant à ton histoire de « prétendants », c'est absurde… Bon, admettons pour Alice, mais moi, je suis humaine. Je les dégoûte ! Ce qui, là encore, n'a pas de sens puisque les Eryans ont des âmes sœurs ou associés, si tu préfères, qui les attendent. Regarde Patel, il ne ferait pas de mal à une mouche.

Voir Patel discuter avec un enfant Erdluitle me confirmait que j'avais raison.

— Ta méconnaissance de nos coutumes m'exaspère chaque fois un peu plus. Le Maël n'est pas élu par un vote, il est choisi par nos dieux. Cela fait des milliers d'années que le Maël a été désigné systématiquement dans la même famille. Il faudrait être idiot de ne pas le reconnaître. La preuve en est que de jeunes fétauds se sont désignés volontaires pour pouvoir avoir la chance de vous rencontrer et vous séduire afin de s'assurer une place dans la famille royale. Vous n'aurez probablement pas d'associés comme votre mère, ce qui laisse le champ libre aux profiteurs.

— Ok, nous n'aurons pas d'associés, mais eux ? Ils doivent

en avoir une ? Tu m'as bien dit que cela n'était arrivé que deux fois, Etede et ma mère ?

— Pour certains, trouver l'amour de leur vie n'est pas le but ultime. Ils préfèrent le pouvoir à ce genre de sentiment. S'il faut s'unir à une humaine pour ça, ce ne sera pas le plus grand des sacrifices qu'ils feront ! Crois-moi. Et puis, il y a ceux qui, comme Patel, ont peur, car leurs associées ne sont pas encore nées. Cela viendra, mais ils craignent de finir seuls… Comme moi, termina-t-il amèrement.

— Mais tu n'es pas seul.

Je tentai de lui prendre la main mais il la retira aussitôt.

— Tu as dit que tu passais une soirée épique, mais celle-ci n'a pas encore commencé. La nuit tombe, cela ne devrait plus tarder, changea-t-il de sujet.

— Comment ça ?

Le fétaud n'eut pas besoin de me répondre, car une certaine effervescence envahît l'assemblée.

Un vacarme assourdissant résonna quand Gronk et Grank, les monstres de pierres, se déplacèrent à travers la prairie pour déposer les Tâns dans le feu central.

Sortek, jusqu'alors resté assis à côté de ses amis, se leva pour rejoindre les Ergyds.

L'orchestre d'Erdluitles le suivit.

Les musiciens commençaient à jouer un nouvel air plus entraînant encore.

Le ciel se remplissait de nuages noirs, des gouttes de pluie tombaient bruyamment s'accordant parfaitement avec la musique.

Seule la prairie où nous nous trouvions n'était pas en prise par ce mauvais temps.

Les Tâns dansaient dans le feu, créant des geysers de flammes.

Les Ergyds tapaient du pied dans un vrombissement tonitruant.

Les feuilles des arbres s'agitaient frénétiquement.

Sortek levait les mains au ciel. Instantanément des éclairs résonnèrent.

Chacun d'entre eux apporta du rythme et une sonorité particulière et endiablée, motivant incontestablement à danser.

— Allez! Viens danser avec moi, priai-je Œngus.

— Très peu pour moi, je lui laisse ma place, indiqua-t-il Patel du menton.

Je n'insistai pas. L'Hybride n'avait plus l'air très enclin à flirter avec moi depuis mon retour, autant ne pas lui être désagréable.

Je m'approchai donc de Patel qui, après une révérence, me tendit la main.

Je dansai avec le fétaud pendant des heures.

Me laissant guider et tournoyer à en perdre haleine.

Personne n'avait l'air d'être fatigué tellement nous nous amusions.

La musique était omniprésente, nous traversant le corps avec allégresse.

Haletante, je décidai de faire une pause. Je baissai la tête pour remercier mon partenaire.

La relevant, je poussai un hurlement de terreur.

Une masse noire immonde le recouvrait entièrement.

Des cris stridents résonnèrent à en percer les tympans.

Des bras me tirèrent en arrière.

— Ne reste pas là, cria Œngus.

— Non! refusai-je d'obtempérer. Nous devons l'aider.

La masse noire se releva légèrement mais ne lâcha pas sa proie.

Deux fentes jaunes me fixèrent. Des cheveux noirs entouraient une peau fripée presque dégoulinante.

Son corps prit une position d'attaque, elle s'apprêtait à bondir.

Je n'eus même pas le temps de me protéger qu'un éclair l'atteignit.

Il ne restait plus que deux corps calcinés à la place où je dansais avec Patel quelques minutes auparavant.

— Emmène-la, ordonna Sortek au loin. Fuyez!

— Patel! hurlai-je. Non! Nous ne pouvons pas le laisser là. Il faut l'aider, suppliai-je Œngus.

Il me regarda droit dans les yeux.

— C'est trop tard pour lui. Il est mort et nous le serons aussi si nous ne fuyons pas maintenant.

J'acquiesçai d'un signe de tête et me laissai entraîner dans la forêt.

Nous courions depuis plusieurs minutes quand nous nous arrêtâmes enfin.

J'avais la main endolorie à force d'être serrée par celle d'Œngus.

Nous pouvions toujours entendre les cris terrifiants, mais ils avaient l'air de s'éloigner.

— C'était quoi cette créature ? demandai-je essoufflée.

— Une Banshee ! me répondit-il sombrement.

Le mot m'était familier, mais je ne me souvenais plus pourquoi.

Un silence s'installa mais je réalisai vite ce que cela signifiait.

— Quelqu'un est mort ! soufflai-je. Un membre de la famille royale ?

Je m'inquiétai du sort de Devenia.

— Le Maël. Le Maël est mort !

— Comment le sais-tu ?

— Les Banshees n'attaquent pas d'habitude. Viens ! Nous devons retourner au plus vite au château. Puisque nous ne pouvons pas voler à cause de ces créatures, la route va être longue !

CHAPITRE 4

Le tatouage

La nuit commençait à s'éclaircir quand nous arrivâmes au château.

Un silence pesant régnait, rendant angoissant chacun de nos pas qui résonnaient.

Œngus me guida dans les ailes de l'édifice que je ne connaissais pas.

— Où allons-nous ? murmurai-je par crainte de rompre ce silence.

— À la grande salle du conseil.

Au fond du couloir, une grande porte entrouverte laissait apparaître un rai de lumière.

Œngus la poussa dans un grincement sinistre.

— Tu es là ? Tu es vivante ? s'empressa de me prendre dans ses bras ma tante en pleurs. Merci, Œngus de me l'avoir ramenée saine et sauve, lui tendant la main pour serrer son épaule.

— Le Maël est mort ? l'interrogea-t-il.

— Oui ! renifla-t-elle. Il a été assassiné.

— Comment ? m'exclamai-je, ne voyant pas comment cela avait pu être possible compte tenu du monde présent au moment des festivités.

— Son vin a été empoisonné. Nous n'avons pas eu le temps de réagir que tout était déjà fini. Cela s'est passé peu après le départ du bateau pour Tech-Duinn.

— Savez-vous qui est l'auteur de ce crime ? demanda Œngus soupçonneux.

— Non ! Nous connaissions tous les invités. Aucun ne nous semble suspect. Rien n'indique qu'il s'agisse d'Etede non plus si c'est le sens de ta question.

— Même si vous voulez croire l'inverse, cela ne peut en être autrement, osa-t-il la braver.

— Je connais ta loyauté pour Eryan. Tout comme ta haine contre ta mère, mais tu ne peux pas affirmer cela sans preuve. Je te remercie sincèrement d'avoir pris soin de la Laeradenn, mais cela concerne la famille maintenant. Tu devrais rentrer chez toi. Tali et nous allons nous occuper de l'organisation des funérailles. La Laeradenn te recontactera dans quelques jours si elle le souhaite.

— Non ! murmurai-je.

— Qu'as-tu dit ? me fit répéter Devenia.

— Non ! affirmai-je. Je suis sincèrement désolée pour vous que vous ayez perdu votre père, mais je le connaissais à peine. En plus, je vous ai bien précisé que je devais repartir ce soir. J'ai des examens à passer et je me vois mal expliquer la raison de mon absence à cause du décès d'un aïeul magique qui ne vit même pas sur la même planète que moi !

J'étais consumée par une rage que je ne me connaissais pas.

J'étais tellement exaspérée d'entendre décider les autres pour moi comme si j'étais absente !

Ce n'était sans doute pas le meilleur moment pour exploser, mais je bouillonnais.

Œngus et Devenia me dévisagèrent ce qui me fit sentir coupable immédiatement.

— Désolée, je n'aurais pas dû vous parler comme ça.

— Ta main ? Ton bras ? m'indiqua l'Hybride.

Je regardai ma main droite sans comprendre.

— Ton autre main ! s'exaspéra-t-il.

— C'est quoi encore ce délire ! hurlai-je.

Ma main et mon avant-bras étaient entièrement recouverts de motifs complexes.

— Le tatouage ! Tu portes le tatouage du Maël ! annonça Devenia ahurie.

— Non ! C'est impossible ! Il s'agit d'une erreur ! C'est forcément autre chose ! Œngus, dis-lui que c'est impossible. Qu'est-ce que c'est ? Qu'est-ce qui m'arrive ? m'effondrai-je.

— Tout va s'arranger, tenta de me consoler mon compagnon.

— Il a raison. Tu es Laeradenn, la fille de Kellia. Tu devrais pouvoir réussir les épreuves et…

— Quoi ? Quelles épreuves ? retrouvai-je mes esprits.

— Ton tatouage pour le moment n'est pas définitif. Tu as cent astres pour rencontrer les quatre Gardiens de la lumière et passer leurs épreuves pour qu'il le soit.

— Bien ! C'est parfait ! Je n'irai pas voir ces Gardiens machins choses et comme cela tout sera terminé.

— Ce n'est pas si simple, Tali. Tu es obligée de le faire.

— Ah bon, sinon quoi ? Ils vont venir me chercher ? J'aurai une punition ? Un gage ? ironisai-je de colère.

— Non, tu mourras, répondit Œngus tristement.

— C'est une blague ? Tu plaisantes, j'espère ? Si c'est le cas, ce n'est vraiment pas drôle.

Leur silence répondit à ma question.

— Nous allons partir voir Dagda immédiatement. Ainsi nous pourrons établir un plan chez les Mary-Morgans pendant que nous sommes à l'abri d'éventuelle attaque d'Etede…

— Non, l'interrompis-je. J'ai cent jours pour réaliser cette mission ! Je vais rentrer chez moi, passer mes examens et je reviendrai dans trois jours.

— Tu n'as pas cent jours ! Nous nous basons sur le calendrier lunaire. Alleïa comporte quatre lunes. Tu dois le faire en vingt-cinq jours, me précisa Devenia.

— Pas exactement, je devrai le faire en vingt et un jours. Vingt-cinq jours moins les quatre, en comptant aujourd'hui que je vais utiliser pour finir mes épreuves.

— Ne fais pas l'enfant, soupira Œngus.

— Ce n'est pas un caprice ! Est-il possible de le faire en vingt et un jours, oui, ou non ?

— Tu joues avec ta vie ! siffla-t-il.

— Oui ou non ? persistai-je.

— Je n'en sais rien. Nous n'avons pas eu de nouveau Maël depuis notre arrivée à Alleïa. Il n'y a donc pas de référence sur le sujet.

— OUI OU NON ? hurlai-je.

— Cela devrait être possible, s'immisça calmement Devenia. Mais tu devras vraiment revenir immédiatement après tes examens, s'inquiéta-t-elle.

— Je vous le promets. Si Œngus est d'accord, il pourrait venir me chercher au dolmen afin que nous allions directement chez les Mary-Morgans. Je viendrai vous revoir dès que tout cela sera fini. Ça vous convient à tous les deux ? demandai-je apaisée.

— Oui, répondirent-ils non sans inquiétude.

— J'espère que vous me pardonnerez, ma tante, de vous abandonner dans un tel moment, mais je dois rentrer maintenant.

— Tu as des choses à faire dans ton monde. Tu nous l'as bien fait entendre. Je ne veux donc pas être celle qui t'en empêche. Je sais que tu feras les choses au mieux. Ton nouveau tatouage en est la promesse. Reviens-moi vite, s'il te plaît.

Elle me serra dans ses bras une dernière fois, m'embrassa le front puis quitta la pièce.

— Je te porte jusqu'au dolmen si j'ai bien compris? cracha amèrement Œngus.

— Non, chez toi!

Je changeai de vêtements pour retrouver mon vieux jean et un t-shirt blanc avec un grand soixante-seize floqué dessus. Je pliai soigneusement la robe que j'avais portée et la déposai sur une des racines de l'arbre qui trônait dans la chambre de ma mère.

Œngus m'attendait déjà à l'extérieur du château.

Le soleil se levant, mon compagnon estima que nous ne courions plus aucun danger.

Ce qui nous permit de voler jusqu'au village des Hybrides.

Nous atterrîmes tout juste qu'il me lâcha sans ménagement.

Je tombai sur les fesses dans un craquement douloureux.

— Eh ! le fustigeai-je.

— Quoi ? m'incendia-t-il.

— Pourquoi tu as fait ça ?

— Si tu ne tiens pas plus à ta vie que ça, je ne vois pas pourquoi je devrais faire de mon mieux pour qu'il ne t'arrive rien !

— Je tiens à ma vie, m'offensai-je. J'ai juste des priorités…

— Des priorités PLUS importantes que ta vie ! Ce qui revient au même au final.

— Pas du tout. Une fois que j'aurai terminé, je reviendrai aussitôt pour passer autant d'épreuves que vous voudrez, le rassurai-je.

— C'est bien ça le problème ! Fallait-il encore que je sache que tu comptais prendre encore la poudre d'escampette à peine arrivée, persifla-t-il.

— Je t'avais prévenu dès le départ qu'il faudrait que je reparte.

— NON ! Tu ne L'AS PAS FAIT !

— Bien sûr que si, j'ai prévenu tout le monde.

— Sauf moi à l'évidence, rétorqua-t-il vexé.

J'étais persuadée de l'avoir informé que mon séjour serait bref, mais s'il avait raison…

Si j'avais oublié…

Je réalisai soudainement qu'il se sentait abandonné. Encore une fois.

— J'avais l'intention de revenir dès que possible de toute façon. Cette «mission» n'y change rien. Je t'aurais rejoint au plus vite, lui assurai-je.

— Tu m'as déjà fait des promesses par le passé ! Il semblerait qu'il t'est très difficile de les tenir. Peu importe de toute façon, tu n'as plus le choix ! Donc tu peux me dire ce que nous faisons ici au final ? Je croyais que tu avais hâte de rentrer ? vociféra-t-il.

— La journée s'achève. Il ne me reste que quelques heures pour profiter de ta présence. Je ne suis pas certaine de réussir ces fameuses «épreuves divines» donc j'aimerais au moins parvenir à l'objectif que je m'étais fixé en venant ici : être avec toi. Nous aurions passé tout notre temps ici, dans ce village lugubre, que je m'en serais fichue. Même si tu ne me crois pas, c'est juste toi que je voulais ! Je te connais, tu ne me refuseras pas ce que je veux. Tu n'oseras pas. Alors, je vais en profiter parce que je n'ai peut-être plus le temps d'avoir des regrets et pas beaucoup à supporter les remords.

— Ok, tu veux faire quoi du coup avant de rentrer ? demanda Œngus, résigné.

— Dormir. Dormir auprès de toi comme nous le faisions l'été dernier. Je suis épuisée et surtout j'ai besoin de toi.

Il ne releva pas.

Il ouvrit le chemin vers sa maison sans un mot puis pénétra à l'intérieur.

Des braises crépitaient encore dans l'âtre de la cheminée.

Je laissai Œngus fermer les rideaux et s'installer, habillé, sur le dessus de son lit en bois ancien.

Je me blottis dos à lui pour être enveloppée par ses bras.

— Que va-t-il se passer maintenant pour le tatouage ?

Je regardai mon bras qui ne présentait plus aucune marque.

— Celui-ci n'apparaît normalement que quand tu ressens des émotions très fortes. La colère par exemple, comme tu as pu le constater tout à l'heure, mais pas seulement, il y a l'amour, la peine ou la joie. Pendant ces vingt-cinq jours cependant, la marque va s'intensifier. Elle va lentement gagner du terrain comme un poison. Si tu ne parviens pas à terminer tes missions, tu en mourras.

— C'est déjà arrivé ? Je veux dire, quelqu'un a-t-il déjà échoué ?

— Je ne sais pas.

— Alors comment être sûr que tout cela est vrai ? Peut-être qu'il ne va rien se produire après tout, tentai-je de me rassurer.

— Tu as vraiment envie d'être la première à t'assurer de la véracité de cette légende ?

— Non, grimaçai-je. Je ferai ce qu'on attend de moi, terminai-je abattue.

Je me retournai sur le dos et fixai son visage parfait.

— Pour les missions ? Tu sais à quoi je devrai faire face ?

— Non, cela reste secret. Aucun Maël n'en parle à son retour. Je sais uniquement que tu devras rencontrer les quatre derniers Gardiens de la lumière. Dagda que tu connais déjà. Eochaid. Macha et Nemed.

— Quatre Gardiens, quatre missions ?

Il acquiesça de la tête.

— Tu devrais dormir maintenant. Avant ces quatre épreuves, tu dois passer quatre jours d'examens si j'ai bien compris.

Je lui répondis par un sourire peu convaincant et attrapai avec soulagement le poignet qu'il me tendait puis posai sa main sur ma poitrine.

Mon visage posé près du sien, je m'approchai pour franchir les derniers centimètres qui me séparaient de lui. Œngus, lui, ne bougeait pas.

Déçue, mais pas moins décidée, je posai un baiser délicat

sur ses lèvres et appréciai qu'il me le rendît.

Je me rallongeai, satisfaite d'avoir réussi au moins une chose que j'avais planifiée pour ce court séjour à Alleïa.

Éreintée, je fermais les yeux.

— Télès, je voulais te dire… chuchota-t-il à mon oreille. Tu étais vraiment magnifique dans ta nouvelle robe.

Je sentis son souffle apaisant contre ma joue et m'endormis.

Le soleil était à son zénith quand nous arrivâmes au dolmen.

— Tu es certaine que tu ne veux pas que je t'accompagne ? me demanda encore inlassablement Œngus.

— Oui, c'est inutile. Je retourne dès ce soir au pensionnat. Tu ne pourras pas rester avec moi et je ne te laisserai pas seul à Paris.

— Je pense que j'ai été confronté à pire, ironisa-t-il.

— Sans doute, mais ce sont d'autres formes de pensées, de technologies et d'habitudes. Tu n'as pas à subir ça. En plus, je ne pourrai pas du tout te consacrer de temps, ça ne servirait vraiment à rien.

— Tu as peur que je me fasse remarquer ? Que je te fasse honte ? s'indigna-t-il.

— À Paris ? Tu te serais fondu dans la masse, pouffai-je.

— Je capitule, souffla-t-il navré. Sois prudente, c'est tout ce que je te demande.

Une petite ride d'inquiétude se forma entre ses sourcils.

— Je ne risque rien sur Terre. Il n'y a que les habitants d'Alleïa qui en veulent à ma vie, tentai-je de sourire.

— Je n'aime pas les au revoir, je préférerais que l'on fasse vite.

— OK, au revoir alors, me vexai-je.

Je me retournai prête à descendre les marches du dolmen.

— Et puis après tout ! me décidai-je.

Je me redirigeai vers Œngus, attrapa son visage entre mes deux mains pour l'embrasser furtivement.

Finalement, c'était plus facile que ce que je pensais de voler un baiser, me réjouissais-je.

— Au revoir ! À dans trois jours, triomphai-je.

Je repartis vers le dolmen, posant déjà le pied sur la première marche quand mon bras fut attiré en arrière.

Je percutai le torse d'Œngus violemment.

Il posa sa main sur ma joue puis m'embrassa tendrement et longuement.

Je tremblais encore d'émotion quand il me lâcha.

— Au revoir Télès. À dans trois jours.

— Quoi ? Euh oui, bien sûr. À dans trois jours.

Déboussolée, je m'empourprai et n'osai le regarder avant de partir précipitamment sans me retourner cette fois. Malgré tout, je perçus un léger rire derrière mon dos qui m'embarrassa encore plus.

— Oui, Alice, j'y suis, répondis-je au téléphone.

— Tu as pensé aux fleurs ?

— J'ai réalisé un énorme bouquet d'hortensias avec les massifs de notre jardin.

— Tu arrives à quelle heure ?

— Mon train arrivera à 23h17 à la gare Montparnasse.

— C'est Louan qui t'emmène, minauda-t-elle.

— Non. Je ne l'ai pas vu de toute façon, regrettai-je. J'ai appelé un taxi. Il vient me chercher dans vingt minutes, donc je ne vais pas pouvoir m'attarder au téléphone.

— Ça s'est passé comment avec Œngus ? Tu l'as vu au moins ? La fête de l'équinoxe t'a plu ? s'enthousiasma ma sœur.

— Oui, je l'ai vu. C'était génial, mentis-je pour la rassurer en me concentrant uniquement sur les retrouvailles avec Œngus et Sortek. Je te raconterai tout à mon arrivée au pensionnat si tu ne dors pas encore.

— Compte sur moi pour t'attendre ! Je veux connaître chaque détail. Jusqu'à la couleur des chaussures de Dwrya !

Ces dernières semaines, Alice avait l'air d'avoir cicatrisé de sa peine de cœur provoquée par l'Hybride.

C'était un réel soulagement pour moi qu'il en soit ainsi.

— Tali ?

— Oui ?

— Je suis dégoûtée que papa ne m'ait pas laissée rentrer à Pleumeliac avec toi. C'est la première année que je ne serai pas là, me précisa-t-elle avec des trémolos dans la voix. Tu l'embrasseras de ma part ?

— Je te le promets, répondis-je attristée pour elle. Je te vois tout à l'heure de toute façon.

— J'ai hâte que tu rentres.

Je raccrochai.

Émue par cette conversation et par l'endroit où je me trouvais, j'essuyai une larme sur ma joue.

Je me pressai dans les allées, marchant machinalement vers mon objectif pour m'arrêter devant l'arche de fleurs et la pierre de marbre blanc.

— Bonjour maman, cela fait quatre ans aujourd'hui que tu nous as quittés…

CHAPITRE 5

Lapinou

— Tu ne veux vraiment pas m'accompagner ? Sortek, serait ravi de te voir, insistai-je auprès d'Alice.

— Je ne me sens vraiment pas prête à les affronter. La prochaine fois peut-être…

— Au fait, je t'ai dit que nous avions la côte en ce moment avec les Eryans et que tu pourrais te trouver un petit ami sur place juste pour l'été ?

— Oui, tu me l'as dit au moins un milliard de fois ! D'ailleurs, franchement ça me choque ! Surtout venant de toi !

Alice me regardait outrée.

— Je n'en pense pas moins que toi à ce sujet, mais je joue toutes mes cartes pour essayer de te faire venir.

— Pour partir en randonnée avec Œngus et toi ? Pardonne-moi si je n'ai pas envie de gaspiller la moitié de mes vacances scolaires à chaperonner un couple d'ados. Ou plutôt un couple demi-ado, demi-vieillard, s'amusa-t-elle. Il a quel âge déjà ? Deux-cent ans ?

— Cent-quatre-vingt-quatre ans cette année, la rectifiai-je peu enthousiaste de sa blague. Vous avez le même humour de mauvais goût tous les deux, la taclai-je.

— Oh, si on ne peut plus rigoler ! Quand je vois ta réaction, ça me donne encore plus envie de rester ici. Surtout que Louan m'a concocté un programme littéraire pour les vacances.

— Si ça peut te rassurer, c'est toi qui viens de me convaincre de ne pas rester avec toi, grimaçai-je. Merci en tout cas de m'avoir accompagnée jusqu'au dolmen. Au fait, quand as-tu vu Louan ? Nous sommes venues ici directement après être rentrées à la maison et je ne t'ai pas lâchée depuis.

— J'avais remarqué que tu ne m'avais pas «lâchée» comme tu dis. Tu ne m'as d'ailleurs pas «lâchée» depuis que tu es rentrée au pensionnat. Heureusement que tu avais des examens toute la semaine sinon je t'aurais étripée ! Je ne t'ai jamais vue aussi collante, tu peux m'expliquer puisqu'on en parle ?

Je n'avais pas raconté à ma sœur tout ce qu'il s'était passé à Alleïa.

Alice savait tout, sauf que j'avais été marquée et que je devais passer des épreuves pour survivre.

J'imaginais aisément que c'était sans doute la partie qu'elle aurait aimé le plus connaître, mais je n'avais pas réussi à me résoudre à la préparer éventuellement au pire.

Je préférai plutôt me dire que j'allais réussir et qu'il était donc inutile de l'inquiéter pour rien.

Si elle m'avait accompagnée, il aurait été difficile de lui cacher. Une part de moi n'était pas mécontente qu'elle s'en abstienne.

— Le stress des exams sans doute, me dérobai-je. Tu ne m'as pas répondu, quand as-tu vu notre apollon de voisin ?

— Je ne l'ai pas encore vu. Nous nous envoyons des sms de temps en temps, m'avoua-t-elle gênée.

— Hum hum… et tu n'as pas trouvé bon de me le dire parce que ? l'interrogeai-je vexée de ne pas avoir été mise dans la confidence.

— Parce que ce n'est pas important, se braqua-t-elle. C'est notre voisin, il n'y a rien à dire à ce sujet.

— Voisin pour lequel tu craquais l'année dernière !

— C'était il y a longtemps. TRÈS longtemps, s'agaça-t-elle.

— OK, je veux bien te croire. Ça dure depuis quand ? ne pus-je m'empêcher de demander.

— Après les vacances de Noël, murmura-t-elle.

— Quoi ? m'étonnai-je. Combien de fois vous êtes-vous contactés au juste depuis Noël ?

— Deux fois par semaine. Le dimanche et le mercredi… s'empourpra Alice.

Ce n'était pas de temps en temps !

Ils avaient un rituel tous les deux !

Face à la gêne de ma sœur, je ne voulus pas insister plus longtemps. Je souhaitais que ce moment reste agréable dans nos souvenirs à toutes les deux.

— Je vais y aller. Je ne veux pas que tu fasses le chemin pour rentrer à la maison dans la nuit.

Je serrai ma sœur dans mes bras sans ménagement.

Alice resta les bras allongés le long du corps, mais cela ne me découragea pas et je serrai plus fort.

— Tu es sûre que ça va Tali ? Tu es vraiment bizarre ces derniers temps.

Malheureusement, ma sœur me connaissait et n'était pas dupe. Je n'avais jamais été fan des câlins et elle le savait.

Ma cadette me força gentiment à la lâcher.

— Désolée. Je te l'ai dit, ça doit être le stress des examens. J'ai beaucoup de fatigue accumulée. Cette fois j'y vais, tentai-je de sourire.

Alice jeta un regard rapide sur mon bras gauche.

Je me figeai et allai regarder à mon tour, mais ma sœur ne m'en laissa pas le temps.

— C'est moi qui devrais m'excuser. Tu viens de passer ton bac et je ne trouve rien d'autre à faire que de te chahuter.

Elle me prit à son tour dans ses bras.

— Sois prudente pendant ta randonnée. Je t'aime, Tali.

— Je t'aime aussi, répondis-je surprise.

C'était la première fois que nous avions un tel échange. Cela me mettait très mal à l'aise.

— Allez file! Je ne voudrais pas affronter la colère d'un Hybride, car je t'aurais trop retenue.

J'acquiesçai de la tête, puis m'engouffrai sous le dolmen.

Je regardai une dernière fois ma sœur qui s'essuyait les yeux d'une main.

Je pris une grande inspiration, lui souris avant de monter les marches.

— Tout va bien? me demanda Œngus, anxieux.

— Maintenant que je te vois, beaucoup mieux. Tu m'as manqué, le contemplai-je ravie.

J'avais décidé de ne plus retenir mes paroles et de partager avec lui toutes mes pensées.

Si je devais mourir dans vingt et un jours, autant ne pas me torturer l'esprit.

Dans un premier temps, le visage de l'Hybride apparut surpris, mais je pus y lire rapidement de la satisfaction.

— Tu m'as manqué aussi, me rétorqua-t-il en souriant.

— Les Mary-Morgans? soufflai-je, peu motivée à les revoir.

— Môred, doit sans doute déjà t'attendre, me charria-t-il.

Nous avions volé toute la nuit et tout le jour. Œngus ne s'était autorisé que de très rares pauses. Mon inutilité me culpabilisait, tout comme devoir le laisser me porter. Surtout qu'à la différence de lui, j'avais pu me laisser submerger par le sommeil et m'endormir dans ses bras.

Nous étions donc arrivés dès le lendemain soir au château des Mary-Morgans.

Comme lors de notre premier séjour, Dwrya nous accueillit.

— Bonsoir Laeradenn, j'espère que vous allez bien depuis notre dernière rencontre puisque je n'ai pas eu la chance de vous voir lors de la soirée de l'équinoxe d'été. On m'a informée que vous aviez dû prendre congé à cause d'obligations personnelles. Raisons si impératives que vous n'avez même pas pu prendre la peine de nous saluer mon frère et moi, m'indiqua-t-elle doucereusement.

À l'évidence, j'avais contrarié la Mary-Morgane, ce qui n'augurait rien de bon pour notre séjour.

— Bonsoir Dwrya, je suis sincèrement désolée si je vous ai offensée, mais sachez que ce que l'on vous a rapporté est vrai, mentis-je pour l'apaiser.

Les lèvres pincées, la jeune femme jeta un regard noir à mon partenaire de route.

— Bonsoir Œngus ou plutôt, bonsoir «obligations personnelles», persifla-t-elle.

— Bonsoir Dwrya. Tu n'as pas l'air d'être dans ton état normal pour parler ainsi à la Laeradenn. Dois-je te rappeler pourquoi nous sommes là et qui doit allégeance à l'autre?

— Cela ne sera pas nécessaire, se contint la Mary-Morgane. Nous avons apporté les modifications que tu souhaitais pour votre chambre. J'imagine que vous souhaitez en bénéficier dès maintenant afin de dormir avant de voir l'Oracle.

— Nous vous en serions reconnaissants, la remerciai-je le plus amicalement possible.

Dwrya nous guida à travers le château vers la chambre que j'avais occupée l'été précédent.

Je fus agréablement surprise quand nous arrivâmes.

— Des modifications? interrogeai-je Œngus, satisfaite par son idée.

Il me répondit par un sourire.

Une porte massive en bois avait été installée.

J'appréciai que nous ayons plus d'intimité surtout compte tenu des projets que j'avais en tête.

— J'espère que tout sera à votre convenance. Je vous retrouve demain. Bonne nuit ou bonne soirée selon vos intentions, cracha-t-elle hautaine.

— Bonne nuit Dwrya, lançai-je gênée par ses allusions.

L'Hybride se détourna, indifférent à notre hôte pour pénétrer dans la chambre.

Ce n'était effectivement pas l'approche que j'avais espérée, mais au moins le sujet était lancé.

J'entrai à mon tour, tremblante et effrayée par ce que je comptais faire.

La table et la cheminée étaient toujours là.

Un sofa et un bassin d'eau fumante avaient été installés en plein milieu de la pièce.

Un lit immense recouvert d'une couverture en fourrure blanche avait remplacé l'ancien.

J'appréciai d'avoir toujours la vue sur le fond marin.

— Quand as-tu pu demander d'apporter ces changements ? interrogeai-je le fétaud.

— J'ai passé quatre jours à t'attendre alors j'ai eu le temps. Je voulais que ton séjour soit le plus confortable possible.

Je profitai de l'occasion pour exécuter mon plan.

Je tâchai de ne pas montrer mon manque d'expérience ni ma fébrilité en m'avançant d'un pas décidé vers lui.

— Je te remercie pour cette attention.

J'entourai mes bras autour de sa taille et l'embrassai.

Encouragée qu'il ne me repousse pas, je poursuivis :

— Nous devrions nous coucher, lui chuchotai-je lascivement à son oreille.

— Tu as raison. Je suis épuisé. Nous devrons sans doute repartir dès demain, m'embrassa-t-il furtivement avant de s'écarter en douceur de moi.

Je me dirigeai vers le grand lit, retirai mon jean pour ne garder que mon T-shirt et mes sous-vêtements.

En me glissant sous les draps, je me rendis compte qu'Œngus s'était allongé sur le sofa.

— Tu… Tu ne dors pas avec moi ? lui demandai-je la voix chevrotante.

— Pas ce soir. Profite du grand lit, nous n'aurons pas l'occasion de dormir dans un tel confort avant un moment.

— Justement, dors avec moi, le suppliai-je pathétiquement.

Le fétaud me regarda, se pinçant l'arête du nez comme chaque fois que je l'agaçais.

— Pas ce soir, me répondit-il fermement cette fois. Dors, maintenant.

Blessée d'avoir été rejetée aussi aisément, je me tus et me couchai.

Le sommeil ne vint pas pourtant.

Je détaillai, à la lueur des braises de la cheminée, mon ange noir.

Son souffle m'indiquait qu'il ne dormait pas non plus malgré l'épuisement évident de notre voyage.

Je me résignai à ne pas insister pour ce soir, mais échafaudai un autre plan pour le lendemain matin.

Convaincue de parvenir à mes fins, je m'endormis sereinement.

Je contemplais inlassablement les motifs blancs nacrés qui étaient apparus sur mon bras. Je n'avais en effet eu que des occasions furtives d'observer le tatouage qui recouvrait ma main et mon avant-bras.

Il s'agissait d'entrelacs complexes entourant une rosace.

Seul l'intérieur de ma main avait été épargné par ce sort.

L'eau chaude apaisait mon humeur tout comme mes muscles endoloris par le voyage.

Les Mary-Morgans avaient pris soin de mettre à notre disposition de nombreux flacons pour l'usage du bassin. Des sels, des lotions, des huiles, qui diffusaient des parfums agréables dans la pièce quand je les débouchais.

Après avoir pris le temps de choisir, j'avais agrémenté l'eau avec des sels de bain à la vanille et des pétales de rose.

Je profitai allègrement de l'eau, de la lumière bleutée qui émanait du lac et du spectacle que m'offrait l'Hybride à quelques centimètres de moi.

Éreinté, il ne s'était même pas aperçu que j'étais réveillée.

Ce qui m'avait permis de mettre en place tranquillement mon plan B.

Œngus commençait à s'agiter légèrement, laissant présager son réveil.

— Bonjour, minaudai-je.

Ses paupières s'entrouvrirent.

Il tourna la tête vers le lit puis, ne m'y voyant pas, se retourna vivement vers le bassin.

Mon compagnon se redressa immédiatement, puis prit une grande inspiration.

À ma grande déception, son visage se ferma immédiatement, ce qui ne me laissait que peu d'espoir pour la suite des événements.

— Bien dormi ? m'enquis-je en espérant le dérider un peu.

— Très bien, merci et toi ? Tu es matinale ce matin ? m'interrogea-t-il soupçonneux.

— Pareil. Le lit était très confortable, c'est dommage que tu n'en aies pas profité. L'eau est très bonne, c'était vraiment tentant. Tu veux me rejoindre ? Cela te ferait du bien après avoir volé autant de temps, lui répondis-je le plus innocemment possible.

Massant ses épaules avec sa main, l'Hybride avait l'air d'être tiraillé.

— Cela délasse vraiment, je t'assure, insistai-je.

Œngus s'approcha du bassin quand il s'arrêta brusquement.

— Tu es nue ! s'offusqua-t-il.

— Il n'y a rien de surprenant à ça. Je prends un bain ! m'agaçai-je de voir la situation m'échapper si près du but.

— J'attendrai que tu sortes pour prendre le mien.

— Bien, j'avais fini de toute façon, lui rétorquai-je vexée. Tu veux bien me donner la serviette qui se trouve sur le lit s'il te plaît.

Tandis qu'Œngus me tournait le dos, j'en profitai pour sortir et m'approcher de lui.

Quand il se retourna, je n'étais plus qu'à un mètre de lui.

— Que fais-tu ? s'exclama-t-il, pétrifié.

— Je sors de mon bain. C'est bien ce que tu voulais, non ?

— Tu aurais pu attendre que je te donne la serviette !

— Pour quoi faire ? Tu peux me la donner maintenant ou bien tu peux la jeter sur le sol, dis-je en m'approchant encore.

Mon corps touchant le sien, j'en profitai pour l'embrasser.

— J'ai peur que tu aies froid, me coupa-t-il dans mon élan. Tu devrais d'ailleurs te rhabiller au plus vite.

Il accompagna ses paroles en me posant la serviette sur les épaules puis s'éloigna de quelques pas.

— Tu te moques de moi ? m'emportai-je.

Humiliée, je m'enveloppai dans la serviette.

— Non, pourquoi dis-tu ça ?

— Pourquoi as-tu demandé que l'on installe une porte, un lit plus grand et une baignoire pour deux si c'est pour me repousser au moment où je m'offre à toi ? crachai-je.

— Pour ton confort… bredouilla-t-il, penaud.

— Je ne crois pas m'être plainte à ce sujet-là lors de notre dernier séjour ! ne décolérai-je pas. Tu avais forcément une idée en tête !

— Peut-être que j'y ai pensé mais… C'est plutôt toi qui devrais me dire ce qu'il t'arrive ? Tu ne m'aurais jamais sauté dessus comme ça avant ! reprit-il ses esprits.

— Avant, je ne savais pas que je risquais de mourir si vite ! J'aurais aimé avoir le temps de faire une liste pour savourer mes éventuels derniers moments, comme profiter des gens que j'aime, voyager ou aller au musée, mais je suis obligée d'être là ! Et oui sur cette liste, il y aurait sans doute eu ça… Ce n'est peut-être pas glorieux, mais c'est une des seules choses que je ne pensais pas pouvoir faire avec un autre que toi. Mais puisque tu ne cesses de te défiler, je devrais peut-être revoir ma copie, vociférai-je.

— Que veux-tu dire par là ? pâlit-il soudainement.

— Tu m'as bien dit que j'avais des prétendants ? Puisque malheureusement Patel n'est plus là, cet odieux Mostic pourrait bien faire l'affaire, à moins que je me satisfasse simplement de Môred ! me vengeai-je d'avoir été repoussée.

— Tu te comportes comme une Mary-Morgane ! m'insulta-t-il.

— Faux ! Car si j'étais de la même espèce que Dwrya, tu aurais déjà cédé depuis longtemps. Tu ne peux pas dire le contraire.

— Tu n'oseras pas faire ça ? Dis-moi que tu ne comptes pas sérieusement aller voir Môred ? paniqua-t-il.

Il tenta de s'approcher de moi et de prendre mon bras recouvert de motifs noirs, mais je reculai hors de sa portée.

— Qu'est-ce que ça peut te faire ? Tu n'es visiblement pas intéressé !

— Tali, m'appela-t-il gentiment.

— Je n'ai plus rien à te dire, me dirigeai-je vers la porte.

— Tu ne vas pas sortir dans cette tenue ?

Dans l'espoir de me dissuader définitivement, le fétaud me barra la route.

— Je fais ce que JE VEUX !

— Télès, me supplia-t-il.

— TROP TARD, claquai-je la porte derrière moi.

J'avais regretté mon geste à la seconde où j'avais franchi la porte, mais j'étais trop fière pour faire demi-tour. Je déambulai donc dans les couloirs évitant de croiser un Mary-Morgan étant donné ma tenue légère et prometteuse.

J'entrai dans une aile que je ne connaissais pas, m'interrogeant sur mes options pour sortir de cette situation. Je passais devant les portes ouvertes sans un arrêt ni un regard.

— Laeradenn Tali, vous portez une robe à la mode de chez vous ou bien vous n'avez pas su utiliser la porte, que vous avez exigée, correctement ? me héla une voix cynique que je reconnus aussitôt.

— Je ne suis pas d'humeur, Dwrya, à entendre vos moqueries. Maintenant, si je peux prendre congé sans d'autres commentaires, je vous en serai reconnaissante.

— Comme vous voudrez. J'allais vous proposer de vous prêter une de mes robes, mais si vous préférez rester ainsi… Je suivrai vos ordres, *Laeradenn*, persifla-t-elle.

La Mary-Morgane rentra dans la salle qu'elle venait de quitter sans me laisser l'occasion de répondre.

Je n'hésitai pas longtemps avant de la rejoindre et pénétrai dans sa chambre. Celle-ci était très semblable à la mienne sauf qu'il y avait une porte supplémentaire.

— Je veux bien votre aide... S'il vous plaît, m'abaissai-je devant tant de mesquinerie.

— En fait, je ne sais pas, vous avez l'air de si bien vous en sortir sans les Mary-Morgans, me tortura-t-elle.

— Dwrya! nous interrompit une voix sévère qui sortait de la pièce attenante.

— Sortek! soufflai-je surprise et soulagée.

— Je t'ai déjà dit que ce n'était pas une manière de s'adresser à tes invités, reprit l'Erdluitle. Présente tes excuses à la Laeradenn.

— Mais mon lapinou, c'est elle qui a commencé, supplia-t-elle.

Voyant les oreilles d'âne de mon ami, exceptionnellement sans chapeau, je ne savais pas si je devais être attendrie ou amusée par ce surnom.

— Maintenant! lui ordonna-t-il.

La Mary-Morgane fit la moue mais s'exécuta.

— Pardonnez-moi, Laeradenn, je vais vous chercher ma plus belle robe.

Je restai coite devant un tel changement d'humeur et me contentai d'acquiescer.

Dwrya se dirigea vers Sortek pour lui caresser l'épaule de sa main qu'il tapota pour la féliciter.

Visiblement heureuse, elle s'engouffra dans l'autre pièce, me laissant ainsi seule avec l'Erdluitle.

Je me souvins alors quels vêtements je portais ou plutôt que je ne portais pas et rougis aussitôt, craignant la prochaine intervention de mon ami.

— Tali, vous pouvez me dire ce que vous faites ici et surtout dans cette tenue?

CHAPITRE 6

L'alternative

$\mathcal{A}$ ssis tous les deux sur le lit, je narrais les événements qui m'avaient conduite jusqu'ici à Sortek. Pendant ce temps, Dwrya s'était appliquée à me tresser les cheveux.

Sa gentillesse me laissait songeuse, mais je n'osais faire aucune remarque.

À mon plus grand soulagement, l'attrait de l'Erdluitle pour mon tatouage nacré avait surpassé sa curiosité pour ma robe en serviette de bain.

— Vous êtes donc venue voir l'Oracle ? Pour votre première épreuve ? Et vous ne savez pas à quoi vous attendre ?

Je me contentai de hocher ou de secouer la tête, lasse de répondre aux mêmes questions depuis presque une heure.

— Vous ne m'avez pas dit ce que vous faites ici ? l'interrompis-je malicieusement.

Il jeta un regard à Dwrya, puis se lança dans une explication qui semblait avoir été répétée.

— Après votre départ de la fête des parias, je suis allé directement au château pour m'assurer que tous les invités, sauf le Maël bien entendu, se portaient bien, puis je me suis porté volontaire pour escorter les Mary-Morgans jusqu'à leur demeure.

— Vous logez donc ici depuis quatre jours ?

— Depuis plus longtemps en fait, Sork est devenu un membre permanent de notre garde. Il en est le chef ! intervint fièrement la Mary-Morgane.

— C'est vrai ? Mais c'est une grande nouvelle ! Toutes mes félicitations. Pourquoi ne pas m'en avoir parlé ?

— Nous n'en avons pas eu le temps, répondit-il gêné.

— En effet, malheureusement les festivités ont été écourtées, repensai-je tristement à Patel. À combien se compte le nombre des victimes des Banshees ?

— En comptant votre ami, cinq Eryans sont morts. Deux autres sont devenus fous. Dans ce malheur, on peut dire que les Banshees ont bien fait leur travail puisqu'elles ont attaqué trois couples et un non-associé.

— J'imagine que vous avez raison, lui concédai-je.

— Vous devriez vous habiller. Je vais prévenir l'Oracle que vous serez bientôt prête.

Sortek se leva avant de se diriger vers l'extérieur.

— Je crois que votre intervention est inutile, elle doit déjà le savoir, lui rappelai-je les dons de clairvoyance de Dagda.

— Cela n'empêche pas d'avoir de la courtoisie envers elle, me réprimanda-t-il.

L'Erdluitle salua la Mary-Morgane, puis partit transmettre son message

— Un vrai seigneur, n'est-ce pas ? m'interrogea-t-elle conquise.

— Oui, vous avez raison.

— Il faut vous préparer, je vais vous aider, me sourit-elle sincèrement.

Je me regardai dans le miroir, reconnaissant à peine la personne qui se reflétait.

Dwrya s'était certes servie de moi comme poupée géante en me maquillant et m'habillant mais il ne s'agissait pas seulement de cela… L'image était différente de d'habitude et pourtant très semblable.

J'effleurai de la main la dentelle qui recouvrait la robe argentée.

J'avais l'habitude des robes des Mary-Morgans qui permettaient de contrer la gravité, mais cette étoffe ajourée, ne pesant rien sur mes doigts, me laissait perplexe.

— C'est de la dentelle d'écume de mer, répondit Dwrya à ma question non formulée. Il est devenu impossible de trouver une sirène qui accepte d'en tisser pour une autre personne que son clan.

— C'est fabuleux, m'émerveillai-je.

— Je suis contente que vous appréciiez cet ouvrage.

Elle me détailla de la tête au pied, plissant les yeux dans sa réflexion.

— Il manque quelque chose… J'ai trouvé ! s'enthousiasma-t-elle.

La Mary-Morgane ouvrit une boîte en velours bleu sur sa coiffeuse et me rapporta l'objet.

— C'est un diadème en corail incrusté de perles de culture, m'expliqua-t-elle en l'ajustant sur ma tête.

— C'est très joli, mais… Cela ne vous semble pas un peu

trop habillé ? me sentis-je déguisée.

— Vous serez bientôt Maël. Vous ne serez jamais trop habillée, me rassura Dwrya gentiment.

J'acquiesçai et contemplai de nouveau cette personne qui ne me ressemblait pas.

À mon grand désarroi, ma traversée dans le palais ne passa pas inaperçue.

Tous les Mary-Morgans étaient présents pour me saluer.

Je hochais la tête en souriant comme une marionnette, remerciant ceux qui m'encourageaient pour ma première épreuve.

Loin de ressentir du stress, j'étais finalement soulagée d'être arrivée aux appartements de Dagda et de m'éloigner de tout ce tumulte.

— Je ne vous accompagne pas plus loin, me précisa Dwrya qui était restée deux pas derrière moi pendant tout le chemin.

— Je vous remercie de m'avoir aidée et espère avoir l'occasion de discuter plus longuement avec vous, la saluai-je.

— Moi également. Peut-être aurons-nous le temps de le faire lors du grand banquet organisé pour votre couronnement.

— Oui, peut-être, dissimulai-je une grimace.

Dwrya m'était apparue ces dernières heures sous un jour beaucoup plus favorable. Son intervention m'avait sans nul doute évité d'être anxieuse avant ma première épreuve.

Je pénétrai dans les appartements de Dagda beaucoup plus sereine que ce que j'aurais pu espérer.

La salle était semblable à mes souvenirs à l'exception des armes accrochées aux murs.

Cependant, je devais bien avouer que je ne savais pas si cette décoration était nouvelle ou non. Je n'y avais juste pas prêté attention avant aujourd'hui...

Œngus était déjà arrivé.

Il me tournait le dos, contemplant les profondeurs du lac grâce à la barrière magique.

Alerté sans doute par le bruit de mes pas, il se retourna vivement et fonça vers moi sans hésitation.

— Tu étais où ? Cela fait des heures que je te cherche ! hurla-t-il comme un dément.

— Avec Dwrya et Sork, murmurai-je d'effroi face à tant de rage.

Il eut l'air surpris, puis un soulagement apparut fugacement sur son visage avant de se fermer de nouveau.

— Tu ne crois pas qu'il aurait été préférable de te concentrer sur ta première épreuve ? En plus c'est quoi cette tenue ? Tu ne trouves pas qu'elle est prétentieuse et déplacée avant d'être Maël ? Depuis quand tu portes des tiares ? Et ce décolleté est vraiment vulgaire, on voit toute ta poitrine !

Je regardai mal à l'aise mon buste afin de vérifier la véracité de ses propos pour réaliser en voyant mon innocent col rond qu'ils n'étaient absolument pas fondés.

J'avais déclamé à peu près le même discours que lui face à la Mary-Morgane, mais sa mauvaise foi me contraria tellement que je me refusai à aller dans son sens.

— Dwrya a choisi cette tenue. C'est un honneur de la

porter! Et en ce qui concerne mon décolleté, pour éviter que tu le trouves indécent, je te recommande de regarder ailleurs. Maintenant si tu veux prendre congé n'hésite pas, il n'y a que moi qui suis obligée de risquer ma vie après tout!

— Bonjour, nous interrompit l'Oracle.

Dagda était entrée dans la pièce si discrètement que je ne sus pas exactement depuis quand elle assistait à notre pitoyable scène.

— Bonjour Dagda, répondîmes-nous mal à l'aise.

Les yeux baissés comme deux enfants pris à faire une bêtise, nous n'osions plus parler et attendions que Dagda intervienne.

— Bien. Veuillez prendre place à la table, une collation vous attend. Prendrez-vous du thé?

— Cela a un rapport avec l'épreuve? m'aventurai-je à demander sans grande conviction.

— Tali, il est surprenant que vous soyez si pressée de débuter les épreuves après avoir attendu autant de temps pour venir me voir, répondit la Gardienne d'un ton neutre.

Je m'empourprai aussitôt gênée par sa remarque vexante, mais juste.

— J'espère qu'à l'avenir, si vous devez devenir Maël, cela ne vous empêchera pas de prendre le temps de boire une tasse de thé avec une vieille femme. Surtout si vous comptez lui demander un service.

— Non, madame, me décomposai-je de plus en plus.

Alors que je m'attendais à une aventure épique, je devais admettre que je me sentais bien misérable à être réprimandée comme une enfant. Ce qui faisait considérablement fondre ma confiance sur la réussite de ma mission.

Je ne me risquai pas à regarder Œngus pour lire sur son

visage ce qu'il pensait, de crainte de m'enfoncer encore plus dans mon désespoir.

Nous nous installâmes donc tous les trois à la grande table qui nous avait accueillis un an plus tôt. Nous n'avions pas eu le choix pour nous asseoir puisque les chaises étaient déjà disposées. Dagda, dos à la barrière magique, nous faisait face.

N'osant regarder directement l'Oracle, j'observai les fonds marins quelques instants avant de m'intéresser au festin qui nous avait été préparé.

Un service en porcelaine ainsi qu'un verre d'eau étaient posés sur un plateau en or. Le reste de la table était recouvert de biscuits colorés, de viennoiseries, de morceaux de chocolat de toutes les formes ainsi que des fruits.

Finalement, je donnai raison à l'Oracle en décidant de profiter de ce moment de calme et de silence. Avachie sur ma chaise, je savais que ma belle robe et ma tiare ne suffiraient pas à sauver mon honneur, mais à la pensée de ma vie menacée, cela me sembla bien futile.

Je laissai donc Dagda nous servir le thé et bus quelques gorgées du breuvage brûlant avant de poursuivre mon petit goûter par un biscuit nappé d'un glaçage rose.

— Que doit-elle faire ? interrogea Œngus, visiblement excédé par la situation.

La bouche pleine, n'osant même plus mâcher, je restai immobile en attendant la colère de notre hôte.

Mais cette fois, celle-ci resta muette et savoura tranquillement sa tasse de thé, jusqu'à la dernière goutte.

Tandis que mon compagnon tapait du pied d'impatience en me lançant des œillades mauvaises, j'entrepris de finir mon gâteau dans un silence religieux pour ne pas l'agacer davantage.

Assoiffée par le stress, je manquai de m'étouffer à la dernière bouchée et tentai de tousser discrètement.

Œngus me regarda avec fureur, je ne pus alors m'empêcher d'arrêter de respirer me privant ainsi encore plus du peu d'air qui me laissait animée.

— Nous allons pouvoir commencer, nous interrompit Dagda en me tendant le verre d'eau déjà prêt.

Bien que je ne puisse en être certaine, le simple fait d'envisager qu'elle avait anticipé cette scène me rappela pourquoi j'étais venue la voir.

Je me redressai, la remerciai puis avalai rapidement le verre d'eau.

Je m'accordais quelques instants pour me recentrer sous les regards plus ou moins patients des deux Eryans.

— Je vous écoute, lui indiquai-je quand je fus enfin concentrée.

— Tali, tu as été marquée par le tatouage du Maël, les Dieux t'ont donc choisie pour accomplir une mission. La connais-tu ?

— Oui, je dois réussir quatre épreuves, répondis-je comme une intello trop zélée.

— Non, tu as tort.

Mes épaules s'affaissèrent aussitôt.

— Elle doit bien passer quatre épreuves, non ? interrogea Œngus, plein d'espoir.

— Oui, en effet. Mais ce n'est que le chemin, pas l'objectif. Tali a été choisie pour guider les Eryans, pour leur assurer de vivre en paix et en sécurité. Les épreuves permettront seulement de savoir si elle en sera capable.

— Et dans le cas contraire… Je mourrais ? demandai-je tristement.

— Si tu devais échouer, un autre Maël serait désigné, mais…

— Quoi ? l'interrompis-je malgré moi.

Gênée, je n'osai plus poursuivre.

— Vous voulez dire qu'elle ne sera pas forcément Maël après avoir passé les épreuves.

— En effet, cela ne suffit pas. Bien entendu, il faudrait d'abord qu'elle y survive avant de pouvoir espérer poursuivre sa vie ordinaire. Maintenant, si vous voulez bien m'excuser, je dois m'absenter avant que ne débute la première épreuve.

Je ne quittai pas des yeux Dagda qui quittait la pièce.

— Tu te rends compte ? Tu ne deviendras pas forcément Maël ! s'exclama Œngus à peine l'Oracle sortie.

— Hum… C'est une bonne nouvelle, lui répondis-je sans conviction.

— Qu'est-ce qui t'arrive ? C'était ce que tu voulais, non ? interrogea le fétaud, complètement perdu.

— Ma vie n'est pas ORDINAIRE ! m'énervai-je, ce qui eut pour conséquence de faire apparaître les lignes noires de mon tatouage.

L'Eryan massa son arête du nez et respira bruyamment.

— Tu plaisantes, j'espère ? Tu ne vas quand même pas me dire que c'est ce que tu as retenu de la conversation !

— Mais c'est hyper vexant ! Dagda a l'air de sous-entendre que ma vie est banale voire sans intérêt ! C'est faux ! Elle est géniale ma vie ! J'aime MA VIE !

— Justement au lieu de t'énerver, tu devrais te réjouir.

— Mais elle a dit…

— Et alors ? m'interrompit-il, excédé. Quand bien même elle trouve ta vie ordinaire, tu devrais t'en moquer ! Tu as l'occasion de pouvoir la vivre ! C'est le plus important, non ? Même si je ne vois pas très bien ce qui peut te retenir là-bas. Ta sœur est déjà une fée! Quant à ton père, si j'ai bien compris, il est toujours absent.

— Comment tu sais que mon père est toujours absent? Et puis, pourquoi tu dis qu'Alice est «déjà» une fée? De toute façon, il n'y a pas qu'eux! J'ai des projets. Je veux finir mes études… Il y a mes amis aussi. Je n'ai pas eu le temps de parler à Louan…

Je me tus et m'empourprai.

— C'est qui Louan? demanda Œngus, suspicieux.

Je détournai le regard, espérant naïvement trouver la réponse adéquate dans les profondeurs marines.

— C'est qui CE LOUAN? s'impatienta-t-il.

— Saphyra!

— Quoi Saphyra? Quel est le rapport avec elle? Elle le connaît? Comment? me harcela-t-il de plus en plus énervé.

— Elle est là! le coupai-je.

Il tourna la tête vers la barrière magique et put apprécier tout comme moi le spectacle que la sirène nous offrait.

Ses cheveux rougeoyants brillaient grâce aux rais de lumières qui traversaient le lac. Son corps ondulait dans une danse captivante. La blancheur de sa peau mettait en valeur son regard perçant et ses seins nus. De sa queue émeraude émanait une lumière dorée que je lui méconnaissais. Elle attendait patiemment que nous la rejoignions pour communiquer, ses mains posées sur la barrière.

J'allais me lever pour la retrouver quand j'entendis des pas venant de l'extérieur.

— Dagda revient! Cache-toi! indiquai-je à la sirène en lui faisant des signes avec les mains.

Saphyra disparut derrière un des pans de mur juste à temps.

L'Oracle entra dans la pièce portant un rouleau de parchemin et une petite boîte en bois.

Reprenant sa place, la Gardienne posa les deux objets devant elle.

La boîte semblait très vieille. Des morceaux de cuir ciselé, représentant des motifs très semblables à mon tatouage, étaient cloutés sur chaque face.

Dagda l'ouvrit, sortit trois petits verres en or et les disposa devant nous.

— Que dois-je faire ? demandai-je, prête à débuter.

— Ce n'est pas encore le moment, m'arrêta-t-elle en me faisant un signe de la main.

Elle déroula précautionneusement le parchemin pour dévoiler la carte qu'il renfermait.

— Ceci est une carte d'Alleïa. Elle vous permettra de trouver les trois autres Gardiens de la lumière.

Je jetai un rapide coup d'œil sur le vieux morceau de papier et profitai de l'occasion pour vérifier si Saphyra était toujours là.

Comme en écho à mes pensées, Saphyra pencha légèrement sa tête de côté ce qui me permit de l'entrevoir derrière le mur. Je ne m'attardai pas cependant, car une grosse tache sombre dans les profondeurs attira mon attention.

— Vous trouverez Macha en haut du Grianàn, la Gardienne de la flore, dit-il en pointant du doigt une montagne au centre du croquis. Eochaid, le Gardien de la terre que tu connais déjà, Œngus, réside toujours dans le Nemeton à la limite du territoire des Cairneks.

Surprise par cette annonce, je voulus interroger le fétaud à ce sujet, mais je n'arrivais pas à détacher mes yeux de la forme qui grossissait de plus en plus.

— Quant à Nemed, la Gardienne de l'air, elle se trouve dans le territoire des Trylows.

Ses doigts se baladaient sur le papier précisant les lieux de rendez-vous.

— Pouvez-vous nous donner plus d'informations sur les tâches que devra accomplir Tali ? osa Œngus.

— Bien entendu, acquiesça-t-elle d'un signe de tête. Nous allons y venir, mais dans un premier temps, je vais vous parler des Gardiens pour que vous sachiez qui vous allez rencontrer. J'aimerais d'ailleurs avoir toute votre attention.

Le fétaud me donna un coup de pied à peine dissimulé pour que je retrouve mes esprits, mais c'était peine perdue. À l'évidence, la forme gigantesque et monstrueuse se dirigeait vers nous. Ma seule préoccupation était donc que Saphyra s'en aille.

Dagda poursuivit ses explications sans que je n'en écoute un seul mot. Mon compagnon tapait dans ma jambe de plus en plus fort, mais la douleur m'était totalement indifférente. Faisant fi de la présence des deux autres Eryans, je m'acharnais à faire des signes de la main à la sirène pour qu'elle s'enfuie, mais elle restait là à me regarder sans comprendre.

Je retrouvai malgré tout un peu de concentration quand j'entendis que l'Oracle allait nous expliquer ce que je devrais faire, mais cela ne dura que quelques secondes.

En effet, je commençais enfin à distinguer de quoi il s'agissait. Une énorme murène de plusieurs dizaines de mètres arrivait à grande allure sur Saphyra.

— Derrière toi ! lui hurlai je.

Mais bien loin de l'aider, elle se contenta de me montrer son oreille et fit un haussement d'épaules.

Le monstre, ayant repéré sa proie, ouvrait déjà sa gueule immense pour la saisir.

Je me levai d'un bond, projetant ma chaise à travers la pièce et me précipitai vers la barrière magique.

Je perçus à peine les hurlements d'Œngus derrière moi.

Dans ma course, j'analysai le plus vite possible la situation. Excluant rapidement la possibilité de tirer la sirène à l'intérieur de la salle puisque je n'en connaissais pas les conséquences, je cherchai donc une autre solution pour stopper la bête.

Une grande lance accrochée au mur me l'apporta.

Je saisis l'arme et, face aux yeux écarquillés de ma protectrice, je la plongeai dans l'eau juste à temps pour que la mâchoire de la murène ne se referme pas sur la sirène.

Je transperçai la gueule du monstre qui réagit aussitôt en se débattant, ne me laissant ainsi pas le temps de la déloger.

Sa force était telle que la murène m'entraîna dans l'eau avec elle.

Ses dents acérées aussi grandes que mes avant-bras n'étaient plus qu'à quelques centimètres de mon corps.

La lance se brisa sous la puissance de sa gueule, mon bras fut alors transpercé.

J'ouvris la bouche de douleur. L'eau en profita pour s'insinuer dans mes poumons qui voulaient crier.

Un nuage rouge se répandit tout autour de nous.

Je sentis mon corps devenir chiffon et se faire secouer comme une poupée par la murène appâtée par le sang.

Malgré la brûlure et le manque d'oxygène, mon instinct de survie prit le dessus, j'empoignai plus fermement le morceau de lance que je n'avais pas lâché, puis le plantai de nouveau.

Je profitai du sursaut du monstre pour me dégager.

Celui-ci allait de nouveau attaquer quand une énorme planche alla s'enfoncer dans sa gueule.

Les immenses rasoirs qui lui servaient de dents tentèrent de broyer la table de la salle de conseil, en vain. Trop concentrée par cette paralysie soudaine, la murène ne vit pas l'épée arriver et se fit transpercer la tête.

Le monstre mort sur le coup sombra dans les profondeurs du lac, tout comme moi.

CHAPITRE 7

La collectionneuse

Je me réveillai en sursaut. Un hurlement s'échappa de ma gorge.

— Chut, doucement. Je suis là. Tout va bien, me rassura une voix qui m'était chère.

— J'ai fait un horrible cauchemar! tremblai-je encore de panique.

— Tu es en sécurité maintenant. C'est fini. Rallonge-toi. Tu n'es pas encore totalement remise.

Je m'exécutai puis sentis ses doigts me caresser les cheveux et me laissai aller en refermant les paupières.

— «Totalement remise»? me réveillai-je définitivement en me redressant vivement dans le lit.

La tête me tourna et je ne pus m'empêcher de vaciller.

Œngus me rattrapa, puis me rallongea précautionneusement.

— Tu as perdu beaucoup de sang. Il faut que tu sois raisonnable et que tu te reposes avant que nous repartions, me réprimanda-t-il gentiment.

— Ce n'était donc pas un mauvais rêve, demandai-je tristement.

— J'ai bien peur que non.

— J'ai dormi longtemps? m'inquiétai-je du peu de temps

que nous avions pour rencontrer les quatre Gardiens.

— Non que quelques heures, me rassura-t-il.

Je pris conscience de la douleur qui irradiait dans mes deux bras et les tendis devant moi.

Le droit portait un bandage sur plusieurs dizaines de centimètres.

Quant au gauche, le tatouage avait pris une teinte rosée.

— Je pensais que cela aurait été pire que ça, expirai-je avec optimisme.

— Ça l'était! Tu avais un énorme trou dans l'avant-bras! Mais l'onguent que m'a donné Saphyra pour te soigner a réalisé des miracles.

— Ah! grimaçai-je.

— Tu as eu beaucoup de chance. Heureusement qu'elle était là! Elle est allée te chercher dans les profondeurs du lac et a ramené le remède extrêmement rapidement.

— Je la remercierai la prochaine fois que je la verrai. Elle est encore là? l'interrogeai-je plein d'espoir de revoir ma protectrice.

— Non. Je crois qu'elle se sentait trop coupable pour ton attaque. Sérieusement, qu'est-ce qui t'a pris de foncer tête baissée vers un monstre pareil?

— Comment peux-tu me demander ça? Je ne pouvais pas la laisser se faire dévorer sans rien faire quand même! Et puis, ce n'est pas de sa faute. Elle ne devrait pas se sentir coupable. Personne ne pouvait prédire ce qui allait se passer… Apparemment, même Dagda ne l'a pas vu venir! D'ailleurs, qu'est-ce que l'Oracle a dit? Elle est où? Quand dois-je repasser mon épreuve?

Je tentai de sortir du lit mais Œngus me retint fermement

cette fois.

— C'est inutile de te relever. Dagda ne nous aidera plus maintenant, répondit-il, à toutes mes questions, sombrement.

— Comment ça, elle ne nous aidera plus? Je dois bien passer son test, non? demandai-je, complètement perdue.

— L'Oracle a dit que tu avais fait ton choix et qu'il était donc inutile de poursuivre.

— Mais comment veut-elle que je réussisse ma mission si elle m'empêche de passer son épreuve? C'est absurde! m'emportai-je.

— Ce n'est pas grave. Tu as entendu ce qu'elle t'a dit, tu n'es pas *obligée* de réussir. Il te suffit maintenant de rencontrer les autres Gardiens. L'avenir sera alors tout à toi! Tu retrouveras ton ancienne vie. Ainsi, tout le monde sera content.

— Si elle croit que je vais me laisser faire! Elle se trompe! Échouée est une chose, mais si ça doit arriver, je compte bien le faire dans les règles de l'art. Et non pas, parce que l'Oracle l'aura décidé!

— Je n'arriverai pas à te faire changer d'avis, si j'ai bien compris?

— En effet! affirmai-je avec colère.

Je jetai les draps qui me recouvraient et me levai avec détermination, puis constatai avec horreur que ma pudeur avait été encore mise à mal.

— J'ai…

— Je sais! le coupai-je avec fureur. Tu as eu peur que j'aie froid avec mes vêtements mouillés! Sors maintenant! Je dois m'habiller pour la énième fois de la journée! m'exaspérai-je.

— Comme vous voudrez Laeradenn Tali, s'amusa-t-il.

— SORS de cette pièce! lui lançai-je un coussin.

— À vos ordres Laeradenn, éclata-t-il de rire en courant vers la porte.

Je ne le regardai pas quitter la pièce pour déjà me précipiter vers la grande armoire de la chambre. Mon agacement se renforça lorsque je constatai que celle-ci ne comportait que des robes de différentes couleurs et d'étoffes plus précieuses les unes que les autres.

Résignée à porter mes propres vêtements, j'enfilai mon jean et mon t-shirt bleu de la veille.

— Si leurs Dieux veulent que je passe leurs fichues épreuves, cela sera à ma manière dorénavant. C'est fini de ressembler à une personne que je ne suis pas, murmurai-je pour moi seule.

En ouvrant la porte avec ferveur, je fis sursauter Œngus qui m'attendait.

Il me toisa avec curiosité, puis conclut en souriant :

— Très jolie cette tenue. C'est beaucoup mieux, me félicita-t-il.

— Merci, c'est gentil, sentis-je le rouge me monter aux joues. Tu peux m'emmener aux appartements de Dagda ?

— Avec plaisir Laeradenn, répondit-il en me saisissant le bras.

Nous étions descendus au dernier étage du palais, passant par un étroit escalier en colimaçon. Je n'étais pas de nature claustrophobe, mais les murs en marbre, qui se serraient de plus en plus au fur et à mesure de nos pas, me rendaient anxieuse.

— C'est cette porte, me précisa inutilement mon compagnon puisqu'il n'y en avait qu'une.

Je m'apprêtai à frapper pour annoncer ma présence quand je fus stoppée dans mon élan.

— Entre Tali.

Je jetai un regard au fétaud qui me répondit par un haussement d'épaules.

— Vas-y. Visiblement, je ne suis pas le bienvenu cette fois.

— Je ne serai pas longue. Je te le promets.

Je l'embrassai furtivement sur les lèvres et poussai la grande porte en bois dans un grincement sinistre.

— Encourageant! chuchotai-je avec ironie.

— Entre! Je suis au fond du couloir, m'invita l'Oracle avec enthousiasme.

Une très haute voûte en arc de cercle me surplombait, faisant apparaître la porte que je venais de traverser comme ridiculement petite.

Des milliers d'objets étaient accrochés sur les murs, ce qui ne laissait qu'entrevoir la peinture rouge qu'ils cachaient.

Je m'avançai sur le sol en marbre noir et ne pus que remarquer le contraste de cette pièce avec la blancheur qui régnait dans l'ensemble du palais des Mary-Morgans.

Ne voulant pas faire attendre mon hôte, j'accélérai le pas, tout en tentant de percevoir le maximum de choses.

Je constatai avec déception que le choix de la décoration murale ne respectait aucune logique. Il y avait des bijoux, des vêtements, des livres, des cornes, dont je ne reconnus pas l'origine ou encore des bocaux en verre, trônant sur des étagères poussiéreuses, où étaient entreposés des plantes et des petits animaux conservés dans une substance liquide.

C'était un véritable capharnaüm d'antiquités plus ou moins douteuses qui laissait une impression désagréable de maison des horreurs.

Je m'avançai donc le plus rapidement possible vers la lumière rougeâtre de la prochaine pièce, hâtive de quitter cet endroit lugubre.

Bien loin de la clarté apaisante et bleutée des étages supérieurs, la barrière ne laissait percevoir, ici, que les eaux sombres du fond du lac. La lumière provenait donc uniquement des centaines de bougies disposées aléatoirement et du foyer de la cheminée.

Le salon de Dagda était meublé chichement d'un petit bureau, d'un vieux sofa en velours pourpre et d'un guéridon. Quant au sol, il était recouvert de tapis tissés ocre et rouge.

Je retrouvais l'Oracle assise à son bureau, parcourant de ses mains un énorme collier en argent qui me semblait familier.

— Entre, je t'en prie. Installe-toi dans le sofa, me proposa mon hôte toujours aussi enchantée.

— Vous avez l'air d'être en joie, puis-je me permettre de vous demander pourquoi ?

— Tu peux, je n'ai pas de raison de te le cacher. J'ai réalisé un excellent troc aujourd'hui.

Elle se leva pour m'apporter le collier.

Je tendis les mains et le posai sur mes genoux.

— C'est une magnifique pièce, très rare, poursuivit-elle.

Je contemplai le massif collier en argent qui comportait des motifs tribaux représentant des croissants de lunes alignés, entourés de pointes de flèches.

Le bijou était extrêmement lourd. Je m'interrogeai alors sur la force nécessaire pour le porter.

Cela aurait même pu être utilisé comme une armure…

— Depuis quand avez-vous le collier de Saphyra ? m'énervai-je malgré moi à la suite à ma prise de conscience.

— Elle me l'a apporté cet après-midi. Je dois reconnaître que j'ai été surprise qu'elle soit si rapide. C'est une personne d'honneur.

— Et puis-je savoir contre quoi elle vous l'a échangé ? m'agaçai-je davantage.

— Contre le baume qui a servi pour te soigner. Il n'est efficace que pour les humains, c'est dire le peu d'utilité que j'en avais. C'est vraiment un très bon troc, se félicita-t-elle tout en me reprenant le bijou.

Elle traversa la pièce pour installer son trophée sur le manteau de la cheminée.

— C'est une excellente acquisition pour ma collection, triompha-t-elle.

— Je veux réaliser de nouveau l'échange ! Il suffit que je vous le rende. Je peux aller chercher le remède immédiatement si…

— Certainement pas ! me coupa-t-elle sèchement. Un troc est un troc ! En plus, il ne serait plus équitable puisqu'il a été utilisé. L'onguent ne contient plus la même quantité qu'auparavant.

— Nous pourrions convenir d'un autre échange alors ? ne démordis-je pas.

— Pourquoi pas ? Qu'as-tu à me proposer ? m'interrogea-t-elle, piquée par la curiosité.

— Je ne sais pas… Voulez-vous un objet provenant de la Terre ? Je possède un téléphone portable, c'est très à la mode et je ne m'en sers pas du tout, songeai-je.

— Tout cela n'a aucun intérêt pour moi. Je ne suis à la recherche que de choses rares.

Je secouai la tête, contrainte d'admettre que je ne possédais rien qui puisse avoir grâce à ses yeux.

— Si tu es prête à me céder ton collier, je te laisserai récupérer celui de ta protectrice. Un bijou ayant appartenu à la Laeradenn Kellia et au possible futur Maël sera largement à la hauteur pour cette opération.

Dagda s'approchait déjà de moi, ses yeux aveugles pleins de convoitises.

Par réflexe, je portais ma main au cou pour le protéger.

— Je crois que nous ne pourrons pas faire affaire aujourd'hui, me résignai-je.

— Comme tu veux, ma proposition sera toujours d'actualité si tu changes d'avis à l'avenir. De toute façon, tu n'es pas venue pour cela, conclut-elle.

— En effet, me recentrai-je sur mon objectif. Je veux faire le test des gobelets ! dis-je avec détermination.

J'espérais que mon enthousiasme légèrement forcé excuse mon désintérêt pour son épreuve plus tôt dans la journée. Il fallait qu'elle m'autorise à la passer de nouveau !

— Si c'est important pour toi, répondit-elle avec indifférence. Je vais te chercher le coffret.

— Très bien, soufflai-je, surprise qu'elle capitule aussi rapidement.

Dagda alla chercher un plateau qui se trouvait sur son bureau et le posa sur le guéridon.

— Sers-toi, me pria-t-elle.

Face à moi se trouvaient la boîte que j'avais vue plus tôt

dans la journée ainsi que six carafes en verre.

J'ouvris le coffret pour découvrir avec regret qu'il ne contenait pas trois verres, mais six.

Visiblement, l'Oracle n'avait pas apprécié mon comportement lors de notre dernière rencontre puisqu'elle avait corsé l'épreuve !

Je grimaçai.

— Je dois boire dans un seul verre, c'est bien ça ? osai-je l'interroger malgré tout.

— C'est de coutume, en effet. Tu as à ta disposition : de l'eau, du vin, du jus de betterave, de l'ambroisie, du lait et de l'hydromel, me précisant de la main dans quelle carafe se trouvait le breuvage. Ton choix doit-être judicieux.

Je regardais les gobelets en or qui comportaient des gravures différentes : des vagues, un bouquet de fleurs, une montagne, des tourbillons, un Minotaure et une flamme.

— Cela représente les Gardiens, j'ai raison ? l'interrogeai-je sans attendre de réponse, certaine de mon constat.

L'Oracle hocha la tête.

Je parcourais des doigts les gravures, récapitulant dans l'ordre :

— La vague vous représente. Ensuite, nous trouvons : Macha, Eochaid et Nemed… Mais je ne saisis pas, je ne dois bien rencontrer que quatre Gardiens, non ?

— C'est encore exact. Malheureusement Ogmios et Setenta, les Gardiens des animaux et du feu ne sont plus parmi nous aujourd'hui.

— C'est-à-dire ? Je pensais que vous étiez immortels…

Ma phrase se termina d'elle-même, réalisant que personne ne m'avait précisé une telle caractéristique. J'avais fait mes propres conclusions et face à cette découverte, il était évident que je me trompais.

Bien qu'aveugle, je n'osais plus la regarder dans les yeux, trop embarrassée par mon erreur.

— Rassure-toi, me consola-t-elle, pour beaucoup nous apparaissons comme immortels. On nous vénère pour ça, sans doute à tort d'ailleurs. Si certains le pensent, c'est que les Gardiens sont invulnérables à beaucoup de choses. La vieillesse ou la maladie, par exemple.

— Mais alors, comment sont-ils morts? l'interrogeai-je impudemment, trop captivée par son récit.

— Ogmios et Setenta étaient deux frères jumeaux qui sont morts dans une bataille lors de la guerre des Éléments.

— Il est donc possible de vous blesser! m'exclamai-je maladroitement.

— Difficilement, me précisa-t-elle narquoise. Mais, tous ces événements se sont déroulés il y a très longtemps et ils n'ont aucun intérêt pour ce qui te préoccupe.

Malgré les paroles de l'Oracle, je crus voir une larme perler au coin de son œil, cependant, elle l'essuya si vite du revers de la main que je ne pus en être certaine.

Elle poursuivit son geste en replaçant une mèche argentée derrière son oreille, ce qui m'emplit encore plus de doutes sur ce que je pensais avoir vu.

— Au risque de te paraître grossière Tali, j'apprécierais que tu ne tardes pas à faire ton choix. Les chefs cuisiniers nous proposent un mets d'exception ce soir. La salle de banquet a exceptionnellement été ouverte pour l'occasion. J'aimerais donc pouvoir être libérée assez rapidement pour aller dîner.

Désolée que mon destin perturbe votre repas! pensai-je, vexée.

Je me contentai donc de hocher la tête, puis commençai ma réflexion à voix haute :

— Je récapitule : je dois utiliser un seul gobelet et en boire le contenu.

— Il est en effet inutile d'utiliser plusieurs verres si ce n'est pas pour en boire le contenu, me guida-t-elle, visiblement lasse d'attendre ma décision.

Elle s'éloigna de moi, m'indiquant ainsi qu'elle ne m'aiderait plus.

Je poursuivis mon raisonnement en silence.

Chaque bouteille correspond à un Gardien.

L'eau pour Dagda, la Gardienne des océans.

Le vin pour Macha, la Gardienne de la flore.

Le jus de betterave pour Eochaid, le Gardien de la terre.

Le lait pour Ogmios, le Gardien des animaux.

L'ambroisie, connue pour être la boisson des Dieux, doit représenter Nemed, la Gardienne de l'air.

Et donc par élimination, l'hydromel serait pour Setenta !

Je me rassurai en comparant la couleur ambrée du breuvage aux flammes dans l'âtre de la cheminée.

J'espérais juste qu'aucune des carafes ne contenait de poison…

Une boisson. Un verre ! me motivai-je.

Je regardai l'Oracle face à la barrière magique, contemplant un lac qu'elle ne pouvait pourtant pas voir, puis me décidai brusquement.

Je versai de l'eau dans le gobelet comportant une vague et bus d'une traite.

Alors que j'attendais une réaction, des applaudissements,

un bruit de cloche ou bien encore une voix fantomatique qui aurait annoncé mon échec ou ma réussite, rien ne se produisit.

La déception laissa place à la gêne, ne sachant pas ce que je devais faire.

— Es-tu satisfaite maintenant? me demanda Dagda, au moment où j'allais reposer le verre sur le plateau.

— Je ne suis pas morte empoisonnée, c'est déjà ça! murmurai-je, embarrassée.

— Pardon? Qu'as-tu dit? Tu as parlé trop bas. Je ne t'ai pas entendue.

— Je vous disais que j'étais satisfaite, mentis-je trop honteuse de répéter.

— Bien. Tu vas pouvoir retrouver Œngus qui s'angoisse dans l'escalier. Ne le fais pas attendre plus longtemps.

— C'est tout? Je ne sais même pas si j'ai réussi? m'impatientai-je de connaître le résultat.

— Je te l'ai déjà dit, mais apparemment tu n'as pas écouté! Les épreuves ne sont que le chemin. Tu sauras si tu as réussi qu'à la fin de toutes tes épreuves.

— Mais ce n'est pas juste! Si j'ai raté votre test, même si je réussis les autres, je ne deviendrai pas Maël. Donc pourquoi m'embêter à faire des efforts?

— Si c'est ce que tu penses, il est en effet préférable que tu ne deviennes pas Maël!

Je me mordis la lèvre d'embarras.

— Je te le redemande : est-ce que cela changerait quelque chose à ton comportement si je t'annonçais ta réussite ou ton échec à cette quête?

— Non, si j'ai souhaité m'entretenir de nouveau avec vous, c'est que je voulais me donner les moyens de réussir. Je vais donc poursuivre mon chemin. Au revoir.

N'attendant pas de réponse, je me dirigeai déjà vers la sortie.

— Tali !

Je stoppai mais ne me détournai pas.

— Quand tout sera fini, si tu es encore vivante, reviens me voir.

Je souris, relevai les épaules et repris ma course.

— Rendez-vous dans dix-neuf jours ! lui annonçai-je en hurlant de la pièce des trophées.

CHAPITRE 8

Adorée

— Tu ne finis pas ? m'interrogea Œngus la bouche pleine.

— Non, c'est bon. Je n'ai plus faim. Tu peux… finir mon repas si tu veux, terminai-je ma phrase à la limite de l'écœurement en voyant le fétaud finir mon assiette. Comment fais-tu pour engouffrer autant de nourriture ? Nous nous sommes déjà resservis deux fois !

À cette pensée, j'eus un haut-le-cœur qui me fit grimacer.

— Ce n'est pas tous les jours que l'on a de la murène grillée au menu. Encore moins de la géante, me taquina-t-il d'un clin d'œil. Comme tu as pu le constater les Mary-Morgans t'en sont très reconnaissants.

Je regardai la pile de dizaines de présents qui nous attendaient à notre retour de la visite chez l'Oracle et hochai la tête.

— Je ne trouve pas que cela était nécessaire.

— Tu leur as évité de pêcher pendant plusieurs jours et en plus cela fait un monstrueux prédateur en moins à éviter. Surtout qu'aucun d'entre eux n'avait l'air d'être averti du risque.

— C'est étrange quand même. Ils en pensent quoi ? Comment c'est possible ? me triturai-je l'esprit.

— La version la plus probable est que la murène provenait de l'océan. Elle a dû remonter l'affluent jusqu'au lac.

— Hum, peut-être, acquiesçai-je sceptique. Au fait, afin de clarifier la situation, JE n'ai pas fourni ce festin aux Mary-Morgans, TU en es le seul responsable, changeai-je de sujet.

— Nos hôtes estiment le contraire et je ne les contrarierai pas. TU as attaqué, de manière totalement inconsciente, cette bestiole.

— Mon approche n'a d'ailleurs pas été très efficace, reconnus-je, piteuse. C'est TOI qui l'as tuée et nous savons très bien tous les deux que si tu n'étais pas intervenu, la murène n'aurait fait qu'une bouchée de moi.

— Je ne me suis pas attaqué à elle. Je t'ai défendue, nuance.

— Joue sur les mots si tu le souhaites, je suis trop épuisée pour insister ce soir. Je vais donc, de manière exceptionnelle, me contenter de te remercier pour avoir fait servir le repas dans notre chambre.

Je me levai du sofa pour m'installer directement dans le lit.

— Tu ne veux pas ouvrir tes cadeaux ?

— Demain, grommelai-je déjà en train de sombrer dans le sommeil.

— C'est toi qui décides, Laeradenn, rétorqua-t-il sans perdre son enthousiasme.

— Mais qu'est-ce que tu fais ? sursautai-je.

— Je viens dormir dans notre lit ! Je pense que je ne crains rien cette nuit, éclata-t-il de rire.

Je lui lançai une œillade mauvaise et tirai sur la couverture en fourrure pour m'envelopper.

Il me tendit son poignet que je saisis sans ménagement.

— Bonne nuit, Laeradenn.

Je lui répondis par un grognement et m'endormis.

— Encore une paire de chaussures… m'exaspérai-je.

Assise en tailleur sur le sol, je replaçai les ballerines en soie verte dans leur boîte.

Œngus, installé confortablement sur le sofa, prenait des notes.

— Récapitulons : deux tenues d'équitation complètes, trente-sept robes, trois diadèmes, onze colliers, dix-huit paires de boucles d'oreilles, cinq bracelets, sept paires de chaussures et vingt-trois bagues, dont vingt et une sont des bagues de fiançailles, me précisa-t-il avec un clin d'œil. Je constate trois choses. Premièrement, tu leur as fait grande impression. Deuxièmement, j'ai beaucoup de concurrence et troisièmement, il est hors de question que tu emmènes tout cela lors de notre périple.

Depuis la veille, le fétaud n'avait pas perdu son sourire. Je ne connaissais pas la raison de son changement d'humeur, mais ne souhaitais pas l'interroger à ce sujet de crainte que cela cesse.

— Ce n'était pas prévu de toute façon… On va faire quoi de tout ça ? englobai-je de la main l'immense pile de présents.

— Rien de plus facile. On va les laisser dans ta chambre !

— Cela ne va pas poser de problèmes d'abuser de leur hospitalité de la sorte ?

— Aucunement. Cette suite t'est réservée. Personne ne l'occupe quand tu t'absentes. Il en va de même pour celles de Sortek, bien qu'il ne l'occupe plus vraiment, et de ta sœur.

— Alice a une chambre ! Mais elle n'est jamais venue ici !

— Les Mary-Morgans sont prévoyants. Ils seraient déshonorés si une Laeradenn se présentait sans pouvoir la loger.

Digérant l'information, je pris quelques minutes pour réfléchir au meilleur moyen de formuler ma question.

— Tout le monde s'attend à ce que nous venions vivre ici dans un proche avenir, n'est-ce pas ?

— Tu vas devenir Maël… Quant à Alice, elle est une fée. Ta sœur ne pourra donc certainement pas être épanouie ailleurs qu'à Alleïa. Cela paraît donc évident aux Eryans que vous allez devoir vivre ici. Apparemment pas pour toi et ça me consterne de le voir sur ton visage.

— Je n'y ai jamais vraiment réfléchi pour être honnête. J'aime être ici… Ou plutôt j'aime être avec toi, mais ce n'est pas *chez moi*. Et depuis que Dagda m'a annoncé que je ne deviendrais pas forcément Maël, cette éventualité me semble plus plausible que de régner sur un royaume que je connais à peine.

Œngus s'apprêtait à me répondre, mais il sembla se raviser.

— Pour le moment, tu dois surtout préparer tes affaires. Les Mary-Morgans ont prévu de faire une haie d'honneur pour ton départ dans deux heures. Nous ne pouvons plus perdre davantage de temps ici.

— Moi qui espérais éviter un nouveau bain de foule, soupirai-je. De toute façon, mon sac est déjà quasiment prêt. La prochaine Gardienne, Macha, se trouve au Grianàn. Où se situe-t-il ? Combien de temps faudra-t-il pour nous y rendre ? Nous allons encore une fois devoir voler ?

— Tu connais déjà cet endroit. C'est la montagne qui abrite le Domaine de l'Oubli.

Je me décomposai à ce sombre souvenir.

— Ne t'inquiète pas, cette fois nous devons nous rendre à son sommet. En volant, nous devrions y arriver en un peu moins de deux jours, mais il nous faudra pratiquement une journée supplémentaire pour le gravir à pied.

— Trois jours! soufflai-je, prenant conscience du sablier qui s'écoulait trop vite. Préviens les Mary-Morgans que notre départ est avancé. S'ils souhaitent nous saluer, qu'ils soient prêts dans vingt minutes!

Le visage du fétaud se ferma.

Il se leva d'un bond, mit un poing sur son cœur et hocha la tête avant de quitter la pièce précipitamment.

Je me pinçai les lèvres, regrettant déjà la bonne humeur de mon ange noir.

Prenant ma tête dans mes mains, je m'accordais quelques secondes pour prendre une grande respiration afin de retrouver mon calme.

Je me relevai, récupérai mon sac de voyage dans l'armoire pour en vider le contenu sur le lit.

Quelques vêtements, ma flamme pure et un livre expliquant comment se soigner par les plantes qu'Alice m'avait forcée à prendre! J'y ajoutais le baume guérisseur de Saphyra, une des tenues d'équitation offerte plus tôt plus le panier repas qui nous avait été préparé pour le voyage.

Je contemplai une dernière fois ma nouvelle tenue choisie par Dwrya. Il avait été difficile de convaincre la Mary-Morgane qu'une robe n'était pas adaptée pour le périple qui nous attendait. Après de très nombreuses protestations de sa part, elle me proposa finalement de porter l'uniforme des guerrières de l'armée du palais.

Il s'agissait d'une combinaison gris bleu, très légère,

renforcée au niveau des coudes et des genoux. Dwrya nous expliqua également que le tissu qui la composait avait la capacité de s'adapter aux différences de température. Je n'aurais donc ni à craindre le froid ni la chaleur. Il était évident que c'était un avantage tactique compte tenu du fait que nous ne savions pas ce qu'il nous attendait.

Pourtant après l'avoir enfilée, je n'étais plus aussi convaincue de vouloir la porter. Elle épousait si bien les formes de mon corps que je me sentais dénudée. L'idée de la porter en public semblait inenvisageable, mais le regard conquis de mon compagnon m'avait fait changer d'avis une nouvelle fois.

Œngus essoufflé, ouvrit la porte d'un seul élan.

— Ils sont prêts.

— Si vite ! Comment est-ce possible ?

— Ils t'attendaient déjà. Ils sont tous fous de toi ! secoua-t-il la tête, impressionné.

Je m'avançai vers la porte et entendis le brouhaha provoqué par la foule.

Je reculai d'instinct puis pris une bonne bouffée d'oxygène pour me canaliser.

Le fétaud me tendit son bras que je saisis fermement afin de me donner plus de contenance et calmer mes tremblements.

— C'est bon. On peut y aller.

Œngus acquiesça d'un signe de tête, m'embrassa furtivement puis me pressa encore plus fort le bras avant de m'entraîner vers la foule surexcitée.

— Tout va bien ? s'enquit inquiet mon compagnon.

— Oui, oui, réussis-je à formuler, totalement essoufflée et épuisée.

Comment aurais-je pu lui dire la vérité alors qu'il avait volé deux jours entiers sans s'accorder la moindre pause pour dormir, tandis que moi, j'avais pu me reposer dans ses bras accueillants et protecteurs ? Il m'avait serrée si fort contre lui que j'avais pu sentir son cœur battre à tout rompre. Chaque battement me rappelant l'urgence qu'il ressentait à me sauver. J'avais presque dû le supplier pour qu'il prenne du temps pour boire et manger.

Alors dans ces conditions comment aurais-je pu lui dire la vérité ?

Comment aurais-je pu lui dire que mon tatouage avait pris une teinte légèrement plus foncée et que je commençais à ressentir un fourmillement dans ma main ?

Je prenais donc soin de le dissimuler sous ma manche pour ne pas augmenter ses craintes.

— Je suis tellement désolé de ne pas avoir pu te conduire jusqu'à Macha en volant.

— Tu as fait de ton mieux. Tu n'y peux rien s'il y a une barrière magique qui empêche les Eryans de voler jusqu'au sommet. Nous avons déjà gagné beaucoup de temps grâce à toi. Nous n'aurions jamais été aussi près du but si nous avions dû venir avec les chevaux.

— Possible… Tu veux que je te porte ? Ça n'a vraiment pas l'air d'aller.

— NON, ÇA VA ! me braquai-je, vexée.

Œngus, surpris, me regarda avec de grands yeux ronds.

Son expression me fait l'effet d'une gifle, réalisant que ma réaction n'avait pas de raison d'être.

Je ne saisissais pas pourquoi j'avais réagi aussi violemment. Tandis que je méditais sur mon comportement, le visage du fétaud s'adoucit quand il regarda mon avant-bras.

— Je suis désolée. Je ne sais vraiment pas ce qu'il m'a pris.

— À l'évidence ton tatouage fait des siennes. Je commence à regretter qu'il ne se contente pas de te rendre entreprenante, se moqua-t-il gentiment.

Gênée par son commentaire, je m'empourprai aussitôt. Mon embarras fut cependant très bref, ma colère ayant repris le dessus.

— Attendons cette nuit, nous verrons bien si tu tiens le même discours.

Mon compagnon devint plus blanc qu'à l'ordinaire, ce que je ne croyais pas possible et déglutis bruyamment.

Je m'illuminai d'un sourire narquois, satisfaite de l'avoir remis à sa place.

— Dans ces conditions, j'imagine qu'il est préférable que tu marches alors. Si tu es épuisée, je ne risquerai rien.

J'ouvris la bouche pour protester, mais me ravisai piteusement, forcée de constater que j'avais réussi à le rassurer sur mon état de santé.

— Bien, nous sommes d'accord. Je te suis, affirmai-je sans grande conviction, priant pour que cela ne soit plus trop long.

Le soleil rougeoyant commençait à embraser la ligne d'horizon quand nous arrivâmes au pied des ruines d'un escalier en pierre. Des racines enlaçaient amoureusement les marches qui le composaient, ne les laissant presque plus visibles. Une arche du même matériau, parée de lierre, trônait fièrement à son sommet.

— Nous sommes arrivés, enfin ! soufflai-je, soulagée.

Je réunis mes dernières forces et courrai pour franchir ces derniers obstacles, suivie de près par Œngus.

Je m'arrêtai devant l'arcade afin d'apercevoir la Gardienne avant d'entrer, mais seul un long couloir végétal me faisait face.

Je reculai et passai ma tête sur le côté extérieur d'une des deux colonnes pour constater avec surprise qu'il ne s'agissait pas du même paysage. Mes yeux contemplaient avec grâce les collines et les champs verdoyants du territoire des Eryans.

— C'est un portail, répondit mon compagnon à ma question non formulée.

Je hochai la tête, puis fis un pas pour entrer.

— NON, ATTENDS ! m'alerta-t-il.

— Quoi ? Qu'est-ce que tu as vu à l'intérieur ?

Il leva la main pour dégager des feuilles de la voûte, faisant ainsi apparaître des symboles gravés.

— Ce sont des runes, m'informa le fétaud.

Le visage assombri, ses lèvres se pincèrent.

— Tu en comprends la signification à l'évidence. Qu'est-ce qu'il se passe ? Qu'annoncent-elles ?

— Détrompe-toi. Je ne saisis pas tout. Mais, je reconnais deux symboles sur les quatre.

Il me les indiqua du doigt l'un après l'autre.

— Celui-ci signifie : «labyrinthe»…

Œngus s'arrêta, le regard triste.

— Et l'autre ? l'encourageai-je, fébrile, à terminer.

— Il se traduit par : «peur».

— OK… dis-je en me massant la nuque. Ce n'est pas l'accueil le plus bienveillant que nous avons pu avoir, mais bon cela aurait pu être pire. Il n'est pas inscrit «mort» ou «allez-vous-en», c'est déjà ça ! De toute façon, nous n'avons pas le choix… Apparemment, le temps s'écoule de la même façon à l'intérieur de ce labyrinthe. Il va bientôt faire nuit et ce qui pourrait arriver me rend anxieuse. On campe ici. Nous rejoindrons Macha demain si cela te convient, bien entendu, marquai-je une pause pour lui permettre de s'opposer à ma proposition.

Son absence de réaction me suffit pour poursuivre :

— Retournons… sur le chemin, nous pourrons dormir sur les herbes qui l'entourent. Nous y gagnerons en confort. Il reste suffisamment de nourriture pour dîner convenablement et reprendre des forces. Mais, dès le lever du soleil, nous traverserons le portail, lui indiquai-je fermement.

Œngus se redressa et alla porter son poing sur son cœur, mais je l'arrêtai avant.

— Arrête avec ça ! Ça n'a pas de raison d'être. Nous sommes dans la même galère. Tu es mon égal et en toute franchise je pense que tu serais un bien meilleur Maël pour les Eryans que moi.

J'achevai mon discours en apposant mon poing sur le cœur et baissai les yeux comme je l'avais vu faire tant de fois.

Quand je les rouvris, le fétaud tenait la même position que moi.

— Tu es incorrigible, pouffai-je en lui prenant la main avant de l'entraîner dans les escaliers.

— Et toi, ton tatouage te fait dire n'importe quoi, me sourit-il.

Repue, j'appréciai la chaleur du feu qu'avait allumé Œngus. Assis en tailleur, ma tête posée sur sa cuisse, il caressait mes cheveux, ce qui m'apaisait. Plusieurs minutes, voire plusieurs heures s'étaient écoulées sans que nous n'échangions un seul mot. C'était si délectable de profiter du moment sans penser à rien d'autre qu'à lui, que je n'avais eu aucune envie de briser le silence.

Mon bras gauche se fit douloureux et je soulevai ma manche pour mieux le voir. Son dessin s'était de nouveau obscurci pour devenir entièrement noir.

— À quoi pensais-tu ? s'enquit mon bel ange noir.

— Juste à toi. Uniquement à toi.

Je me redressai et l'embrassai presque douloureusement tant mon amour pour lui semblait m'étouffer à ce moment-là.

— Je n'ai pas envie de te perdre, haletai-je.

Je nichai ma tête dans son cou, humant la chaleur de sa peau et cachant mes larmes qui me rendaient si faible.

— Pourquoi dis-tu ça ? Cela n'a aucun sens puisque c'est toi qui risques ta vie en effectuant les missions des Gardiens.

— Tu sais très bien que tu la risques autant que moi. Nous allons affronter ensemble ce qui nous attend dans ce labyrinthe et tu es venu à mon secours face à la murène. Tu m'as aidé à sauver ma sœur l'été dernier. Quoi que j'entreprenne de périlleux, tu es là, à mes côtés. Prenant des risques que je refuse d'accepter pourtant.

Je sanglotai encore plus fort malgré moi.

Le fétaud m'arracha à lui pour mieux me voir. Je détournai mon visage rapidement, mais il me caressa la joue pour me ramener vers lui.

— Tant que tu seras présente à Alleïa ou que tu auras besoin de moi, il ne m'arrivera rien. Je te le promets, tenta-t-il de me réconforter.

Je clignai des yeux me remémorant une conversation avec Devenia que j'avais eue le jour de l'équinoxe d'été.

— Qu'est-ce qu'il s'est passé la nuit de l'équinoxe d'hiver? Que t'est-il arrivé? On m'a informée que Sortek avait dû veiller sur toi, car ton état était jugé critique.

J'attendais impatiemment sa réponse, le fixant dans les yeux pour m'assurer de la véracité de ses dires.

— Je ne sais pas.

— Comment ça, tu ne sais pas? m'énervai-je, insatisfaite. As-tu retiré ta bague?

Comme un réflexe de protection, le fétaud posa sa main droite sur l'anneau d'argent orné d'une hématite pour le couvrir.

— Non, jamais je ne… je ne l'ai pas enlevé. Je ne t'ai pas menti. Je ne sais pas ce qu'il s'est passé. Ce soir-là, malgré la nuit qui avançait, j'attendais ton arrivée pensant qu'il ne pourrait en être autrement. Peu après minuit, j'ai senti mon cœur se déchirer de part en part. Ma poitrine devenant brasier tandis que le froid pénétrait douloureusement mes os. M'asphyxiant, incapable d'emplir mes poumons alors que le vent fouettait mon visage. Je suis tombé sur le sol, heurtant de la tête un caillou. Mes derniers souvenirs de cette nuit horrible, c'est le sang chaud qui s'écoulait de mon front et qui m'aveuglait. Je me suis réveillé plusieurs jours plus tard avec Sork assis à mes côtés, qui n'avait pas plus d'explications à me donner que moi.

J'écoutai son récit sans l'interrompre et pris parti de lui taire ce qu'il m'était arrivé également pour ne pas l'inquiéter.

— Je suis tellement désolée pour toi, le serrai-je contre moi.

— Tout va bien maintenant. Inutile de revenir sur une mauvaise soirée. Profitons plutôt de celle qui s'offre à nous.

Œngus me donna un baiser qui me laissa songeuse. Avide d'en avoir plus, je lui rendis son étreinte avec fougue, mais il m'écarta de lui légèrement, en prenant bien soin de me garder dans ses bras.

— Nous allons dormir ? grimaçai-je, déçue.

— Tu n'auras pas gain de cause encore cette fois, acquiesça-t-il de la tête, mais nous ne sommes pas pour autant obligés de nous coucher immédiatement.

Je n'avais pas eu le temps d'intégrer ses paroles qu'il me plaqua au sol avant de m'embrasser fiévreusement.

CHAPITRE 9

Labyrinthe

— *E*ncore une impasse ! Fichu labyrinthe !

De colère, je jetai mon sac à dos dans le mur végétal qui me faisait face, mais celui-ci me revint violemment comme un boomerang me projetant avec force au sol.

— OK… donc à l'avenir, cela serait préférable d'éviter de contrarier les plantes qui nous entourent, me conseilla Œngus en m'aidant à me relever.

— Sérieusement ? Y a-t-il quoi que ce soit de normal dans votre monde ? Ou tout est forcément plus ou moins dangereux ? m'énervai-je.

— Tu entends quoi par « normal » ?

— Laisse tomber.

Exaspérée, je ramassai mon sac à dos et fis demi-tour sans attendre l'Eryan.

— Tu étais de meilleure humeur hier soir, me hurla-t-il en courant pour me rejoindre.

— *Hier soir*, je n'étais pas en train de crapahuter depuis quatre heures dans un fichu jardin où les arbres tentent de me mettre KO. J'abandonnerais cette quête idiote maintenant si j'étais certaine de pouvoir retrouver mon chemin !

Je tentai de donner un coup de pied dans un petit monticule

d'herbes, mais celui-ci s'écarta au moment où j'allais le percuter et je me retrouvai de nouveau à terre.

Rageuse, je martelai le sol de coups de pied et lâchai un florilège de jurons.

Après quelques minutes, Œngus me tendit la main.

— C'est bon ? Tu es calmée ?

— Oui, je crois… Trouvons juste la sortie au plus vite.

Je me relevai sans saisir la main qu'il me tendait et repris la marche jusqu'au prochain croisement.

— Nous venons d'en face donc qu'en penses-tu ? Nous allons à droite ou à gauche ?

— Essayons à droite…

Alors que nous nous dirigeâmes vers le nouveau couloir, une vague noire se dirigeant vers nous apparut au loin.

Je regardai le fétaud qui me répondit en secouant la tête avant de poursuivre ma route.

La vague n'était plus qu'à quelques mètres. On pouvait distinguer qu'elle ne s'écoulait pas normalement sur le sol, des pics en ressortaient çà et là de façon aléatoire comme si elle était vivante. Elle courait plus qu'elle ne se déversait. Des milliers de pattes s'approchaient de nous inexorablement.

— Des araignées ! murmurai-je. Des milliers ! Des millions d'araignées ! m'affolai-je.

— Et ? Elles sont toutes petites, on ne va pas rebrousser chemin pour si peu.

— Tu peux nous faire passer par-dessus ? l'interrogeai-je complètement paniquée.

— Tu sais très bien que non. Je ne peux pas voler ici. Nous avons déjà essayé de nombreuses fois depuis que nous sommes dans le labyrinthe.

— ESSAYE ENCORE !

— C'est inutile, tenta-t-il de m'apaiser.

— OK. Alors cours !

— Quoi ? l'entendis-je à peine me répondre loin derrière moi.

Je m'enfuis droit devant moi le plus vite que je pouvais de cette nuée qui me dégoûtait.

En franchissant une nouvelle intersection, je regardai à peine derrière moi pour voir si mon compagnon me suivait. Le voyant toujours poursuivi par la vague noire, je choisis une nouvelle direction sans réfléchir et repris ma course.

Une violente gifle me plaqua à terre, puis un coup dans le dos me coupa la respiration. Sonnée, je levai la tête juste à temps pour voir une branche se diriger dangereusement vers moi. Je roulai sur le côté et évitai de peu ce nouvel assaut. Je trébuchai en me relevant et un coup cingla ma jambe droite. Je poussai un hurlement de douleur et regardai les dégâts. Mon pantalon déchiré au mollet laissait percevoir une profonde lacération qui saignait déjà abondamment.

— TÉLÈS ? cria mon compagnon au loin dans une autre rangée.

Une branche allait de nouveau me souffler à l'estomac, mais cette fois je fus plus rapide et me jetai au sol pour retourner sur mes pas aussi vite que possible.

Je tournai à gauche au croisement et percutai Œngus de plein fouet.

— PAS PAR LÀ ! me hurla-t-il.

Derrière lui, les deux couloirs végétaux se refermaient à vive allure, broyant tout sur leur passage.

Le fétaud me prit la main et m'entraîna dans les dédales du

labyrinthe, rebroussant chemin à chaque nouvel obstacle.

Après trente minutes de course, nous arrivâmes dans une allée qui semblait ne présenter aucun danger. Nous en profitâmes pour reprendre notre souffle.

Je lui lâchai la main quelques secondes pour l'essuyer sur mon pantalon. Ce court instant suffit pour qu'un mur sorte de terre et nous sépare.

— Œngus ? m'affolai-je instantanément.

— Ne t'inquiète pas, tout va bien. Je viens te chercher. Ne bouge pas, me répondit-il fébrilement, incapable de cacher son inquiétude.

— D'accord, je t'attends, acquiesçai-je misérable, honteuse de ne pas savoir de toute façon où aller sans lui.

Un cri guttural fendit sinistrement le silence et un juron échappa au fétaud.

— Œngus ? Œngus ? Qu'est-ce qui se passe ?

J'entendis le son mélodieux de sa harpe, puis un jet enflammé passa par-dessus le mur.

— ŒNGUS ?

Toujours aucune réponse de sa part !

Voulant le rejoindre pour l'aider, je commençai à arracher les branches et les feuilles du mur qui nous séparait, mais chaque fois, celles-ci se régénéraient aussitôt.

Des cris, de la musique et des geysers de flammes continuaient sans s'interrompre de l'autre côté de la cloison, ce qui me donnait le courage de continuer, certaine que mon ange noir était encore vivant.

Je déracinai sans fléchir ces maudites plantes, utilisant mes dernières forces dans ce combat perdu d'avance, m'égratignant le visage et les bras un peu plus à chaque fois.

Alors que je saisissais une liane, le silence se fit de nouveau. Je cessai de bouger pour écouter avec terreur.

— Œngus ? ŒNGUS ? interrogeai-je plus fort, bravant la tranquillité qui m'entourait.

Rien. Absolument rien ne bougeait plus de l'autre côté. Je m'effondrai contre le mur. Les larmes chaudes qui s'écoulaient de mon visage contrastaient avec le frisson glacial qui me parcourait.

— Tali ? Tu es… toujours là ? s'enquit mon compagnon, essoufflé.

— Oui ! Je… suis… juste… derrière… le… mur, répondis-je secouée par les sanglots.

— Tu vas bien ?

J'éclatai de rire surprise par sa question.

— Oui, ça va et toi ? m'essuyant le visage dans ma manche.

— J'ai connu mieux… Ne bouge pas. Je viens te chercher. Il faut juste dégager les feuilles…

— Ça ne marchera pas. Elles repoussent aussi vite que tu les arraches.

J'attendis une réponse rassurante de sa part mais il ne dit plus rien.

— Gus ? Tu es toujours là ? m'inquiétai-je.

— Oui, oui. Tu fais quoi en ce moment ? chuchota-t-il.

— Rien. Je t'attends. Comme tu me l'as demandé… Pourquoi ?

— Retourne-toi doucement et dis-moi ce que tu vois, n'augmenta-t-il pas le son de sa voix.

— Pourquoi ? me répétai-je, ne comprenant rien.

— J'entends du bruit. Retourne-toi, maintenant !

m'ordonna-t-il ne changeant pourtant pas de ton.

— Très bien. Comme tu… AH ! m'époumonai-je de terreur.

— QUOI ? Qu'est-ce que tu vois ?

Une araignée monstrueuse de la taille d'une voiture était en train de tisser une toile de part et d'autre du couloir, ne me laissant aucune échappatoire.

Mon cri l'ayant alertée, elle se retourna doucement. Ses huit pattes velues se déplièrent dans un bruit sourd.

Tétanisée par la peur, incapable d'émettre le moindre son, je restai coite, écœurée par la bile qui montait dans ma bouche.

— TÉLÈS ! QU'EST-CE QUE TU VOIS ? hurla-t-il encore plus fort.

La créature s'approcha de moi, déroulant lentement ses membres. Ses énormes pinces aussi grandes que des sabres cliquetaient dans un bruit métallique.

Hypnotisée par ses nombreux yeux rouges terrifiants, je me pelotonnai sur moi-même.

— QU'EST-CE QUE TU VOIS ? brailla mon compagnon derrière la cloison.

— Aide-moi, gémis-je.

— Télès, écoute-moi. Ce n'est qu'une illusion. Affronte ta peur et elle partira, me susurra-t-il pour m'apaiser.

— Une illusion ? répétai-je, incrédule.

— Affronte-la, m'encouragea-t-il.

Mes jambes tremblantes refusant de m'obéir, je peinai à me lever mais me dirigeai malgré tout vers le monstre.

L'araignée n'était plus qu'à un pas de moi quand elle me saisit avec ses deux pattes avant aussi grosses que des lampadaires pour me soulever au-dessus du sol.

Aussitôt, je retrouvai ma vigueur pour hurler et me débattre aussi fort que je le pouvais.

— Ce n'est qu'une illusion. Affronte-la ! répéta inlassablement le fétaud. C'est ta seule chance de t'en sortir !

Je ne quittai pas des yeux ses crochets dont une goutte de venin commençait à perler.

Si rien n'est vrai. Je ne risque rien !

Le poison s'écoula dans un fil gluant jusqu'à mon épaule, brûlant comme un acide le tissu de ma combinaison et ma chair.

Je poussai un cri de douleur et regardai avec répulsion ma peau sanguinolente couverte de cloques.

— L'araignée est réelle ! AIDE-MOI ! suppliai-je Œngus.

— Cette vision ne disparaîtra que si tu oublies sa présence ! Je ne peux rien faire pour t'aider, répondit-il désespéré.

Je l'entendais s'acharner sur la végétation du mur qui nous séparait.

Une nouvelle goutte de venin atterrit sur la plaie à vif. Je poussai un nouveau hurlement de douleur.

Mon bras me faisait si mal que j'étais incapable de penser à autre chose.

Le monstre releva ses pattes avant pour me rapprocher de ses crochets. Je sentis la légère résistance du tissu quand ces derniers le transpercèrent pour atteindre mes bras. Deux aiguilles géantes figées dans ma chair.

Le supplice amplifia lorsque l'araignée secoua la tête, déchiquetant encore plus mes muscles.

Je contemplai, fascinée, la créature si proche de moi, m'attendant à ce qu'elle injecte instantanément le poison qui soulagerait définitivement tous mes maux.

Pourquoi ne l'avait-elle pas déjà fait d'ailleurs ?

— TALI ? Je ne t'entends plus. Tout va bien ? s'affola le fétaud.

Non ça ne va pas. Mais je ne suis pas morte. Pas encore.

Mais pourquoi ne pas m'avoir encore tuée ?

Attend-elle que je me batte, à moins qu'elle préfère que j'abandonne ?

Les deux crochets s'enfoncèrent encore plus dans mes bras. Malgré la douleur, je restai muette, décidée à ne pas la satisfaire.

— TALI ? persista le fétaud.

Oh mon bel ange ! Je regrette tant de ne pas voir une dernière fois ton visage avant de mourir…

M'évadant en pensée d'où j'étais, je fermai les yeux pour me remémorer une dernière fois notre rencontre. Son corps nu dans la rivière. Ses ailes soyeuses. Les nuits en tenant son poignet. Ses baisers. Sans oublier ses yeux émeraude.

Je ne souffrais plus, apaisée par ces images.

Mon dos percuta violemment le sol dans un craquement sonore.

— Aïe ! m'exclamai-je surprise.

J'ouvris les yeux. Le monstre avait disparu ! Je cherchai autour de moi, mais l'araignée n'était plus là, tout comme sa toile.

La cloison végétale s'enfonça dans le sol laissant apparaître Œngus vêtu uniquement de lambeaux de tissus.

Il courut vers moi puis me serra dans ses bras si fort qu'il me fit mal.

— Aïe, grimaçai-je.

— Désolé ! Tu es dans un sale état ! constata-t-il, navré.

— Tu n'es pas au meilleur de ta forme non plus, lui indiquant son bras gauche, la peau luisante et rouge, souris-je.

Il éclata de rire et renouvela son étreinte, mais plus doucement cette fois.

Sa présence et sa joie me rassérénèrent tant que je tentai de me relever malgré la douleur.

— Finalement, je retire ce que j'ai dit. J'aurais préféré que les runes nous signifient de nous en aller, m'amusai-je de voir Œngus le sourire aux lèvres secouer la tête d'exaspération. Et maintenant, nous faisons quoi?

— On va d'abord soigner rapidement nos blessures. Nous repartirons dès que possible.

Il ouvrit mon sac à dos pour sortir le baume guérisseur de Saphyra, des bandages et la gourde d'eau.

— Tu as besoin que je te l'applique? s'enquit-il tout en ouvrant la sacoche accrochée à sa ceinture où se trouvaient ses plantes médicinales.

— Je ne suis pas contre. Je t'aiderai ensuite à préparer ton cataplasme et à te le poser si ça te va?

Le fétaud acquiesça et commença à me badigeonner les épaules de la substance verdâtre, épaisse et nauséabonde. L'odeur m'aurait habituellement incommodée, mais le soulagement immédiat fut tel que je m'en moquai éperdument.

Nous prîmes également le temps de bander ma jambe.

Le baume était si efficace que je me sentais à peine courbaturée et regrettais qu'il ne puisse cicatriser les plaies de mon compagnon.

Œngus ne pouvait pratiquement plus bouger son bras blessé.

— Indique-moi ce que je dois faire. Il faut que tu te reposes un peu! lui recommandai-je fermement.

Le fétaud ne résista pas longtemps avant de céder. Je l'aidai à s'allonger sur le côté tout en écoutant attentivement ses consignes.

Je broyai les plantes avec deux cailloux trouvés sur le sol, les mélangeai à de la boue avant d'appliquer généreusement la pâte obtenue sur la brûlure.

Tandis que je m'appliquai à ma tâche, Œngus m'informa qu'elle avait été provoquée par un dragon.

À peine j'eus terminé mon pansement qu'il se redressa pour reprendre la route.

Nous ne fîmes que quelques pas avant d'atteindre la fin de l'allée qui se terminait par un pont de cordes délabré. Ce dernier était suspendu à une trentaine de mètres au-dessus d'une large rivière.

Bien que je ne fusse pas ravie de devoir le traverser, l'idée de quitter le labyrinthe restait enthousiasmante.

— Tu as peur du vide ? s'inquiéta Œngus.

— Non et toi ? le contre-interrogeai-je instantanément sans réfléchir.

Il fronça les sourcils, puis fit un signe de la main vers ses ailes.

Je m'empourprai de ma sottise.

— Bon bah… c'est une bonne nouvelle. On peut y aller sans risque alors, tentai-je de sauver la face.

Comme en réponse à mes paroles, des bruits d'éclaboussures nous parvinrent.

La rivière, juste avant si paisible, était maintenant très agitée.

Des centaines d'ailerons apparurent simultanément à sa surface.

— Des requins ! C'est une plaisanterie ? Tu as peur des

requins ? me morigéna-t-il.

— Oui…, ne pus-je terminer ma phrase, interrompue par le vacarme de l'eau projetée sur les falaises.

Sur une dizaine de mètres, plusieurs demi-anneaux émergèrent de la rivière.

— Une murène ! Il a fallu que tu fasses apparaître *une murène*, sifflai-je de colère.

— Et alors ? Je n'y pensais même pas avant d'avoir vu tes requins ! me reprocha le fétaud.

— Tu estimes que c'est de *ma faute !* m'énervai-je de plus en plus furieuse.

— Oh, c'est bon ! De toute façon, il n'y a rien à craindre. Ils ne peuvent pas sauter jusqu'ici, rétorqua-t-il, horripilé.

Œngus me prit la main de sa main valide pour m'entraîner vers la passerelle.

— Concentre-toi sur moi, sur mes ailes, sur les nuages, sur tout ce que tu veux sauf ce qu'il se passe en bas. Tu as bien compris ?

Je hochai la tête et fixai ses ailes dès qu'il eut le dos tourné, pour une fois que j'y étais autorisée !

Le fétaud progressa lentement s'assurant de la solidité des planches de bois à chaque mouvement. Je me contentai de regarder par-dessus lui de temps en temps pour voir notre but se rapprocher.

Un claquement suivi d'un cri d'oiseau détourna mon attention. Je jetai un coup d'œil vers la rivière et aperçus une mouette piégée dans la mâchoire d'un requin. Ses plumes rouges laissant déjà présager sa fin.

Un frisson me parcourut le dos.

La planche sur laquelle je me tenais disparut aussitôt, ne me laissant pas le temps de réagir et je me retrouvai suspendue dans le vide uniquement maintenue par Œngus qui avait eu la présence d'esprit de ne pas me lâcher.

Sa main gauche blessée sur le cordage, il essaya de me remonter avec la force d'une seule.

— Accroche ton autre main à la mienne! articula-t-il difficilement à cause de l'effort.

Je m'exécutai tant bien que mal, mais sentis que je descendais encore.

Œngus semblait ne pas être capable de me relever. J'allais inévitablement l'entraîner avec moi, car je savais qu'il refuserait de me laisser tomber.

— Tu penses toujours que ce ne sont que des illusions? l'interrogeai-je une dernière fois pour me rassurer.

— Normalement oui… me regarda-t-il intensément. N'y pense même pas!

Je ne sais pas ce qu'il lut dans mes yeux, mais il resserra son étreinte autour de ma main et tenta vainement de me ramener à lui.

— Ne t'inquiète pas. Trouve un moyen de me remonter. Tout ira bien, lui assurai-je.

Je dégageai ma main de la sienne avant de plonger dans l'eau, trente mètres plus bas.

Comme je l'avais présagé, compte tenu du sang présent sur mes bandages, les requins ne mirent pas longtemps à me rejoindre pour former une ronde harmonieuse autour de moi.

Au loin, de grosses vaguelettes, annonçant l'arrivée de la murène, se dirigeaient déjà vers mon ballet aquatique.

Tout en battant des pieds pour rester à la surface de l'eau, je fermai les yeux pour me concentrer et m'imaginer une issue favorable.

La réaction des requins fut immédiate. Aussitôt, ils attaquèrent mortellement la murène.

Je ne restai pas pour contempler ce triste spectacle et nageai, sans aucune inquiétude, vers l'autre rive.

Je hélai le fétaud pour qu'il me prête main forte pour me remonter, mais il ne daigna pas se montrer.

— Même si tu es contrarié de mon choix, tu aurais pu t'assurer que j'allais bien! ronchonnai-je ayant repéré une corde qui pendait du pont.

L'ascension de la falaise fut difficile et épuisante, cependant, mon inquiétude grandissante de ne pas avoir de nouvelles de mon compagnon suffit à me motiver.

Je le retrouvai à genou, gémissant, suppliant qu'on le pardonne. Œngus se protégeait le visage. Des entailles se formaient au fur et à mesure sur sa peau pourtant je ne voyais aucun projectile.

— Qu'est-ce qu'il t'arrive? m'avançai-je vivement vers lui, heurtant un mur invisible.

Mon compagnon n'avait pas l'air d'avoir conscience de ma présence malgré toutes mes tentatives de l'interpeller. Il persistait à parler au vent. Je parvins à décrypter quelques phrases : «je suis désolé si je t'ai déçue», «tous les Hybrides ne sont pas mauvais, je ne suis pas mauvais», «pardonne-moi», «j'en mourrais»...

Découragée, je l'apostrophai pourtant de nouveau sachant que cela ne mènerait à rien.

Une feuille portée par le vent caressa ma joue, traversa la barrière magique et se posa près du fétaud qui la regarda un instant.

Il l'a vue !

Je cherchai un objet à lui lancer pour lui faire comprendre qu'il s'agissait d'une nouvelle illusion.

Mon collier !

Je détachai le bijou de mon cou, le cœur battant, espérant que cela fonctionne et visai pour qu'il atterrisse juste devant lui.

Œngus le ramassa puis l'approcha de son visage.

— Je t'aime Télès. N'en doute jamais ! articula clairement le fétaud.

Il observa tour à tour le médaillon et l'entité invisible.

— Télès ? Où es-tu ? questionna-t-il plein d'espoir.

— Je suis là, l'avertis-je, fébrile.

Son expression radieuse laissait supposer que la barrière avait disparu.

Je lui répondis par un sourire intimidé, encore rougissante et émue d'avoir entendu ses paroles.

Malheureusement, il dut s'en rendre compte, car il s'empourpra également.

Nous ne nous quittions pas des yeux, attendant que l'un de nous rompe le silence.

— Bienvenus Eryans ! Je suis Macha.

CHAPITRE 10

Danaïde

Je détournai amèrement mon regard vers la personne qui pensait nous avoir accueillis chaleureusement.

— « Bienvenus » ? crachai-je, mauvaise.

Macha, était une jeune femme très frêle, d'une grande beauté. Son teint doré mettait en valeur ses yeux rouge orangé et ses longs cheveux verts étaient tressés en une natte complexe habillée de fleurs d'hibiscus rose.

La Gardienne était parée d'une robe en voilage blanc qui laissait percevoir au travers ses courbes harmonieuses.

Tandis que je contemplai celle-ci, Œngus s'approcha de moi et me saisit fermement la taille.

— N'oublie pas pourquoi nous avons affronté tout cela, me rappela-t-il à l'ordre. Nous devons rester dans les bonnes grâces de notre hôte.

Je me mordis la lèvre, ravalant ce que j'aurais aimé lui dire.

Le fétaud me lâcha quelques instants, le temps de repositionner mon précieux collier autour de mon cou.

— Oh je vois. Vous êtes un peu fâchés de votre séjour dans le labyrinthe, remarqua-t-elle, semblant sincèrement attristée.

— Très légèrement, pinçai-je ma bouche pour me maîtriser.

Je n'avais pas besoin de regarder mon tatouage pour savoir

qu'il devait s'être obscurci.

— Vous ne devez pas l'être contre moi. Je ne suis pas responsable de ce que vous avez créé, se dédouana-t-elle innocemment. Vous seuls avez provoqué les anicroches qui vous ont empêchés de me rencontrer plus tôt. Oubliez vos petits tracas ! Venez plutôt trinquer à notre rencontre. J'ai si peu de visite, se désola-t-elle comme une enfant.

Je regardai Œngus, dans un état pitoyable, les vêtements déchirés et le bras blessé, devinant que je ne devais pas être plus présentable. Comment Macha pouvait faire preuve d'autant de légèreté face à notre évidente mauvaise fortune ?

La solitude l'avait-elle rendue folle ?

Cette perspective m'angoissa sur la suite des événements et l'épreuve qui m'attendait.

L'expression qu'affichait le fêtaud indiquait qu'il en était arrivé, malheureusement, à la même conclusion que moi.

La Gardienne sourit radieusement, puis fit un signe de la main pour nous inviter à la suivre dans un jardin fleuri où elle nous présenta avec fierté toutes les espèces qu'elle avait créées au fil du temps.

Pour toute réponse, craignant sa réaction, nous nous contentâmes de hocher la tête et de la complimenter brièvement sur ses exploits.

Au milieu de cet éden se trouvait une grande place en sable fin, où avaient été construits un kiosque en bois flotté et une fontaine.

— Allez-y, entrez, tout est déjà prêt ! applaudit la Gardienne.

Précédés de notre hôte, nous gravîmes, avec peu d'entrain, les quelques marches de l'abri meublé uniquement d'une table encerclée de quatre chaises en lianes tressées.

Macha n'avait pas menti cependant. Un magnifique buffet coloré nous attendait. Des coquillages servaient de vaisselles. Plusieurs pyramides de fruits étaient présentées dans des bénitiers tandis que le service à thé se composait, lui, de tests d'oursins roses et blancs.

— Prenez place. Servez-vous ! tapa-t-elle dans ses mains à nouveau.

Je m'installai précautionneusement sur une des chaises végétales, craignant de chuter à cause de son apparente fragilité. Je fus surprise de découvrir que l'assise, en plus d'être résistante à mon poids, était également très confortable.

— Voulez-vous des fruits ? Je les cultive moi-même. Vous n'en goûterez jamais de meilleurs. Je peux vous l'assurer, insista la Gardienne.

Je jetai un œil à Œngus, assis à côté de moi, qui me répondit par un hochement de tête.

Je choisis une belle pomme rouge, moins pour l'encouragement de la tacite approbation qu'à cause de la faim qui me tenaillait.

Bien que nous n'ayons rien mangé depuis la veille au soir, nos provisions étant terminées, en la croquant avidement, je savais que l'explosion de saveur et le délice que j'en éprouvais étaient bel et bien dus à la qualité du fruit.

Je l'engloutis rapidement. Il me sembla alors bien venu de me resservir. Ce que je ne réitérai pendant un certain moment jusqu'à m'en sentir lourde.

La satiété me remémora que je n'étais pas seule et relevai les yeux vers mes compagnons de table.

Ils me regardaient tous les deux.

Macha semblait ravie de me voir apprécier, à sa juste valeur, ses efforts pour nous faire plaisir, ce qui me rassura aussitôt.

Malheureusement, son exaltation ne fut pas communicative à Œngus.

Le fétaud était, à l'évidence, totalement atterré par mon comportement.

— Bah quoi ! J'avais faim, m'excusai-je. En plus, il n'aurait pas été correct de ne pas faire honneur aux créations savoureuses de Macha, le réprimandai-je de mauvaise foi.

J'espérais que ce stratagème apaiserait Œngus. Si au passage cela pouvait également attirer les faveurs de la Gardienne… C'était un bonus non négligeable !

Mais le fétaud ne fut pas dupe et me lança une œillade mauvaise suivie d'un coup de pied dans le tibia.

— Aïe, soufflai-je, prête à lui rendre.

— Soyez prudente Laeradenn ne vous coupez pas avec la vaisselle, m'interrompit Macha, se trompant totalement sur les raisons de ma plainte. Cela serait très regrettable pour la suite, le corail présent dans la fontaine empêcherait la cicatrisation. Vos plaies s'infecteraient sans aucune chance de guérir. Le baume guérisseur de Dagda ne pourrait pas vous sauver cette fois, me nargua-t-elle. D'ailleurs comment va ma chère amie ? Je n'ai que si peu d'occasions de la voir, secoua-t-elle la tête de tristesse.

Œngus et moi échangeâmes un regard, nous interrogeant l'un l'autre silencieusement sur ce que venait de dire notre hôte.

Les questions fusaient dans ma tête et j'avais dû mal à me contenir de ne pas les formuler.

Dagda l'avait-elle informée au sujet du remède ? Si oui, de quelle manière ?

Ou avait-elle également des dons de clairvoyance ? À moins qu'elle ait pu nous espionner dans le labyrinthe ? Bien qu'elle soit vraisemblablement aliénée, Macha restait néanmoins la Gardienne de la faune et de la flore.

Surtout, pourquoi me parlait-elle de la fontaine ? Cela concernait-il l'épreuve que je devais passer ?

Le visage du fétaud ne m'apportait aucune réponse, ce qui augmentait ma frustration.

Je me mordis la joue pour me retenir d'interroger la Gardienne. Œngus me répondit en me saisissant la main comme pour me montrer sa satisfaction.

— Elle se porte bien. Sa collection continue de s'agrandir, pour sa plus grande joie, me contentai-je de répondre.

— J'ai des difficultés à le croire. Déjà à l'époque où nous vivions ensemble au palais, ses trophées envahissaient la moitié du château. Dagda a toujours possédé plus de bric-à-brac que moi de fleurs. S'il est vrai que sa collection augmente, je ne peux que plaindre les Mary-Morgans de subir cette folie.

Je regardai au-delà du jardin dans lequel nous nous trouvions pour mieux appréhender cet aveu. À l'exception de l'ouest où se trouvait le labyrinthe, il y avait des plantations de toutes les couleurs jusqu'à la ligne d'horizon.

— Vous avez vécu au palais des Mary-Morgans ? intervint Œngus.

Je le fixai, outrée de cette intrusion dans la vie privée de la Gardienne et énervée qu'il s'autorise de telle familiarité alors qu'il me l'interdisait.

Ce qui n'empêchait pas pourtant d'être surexcitée de connaître la réponse.

— Non, jamais. Je parle de l'époque trop lointaine où nous étions tous réunis, les cinq autres Gardiens et moi-même. Un temps de paix et d'allégresse que je regrette encore aujourd'hui. Après la mort d'Ogmios et de Setenta, nous avons décidé de poursuivre notre chemin séparément pour plus de sécurité. Seule Dagda a choisi de rester en communauté.

J'ouvris la bouche pour l'interroger sur les motivations de cette séparation, mais elle ne m'en laissa pas le temps.

— Œngus, tu es un Elfe, n'est-ce pas ? le questionna Macha, les yeux plissés.

— Un Hybride plutôt, rectifia-t-il, suspicieux.

— Tss-tss, ce n'est qu'un détail. J'ai vu que tu portais une harpe à la taille, persifla-t-elle. Me feras-tu le plaisir de jouer pour moi ? s'adoucit la Gardienne.

— Les Elfes ne jouent pas par distraction. Mais vous devez déjà le savoir ? lui rétorqua-t-il sèchement.

— *Mais* tu n'en es pas un, tu viens toi-même de me le dire, le contra-t-elle fâchée. C'est dommage que tu le prennes ainsi, cela aurait été tellement plus agréable.

Macha se tourna vers moi et je blêmis aussitôt, apeurée par sa contrariété.

— Télès, toi, tu accepteras de me faire plaisir ? me questionna-t-elle, mielleuse.

Je hochai la tête, regrettant aussitôt de ne pas avoir attendu qu'elle me fasse part de ses attentes.

— Remplis d'eau le seau posé à côté de la fontaine, poursuivit la Gardienne en m'indiquant la direction du doigt.

— C'est tout ? laissai-je échapper, pinçant aussitôt mes lèvres de crainte que la Gardienne change d'avis.

— C'est tout, me confirma-t-elle.

Je me levai de ma chaise et quittai le kiosque, suivie par Œngus et Macha.

La Gardienne s'arrêta au pied des marches et stoppa du bras mon compagnon.

— Joue maintenant ! ordonna-t-elle.

— Je vous ai dit que cela n'était pas possible, ne céda-t-il pas.

— Comme tu veux, s'exaspéra notre hôte.

Macha claqua des doigts. Soudainement, Œngus s'articula à la manière d'un pantin, saisissant sa harpe et entamant un morceau dynamique.

Dans un premier temps, le fétaud gémit de douleur à force de lutter pour s'arrêter puis, voyant que cela était inutile, commença à supplier la Gardienne de lever le charme.

— Sais-tu chanter ? l'interrogea-t-elle totalement indifférente à ses suppliques.

— Non, cracha-t-il haineux.

— Oh ! Décidément, tu m'auras beaucoup déçue. Il n'est donc plus utile d'entendre ta voix, expira la Gardienne bruyamment en claquant une nouvelle fois les doigts.

Les lèvres d'Œngus se déformèrent, laissant supposer qu'il tentait de protester, mais aucun son ne me parvint.

Je restai bouche bée face à la violence de la scène, réalisant que nous sous-estimions la puissance des Gardiens.

Seulement deux mouvements de la main avaient été nécessaires à Macha pour rendre le fétaud, le plus fort de nous deux, incapable de répondre de ses actes.

Je les regardai, immobile, ne sachant plus comment réagir.

— Alors, j'attends ! Tu ne souhaites plus me faire plaisir ? questionna la Gardienne, passablement contrariée.

— Euh… si, bien entendu, j'y vais tout de suite.

Je me détournai, lâchement, de ce triste spectacle et m'approchai de la colossale fontaine.

Le bassin et les trois vasques étaient composés de coraux

roses, tandis que la colonne centrale, en pierre beige, comportait des sculptures.

Les dessins m'étaient familiers. Il me fallut peu de temps pour reconnaître le style utilisé dans la salle des prophéties du Domaine de l'Oubli.

J'aurais aimé prendre le temps de découvrir les prédictions choisies par Macha pour orner le monument, mais je craignais trop sa réaction pour m'y risquer et me contentai donc de ramasser le seau en bois.

Au moment de le plonger dans l'eau, je regardais machinalement le fond en bois. La découverte d'un trou d'une quinzaine de centimètres me stoppa dans mon élan. Je passai ma main au travers pour me confirmer l'étendue du désastre.

— Quelque chose ne va pas ? m'interrogea Macha.

Le ton de sa voix m'indiqua qu'elle avait connaissance du problème.

— Non, non, tout est parfait, mentis-je de mauvais cœur.

La Gardienne avait déjà démontré qu'elle n'appréciait pas d'être froissée, j'avais donc l'intention d'aller, autant que possible, dans son sens.

Sans plus de cérémonie, j'immergeai le seau dans le bassin et tentai tant bien que mal de couvrir le fond avec ma main libre, puis le ressorti.

Ma méthode ne fut pas totalement efficace, l'eau ruisselait entre mes doigts.

Malgré tout, je m'approchai de la Gardienne, les bras tremblant à cause de l'effort, et lui tendis.

— Voilà, Macha. Pourriez-vous, s'il vous plaît, libérer Œngus maintenant ? demandai-je, mal assurée.

— Il n'est pas plein ! trancha-t-elle sèchement, anéantissant ainsi le peu d'espoir qui me restait de réussir à libérer mon ange noir. Recommence, ordonna-t-elle.

Je restai muette et jetai un œil à mon compagnon.

Œngus, les traits déformés par la torture, présentait des doigts rougis par l'exercice. Il souffrait à un point que je n'osais imaginer.

— Comment voulez-vous que je procède ? Il est percé ! la bravai-je par désespoir.

— Fais comme les autres futurs Maël avant toi, utilise tes pouvoirs, rétorqua-t-elle comme une évidence. C'est tellement stimulant de voir de quoi sont capables les «élus des Dieux» ! s'enthousiasma la Gardienne.

— Je n'en ai pas, avouai-je piteuse, espérant ainsi obtenir sa miséricorde.

— C'est-à-dire ? s'enquit-elle, décontenancée.

— Je n'ai aucun pouvoir magique, pas d'ailes, ni même de talents spécifiques. Je ne sais pas pourquoi j'ai été choisie. Œngus, ma sœur et certainement beaucoup d'autres Eryans auraient été plus à leur place ici que moi. Mais même s'il s'agit d'une erreur, je n'ai pas le choix, si je veux sauver ma vie, d'affronter vos épreuves, déballai-je sans aucune pudeur.

— C'est une première ! Je trouve ça très intéressant. Il me tarde encore plus de voir comment tu vas procéder, ne démordit-elle pas.

Mes épaules s'affaissèrent d'elles-mêmes. Mon honnêteté n'avait pas payé.

Je n'avais plus d'autres alternatives que de me détourner pour accomplir ma besogne, comme elle me l'avait expressément demandé.

Il fallait que j'obstrue correctement le trou si je voulais

parvenir à mes fins et scrutai donc tout autour de moi pour trouver un moyen de le faire.

La place de sable fin était délimitée du jardin grâce à une rangée de gros cailloux, j'en saisis un suffisamment large afin de recouvrir entièrement le fond de mon seau puis le remplis de nouveau avant de l'apporter à Macha.

— Il n'est pas plein d'eau! Il est rempli d'eau et de roche! Ce n'est pas ce que je t'ai demandé. Recommence!

Je me retins de lui jeter l'intégralité du contenu du seau, roche comprise, en plein visage et fis demi-tour.

La musique jouée par Œngus était trop forte pour me permettre de réfléchir correctement, plusieurs longues minutes me furent nécessaires pour trouver un énième moyen d'accéder au souhait de la Gardienne.

Trouvant une ultime méthode, je priai pour que cette fois cela fonctionne.

Je mélangeai de la terre à des brindilles puis liai le tout avec de l'eau pour réaliser une sorte de rustine à l'arrière du seau.

Malgré la chaleur qu'il faisait en cette fin d'après-midi, le temps de séchage fut long.

J'observai rapidement du coin de l'œil mon compagnon.

Le fétaud avait le visage crispé. Mais ce sont les gouttes de sang perlant le long de ses mains qui me ravisèrent de recommencer avant d'avoir satisfait son ravisseur.

Je me bornais, sordidement, à fixer des yeux mon pansement de terre et à le tâter du doigt pour jauger son séchage.

Satisfaite du résultat, je plongeai le seau en retenant mon souffle de crainte que ma réparation ne tienne pas.

Mais l'agglomérat tint bon, à mon plus grand soulagement, malgré tout je posai ma main gauche sous le fond par précaution.

Je n'eus même pas le temps de me retourner que Macha m'apostropha :

— L'eau est souillée par la terre ! Recommence.

Je regardais l'eau claire, parfaitement transparente, présente dans le seau et sentis la colère monter en moi.

— C'est faux ! crachai-je.

— Recommence, persista la Gardienne.

— J'ai respecté votre souhait ! Vous savez que vous n'êtes pas de bonne foi.

— RECOMMENCE ! détacha-t-elle chaque syllabe.

— Ce que vous demandez est impossible. Je pourrais y passer des jours et des jours, vous trouverez toujours à redire ! JE NE SUIS PAS UNE DANAÏDE ! LIBÉREZ-LE MAINTENANT ! ne me maîtrisai-je plus, jetant le seau dans la fontaine.

Ma réparation de fortune s'avéra bien fragile, se disloquant rapidement et laissant le seau vierge de toute trace de mon méticuleux travail.

Le seau trônant au fond du bassin me fit penser à une vieille épave oubliée recouverte par les eaux.

— J'ai réussi ! murmurai-je.

— J'attends ! s'impatienta la Gardienne, apparemment pressée de me voir échafauder un nouveau plan.

— J'ai réussi ! m'exclamai-je plus fort pour qu'elle m'entende, convaincue que Macha avait perdu la partie.

— Tu dis avoir réussi mais où est le seau ? interrogea-t-elle, sarcastique.

— Totalement immergé dans la fontaine. Vous ne m'avez jamais demandé de vous l'apporter. Vous désiriez juste que je le remplisse. Et bien, vous pouvez constater qu'il est uniquement rempli d'eau pure, triomphai-je. J'ai donc réussi votre épreuve.

— À l'évidence, reconnut-elle amère.

— Libérez-le maintenant, nous devons repartir, repris-je sérieusement.

— Comme tu voudras ! Je commençais à m'ennuyer de toute façon. De plus, tu ne joues pas si bien que ça pour un Elfe ! claqua-t-elle des doigts en s'adressant à Œngus.

Le fétaud, désenvoûté, lâcha sa harpe avant de tomber à genoux d'épuisement.

Je me précipitai vers lui, pris immédiatement ses mains ensanglantées pour évaluer la gravité de ses coupures et ne pus que constater que chacun de ses doigts était recouvert de plusieurs entailles plus ou moins profondes.

Je regrettais de ne pas avoir les connaissances nécessaires en médecine pour savoir s'il fallait des points de sutures ou non.

— Avant de partir…, s'interrompit la Gardienne, attendant d'être certaine d'avoir toute mon attention pour poursuivre.

— Oui ? Quoi encore ? crachai-je, énervée qu'elle ne termine pas sa phrase.

— Vous pourrez repartir par l'arche quand vous le déciderez. Je vous donne un dernier conseil cependant, ton ami ferait mieux de se laver un peu dans la fontaine. Le prochain Gardien ne sera peut-être pas aussi tolérant que moi concernant votre accoutrement plus que négligé, persifla-t-elle.

— Si on s'est présentés à vous ainsi, c'est parce que nous étions blessés ! Ce n'était pas par manque de respect ! Et puis, c'est de votre faute si on se trouve dans un état pareil ! m'offensai-je.

La Gardienne ne dédaigna même pas de me répondre, défit une des fleurs présentes dans sa tresse et partit la déposer dans l'eau de la fontaine avant de retourner dans le kiosque sans même un regard.

Je pinçai mes lèvres et haletai de rage, mais ne pipai mot pour ne pas la provoquer davantage.

— Tu peux te relever ? interrogeai-je délicatement Œngus, pouvant enfin me consacrer à lui.

— Oui, ça devrait aller, répondit-il d'une voix parcheminée.

Il se redressa, mais s'appuya quand même sur moi pour plus de stabilité, laissant au passage des traces de sang sur mes vêtements.

Je l'aidais à se diriger vers le monument, moins pour obéir à Macha que pour nettoyer les plaies du fétaud et éviter l'infection.

La fleur d'hibiscus flottait au-dessus de l'eau. Une substance rose s'en dégageait et se répandait dans l'ensemble du bassin.

Méfiante, je trempais la première mon petit doigt dans l'eau afin de m'assurer qu'il ne s'agissait pas d'un nouveau piège machiavélique de la Gardienne, mais rien ne se produisit et encourageai Œngus à faire de même.

Je l'entendis expirer de soulagement, à peine eut-il immergé une de ses mains. Il la ressortit et fut aussi surpris que moi de constater qu'elle ne comportait plus aucune blessure.

— Baigne-toi, lui ordonnai-je gentiment.

Il hocha la tête et me laissa l'aider à entrer dans le bassin afin de plonger ses plaies.

L'effet était instantané, il nous fallut que quelques minutes pour guérir toutes les plaies d'Œngus.

— Au moins, cette fois, nous sommes tous les deux prêts à

repartir! me ravis-je de ce prodige. Je vous remercie! Sincèr...
m'interrompis-je lorsque je constatai que la Gardienne et le
kiosque avaient disparu. À la place, se trouvait mon sac à dos
posé au pied d'une arche végétale qui n'existait pas jusqu'alors.

— Nous n'aurons pas à perdre notre temps à lui formuler
de chaleureux au revoir! ironisa mon compagnon. Tu penses
que l'eau peut te guérir également? s'enquit-il.

— Apparemment non, lui montrai-je les légères griffures
que je m'étais faites en ramassant les brindilles plus tôt. Mais
ce n'est vraiment pas important, je possède suffisamment de
baume pour le reste du voyage, le rassurai-je. En revanche, il
est hors de question que nous partions sans avoir de quoi te
soigner pour la suite!

Je récupérai une des gourdes dans mon sac, la remplis de
l'eau miraculeuse puis nouai la sangle pour l'identifier plus
facilement.

— Nous pouvons repartir, souris-je, heureuse de ce cadeau.

Nous traversâmes l'arche, main dans la main et nous
retrouvâmes au même endroit que le matin, en haut de la
montagne.

— Macha n'aurait pas pu nous faire passer par là dès le
départ! ronchonnai-je.

— Arrête de bouder, on s'en est sorti après tout. Plus que
deux Gardiens! Réjouis-toi au lieu de grogner. Tu me fais
trembler tellement tu es énervée, se moqua-t-il.

— Ce n'est pas moi! Je tremble aussi! m'inquiétai-je d'en
trouver la cause.

Les tremblements se firent plus sonores, tels des milliers de
chevaux au galop.

Je pâlis, reconnaissant leurs origines.

— Les Cairneks! annonçai-je, des trémolos dans la voix.

Les pupilles d'Œngus se dilatèrent sous la terreur.

— COURS! s'agrippa-t-il à ma main pour m'entraîner avec lui.

CHAPITRE 11

Irréparable

Les Cairneks étaient rapides, je le savais. Il ne leur faudrait que peu de temps avant de nous rattraper.

Je me préparais mentalement à les affronter, même si le simple fait de les visualiser me répugnait au plus haut point.

Le chemin se faisait plus étroit, seulement trois mètres de largeur entre la montagne et le précipice. Je regardais en bas, tout en poursuivant ma course. Le fleuve au pied de la montagne n'apparaissait pas plus grand qu'un ruisseau.

— Tu crois que si nous sautons, le sort sera rompu ? Si tu peux voler, nous pourrons nous échapper ! m'essoufflai-je encore plus en lui parlant.

— Je ne sais pas et préférerais ne pas avoir à le découvrir. Je ne risquerai pas ta vie, haleta-t-il.

— Alors c'est quoi ton plan ? soufflai-je, ne décélérant pas.

— Parvenir à les semer. Une fois arrivés en bas de la montagne, je pourrai utiliser mes ailes, nous ne risquerons alors plus rien, me rassura-t-il.

— Et si nous ne réussissons pas ? As-tu pensé à te cacher dans le Domaine de l'Oubli ? Nous serions peut-être à l'abri…

— Ou pris au piège ! me coupa-t-il, s'autorisant à me jeter un regard.

— Œngus, sois réaliste. Il nous a fallu une journée pour arriver au sommet, nous ne pourrons jamais tenir la cadence aussi longtemps pour la descente. Nous avons besoin de trouver une autre solution! tentai-je de le raisonner.

— Je compte bien me battre si nécessaire, rétorqua-t-il sérieusement. Je veux juste te donner les moyens et le temps nécessaires pour t'échapper.

— Quoi? freinai-je sans le vouloir.

Le fétaud fit un léger mouvement de recul par ma faute, mais bien loin de me le reprocher, il me saisit encore plus fermement la main et accéléra de nouveau.

Je le suivis mais ne cédai pas :

— Que veux-tu dire par «t'échapper»? Je ne partirai pas sans toi! protestai-je.

— Ne sois pas butée! Les Cairneks sont là pour toi. Tu dois t'enfuir quoi qu'il arrive, m'ordonna-t-il.

— Comment peux-tu en être sûr? Il s'agit peut-être que d'une coïncidence? le questionnai-je, ébranlée par son annonce.

— Ces créatures ne sont pas réapparues depuis un cycle! Cela ne peut pas être un hasard qu'ils nous poursuivent maintenant. En plus, ils sont sous les ordres de ma mère, ils ne risqueront certainement pas de la contrarier en me tuant. Etede ne m'a jamais fait de mal. Je ne pense pas qu'elle ait changé d'avis à ce sujet. Au pire, je serai fait prisonnier alors que toi, ils te tueront à moins que cela soit *elle* qui le fasse, cracha-t-il son second plan sans aucune émotion.

— Mais… je ferai quoi sans toi? paniquai-je.

— Tu termineras ta quête et resteras en vie. C'est tout ce que je souhaite, se retourna-t-il pour me sourire tristement.

— Je ne veux pas être séparée de toi ! m'arrêtai-je totalement cette fois en lui lâchant la main.

Œngus se précipita vers moi et prit mon visage entre ses paumes.

— Et moi, je ne veux pas que tu meures, tenta-t-il de me convaincre en plantant ses yeux dans les miens. Repartons, je t'en prie, me reprit-il la main.

— Je mourrai de toute façon, secouai-je la tête. Grâce à toi, je ne serai peut-être pas tuée par les Cairneks ou ta mère, mais ce n'est qu'une question de temps. Je n'ai survécu jusqu'ici que parce que tu m'as toujours sauvée. Si tu n'es plus auprès de moi, je ne parviendrai pas au bout de cette mission. C'est aussi simple que ça. Sauve ta vie plutôt que la mienne. L'équation sera, ainsi, plus juste.

— Je t'interdis de dire des choses pareilles. Je refuse de t'entendre être si défaitiste, répondit le fétaud les yeux brillants.

— Sauve-toi aussi vite que tu le peux dès que l'occasion se présentera, l'embrassai-je doucement pour que ce dernier souvenir soit le meilleur que nous ayons partagé.

Pour ne pas lui laisser l'occasion de me répondre, je repris la course en l'entraînant avec moi. J'espérai l'avoir convaincu et clôturai la conversation.

Le bruit ne cessait pas.

Ils seraient bientôt là.

J'en étais convaincue.

Je vacillai de peur. Ma vue devenait floue. Les yeux embués de larmes, je continuais pourtant de courir, m'accrochant à la sensation de la main de mon ange noir dans la mienne pour ne pas perdre pied. Il était impossible et déraisonnable de ne pas tenter notre chance, aussi infime soit-elle.

La terre trembla puis une explosion nous projeta au sol. Sous la puissance de l'onde, nos mains se séparèrent. Œngus fut le premier à se relever, tenant déjà sa harpe.

Cinq Cairneks nous faisaient face, dégoulinant de boue et d'insectes.

Le fétaud joua quelques notes. Une vague de terre chargée de cailloux apparut et les balaya aussi facilement qu'une boule dans un jeu de quilles, jusqu'au précipice.

Nous ne prîmes pas le temps de nous assurer qu'ils étaient bien tombés avant de reprendre notre fuite.

Nous fîmes à peine quelques mètres supplémentaires que deux autres Cairneks apparurent sur le chemin, provenant du flanc de la montagne cette fois.

Œngus fit vibrer encore une fois son instrument. Une avalanche de rochers écrasa les monstres.

L'éboulement ayant quasiment recouvert tout le chemin, nous dûmes ralentir et prendre des précautions pour ne pas tomber dans le vide.

Je ne pus m'empêcher de regarder en bas, un frisson glacial irradia ma colonne vertébrale, et je resserrai mon étreinte sur la main de mon ange.

Il me passa devant, à peine eut-il traversé à son tour.

— Cours plus vite, m'enjoignit-il.

Je hochai la tête. Mais malgré ma bonne volonté mes jambes ne voulaient rien entendre.

Les muscles brûlants de mes mollets et de mes cuisses au bord de la tétanie me lançaient de douleur.

J'aurais peut-être pu en faire abstraction si mes abdominaux n'étaient pas figés comme une statue de marbre ou si une boule n'obstruait pas ma gorge, annonçant probablement que j'allais bientôt vomir.

Je me laissai donc tirer, sans réfléchir, pour essayer d'oublier mon corps qui m'abandonnait au plus mauvais moment.

Une première détonation devant nous, nous fit tomber en arrière. Nous pouvions distinguer trois silhouettes dans la poussière. La deuxième explosa derrière nous, faisant surgir cinq autres monstres dégoulinants.

Ne prenant même pas le temps de me relever, je m'enfuis à quatre pattes le plus vite possible.

Œngus affrontait déjà ceux qui nous barraient la route. Il réussit à en faire tomber un, en utilisant de nouveau la technique de la vague de terre, mais le deuxième intervint rapidement et donna un coup dans sa harpe, celle-ci fut alors projetée dans le gouffre.

Ma bouche s'ouvrit d'horreur. Nous n'avions plus aucune arme pour nous défendre !

Deux racines visqueuses m'agrippèrent le buste pour m'attirer en arrière, m'obligeant à me mettre debout.

Des blattes, des cafards et des fourmis sortirent des immondices qui servaient de bras au Cairneks. Les bestioles commencèrent à se répandre partout sur moi. Je tentai de dégager mes mains pour me débarrasser de tous ces insectes, mais j'étais totalement bloquée et ne pouvais plus bouger le haut du corps. Je me contentai donc de taper des pieds, espérant ainsi écraser le maximum de rampants que j'aurai réussi à faire tomber, mais surtout me dégager de son emprise.

Deux autres créatures s'approchèrent. L'une d'elles se mit devant moi, réunit ses bras pour ne former plus qu'un amas de boue et les tendit au-dessus de ma tête. J'attendis qu'il s'avance encore, basculai en arrière pour prendre appui sur le Cairnek qui m'emprisonnait, puis tapai de toutes mes forces avec mes deux pieds joints dans son thorax. Le monstre fut alors projeté dans l'abîme. Le deuxième prit la même position et attaqua aussitôt. Je renouvelai ma riposte, cette fois mes jambes traversèrent son tronc visqueux, laissant un trou béant dans sa poitrine. Les traits de son visage baveux semblèrent sourire. Je ramassai mes jambes, frappai plus bas de toutes mes forces et parvins à le faire tomber, lui aussi.

Ma respiration était forte et rapide. Mon cœur battait à tout rompre. Je cherchai des yeux le fétaud.

Celui-ci, à moins de deux mètres de moi, était aux prises avec deux de nos ennemis.

Ce qui signifiait qu'il avait réussi à se débarrasser de trois autres Cairneks.

Œngus semblait blessé. Son pied droit effleurait seulement le sol et tout son corps se déportait sur l'autre jambe.

Les deux créatures attaquèrent en même temps et saisirent, chacun, un de ses bras. Le fétaud était presque totalement immobilisé.

Son visage, triste, se tourna vers moi.

Je ne pus empêcher le chevrotement de mes lèvres. Mes larmes s'écoulaient déjà sur mes joues.

Je t'aime, articulai-je sans mot dire.

Je me sentis traîner vers l'arrière. Sans le voir, je devinais que le Cairnek se dirigeait vers la montagne ou plutôt *dans* la montagne.

— NON! hurla Œngus qui me confirma ce que je pensais.

Je me débattis comme une forcenée pour me dégager.

Le fétaud fit de même. Consumé par la rage, l'Hybride projeta avec violence l'un des Cairneks contre le sol et réussit à se rapprocher de moi.

Je me figeai en oubliant le danger, estomaquée par tant de force.

La silhouette du deuxième Cairnek se transforma, s'élargissant et s'étirant. Ce qui était sa tête, quelques secondes plus tôt, formait maintenant une grosse cloche qui allait happer le visage d'Œngus.

Comptait-il l'étouffer de cette manière ? me demandai-je.

Malgré la mutation, la créature ne s'arrêta pas pour autant, reculant suffisamment pour être déjà à moitié engloutie dans la montagne.

Mon agresseur devait avoir fait de même, car je pouvais voir le mur de terre à quelques centimètres de mon visage.

— Non, criai-je à mon tour, réussissant à dégager un bras sans savoir comment.

— Attrape ma main, m'ordonna le fétaud, tendant son bras droit.

Je la saisis. Immédiatement, Œngus frappa nos deux mains jointes contre le rempart.

Un éclair blanc jaillit dans un vacarme assourdissant suivi d'un souffle qui nous projeta avec violence dans le précipice.

La respiration coupée par l'onde de choc, je me retrouvai à la merci du vide.

Œngus m'attira vers lui pour me serrer contre son corps.

Des milliers de rochers embrasés tombaient en cascade tout autour de nous.

Je sentis notre chute se ralentir quand le fétaud déploya ses ailes.

Le soulagement fut bref.

Le fétaud poussa un cri terrifiant.

Un caillou enflammé avait transpercé une aile de mon ange,

laissant un trou de la taille d'un poing.

Nous accélérâmes de nouveau aussitôt.

Mon corps se déporta vers l'avant et je me retrouvai allongée sur le corps de mon compagnon.

Je ne mis que quelques instants à comprendre ce qu'il avait fait.

— Non, hurlai-je, tentant de me dégager.

Mais celui-ci resserra son étreinte pour m'emprisonner entièrement, plaquant mon visage contre son torse, puis nous percutâmes de plein fouet les eaux du fleuve.

La violence du choc m'arracha des bras du fétaud et m'entraîna dans les profondeurs beaucoup trop sombres pour pouvoir distinguer quoi que ce soit.

Je battais des pieds pour retrouver au plus vite la surface.

La lumière que j'entraperçus rapidement me rassura et j'accélérai pour prendre une bouffée d'oxygène avant d'en manquer.

Crever l'étendue d'eau fut une véritable libération.

— Nous avons réussi! triomphai-je. On est vivant et ensemble! Tu es incroyable! m'émus-je de ce miracle, heureuse comme jamais.

Pas de réponse!

Je cherchai du regard autour de moi pour voir où se trouvait Œngus.

— Gus! GUS? hurlai-je, interrogeant le vide.

Je plongeai plusieurs fois, frappant l'eau pour le retrouver, mais l'obscurité m'interdisait d'espérer.

Je m'accordai une courte halte pour reprendre haleine avant de continuer quand des sillons entachèrent la surface lisse de l'eau.

À quelques mètres de moi, les ailes de mon ange émergèrent.

Je nageai aussi rapidement que possible pour retourner le corps inanimé d'Œngus et sortir sa tête de l'eau.

— Œngus ? Tu m'entends ? paniquai-je.

Son teint bleuté et ses cernes mauves m'affolèrent encore plus.

Je tentai de lui insuffler de l'air dans ses poumons en pratiquant du bouche-à-bouche mais ma stabilité précaire dans l'eau ne me le permit pas.

Je le tirai donc sur la berge, m'étonnant à peine de la force dont je pouvais faire preuve pour le soulever sur la terre ferme et l'installai au plus vite pour renouveler les premiers soins.

Mes gestes étaient imprécis pour ne pas dire hasardeux, ne connaissant que les rudiments inculqués au lycée, je m'attelai à chanter « Staying Alive » à tue-tête pour garder le rythme du massage cardiaque.

Le fétaud se mit à tousser, à cracher de l'eau et du sang, mais ne se réveilla pas pour autant.

Sa respiration rauque était inquiétante pourtant j'avais la sensation de n'avoir jamais rien entendu de plus beau.

J'embrassai son front, ses joues, son nez et terminai par ses lèvres.

La joie de le savoir en vie était telle qu'un brasier jaillit dans mon ventre, enflammant chaque parcelle de mon être.

Cette ondée de chaleur fut salvatrice.

J'avais enfin l'impression de revivre après avoir vécu en apnée depuis l'apparition de la marque du Maël.

Mais un seul regard sur le tatouage, qui s'était paré d'une couleur rougeâtre, suffit pour me désemparer.

Je m'affalai dans l'herbe, m'agrippant au torse d'Œngus et

déversai toutes mes larmes sur son corps tiède.

Quand celles-ci se tarirent, les yeux fermés, je repris conscience doucement de ce qui nous entourait.

Le froid et l'humidité laissaient présager que la nuit était tombée depuis longtemps, mais à travers mes paupières gonflées, je percevais encore la lueur du jour. Presque collées, je les ouvris difficilement et fus immédiatement aveuglée par une trop grande clarté.

Ma vue s'habitua peu à peu, je pus alors distinguer les petites boules lumineuses qui tournoyaient autour de nous.

Préoccupée d'être encore victime d'une nouvelle attaque, je tentai de les chasser de la main, sans aucun succès.

Je profitai donc de ne plus être submergée par mes émotions pour réfléchir posément à la situation.

Œngus était trop lourd pour que je puisse le transporter et il était inenvisageable de le laisser seul, encore moins sans soin.

Je devais donc trouver un endroit adapté à sa convalescence et établir un camp de fortune, en attendant de reprendre notre mission.

Malgré les lucioles dansantes et la luminosité de la nuit estivale, il était difficile de distinguer autre chose que le fleuve et l'orée de la forêt derrière nous.

J'étais assez peu convaincue de réussir, mais j'essayais quand même de traîner le fétaud sous les arbres pour nous mettre à l'abri. Il fallut que je me rende à l'évidence, c'était bel et bien peine perdue.

Je me contentai donc de réaliser le peu de tâches à ma portée : ramasser du bois, faire un feu, troquer ma tenue mouillée contre une sèche de mon sac. Fort heureusement pour moi, la capacité des Mary-Morgans de vivre dans l'eau comme sur la terre ferme faisait que tous leurs équipements étaient absolument étanches. Je couvris ensuite Œngus avec tous mes autres vêtements pour le réchauffer, n'ayant pas de rechange pour lui.

Nous n'avions plus rien à manger.

Il faisait nuit. L'état d'Œngus n'avait pas évolué. Je fis donc la seule chose possible.

M'allonger contre mon ange et prier pour avoir de l'aide, peu m'importait qui voudrait bien l'entendre, avant de succomber au sommeil.

CHAPITRE 12

Grandir

À mon réveil, le soleil était déjà haut dans le ciel. Le feu de camp, éteint. Œngus, toujours inanimé.

Je soupirai.

La journée de la veille avait été cauchemardesque. Il fallait que celle-ci soit différente.

J'espérai qu'une longue nuit de sommeil m'aurait permis de retrouver suffisamment de force pour déplacer le corps du fétaud, mais mes tentatives restèrent infructueuses. J'étais dévastée de ne pas réussir à le retourner, ne serait-ce que sur le ventre pour préserver ses ailes d'éventuels autres dommages.

Avant de m'endormir, je m'étais silencieusement engagée auprès d'Œngus à ne plus être faible face aux obstacles.

Je reniflai mais me ressaisis aussitôt. J'étais déterminée à ne plus me laisser envahir par les larmes jusqu'à ce que tout soit terminé, quoi qu'il advienne.

La priorité : soigner Œngus. J'avais jusqu'ici repoussé l'échéance car j'espérais sincèrement qu'il se réveille. Je n'avais pas la moindre idée de ce qu'il fallait faire. Est-ce que le fait qu'il soit un Hybride changeait quelque chose ?

Je retirai le tas de vêtements avec lequel je l'avais recouvert pour le préserver du froid et découvris, gênée, que les siens étaient encore humides.

Malgré mon embarras à le déshabiller, je ne pouvais évidemment pas le laisser ainsi et entrepris de déboutonner sa chemise blanche.

Je dégageai dans un premier temps son torse marmoréen, défis la boutonnière des épaules puis tirai le vêtement pour le faire glisser le long de son bras gauche, la manche droite n'étant plus qu'un morceau de tissu lacéré.

Je m'agrippai à ses bottes et tombai en arrière chaque fois qu'elles cédèrent à mes assauts. Sa ceinture fut plus facile à ôter.

Je la contemplai tristement, caressant le crochet qui servait autrefois à maintenir la harpe de l'Hybride puis, la posai religieusement à côté de lui.

Son pantalon en cuir noir me laissa dubitative quelques instants.

Ayant en effet eu l'occasion, l'été précédent, de découvrir la nudité sous les pantalons d'Œngus, je m'attelai avec pudeur à lui retirer, positionnant un de mes t-shirts sur l'endroit critique.

Bien que seule et sans aucune arrière-pensée, je ne pus m'empêcher de rougir quand je me retrouvai avec les lambeaux de tissus qui recouvraient le fétaud, dans la main.

Mes joues restèrent chaudes tout le temps où j'inspectai du regard son corps pour détecter ses blessures, glissant mes doigts sur sa peau dans le but d'aider mon analyse.

Sa tête. Son cou. Son torse. Ses bras. Ses mains.

Je m'arrêtai pour observer l'hématite fissurée de son anneau d'argent.

Il l'avait brisée, pour moi, pour me sauver et maintenant il était étendu là, tremblai-je d'émotion, serrant sa main bien trop fort.

Je me mordis la lèvre et poursuivis mon diagnostic.

J'effleurais à peine la peau de son ventre tuméfiée à plusieurs endroits. Mon regard descendit encore jusqu'aux cuisses. Alors que je tentai de rester concentrée, mes joues s'embrasèrent malgré moi. Ma respiration hoqueta mais je poursuivis l'énumération des blessures. La jambe gauche semblait épargnée mais malheureusement ce n'était pas le cas de la droite. Son genou présentait un hématome et sa cheville était gonflée.

Je terminai par les parties apparentes de ses ailes.

Je n'avais eu qu'une seule fois la permission de les toucher et constatai que le souvenir de leur contact s'était affadi en comparaison de mon ressenti en les effleurant.

Elles étaient plus douces que la soie, flexibles comme le bambou et présentaient la perfection du verre.

Leurs formes complexes et leur couleur nuit les rendaient uniques.

Œngus était blessé à son aile gauche. Elle avait été littéralement déchirée, en forme de croissant de lune, par le projectile. Je repositionnai le morceau manquant, non sans un frisson.

Je supposais également, mais sans aucune certitude, qu'il devait avoir plusieurs fractures, une entorse et peut-être des blessures internes.

L'eau miraculeuse de Macha ne semblait avoir aucun effet guérisseur cette fois. Je devais donc utiliser les bonnes vieilles méthodes.

Ne pouvant pas accéder à son abdomen, je me contentai de préparer le matériel pour bander sa jambe et vidai mon sac à dos pour prendre la trousse de secours. Elle ne contenait que des bandages, un kit de pansements, des médicaments «humains», un aspire-venin et de l'antiseptique. Autrement dit, pas beaucoup de choses utiles pour améliorer l'état de santé du fétaud.

Mon attention fut attirée par un objet blanc qui se détachait dans l'herbe.

— Et si c'était la solution ? murmurai-je, attrapant le livre intitulé « se soigner naturellement » qu'Alice m'avait contrainte à prendre.

Je m'installai en tailleur pour feuilleter le livre peu épais. À chaque page se trouvaient la photo d'une plante, son descriptif ainsi que ses utilisations médicinales. Bien que le livre ne fasse qu'une centaine de pages, condition sine qua non pour que j'accepte de le prendre, l'étudier me semblait bien trop long. Je tentai donc de lire des passages au hasard en croisant les doigts pour tomber sur un remède miraculeux.

Une feuille de papier blanc noircie d'inscription tomba entre mes jambes.

Je reconnus aussitôt l'écriture minuscule et précise d'Alice.

Elle avait rédigé une liste alphabétique de diverses pathologies suivies des plantes correspondantes pour les traiter.

Il était notamment mentionné : démangeaisons, empoisonnement, brûlure, hématome, hystérie, plaie, venin, vomissement…

La liste était si longue qu'elle en devenait inquiétante.

Ma sœur l'avait-elle préparée à la pensée de mon excursion avec Œngus ? Si tel était le cas, je comprenais mieux pourquoi elle ne voulait pas nous accompagner. Alice avait l'air d'avoir envisagé le pire… Finalement, elle n'avait pas eu tort.

Je soupirai, mais notai, malgré tout, de ne pas oublier de la remercier quand je la reverrais, ou plutôt, si j'avais la chance de la revoir.

Pour les plaies, il était recommandé d'utiliser du calendula mélangé à du plantain, quant aux hématomes, la pâquerette et la consoude étaient préférables.

Je vidai la sacoche d'Œngus pour voir s'il possédait certaines de ces plantes. Malheureusement, seul le plantain s'y trouvait…

Trouver des pâquerettes ne m'inquiétait pas. C'était une plante commune, même à Alleïa.

En revanche, je n'avais jamais entendu parler du calendula, ni de la consoude. Il me fallut donc les rechercher dans le livre pour savoir à quoi elles ressemblaient avant de partir en cueillette.

J'arrachai les pages correspondantes pour les emmener avec moi, et croisai les doigts pour que ma sœur me pardonne d'avoir détérioré un de ses si précieux livres.

La chaleur se faisait de plus en plus ressentir, j'avais soif et devinai qu'Œngus devait boire également.

Avant de me désaltérer, je le protégeai du soleil en recouvrant son corps nu de vêtements, et créai de l'ombre en amassant de la terre autour de sa tête pour poser un t-shirt par-dessus.

L'eau de ma gourde m'apparut comme un délicieux nectar, je bus lentement pendant plusieurs minutes afin de ne pas la vider entièrement et en laisser suffisamment pour le fétaud.

Je mouillai un t-shirt propre pour humidifier les lèvres d'Œngus, puis l'essorai doucement pour que l'eau tombe goutte à goutte entre ses lèvres entrouvertes.

Je renouvelai l'opération jusqu'à ce que la gourde soit vide.

Il était temps que je parte si je voulais avoir terminé de le soigner et trouver de quoi manger avant la nuit.

Je pris mon sac à dos, ma gourde vide, embrassai furtivement les lèvres de mon ange et m'éloignai au plus vite avant de perdre le courage de le laisser.

Il était difficile de chercher quelque chose que l'on ne connaissait pas avec une simple photo. J'avais longé le fleuve vers l'ouest pendant deux heures et m'étais aventurée une dernière heure, au sud, dans la forêt.

Même si je n'étais pas satisfaite d'avoir gâché de cette manière, six heures de mon temps, je pouvais me réjouir, malgré tout, d'être parvenue à tout trouver.

Sur le chemin qui me ramenait au camp, je pensai également à ramasser du bois pour le feu de camp du soir.

Ce n'était pas si mal après tout ! Le bilan était positif.

À mon retour, malheureusement, rien n'avait changé. Œngus était toujours allongé dans la même position. Je souris tristement, songeant qu'au moins il n'avait pas été victime d'une nouvelle attaque.

Je m'installai à côté de lui et contemplai mes trouvailles : les plantes pour le soigner, la gourde que j'avais remplie grâce à une source dans la forêt non loin de là, une cinquantaine de prunes et de baies qui me permettraient de manger presque à ma faim pendant au moins deux jours.

Je regrettai que le fétaud ne puisse pas voir mes progrès pour assurer notre survie.

Je pillais les plantes, les agglomérais ensemble pour former une pâte puis bandais le genou et la cheville d'Œngus.

J'avais longuement hésité, mais je m'étais finalement décidée à utiliser un pansement pour tenter de réparer son aile.

Après mes soins de fortune, le fétaud paraissait encore plus mal en point qu'au départ.

Je le recouvrai rapidement et essayai d'occuper mon esprit autrement en préparant une bouillie liquide avec les baies fluidifiées avec de l'eau. J'introduisis ensuite patiemment la préparation dans la bouche d'Œngus.

Il ne devait pas perdre plus de force si je voulais qu'il guérisse vite, le tic-tac meurtrier de mon tatouage me rappelant à l'ordre à chaque regard.

Je m'occupai du feu lorsque les lucioles réapparurent. Je les avais totalement oubliées avant de les revoir. Les sachant inoffensives, je les laissai tranquilles cette fois.

— Bah au moins j'aurai de la compagnie, haussai-je les épaules.

La nuit s'avança peu à peu, mais le sommeil ne me gagna pas. Je restai assise à côté du fétaud, caressant sa main et scrutant le moindre changement.

Je lui narrai mes exploits de la journée, appuyant sur des détails insignifiants pour que mon histoire dure plus longtemps. Je lui racontai ensuite mon année au pensionnat, ce qu'on apprenait au lycée, l'importance du bac pour débuter son avenir. Puis lui parlai de mes amies, Caroline et Cindy, nommées les «2 C». De mon père, toujours en voyage, mais qui faisait des efforts pour se rapprocher de nous. De Louan, notre voisin qui me troublait un peu, juste un peu. De ma sœur, qui allait mieux et que je soupçonnais être peut-être même amoureuse. Et de ma mère. Je lui expliquai comment se passait sa vie dans notre monde, le respect que chacun lui portait grâce à sa générosité et son sens de l'écoute, la complexité de sa maladie. Les journées à pleurer ou à maudire la terre entière, la douleur de la perte, l'incompréhension d'avoir gardé le secret au sujet d'Alleïa et de lui, le chamboulement de tout savoir et en même temps de n'absolument rien maîtriser. Je terminai ma tirade en lui détaillant toutes les émotions qu'il me faisait éprouver et que je ne connaissais pas jusqu'alors, le désir notamment, lui avouant, tout en rougissant, que je l'appelai : « mon ange noir».

Mon récit terminé, j'essuyai d'une main mes yeux humides et culpabilisai de m'être laissée encore une fois submerger.

Tandis que l'aube apparaissait, les petites boules de lumières tournoyantes atténuèrent leur clarté jusqu'à s'éteindre et disparaître.

Elles sont toujours là! Je ne peux juste plus les voir! conclus-je, perplexe.

Un bâillement bienfaisant m'indiqua que j'allais enfin pouvoir dormir. Je me recroquevillai donc contre mon ange, lui souhaitai une bonne nuit et m'endormis presque instantanément.

Les deux jours suivants se déroulèrent de la même façon : abreuver et alimenter Œngus, changer ses pansements, faire du feu et chercher de quoi nous nourrir.

Aucune amélioration n'était perceptible dans l'état de santé du fétaud. Je m'inquiétais de plus en plus sur les décisions que j'allais devoir prendre d'un moment à l'autre.

Après m'être autant dévoilée quelques nuits plus tôt, je

n'arrivais plus à lui parler du tout. Je supposais que c'était par embarras, aussi ridicule que cela puisse paraître compte tenu de la situation.

Le temps libre qu'il me restait, je le passais donc à relire le livre de ma sœur, au point de commencer à le connaître presque par cœur ou à étudier la carte d'Alleïa donnée par Dagda.

D'après mes calculs, il nous faudrait quatre jours en volant pour atteindre le prochain Gardien, Eochaid. C'était le plus optimiste des scénarios, car je supposais déjà que cela ne se passerait pas ainsi. En effet, malgré mes soins, l'aile d'Œngus ne présentait aucun signe de cicatrisation et j'avais eu la douloureuse démonstration qu'il lui était impossible de voler dans cet état.

Je n'avais aucune idée de combien de temps nous serait nécessaire pour parcourir cette distance à pied. Sans oublier Œngus qui tardait à se réveiller. Comme si cela n'était pas suffisant, il nous restait encore Nemed à rencontrer. Elle vivait dans le nord d'Alleïa, totalement à l'opposé de notre prochaine destination.

Nous étions au treizième jour et la situation semblait désespérément bloquée.

Je massais ma nuque, crispée par la contrariété et l'angoisse.

Un craquement, dans les bois, retint mon attention puis un autre et encore un autre.

Quelqu'un ou quelque chose s'approchait.

Je me levai pour faire rempart devant le corps gisant de mon ange.

Nous étions sans défense, j'en avais pleinement conscience, mais cela ne m'empêcha pas de prendre une position d'attaque.

Mon cœur s'accéléra lorsqu'une gigantesque masse noire

sortit d'entre les arbres touffus.

— Lastalaica ! me précipitai-je en courant vers le Frison. Tu m'as tellement manqué ! caressai-je la jument. Je ne sais pas si tu as entendu ma prière, mais merci d'être venue, la serrai-je contre moi.

La jument me répondit d'un mouvement de tête, en me caressant la joue, puis s'éloigna très vite pour rejoindre son véritable maître.

— J'ai fait de mon mieux, mais il ne s'est pas réveillé, m'excusai-je presque. Maintenant que tu es là, tout va s'arranger, promis-je, autant au Frison qu'au fétaud.

Je m'agenouillai à côté d'Œngus.

— Il faut qu'on arrive à le mettre sur le côté, pour que je puisse continuer à le soigner, tout en prenant soin de ne pas plier une de ses ailes. Tu vas devoir le soulever. Comment y arriver ? pensai-je à voix haute. Tu as besoin d'une prise solide qui ne risque pas de se déchirer sous le poids de Gus.

Lui réenfiler son pantalon en cuir me sembla être une bonne idée, mais je l'exclus rapidement, car cela m'empêcherait de poursuivre les traitements de sa jambe.

Impossible de lui remettre sa chemise, sans un minimum d'aide de sa part. En plus, je n'étais pas certaine que le tissu en fin coton résisterait.

Il ne restait donc plus que sa ceinture. Ma première tentative fut infructueuse. Je n'arrivai pas à la glisser sous son corps. J'entrepris donc de creuser un tunnel dans la terre, au niveau de sa taille, pour la faire passer. Une demi-heure plus tard, je refermais, soulagée, la boucle en métal. J'avais donné suffisamment de mou à la ceinture en l'attachant pour permettre à Lastalaica de la saisir avec ses dents sans risque.

Nous prîmes notre temps pour le soulever. La jument,

de nature fougueuse, obéit pourtant patiemment à tous mes ordres. Le corps du fétaud se plia, au fur et à mesure, comme une poupée de chiffon. Dès que cela fut possible, je rabattis rapidement son aile gauche et la jument le reposa sur le flanc du même côté.

Ses ailes n'avaient pas l'air d'avoir souffert d'être restées dans la même position pendant trois jours.

J'expirai de soulagement.

— Bon, maintenant que nous savons que tu peux le déplacer. Il va falloir trouver un moyen pour que tu puisses le transporter, informai-je inutilement Lastalaica.

Le temps d'attente forcé que j'avais subi ces dernières soixante-douze heures n'avait pas été totalement inutile puisque j'avais eu l'occasion d'y réfléchir. Jusqu'ici, j'avais écarté certaines possibilités, sachant que je n'aurais pas la force nécessaire pour traîner le fétaud.

Je me dirigeai donc vers la forêt pour ramasser de longues branches de bois en prenant soin de choisir les plus solides et les plus droites, puis les ramenai au camp.

Ensuite, je troquai mon jean et mon dernier t-shirt propre contre ma tenue d'équitation. Puis, je récupérai la paire de ciseaux présente dans le kit de pansement pour découper de longues bandes de tissu dans le pantalon et le restant de ma combinaison de guerrière, seuls autres vêtements résistants que je possédais.

Je nouai les morceaux de bois ensemble pour fabriquer un brancard suffisamment grand pour contenir Œngus et tressai les derniers morceaux de tissu pour former un harnais.

La jument appliqua à la lettre mes consignes pour installer son maître sur le plateau de bois, puis se laissa harnacher sans aucun signe d'animosité.

Sa docilité me surprit un peu, mais je devinais qu'elle avait, elle aussi, envie d'aider le fétaud.

Comme en réponse à ma pensée, celle-ci recroquevilla ses pattes pour me permettre de monter.

— Merci ma belle, la caressai-je. Direction le sud !

CHAPITRE 13

La marque de l'ange

*U*ne immensité verte jusqu'à l'horizon. De chaque côté, je ne pouvais voir que le désert végétal embrassant le rose orangé du ciel.

La carte indiquait que nous nous trouvions dans une zone nommée «Nemeton».

Nous étions partis depuis trois jours. La forêt avait été facile à traverser en trois heures à peine. Dès le début d'après-midi nous nous étions retrouvés à errer dans ce jardin interminable.

Lastalaica n'avait pourtant pas ménagé sa peine. Elle utilisait ses capacités de nyctalope, pour poursuivre inexorablement son chemin dans la nuit, s'accordant une pause uniquement lorsque ma fatigue risquait de me faire chuter de son dos. Nous nous arrêtions juste le temps de dormir un peu et qu'elle se nourrisse. La jument avait au moins cet avantage sur moi… En effet, malgré mes cueillettes dans la forêt avant de partir, il ne me restait plus qu'une dizaine de prunes et de baies. Mais surtout, ma gourde était vide ! J'avais hésité à remplir celle d'Œngus, en vidant la soi-disant «eau miraculeuse», puisqu'elle n'avait aucun effet sur son mal. Pourtant, je n'avais pas réussi à m'y résoudre. Une seule gourde était bien trop peu pour un tel voyage ! Je me maudissais intérieurement d'avoir été si peu prudente et d'avoir cru qu'il serait plus facile de trouver de quoi boire.

Sans aucune ombre pour nous protéger et avec la réverbération du sol soyeux, la chaleur estivale devenait insoutenable.

Je n'avais plus de salive à déglutir. Ma langue était gonflée, ma bouche pâteuse. Je n'osais même plus articuler le moindre mot à la jument tant ma gorge parcheminée me brûlait. L'atroce sensation que mes muqueuses se craquelaient comme une mue de serpent me faisait gémir de douleur, à chaque son prononcé.

J'avais profité de la rosée matinale pour lécher le voile d'eau présent sur des tiges d'herbe et humidifier les lèvres d'Œngus. Mais le soleil avait cruellement fait évaporer très vite tous mes espoirs.

De l'herbe ! Il n'y avait d'ailleurs que ça. Aucun arbuste. Aucune fleur. Aucun arbre. Aucune feuille. Aucune mauvaise herbe. Rien. Rien d'autre que du gazon à perte de vue.

J'étais mal à l'aise de traverser ce lieu.

Au départ, j'avais pensé que c'était lié à la lassitude du paysage, puis je m'étais aperçue que c'était le silence qui me pesait.

Les pas de la jument étaient certes amortis par le moelleux du sol. Mais ce n'était pas seulement ça ! Nous n'avions croisé aucun animal, aucun insecte, ni même un oiseau dans le ciel.

Il n'y avait pas de vent, aucune petite brise, qui aurait pu, ne serait-ce que faire bruisser mes cheveux.

Nous nous enfoncions dans le néant. Un néant vert ! Mais un néant quand même.

Un frisson glacial me parcourut le dos.

Lastalaica dut sentir mon mouvement, car elle agita nerveusement la tête.

Soudain un point noir apparut au loin. Je plissai les yeux pour mieux le voir, sans résultat. Il était si minuscule que je me demandais s'il ne s'agissait pas juste d'un mirage. Mais l'accélération de la jument me laissa présager que non.

La nuit était tombée. Les lunes d'Alleïa et mes lucioles personnelles, qui étaient revenues dès le soleil couché, éclairaient suffisamment pour que je puisse distinguer l'immense forme qui nous avait guidés toute la journée.

Il s'agissait, en fait, d'un arbre de plusieurs dizaines de mètres de hauteur et de circonférence. Je n'en avais jamais vu d'aussi grand.

Était-il planté là pour être utilisé comme un phare dans cette immensité verte inhospitalière ?

Je descendis de ma monture, libérai la jument du harnais pour m'approcher de ce mastodonte intriguant.

Les racines qui émergeaient du sol comme d'immenses griffes étaient plus hautes que moi.

Le tronc semblait être composé de deux parties distinctes qui s'entremêlaient amoureusement pour ne former plus qu'un.

Les branches, si hautes, ne me laissaient percevoir que la nappe sombre, d'environ quinze mètres, de son feuillage.

J'étais totalement fascinée par ce géant végétal.

Après la chaleur étouffante de la journée, le froid de la nuit me mordait la peau.

Bien que fatiguée, j'entrepris de faire un feu. La quantité

de brindilles parsemées sur le sol était une occasion à ne pas manquer pour se réchauffer.

L'air était si sec que le labeur fut facile. Je n'avais jamais réussi à réaliser un feu aussi rapidement, ni aussi grand d'ailleurs. La fournaise occasionnée délassa mes muscles crispés après avoir chevauché si longtemps. Je m'étirai et massai ma nuque pour me détendre.

La jument paissait tranquillement. Un sourire se dessina sur mes lèvres, tant j'étais submergée par la gratitude que je ressentais.

Cette courte pause était déjà terminée. Je poussai une grande expiration afin de me ragaillardir, car il était temps de changer les bandages d'Œngus.

Ce dernier était totalement recouvert par des vêtements, seul moyen que j'avais trouvé pour le protéger des rayons du soleil. Je découvris délicatement ses jambes, petit à petit jusqu'à son visage et restai paralysée face au désastre. Son teint était encore plus hâve que d'ordinaire. Ses lèvres pelaient. Ses yeux cernés semblaient s'enfoncer dans leurs orbites tandis que son front dégoulinait de sueur à cause de la fièvre qui l'accablait. Œngus souffrait de déshydratation et je n'avais plus d'eau pour le soulager !

Je me précipitai vers mon sac à dos, espérant niaisement m'être trompée sur le contenu de la gourde. Je l'ouvris pour tenter de récolter les rares gouttes dans son bouchon avant de les inoculer au fétaud.

Je rougis, tellement il était absurde de croire que cela pourrait faire une différence.

La deuxième gourde, tombée du sac, gisait à mes pieds.

Si seulement elle était potable !

Peut-être était-ce dû au fait d'avoir véritablement formulé

mon regret? Mais je compris finalement que rien n'avait indiqué le contraire.

Je dévissai tremblante le bouchon puis reniflai la solution. Un doux parfum d'amande en émanait. Je bus fébrilement une petite gorgée. Le liquide sucré se répandit dans ma bouche en me laissant une agréable sensation de fraîcheur et à ma plus grande surprise le sentiment d'être totalement désaltérée. Je regardai éberluée le flacon comme s'il pouvait répondre à mes interrogations. J'attendis quelques instants pour constater si l'effet était éphémère, mais je me sentais de mieux en mieux. J'appuyai un bout de ma manche contre le goulot, l'humidifiai puis l'essorai au-dessus de la bouche du fétaud. Le résultat ne se fit pas attendre, des convulsions agitèrent ce dernier. Paniquée, je m'approchai de lui pour m'emparer de ses épaules afin de le maintenir en place. Mes doigts touchèrent sa peau lorsqu'un violent éclair bleu me projeta trois mètres plus loin. Mon dos et ma tête percutèrent le sol dans un bruit sourd. Des points noirs apparurent devant mes yeux, m'obligeant à attendre avant de pouvoir m'asseoir en toute sécurité. Un halo lumineux bleuté irradiait l'ensemble du corps de mon compagnon, de nouveau immobile. Malgré la terreur que j'éprouvais face à ce phénomène, je retournai près de lui et m'agenouillai pour évaluer son état.

Ses cheveux ainsi que les poils de ses bras étaient hérissés. Son corps éclairé par l'étrange champ énergétique semblait être parcouru d'un vent magnétique presque palpable. J'approchai prudemment ma main de son visage quand un arc électrique, joignant mes doigts et sa tête, m'en dissuada. Je supposais sans certitude que retrouver sa force vitale avait aussi pour conséquence de réveiller ses dons d'Hybride. Et sans bague, il n'y avait plus de barrières pour les brider !

Totalement désemparée, je me massai les yeux avec mon

pouce et mon index tout en réfléchissant à la façon dont j'allais procéder pour le soigner à l'avenir, regrettant amèrement d'avoir utilisé le remède de la Gardienne.

Une douce chaleur irradia mes cuisses. J'ouvris les yeux pour en connaître la source. Œngus, réveillé, avait son bras tendu juste au-dessus de la zone chaude. Sa main à quelques centimètres de ma peau. Le bonheur, la surprise et le soulagement me submergèrent tant que je me jetai sans aucune prudence à son cou. La sentence ne se fit pas attendre. Je fus aussitôt projetée en arrière par le champ magnétique. Cependant, le choc fut moins violent que la première fois et je me retrouvai assise sur les fesses, non loin du brancard. Le fétaud me contempla, les yeux écarquillés d'horreur.

Bien décidée à ne pas me laisser abattre, je me rapprochai de lui en dissimulant ma frustration.

— Ne t'inquiète pas, je vais bien, le rassurai-je. Comment te sens-tu ?

Œngus essaya d'articuler une réponse, mais seul un son rauque sortit de sa bouche. Il leva sa main, puis m'indiqua sa gorge.

— Tu as soif ? C'est ça ?

Il fit un hochement de tête.

Je lui tendis la gourde. Il la saisit lentement comme une scène au ralenti. Une décharge électrique me piqua violemment la main, me contraignant à serrer les dents pour ne pas lâcher le flacon.

Je massai ma main meurtrie. La grimace de douleur qui accompagna mon geste démasqua ma tentative d'impassibilité.

La tristesse prit place sur le visage du fétaud.

— Ce n'est rien. J'ai toujours su que le courant passait entre nous, dédramatisai-je maladroitement la situation. Bois ! Tu en as besoin, le motivai-je d'un geste vers la gourde.

Œngus approcha le goulot de sa bouche, mais but avec précaution cette fois.

À chaque gorgée, son visage se modifiait. Les cernes s'atténuèrent. Sa peau retrouvait sa pâleur caractéristique. Ses traits étaient moins tirés.

Un craquement sinistre, provenant de sa jambe, résonna bruyamment dans le silence.

Le fétaud s'arrêta de boire. Son regard fit des allers-retours entre sa jambe et moi.

— Ton genou est réparé. Tu es presque guéri, me forçai-je à sourire. Allez, continue !

J'étais heureuse qu'Œngus aille mieux, mais l'exploit de cette eau me terrifiait par sa puissance.

Mon compagnon acquiesça, ferma ses paupières et obéit sans protestation.

La vague bleutée qui enlaçait son corps se mit à croître de façon exponentielle, de telle sorte que je dus reculer pour qu'elle ne m'atteigne pas.

Vingt minutes plus tard, le fétaud tourna sa tête vers moi. Les yeux en soucoupe, sa bouche s'ouvrit et se referma, à la manière d'une carpe.

— Qu'est-ce qu'il y a ? Quelque chose ne va pas ?

Par réflexe, je regardais mes vêtements. Ne voyant rien, je m'essuyai le visage.

— Tes cheveux ! prononça-t-il enfin quelques mots.

— Quoi « mes cheveux » ? le questionnai-je, apeurée.

Depuis que nous étions partis, je me contentai de les natter ou de les rassembler en une queue de cheval pour plus de praticité, bon j'étais surtout pitoyable dans cet exercice ! Mais même si je manquais de talent dans l'art de les mettre en valeur, je me doutais que sa réaction n'était pas liée à une mauvaise coupe.

Je tâtai donc avec prudence mon cuir chevelu jusqu'à la pointe de mes cheveux, et découvris que ces derniers formaient un soleil autour de mon visage.

Apparemment, je ne m'étais pas assez éloignée du champ magnétique ! Le résultat était plutôt amusant au final.

— Et ça te fait sourire ? me morigéna-t-il.

Interrompue dans mon élan de me détendre un peu, après avoir vécu les six jours les plus éprouvants de ma vie, la colère me gagna.

— En quoi c'est dérangeant ? Dis-moi ? Comment aurais-tu *voulu* que je réagisse ? m'emportai-je. Tu aurais préféré quoi ? La fuite, face à la chose terrifiante qui se dégage de toi. La colère, pour avoir brisé ton anneau, risquant ainsi ta vie sans me demander mon avis ? La frustration, de ne plus pouvoir te toucher ? Allez, dis-moi ? Qu'aurais-tu préféré ? haletai-je de fureur.

Mon bras gauche était douloureux. Mon tatouage devait s'être obscurci par l'émotion, mais la sensation lancinante de l'avoir trempé dans de l'acide était nouvelle. Je m'interdisais de le regarder pour ne pas éveiller les soupçons du fétaud.

— Désolé, répondit-il en baissant les yeux.

Je ne savais pas s'il s'excusait pour sa question, les reproches que j'avais formulés, son champ magnétique ou pour toutes ces raisons, mais cela m'apaisa aussitôt.

— Ce n'est pas grave, haussai-je les épaules. Tu es réveillé, c'est le plus important, souris-je, sincèrement.

— D'ailleurs, oui ! Depuis combien de temps suis-je resté dans cet état ? Combien de jours reste-t-il avant l'échéance ?

paniqua-t-il.

— Nous sommes partis il y a trois jours, répondis-je, omettant volontairement de répondre à ses questions.

— Il nous reste donc… douze jours, calcula-t-il à haute voix.

Son ton transpirait de soulagement.

— «Partis»? Où sommes-nous maintenant? Et comment, diable, as-tu réussi à me transporter? poursuivit-il son interrogatoire, tournant la tête de tous les côtés. Waouh! L'Arbre de Vie! me coupa-t-il la parole, admiratif, avant que je ne puisse répondre. Bon sang, c'est une chose de connaître son existence, c'en est une autre de le voir! J'aurais regretté de ne pas être réveillé pour contempler cette merveille.

Œngus, d'ordinaire taciturne, me surprit par son enthousiasme dégoulinant.

— Tu connais *cet* arbre? m'aventurai-je sur un terrain à l'évidence dangereux.

Les yeux écarquillés du fétaud me démontrèrent à quel point j'avais raison.

— Parce que *toi*, tu *ne le connais pas*? m'interrogea-t-il, scandalisé.

— Euh… et bien… en fait… non, lâchai-je comme une bombe remplie de honte, la tête baissée.

— C'est le lieu le plus célèbre de tout le territoire d'Alleïa! L'Arbre de Vie est *LE* symbole de la guerre entre le peuple des lumières et celui des ombres. Tous les parents racontent le récit de la naissance de cet arbre à leurs enfants…

Voyant mon visage se décomposer au fur et à mesure de ses paroles cassantes, le fétaud se radoucit.

—Tu veux l'entendre? poursuivit-il gentiment en s'installant plus confortablement sur le brancard.

Je hochai la tête, en silence, mais gardai les yeux fixés sur le sol.

Il commença sa narration :

« Le Nemeton qui nous entoure n'a pas toujours ressemblé à ce que nous pouvons voir aujourd'hui. Il y a très longtemps, il n'était plus qu'une terre stérile où dans chaque poignée de terre transparaissait la violence, la douleur et la désolation. Il a été la dernière victime de la plus grande guerre ayant eu lieu à Alleïa : "La guerre des Éléments". »

« *La guerre des éléments* », répétai-je pour moi en relevant la tête pour intervenir à ces mots qui m'étaient familiers, mais le fétaud m'intima de me taire en levant la main avant de poursuivre :

« Cette guerre a duré longtemps, bien trop longtemps. De chaque côté des deux camps, les rangs des soldats s'étaient amoindris. Alleïa était un vaste champ de guerre. Chacun des clans avait détruit les ressources de l'autre : les entrepôts d'armes, les forêts pour ne plus pouvoir se cacher, les pigeons étaient chassés dans l'espoir d'interrompre les communications, mais également les réserves de nourriture et les récoltes. Les femmes et les enfants, restés dans leurs foyers, étaient bien trop affaiblis par la faim et la maladie engendrées par ce désastre pour se réorganiser et planter de nouvelles cultures. Les deux armées, obnubilées par la victoire, avaient oublié qu'il n'y aurait plus rien à gagner si tout était détruit. Pour la première fois, les gardiens sont intervenus pour cesser le massacre de ce territoire qu'ils chérissaient tant et préserver le peu d'âmes qui restaient. Les dommages étaient collatéraux mais aucun accord ne fut possible entre les deux partis. *Sauf un !* leva Œngus son index pour garder toute mon attention. Une ultime bataille qui révélerait le nom du gagnant. La date fut fixée à quelques jours plus tard, le jour de l'équinoxe d'hiver. Les derniers guerriers survivants, blessés, faibles ou malades, se regroupèrent valeureusement de part et d'autre du Nemeton puis furent rejoints par les six gardiens de la lumière. La nuit la plus longue de l'année fut le témoin de la volonté inébranlable de ces combattants à triompher pour acquérir une terre fragilisée par leur folie. L'affrontement commença dès les premières lueurs de l'aube pour se terminer avec les derniers rayons du soleil. Le Nemeton, maculé de rouge, était devenu le cimetière des deux armées. Il n'y avait finalement plus aucune personne pour revendiquer la victoire. Seuls Dagda, Eochaid, Macha et Nemed étaient encore debout au milieu de ce massacre. Ils cherchèrent leurs amis, Ogmios et Setenta, Les Gardiens les retrouvèrent au centre de ce charnier. Les frères jumeaux étaient enlacés dans une dernière étreinte. Leurs visages maculés de sang et de larmes séchées. Eochaid, le plus sage des gardiens, ne pouvant les laisser ainsi, s'agenouilla et souffla doucement sur le sol. Un tremblement s'ensuivit. Puis la terre absorba tous les corps étendus sur le Nemeton pour qu'ils puissent enfin reposer en paix. Nemed fut submergée par la colère qu'elle ressentait. Elle n'acceptait pas qu'il puisse être aussi facile de faire disparaître toute trace de la folie de cette guerre. La Gardienne ordonna donc au vent de ne plus venir caresser ce lieu et d'empêcher tous les animaux d'y pénétrer. Elle murmura ensuite aux nuages de s'éloigner pour que la morsure du soleil consume de sa brûlure chaque végétal qui voudrait s'épanouir dans ce territoire maudit. Macha n'acceptant pas cette lourde sentence pour le tombeau de ses amis, ramassa un caillou et une poignée de sable, les embrassa et déposa le minuscule morceau de roche où les jumeaux reposaient quelques minutes avant. Deux tiges sortirent du sol, grossirent et s'entremêlèrent pour ne former plus qu'un seul tronc d'un même arbre. Puis, la Gardienne jeta le reste du contenu de sa main autour d'elle. Une vague verte se répandit alors jusqu'à l'horizon. Une larme s'écoula le long du visage de Dagda, reconnaissante envers son amie d'avoir bravé Nemed. L'eau salée, en tombant sur le sol, avait permis jusqu'à aujourd'hui de préserver le Nemeton dans l'état exact où l'avaient laissé les quatre derniers gardiens de la lumière. »

— Voilà, l'histoire de la création de l'Arbre de Vie, termina-t-il d'un ton respectueux.

Je regardai, étrangement émue, l'arbre majestueux qui s'élevait si près de moi.

— C'était magnifique. Merci de l'avoir partagée avec moi. Alleïa est une véritable source de légendes. Quand nous étions enfants, maman nous racontait beaucoup d'histoires de ce genre. Je regrette de ne pas les avoir mieux retenues.

Mes yeux s'attardaient sur les nœuds de bois que j'arrivai à distinguer grâce aux lumières combinées du feu, des lucioles et de l'énergie bleutée du fétaud.

Bien qu'Œngus eût l'air convaincu par la véracité de son anecdote, pour ma part, je ne savais pas quoi en penser. Mais une chose était certaine, ce mastodonte était ancien. Très ancien. Je m'interrogeai sur le nombre incalculable d'événements auxquels il avait dû assister.

— Il n'y en a pas sur terre ? me ramena-t-il dans le présent.

— Quoi ? Des arbres ? demandai-je, perplexe.

— Non, évidemment que non ! s'exaspéra mon compagnon. À moins qu'il n'y en ait pas ? arqua-t-il un sourcil.

Je me contentai de faire un signe d'acquiescement.

— Bien… poursuivit le fétaud, semblant légèrement perdu dans son raisonnement. Je te parle des légendes. Vous n'avez pas d'épisodes historiques que vous transmettez de génération en génération ?

— Si, bien sûr. L'histoire de notre planète est d'ailleurs enseignée à l'école de diverses manières. Par exemple son évolution à travers les millénaires : géologique, philosophique et technologique ou bien encore les événements qui s'y sont produits. Mais cela ne ressemble en rien à ton récit. Peut-être est-ce juste moins poétique ? songeai-je à haute voix.

— En fait, j'aurais aimé savoir si vous parliez de nous ? demanda-t-il du bout des lèvres.

Surprise, j'écarquillai les yeux, tentant de rassembler péniblement ces deux mondes parallèles si différents.

— Lorsque j'ai eu l'occasion d'entendre des légendes, peu concernaient les fées, et celles-ci ne semblaient pas parler des Eryans.

— Ah ! lâcha-t-il, d'un ton qui m'indiqua sa déception. Elles parlent de qui, alors ? m'interrogea Œngus, semblant retrouver un minimum d'enthousiasme.

Embarrassée par sa question, j'arrêtai de bouger. Car s'il y avait bien un domaine où j'étais encore plus nulle que pour la coiffure, c'était bien les mythes en tout genre. J'avais pu répondre à la question précédente uniquement parce que depuis ma découverte d'Alleïa et la mutation de ma sœur, j'avais essayé de glaner des informations sur le sujet, dans l'espoir que cela m'aiderait un peu pour mieux cerner Alice. Mais je n'avais rien trouvé d'intéressant.

— Pff... débutai-je ma phrase laborieusement, simulant ensuite une quinte de toux dans le but de gagner un peu de temps. C'est une très bonne question, car tu vois il est très difficile d'y répondre tant les sujets abordés sont vastes... Il y a... des héros, souvent, très souvent même... ou des héroïnes... qui font des choses incroyables...

— Justement, ils font quoi ? À quelles espèces appartiennent-ils ?

Apparemment j'avais malencontreusement piqué sa curiosité.

— Ce sont des personnages très différents comme par exemple : Le roi Arthur, le magicien Gandalf, des animaux comme le Corbeau et le Renard, le grand sorcier Harry Potter, la princesse… Peach, le fantôme Casper, énumérai-je en me mordant la lèvre de honte… ou des créatures beaucoup plus rares encore…

Ma réponse était pitoyable. J'avais énuméré ce qui me passait par la tête faisant un mix à faire pâlir beaucoup d'historiens. La seule chose qui me remontait le moral, c'est qu'il n'aurait jamais l'occasion de le découvrir.

Œngus siffla entre ses dents, visiblement impressionné.

— Eh bien, la terre semble gorgée de personnes incroyables, bien que, sans vouloir te vexer, j'écarte la possibilité que Casper soit un fantôme. Cela n'existe pas. Il doit certainement s'agir d'une créature de l'air comme les Trylows. J'aimerais bien en savoir plus. Peux-tu m'en raconter une ? Sur la princesse ou le sorcier, je te laisse choisir.

— Il est tard. Nous devrions dormir. En plus, tu sors à peine du coma. On en reparlera une prochaine fois, tentai-je de me dérober.

— Ça va. Tu le sais très bien ! Tu n'as quand même pas besoin que je te supplie, si ? me taquina-t-il.

J'espérai que mon visage resterait impassible, car à l'intérieur je me décomposais totalement.

Réfléchis vite ! Réfléchis vite ! ordonnai-je à mon cerveau, espérant que mon sourire niais donnait le change.

Et puis, un souvenir me revint, laissant un doux baiser sur le front, une caresse chaude sur la joue, comme la promesse réconfortante d'être aimée.

Une histoire. Mais pas n'importe laquelle, celle que maman me murmurait avant de dormir.

— Je ne les connais pas bien. Mais je peux t'en raconter une autre, n'attendis-je aucune réponse pour poursuivre. Sais-tu comment s'appelle cette partie du visage ? indiquai-je le petit creux entre ma bouche et mon nez.

— Non, répondit-il en fronçant les sourcils.

Ses yeux plissés n'étaient pas encourageants mais je m'en fichais. Finalement, c'était plus pour moi que je la racontais !

— D'un point de vue anatomique, il s'agit du philtrum. Mais certains le nomment la marque de l'ange. On dit que lorsqu'un bébé est dans le ventre de sa maman et jusqu'au moment de sa naissance, il possède toutes les connaissances du monde et de ses vies passées. Mais à l'instant où il va ouvrir les yeux sur son nouvel univers, un ange protecteur, soucieux de le laisser l'entamer avec innocence, pose un doigt sur ses lèvres et lui souffle de se taire pour que tous ses souvenirs disparaissent.

Les yeux perdus dans le passé, une vague nostalgique, mais confortable, s'empara de moi. Cette histoire m'avait donné l'impression d'avoir eu maman assise à côté de moi quelques instants.

Toujours émue, je jetai un œil à Œngus. Le fétaud, les doigts qui s'entrechoquaient, me toisait.

Sous mon regard interrogateur, il formula sa pensée.

— T'as conscience que tu viens de me raconter un conte pour enfants ? me questionna-t-il, presque méprisant.

— Tu as l'air de penser que mon histoire à moins de valeurs que la tienne ! m'offensai-je, blessée et fâchée qu'il dénigre ainsi un moment si précieux.

— C'est le cas ! Ton histoire parle d'un ange et de vies passées.

— Et ? m'énervai-je de plus en plus.

— C'est n'importe quoi ! s'exclama-t-il comme une évidence.

— Tu réalises que le gars, qui ose se moquer de mon histoire, porte une paire d'ailes d'un mètre cinquante dans son dos. Et qu'il vient de m'en raconter une avec des cailloux magiques, un engrais super efficace et une larme à faire se questionner sur l'intérêt d'arroser ses plantes !

— Mais la mienne est *vraie* ! s'emporta-t-il à son tour. Tu plaisantes j'espère ? Ne me dis pas que tu crois aux anges ? railla-t-il.

— Et pourquoi pas ! Alleïa existe bien ! Pourquoi il n'en serait pas de même pour les anges, la réincarnation, les *fantômes* ou les extra-terrestres, ne me contrôlai-je plus.

Le fétaud me regarda en soupirant et ses yeux s'attendrirent.

— Tu es fatiguée. Tu déraisonnes, peut-être même à cause de ton tatouage. Nous allons calmement nous coucher. On reprendra cette conversation demain quand tu te sentiras mieux.

Je bouillonnais de rage d'être minimisée de la sorte alors que c'était lui qui faisait preuve d'étroitesse d'esprit.

Œngus s'approcha pour me prendre la main, sans doute dans une tentative de réconciliation, mais arrivée à cinq centimètres de ma peau, un arc électrique jaillit de son majeur et me brûla la peau. Alors qu'il ouvrit la bouche, je lui lançai un regard dissuasif en me levant sans oublier de ramasser mon sac par la même occasion.

— Bonne nuit « Buzz l'éclair » ! crachai-je, hors de moi en m'éloignant à grands pas.

CHAPITRE 14

Encore et toujours

*T*oujours fâchée et ayant ruminé toute la nuit notre conversation de la veille, j'avais finalement trouvé de nombreux arguments pour alimenter mon point de vue. La fraîcheur matinale m'apportait la stimulation revigorante nécessaire pour aborder le fétaud. L'objectif étant : le faire adhérer à mes convictions ! Il est vrai que c'était moins par certitude d'avoir raison que parce que j'étais vexée, mais cela n'entachait en rien ma détermination.

C'est pourquoi, dans le but d'apporter un peu de peps à ma vengeance, je marchais à pas de loup pour le réveiller avec fracas.

Tandis que j'avais dormi blottie contre une des racines de l'arbre, Œngus, lui, était resté sur son brancard. Il avait cependant retrouvé sa position habituelle, allongé sur le ventre, les bras croisés sous sa tête, couvert du peu de vêtements qu'il lui restait.

Son corps irradiait toujours d'une lueur bleutée, mais le sommeil semblait amoindrir son rayonnement.

Le voir dans cet état réprima un peu ma colère. Je me secouai aussitôt, ne voulant pas me laisser attendrir aussi vite après m'être fait autant humilier.

Je m'approchai donc de lui, aussi près que le champ

magnétique me le permettait, pour lui hurler dans l'oreille.

Alors que mon cri allait sortir de ma bouche, je me stoppai dans mon élan en jetant par hasard un œil à son aile gauche.

Le pansement, pendant, laissait voir le trou béant fait par le projectile. Malgré le remède, l'aile n'était pas du tout guérie. Le fétaud restait donc incapable de voler.

Un juron m'échappa.

— Tu pourrais rester polie ! me lança Œngus, toujours les yeux fermés.

— Tu es réveillé depuis longtemps ? m'agaçai-je d'avoir été surprise.

— Suffisamment pour savoir que tu as passé une mauvaise nuit.

Il ouvrit les paupières. Arborant un demi-sourire, le fétaud me lança un regard rempli de regrets.

Gus m'avait donc surveillée cette nuit ! Pourquoi ne m'avait-il pas rejointe alors ?

— Tu n'avais pas l'air d'avoir envie d'être dérangée, poursuivit-il comme en réponse à mes pensées.

— Ce n'est pas faux, reconnus-je en grimaçant.

Une nouvelle œillade vers son aile me mit encore plus mal à l'aise. Je tentai donc de relativiser :

— Tu as l'air d'aller mieux… en tout cas, le champ magnétique a diminué, dis-je tristement.

— Je ne me suis jamais senti aussi bien.

Les sourcils froncés, Œngus me fixa longuement, perplexe. Trop concentré à me dévisager, il s'installa maladroitement en position assise.

— Qui y a-t-il ? l'interrogeai-je inquiète.

— Je pourrais te poser la même question ! Tu es étrange ce matin… c'est l'approche de l'échéance qui t'angoisse ?

L'échéance !

Quelle idiote ! Comment pouvais-je ne plus y penser ?

J'étais tellement absorbée par le fétaud depuis ces derniers jours que le compte à rebours m'était totalement sorti de la tête ce matin.

Je me contentai de faire un hochement de tête, les joues brûlantes, honteuse de mon mensonge.

— Ne t'inquiète pas. Ça va aller mieux maintenant. Je suis là pour t'aider. En plus, nous irons beaucoup plus vite en volant.

Œngus était totalement aveugle face à mon embarras.

— À ce propos…

— Lastalaica nous rejoindra plus tard, m'interrompit-il. Sans notre charge, cela sera plus facile pour elle. Tout ira bien. Pour tout le monde, se voulut-il confiant.

— Non. Pas pour tout le monde justement !

Je serrai les poings pour contenir mes larmes de culpabilité.

— Je te fais la promesse que tu t'en sortiras, tenta-t-il de me consoler, se méprenant de nouveau sur mon ressenti.

— Je ne parlais pas de moi, éludai-je encore une fois le sujet sensible, espérant presque qu'il devine tout sans mon intervention.

— De qui parles-tu alors ? questionna-t-il, non sans perdre un peu de son flegme face à mon manque de coopération.

— De toi…

— Moi ? je ne saisis pas… je t'ai dit tout à l'heure que je ne m'étais jamais senti aussi bien. Si c'est le champ magnétique qui t'inquiète, il ne le faut pas. Dans quelques jours, nous serons chez Eochaid, je pourrai alors me fabriquer une nouvelle bague…

Le fétaud marqua une pause puis me dévisagea pour y chercher les réponses que je refusais de lui donner.

— Ce n'est pas le champ, n'est-ce pas ? devina-t-il, suspicieux.

Je secouai la tête. Mes larmes s'écoulèrent, ne réussissant pas à les stopper cette fois.

— Alors quoi ? Il va bien falloir que je sache !

— Ton aile… Tu es blessé à ton aile gauche, réussis-je à répondre malgré les tremblements de ma voix.

À ma plus grande surprise, le visage de mon compagnon s'éclaira, visiblement soulagé.

— Tu te trompes. Je l'aurais forcément senti, c'est impos… s'interrompant lorsqu'il se décida enfin à regarder par-dessus son épaule.

Le visage livide. La bouche ouverte. Les yeux agrandis sous la terreur. Œngus tressaillit.

L'effroi était tel que je pouvais voir son corps trembler et ne fus pas surprise lorsque le fétaud se détourna pour vomir.

Je voulus m'approcher de lui, mais il m'ordonna d'un bras de m'écarter.

— Éloigne-toi, je ne vais plus pouvoir le contenir, articula-t-il difficilement.

— Quoi ? De quoi…

Je n'eus pas le temps de terminer ma phrase que j'obtins ma réponse. L'énergie bleutée qui enveloppait le fétaud s'accrut aussitôt, m'obligeant à m'éloigner de mon ange noir.

Alors que je n'aurais pas cru cela possible, l'intensité était encore plus forte que la veille. Pour ne pas être attaquée par un nouvel arc électrique, je dus même m'écarter d'environ trois mètres !

Œngus, les yeux fermés et le visage crispé de douleur, vidait encore le maigre contenu de son estomac quand le halo se stabilisa.

Impuissante, je me contentais de fixer les mains du fétaud posées sur le sol en attendant qu'il retrouve l'usage de la parole.

Ses ongles étaient ancrés dans la terre. Tous ses muscles bandés. Le fin réseau de ses veines bleutées semblait bouillonner sous sa délicate peau blanche. Des cloques apparurent en surface, puis éclatèrent, faisant jaillir des gouttelettes de sang. Sa peau souffrait, meurtrie par la brûlure à vif.

Je glissai fébrilement mon regard vers le reste de sa silhouette pour constater l'étendue des dégâts et hoquetai d'horreur face à cette nouvelle scène d'épouvante. Chaque morceau de peau que je pouvais distinguer avait subi le même sort.

La puissance du champ magnétique était en train de consumer le fétaud de l'intérieur.

Les yeux toujours fermés, j'étais certaine qu'il ne percevait pas que sa vie était en péril.

— GUS! hurlai-je à pleins poumons pour capter son attention. Il faut que tu le contiennes. Tu dois trouver la force de le faire MAINTENANT! insistai-je ne le voyant toujours pas bouger.

Œngus entrouvrit les yeux. Sa réaction restait imperceptible tant sa peau était brunie, presque fissurée. Mais le vacillement du halo me soulagea un peu. Les quelques minutes nécessaires à le canaliser me semblèrent interminables. Surtout que je ne constatais aucune amélioration concernant l'état de mon compagnon. Je préparai donc la gourde miraculeuse pour l'apporter au fétaud et attendis le moment d'intervenir.

J'expirai de désespoir, laissant mes pensées vagabonder, au rythme de la barrière électrique vacillante.

Attendre.

Attendre, encore et toujours.

Attendre de lui faire confiance.

Attendre qu'il nous sauve.

Attendre qu'il m'embrasse.

Attendre.

Attendre l'équinoxe d'hiver.

Attendre de le retrouver.

Attendre l'équinoxe d'été.

Attendre.

Attendre qu'il respire.

Attendre qu'il guérisse.

Attendre qu'il se réveille.

Attendre.

Attendre qu'il soit sauvé.

Attendre d'être sauvée.

Attendre de s'aimer.

Attendre.

Attendre, encore et toujours.

La lumière bleutée ne faisait plus qu'effleurer sa peau.

Soulagée de cette piètre victoire, je me précipitai vers le fétaud pour lui tendre le remède, mais celui-ci ne fit aucun geste pour le prendre.

— Il faut que tu boives. Tu as de vilaines plaies. Allez ! l'exhortai-je, ne comprenant pas son inertie.

— Je ne peux pas bouger, siffla-t-il entre ses dents. Si je bouge, on est morts tous les deux. Il va falloir que tu le fasses pour moi.

Je me pétrifiai et déglutis bruyamment face à cet effroyable aveu.

— O… OK… bégayai-je de peur.

Je m'agenouillai un peu plus près de lui. Un coup de fouet électrique me percuta immédiatement la joue, me laissant la sensation d'avoir été frappée par du fil barbelé.

J'essuyai, de ma paume, le liquide chaud de mon visage en prenant bien soin de ne pas la regarder une fois fini, puis approchai le goulot de sa bouche.

Le halo bleuté s'empara également de ma main. Un engourdissement me paralysa jusqu'au coude. Presque aussitôt des cloques apparurent. Après m'être assurée qu'Œngus parvenait à boire et malgré ma fascination morbide pour ce phénomène abjecte, je détournai rapidement mes yeux vers Lastalaica qui paissait tranquillement quelques mètres plus loin.

Le temps semblait s'être arrêté. Chaque son inaudible m'assourdissait. Les battements de mon cœur. Le craquement des braises éteintes dans le foyer. Le métal de la gourde crissant sous mes doigts. Le grésillement du champ magnétique. Les gouttes d'eau qui s'écoulaient le long du menton du fétaud et qui s'écrasaient violemment sur le sol duveteux.

Mes poils se hérissaient. Des frissons glacials me parcoururent la colonne vertébrale en réaction à ses bruits qui résonnaient en moi comme une craie sur un tableau noir.

Je ne savais pas à quoi cela était dû, mais une violente migraine m'assaillit. Immobilisée par ma mission, je me contentai de fermer les yeux en attendant d'être enfin libérée de cette torture.

La compagnie du noir me soulagea suffisamment pour maintenir mon bras en hauteur sans flancher une seule fois.

Une caresse chaude sur ma cuisse me sortit de ma torpeur. En ouvrant les paupières, je découvris la main immaculée d'Œngus à quelques centimètres de celle-ci.

— C'est bon. Ça va aller. Tu peux baisser ton bras maintenant, me réconforta le fétaud.

La gourde échappa à l'emprise de mes doigts engourdis, répandant un peu de son contenu sur le sol. Je me précipitai pour récupérer le précieux remède, le secouant par réflexe, mais fus forcée de constater que le flacon était devenu très léger.

— Je sais. Elle est presque vide. J'ai tenté de me restreindre et de garder quelques gorgées pour la fin de la traversée du Nemeton. J'aurais sans doute pu faire mieux…

Sa voix s'éteignit dans une certaine honte.

— C'est parfait. Tu as eu la présence d'esprit d'y penser! Il en reste suffisamment pour nous deux, le félicitai-je en rebouchant soigneusement la gourde.

J'espérais sincèrement qu'il n'ait pas ressenti mes craintes à terminer le voyage dans ces conditions. Moins pour le risque de déshydratation, que d'une éventuelle nouvelle crise.

— Il faut que tu soignes ta joue et ton bras avant de partir. Le baume devrait te guérir rapidement. En attendant, je vais atteler Lastalaica. Puisque je ne peux pas te toucher, j'imagine que je n'ai guère le choix de poursuivre notre voyage en étant assis sur le brancard. N'est-ce pas?

Je n'étais pas certaine qu'une réponse était attendue, mais je hochai la tête malgré tout.

Le fétaud se releva sans même un regard.

— Très bien… et merci de m'avoir soigné, termina-t-il sa phrase en s'éloignant déjà.

— Il n'y a vraiment pas de quoi… murmurai-je tristement au néant.

Mon désarroi fut vite interrompu par un cri de rage terrifiant.

Je levai la tête pour comprendre.

De manière féroce, Œngus fracassa de toutes ses forces l'attelage au sol.

Je me précipitai vers lui et me contentai de le regarder en espérant une réponse à mes interrogations tacites.

— Je ne peux pas la toucher, baissa-t-il la tête, les bras à l'abandon le long de son corps. Elle s'est pris une décharge ! Lastalaica ne veut plus que je l'approche, avoua-t-il la voix brisée.

Je jetai un œil furtif au Frison qui s'était éloigné de quelques mètres.

— Ce n'est rien, le consolai-je en tentant de poser une main sur son bras.

Cependant, il fut plus rapide et esquiva mon geste pour se diriger vers l'Arbre de Vie.

Je soufflai de lassitude face à mon évidente inutilité, puis me détournai vers Lastalaica.

La jument était nerveuse. Une vilaine coupure suintait sur son flanc. Je tentais donc de l'apaiser en lui chuchotant à l'oreille.

— La, la, chut… tout va bien. Ne t'inquiète pas. Il ne l'a pas fait exprès… tentai-je de m'approcher pour observer de plus près la plaie.

Mais je n'en eus pas l'occasion, le Frison fit une ruade lorsqu'un bruit monstrueux retentit.

— Qu'est-ce qu'il se passe en… m'interrompis-je lorsque

j'en trouvai la source.

Œngus, le bras enfoncé jusqu'au coude dans une des racines de l'Arbre, semblait avoir perdu la raison.

Il fit quelques pas en arrière pour sortir sa main du mastodonte.

Son visage était blanc, les yeux enfoncés dans leurs orbites. Pourtant, il semblait sourire.

Je frissonnai devant sa folie.

Un chuintement, puis plusieurs craquements raisonnèrent avant que la racine éclate en mille morceaux.

Surprise, je n'eus pas le temps de me protéger totalement des éclats de bois qui parvinrent jusqu'à moi. De toute façon, ma première préoccupation était de retrouver Œngus pour m'assurer qu'il allait bien.

Je l'observais. Il regardait ses mains, mi-effrayé mi-médusé, puis baissai à mon tour la tête pour regarder les miennes recouvertes de dizaines de coupures sanguinolentes. Des gouttes de pluie rouges s'écrasèrent sur mes plaies, rendant le spectacle encore plus sordide.

Le regard vers le ciel, je ne réalisai pas immédiatement que les perles de sang provenaient de mon visage. J'essuyai ou plutôt étalai de la paume le sang noyé par mes larmes. Il m'était difficile de savoir si elles étaient dues à la tristesse, la douleur ou la colère.

Je rejoignis le fétaud en quelques pas, omettant volontairement le grésillement menaçant et lui tapai dans le bras de toutes mes forces tandis que le champ magnétique me rendait chaque coup plus violemment encore.

Œngus restait fixé sur ses mains, ignorant totalement ma présence.

Je le frappai de nouveau, encore et encore pour lui faire retrouver ses esprits. Un arc électrique me fouetta le bras pour me dissuader, mais je m'en fichais. Pas mon ange noir cependant… Comment il le perçut? Aucune idée… Mais il était revenu parmi nous.

Le fétaud ne quittait pas mon bras des yeux.

— Ça suffit maintenant! Inutile de poursuivre tes démonstrations de force. On a compris! J'ai compris! En plus, tu ne maîtrises rien. Je ne t'ai pas sauvé la vie pour que tu fasses n'importe quoi maintenant. Donc reste tranquille jusqu'à ce que l'on rejoigne Eochaid! Je m'occupe de l'attelage et TOI… m'interrompis-je, le temps qu'il se décide à me regarder enfin. TOI, repris-je une fois fait, contente-toi de ne pas nous tuer tous les deux!

— Ton visage! souffla-t-il visiblement choqué et tentant un geste vers moi.

Je me dégageai de fureur.

— Reste en vie! articulai-je avant de me détourner sans aucune compassion.

CHAPITRE 15

Noson dda

Cataclop! Cataclop! Cataclop!

Je ne sais pas ce qui me réveilla en premier. Le bruit des sabots de Lastalaica martelant le sol ou bien qu'elle s'arrête. Nous n'avions fait que de rares haltes depuis que nous avions quitté l'Arbre de Vie. À quoi bon après tout? Œngus ne parlait plus, refusait de manger et ne m'adressait même plus un regard. Il passait son temps assis sur son brancard, les jambes pliées, la tête enfouie entre ses genoux. Je devais reconnaître que je n'avais rien fait pour améliorer la situation, me contentant uniquement chaque soir de m'assurer qu'il boive un peu.

Ces deux dernières nuits, nous avions le même rituel. À la tombée de la nuit, au moment où mes lucioles apparaissaient, Lastalaica stoppait sa course inébranlable pour nous sortir de ce néant vert. Je descendais de ma monture et marchais quelques pas pour tenter inutilement de délasser mes muscles endoloris. Avec un certain désespoir, je sortis la gourde de mon sac pour humidifier mes lèvres du maigre contenu. Une fois terminé, je tapotais à l'aide du flacon le bras d'Œngus, moins pour le risque de décharges que parce que je refusais de le toucher tant son comportement me décevait! Ensuite, j'attendais qu'il fasse acte de ma présence, la lui donnais, patientais qu'il termine et me la rende et la rangeais. Pour finir, il se recroquevillait de nouveau. Je n'avais plus qu'à me reposer aussi longtemps que

Lastalaica me le permettait. C'est-à-dire deux ou trois heures avant que la jument me bouscule gentiment de la tête pour me réveiller.

Après tout ce que nous avions traversé, comment avions-nous pu en arriver là ?

J'étais lasse, épuisée, enragée, triste, endolorie, même mon tatouage dessiné à l'acide était moins douloureux que mes muscles torturés et en plus, j'étais sale !

Une douche, un bain, un lac, même une flaque d'eau aurait pu faire mon affaire après cinq jours sans me laver…

Je venais de vivre ces deux derniers jours comme un rêve brumeux et les bruits de sabots venaient enfin de me réveiller ! Comme un carillon signifiant que notre chance allait peut-être enfin tourner.

Je quittais fébrilement le dos de la jument. N'étant pas certaine que mes jambes puissent encore supporter mon poids après avoir aussi peu dormi, je me maintenais autant que possible au Frison pour assurer ma descente. Cependant, c'est Lastalaica qui flancha la première. Elle fit un pas de côté, involontairement, j'en étais persuadée. In extremis, je réussis à me rattraper avant de tomber. La jument avait tant donné ces derniers jours qu'il était presque miraculeux qu'elle eût pu poursuivre avec une cadence pareille.

Je restais penchée quelques instants, les mains sur mes cuisses. La simple pensée de devoir poursuivre faisait monter la bile dans ma bouche. Je n'en pouvais plus. Pourtant, je savais qu'il le fallait si je voulais survivre !

Cette fois, c'est le fétaud qui me fit sursauter. Œngus se leva d'un bond comme s'il reprenait enfin vie, attrapa nos affaires d'une main, puis me saisit le bras de l'autre pour me relever.

— Merci Lastalaica. Nous parlerons dès que je le pourrai.

Je te le promets.

Il fixait du regard la jument. Je pouvais percevoir dans ses yeux les regrets que mon compagnon ressentait.

Puis, il se tourna vers moi.

— On y va ! m'indiqua-t-il d'une voix neutre.

Je hochai la tête, incapable de parler, ni de bouger d'ailleurs.

— Qu'est-ce qui t'arrive ? me demanda le Fétaud d'un ton plus adouci.

Sentant mes lèvres trembler sous l'émotion, j'hésitai à répondre tellement je ne souhaitais pas rompre ce moment.

— Quoi ? insista-t-il passablement agacé.

— Ta main… Tu l'as… Tu peux… me toucher, soufflai-je émue.

Ce que je craignais arriva bien entendu. L'Hybride regarda mon bras et retira sa main aussi vite qu'il le put.

Son geste fut si rapide que je ne suis pas sûre qu'il ait pu voir ce que j'avais remarqué. Quand Œngus m'avait touché le bras, le halo bleuté qui entourait sa main avait totalement disparu. Ce phénomène n'avait étrangement pas touché le reste de son corps qui avait continué à irradier.

Malgré la joie que ce nouvel élément aurait pu me procurer, je me réduisais à penser que ce bref moment de rapprochement était déjà brisé… Les larmes s'écoulèrent sur mes joues sans pouvoir les maîtriser. Le Fétaud s'était déjà détourné de moi, semblant indifférent à la situation. Ma mâchoire se serra pour contenir les cris de rage et d'accablement qui me barraient la poitrine.

Mes muscles tressaillaient sous l'émotion. Mes lèvres tremblaient. Ma gorge tentait de déglutir une salive fantôme. J'étais totalement déshydratée, pourtant mon corps continuait de lutter pour trouver des ressources que je n'avais plus.

— Nous pouvons y aller, annonçai-je le départ. Je te suis.

Œngus me lança un coup d'œil pour vérifier la véracité de mes paroles, puis partit presque aussitôt à grands pas.

Ses ailes noires se détachaient dans le paysage de l'aube naissant. Bien loin d'observer leur splendeur comme à l'habitude, je me contentais de fixer douloureusement le rayon de lumière qui sortait de sa blessure.

Est-ce que tout cela en valait vraiment la peine ?

Je me laissai distancer de plusieurs mètres. Autant par sécurité que parce qu'il était inutile de m'infliger le silence volontaire de mon compagnon. J'y avais beaucoup pensé ces derniers jours et n'arrivais pas à déterminer si son mutisme était lié à sa colère envers moi ou contre lui.

Patiemment, j'attendis de ne plus être à la portée des oreilles du fétaud pour me diriger vers Lastalaica.

Une fois fait, je pris la tête de la jument entre mes deux mains, puis la fixai du regard avant d'appuyer mon front contre son chanfrein.

Elle se laissa faire comme si elle aussi avait un message à me communiquer.

— Merci, chuchotai-je. Merci d'avoir été là pour lui et pour moi. Il te reviendra, je te le promets. Adieu mon amie, la serrai-je contre moi.

Je patientai quelques instants pour ne pas rompre ma connexion trop vite, puis détournai mes yeux vers le soleil orangé d'Alleïa qui souhaitait ardemment retrouver la ligne d'horizon avant de les détourner sur mon ange noir.

Œngus, immobile. Son regard dur et fermé me transperçait. Mon souffle se coupa face à tant de majesté. Il était impossible qu'il ait pu entendre mes dernières paroles pourtant son expression annonçait le contraire.

Le fétaud *savait* que j'avais abandonné.

Œngus pressait le pas. Il me distançait toujours de plusieurs mètres. Le chemin était recouvert d'un gazon qui semblait duveteux. Amère déception de s'apercevoir en le touchant de ma main qu'il était rêche comme un paillasson. Le parcours étroit d'une trentaine de centimètres était pris en étau par les ronces qui me cinglaient les jambes et les bras. Alors que cela me retardait pour avancer, le fétaud, lui, ne semblait aucunement gêné. Il avançait sans hésiter dans ce dédale hostile.

Plus nous nous rapprochions de la chaîne de montagnes, plus le sol devenait rocailleux. Je me tordais régulièrement les chevilles en essayant de maintenir le rythme que mon compagnon m'imposait et tentais donc, en vain, de suivre ses pas. Il surmontait chaque obstacle de façon si précise que je ne cessais de m'interroger sur la possibilité qu'Œngus connaissait déjà parfaitement notre destination.

J'avais noté qu'il avait déjà rencontré Eochaid, mais je ne savais pas pour quelle raison. Bien que j'aurais aimé faire preuve d'indiscrétion en l'interrogeant sur ce sujet, son mutisme persistant me mettait indubitablement une barrière pour le questionner sans cérémonie à ce propos.

Le chemin était pénible. Aux ronces, s'étaient ajoutées des fougères si résistantes qu'elles semblaient avoir été créées à partir de métal. Elles étaient tranchantes comme des scies. Quelques baies rouges apportaient un peu de gaieté à l'ensemble. Je ne sais pas pourquoi j'avais envie de m'accrocher à l'idée qu'il y avait quelque chose de positif dans tout ça. Une nouvelle découverte m'enthousiasma : une merveilleuse plante aux fleurs violettes. Sa base était formée d'un gros bulbe vert tandis que sa fleur en corolle améthyste nichait en son cœur des pistils de la même couleur. Je pouvais distinguer clairement leurs nuances grâce à mes lucioles qui semblaient plus nombreuses. *Au moins*, relativisais-je, *il n'y avait pas de crainte à avoir pour poursuivre ma route malgré la nuit noire qui nous accablait ce soir-là.*

La fatigue me faisait tituber. Ma capacité à me faufiler à travers ses fils barbelés végétaux diminuait également. Pourtant Œngus ne m'attendait toujours pas. À l'inverse, son agilité et sa fiévreuse vitesse semblaient s'accroître de la même façon que nous nous enfoncions dans cet enfer vert.

Soudainement, la plante violette qui était la plus proche de moi s'illumina de l'intérieur. Une douce lumière mauve éclaira mes pieds. En observant de plus près, je remarquai des arabesques dorées dessinées sur le gigantesque pétale. Le végétal semblait plus proche d'une création de l'homme que de la nature. Captivée et intriguée par ce prodige, je souhaitais plus que tout toucher cette fleur sensationnelle.

Dans ces buissons dangereux, quelle texture pouvait avoir cette beauté ?

Alors que je tendais la main pour apaiser ma curiosité, un renard blanc avec une queue en panache surgit de derrière moi, me passa entre les jambes et fourra sa tête dans la corolle. Tout d'abord frustrée, je pestai contre l'animal jusqu'à ce que des tentacules dorés jaillissent de la fleur pour se planter de part et d'autre de son corps.

Le canidé glapit de douleur l'espace d'un court instant puis…

plus rien. Le silence lourd de sens réapparut. La dépouille de la pauvre bête semblait fondre à vue d'œil comme un ballon de baudruche. Les gracieux filaments aspiraient ses entrailles si rapidement, que seules quelques minutes suffirent pour ne laisser plus qu'une carcasse vide recouverte de fourrure immaculée encore chaude sur le sol. L'action fut si rapide qu'Œngus arriva après que le monstre végétal eut regagné sa position initiale.

— J'ai entendu un bruit ! Tout va bien ?

— Mieux que lui, grimaçai-je, moins dégoûtée que choquée en indiquant de mon doigt la masse blanche. Où étais-tu ? crachai-je de colère.

— Juste devant toi, répondit-il sévèrement. Qu'est-ce qui s'est passé ? me questionna comme un reproche le fétaud.

— Quoi ? Comment ça « qu'est-ce qui s'est passé » ? À ton avis ? Juste encore l'œuvre d'une abomination de ton monde ! Mais qu'est-ce qui cloche chez vous ? Pourquoi rien n'est jamais normal ou simple ? Pourquoi tout ce que l'on rencontre veut nous séduire, nous noyer, nous endormir, nous bouffer ou nous cramer ? À croire que cela ne suffit pas que ta mère veuille me tuer, il faut que le reste de cette maudite planète lui donne un coup de main !

J'étais tellement folle de rage que je poussais un hurlement de douleur tant mon bras semblait totalement à vif. J'avais l'impression que l'on venait de m'arracher la peau et les ongles.

Je n'avais jamais connu une telle douleur.

Le souffle coupé, je luttais contre mon esprit qui voulait seulement à cet instant trouver un moyen de m'arracher le bras. Quitte à le faire avec les dents !

De la pure folie ! Une véritable démence qui semblait gagner du terrain à mesure que j'avais la sensation que l'on m'extirpait les muscles qui reposaient sur mes os.

Une telle douleur ne pouvait pas exister !

Une telle douleur ne pouvait pas être supportée !

J'allais mourir. Ici. Tout de suite.

En tout cas, je le souhaitais ardemment.

C'est peut-être pour cette raison que je me précipitai vers la plante mortelle et l'arrachai d'un coup sec du sol.

Mais quelle ne fut pas ma déception de ne pas voir les tentacules m'attaquer. Au lieu de cela, la fleur se flétrit instantanément. Ne laissant plus qu'un amas brunâtre et gluant entre mes mains.

Je lâchai en grimaçant ce qui restait du végétal si effrayant quelques minutes plus tôt. Je sentis le fétaud faire un pas de recul, mais ne me tournai pas pour vérifier.

— Voilà ! C'est ça qui s'est passé. C'est fini maintenant.

Je me levais sans même un regard pour mon compagnon qui continuait encore et encore à me décevoir un peu plus chaque jour, puis poursuivis mon triste chemin.

Œngus avait finalement repris le contrôle de notre marche, mais cette fois il se retournait très régulièrement. Une ritournelle exaspérante ! Le fétaud me détaillait bizarrement, scrutait mes mains et poursuivait sa route. Inlassablement, les mêmes gestes qui revenaient sans cesse, encore et toujours, dans un silence qui me rendait folle.

Le paysage avait encore changé.

Nous nous trouvions dans un passage entre deux falaises. Le sol était jonché de pierres polies par le temps. À chaque pas, j'entendais les pierres s'entrechoquer. Tous ces crissements continuels devinrent rapidement insupportables.

Mes pieds glissaient. Mes chevilles fléchissaient.

J'avais mal aux cuisses et aux mollets à force de tenter de maintenir mon équilibre. Le fétaud, toujours imperturbable, semblait les survoler, anticipant chaque pierre avec une précision étonnante.

Comment faisait-il?

La mer devait être proche. Le bruit des vagues s'intensifiait. Je me concentrais sur cette nouvelle musique pour m'extirper des cailloux, des grincements et de la rudesse de notre chemin. Cela m'apaisait! C'était ce dont j'avais besoin.

La distance parcourue pour traverser le couloir entre les montagnes ne fut pas si longue finalement, mais, même sans être claustrophobe, pouvoir respirer l'air libre me fit le plus grand bien.

Machinalement, je tendis les bras vers l'extérieur de soulagement et contemplai le ciel sombre d'Alleïa et ces quatre lunes. En fait, il s'agissait des quatre premières planètes que l'on pouvait distinguer la journée. Les autres, trop éloignées, disparaissaient de notre vue. Quatre perles argentées dont la troisième avait la particularité de posséder des anneaux qui se détachaient dans le ciel aubergine.

C'était magnifique, comme toujours!

J'eus pourtant un pincement au cœur en me rappelant que c'était elles qui étaient à l'origine de mon calendrier funèbre. Une grimace se dessina sur mon visage.

— On s'arrête là pour dormir, interrompit-il mes pensées.

Nous repartirons dès l'aube. La nuit sera courte, je ne te la cache pas. Demain, nous rencontrerons Eochaid et nous pourrons reprendre immédiatement la route vers Nemed.

— Alors pourquoi ne pas continuer? l'interrogeai-je surprise qu'il s'arrête si près du but.

— Tu es à bout de force. Il ne serait pas raisonnable de rencontrer un Gardien dans cet état. En plus, puisqu'il y a un lac à proximité, autant en profiter pour nous laver. Il est grand temps! Nous avons donc tout à gagner à nous reposer un peu.

Horrifiée par ce qu'il venait de dire, je me retins de ne pas faire de gestes pour sentir mes vêtements.

Je m'astreins uniquement à hocher la tête en détaillant le sol rocailleux qui allait me servir de lit.

La plus longue nuit de sommeil depuis plusieurs jours et il fallait que ce soit à cet endroit! Je jetai un œil à Œngus qui s'était déjà installé naturellement sur le ventre à plusieurs mètres de moi.

— Apparemment, le seul contact que ma peau aura cette nuit, c'est avec vous! murmurai-je, dépitée, aux galets.

— Tu ne dors plus? m'interrogea doucement Œngus.

— Non, répondis-je sèchement sans aucune volonté d'amabilité.

Car à la vérité, je n'étais même pas certaine d'avoir réussi à dormir un peu. Entre le sol caillouteux inconfortable et mes lucioles qui formaient un nuage de plus en plus gros, s'endormir revenait à un miracle.

— Très bien. Alors autant ne pas perdre de temps ! Nous partons au lac immédiatement. Le chemin ne devrait pas poser trop de difficultés. En plus, nous avons suffisamment de lumière pour nous guider.

Je regardais au loin pour trouver des yeux le fameux lac. La nuit était tellement sombre qu'il était impossible de distinguer quoi que ce soit à cinq mètres.

Je ne me souvenais pas d'avoir connu une nuit aussi noire et cela dans tous les sens du terme.

Œngus ne parlait pas de la clarté des lunes, mais bel et bien de mon éclairage personnel.

Je soufflais d'agacement à ce constat.

— Aïe, criai-je surprise en posant une main sur ma nuque.

— Quoi ? Qu'est-ce qu'il t'arrive ? me questionna précipitamment le fétaud en se levant, prêt à agir.

— L'une d'elles m'a piquée, m'énervai-je, prête à exploser. Une des lucioles, précisai-je.

— Je vois, répondit mon compagnon sombrement. Lève-toi, on reprend la route.

— Tu *vois* quoi au juste ? Depuis le début, tu n'as pas l'air perturbé par mon escorte. Maintenant elles m'attaquent et cela te laisse toujours de marbre. J'ai peut-être le droit à une explication, non ?

L'Hybride me fixa de ses prunelles anthracite, serra la mâchoire, puis se pencha pour récupérer notre sac.

— On y va, siffla-t-il.

Ma bouche s'ouvrit avant de se refermer sans un son.

Fin de la discussion.

Le lac semblait ne pas avoir de limites dans l'obscurité.

Moi qui avais tant hâte de me laver, je me retrouvais assise à attendre les instructions d'Œngus, mais il restait toujours aussi mutique.

Je chassai de la main une luciole qui venait de se poser dans mes cheveux.

— Ne fais plus ça! m'ordonna le fétaud. Laisse-les tranquilles!

Je le fixai, les yeux en soucoupe, mi-surprise, mi-haineuse.

— Tu plaisantes, j'espère? N'inverse pas les rôles. Ce sont elles qui me suivent partout! Ces bestioles ne me laissent pas un moment de répit. Si…

— Arrête de faire ça, c'est tout, me coupa-t-il.

Je lui lançai une mauvaise œillade avant de me détourner vers le lac.

Mon cortège lumineux perturbait ma perception des choses. L'aura qui m'entourait était éclatante au point de me faire plisser les yeux. Machinalement, je plaçai donc ma main en visière pour contempler l'eau lisse qui reflétait les lunes d'Alleïa. À cette heure matinale, le paysage n'était qu'un immense camaïeu de violet profond où les disques lunaires d'un parme luminescent ressortaient comme une sorte d'espoir dans cette noirceur.

Raté! bougonnai-je en pensée.

Je me contentai de guetter la silhouette du fétaud en attendant de comprendre ce qu'il attendait de moi.

Œngus, assis à quelques mètres du rocher où je me trouvais, se leva doucement, puis se déshabilla dans un silence religieux.

— Rejoins-moi quand je te ferai signe.

N'attendant même pas ma réponse, il s'éloigna déjà. Avant d'entrer dans l'eau, le fétaud se pencha pour ramasser quelque chose que je ne pus identifier à cause de l'obscurité.

Pourquoi souhaitait-il que je le retrouve alors qu'aucun contact ne semblait possible ? Surtout après avoir passé autant de temps à être si hostile envers tous mes faits et gestes !

Son corps marmoréen était sublimé par la lumière si étrange des lunes d'Alleïa. J'aimais le reflet qu'elles apportaient aux ailes de mon ange noir, si majestueux en cet instant.

Œngus se trouvait à une dizaine de mètres de la rive, plongé jusqu'à la taille, une partie de ses ailes immergées. Bizarrement ce spectacle me fit penser à un poster que l'on aurait pu retrouver dans une chambre d'adolescente. J'omettais volontairement de me rappeler que j'en étais encore une il n'y avait pas si longtemps. J'avais juste envie de croire à ce moment-là que j'avais la chance que cette créature extraordinaire soit toute à moi !

Une bourrasque chaude me parvint dans un éclair bleuté, puis un objet ricocha sur mon pied. Je ramassai le galet, mais le relâchai aussitôt à cause de sa chaleur bien trop intense. Malgré l'obscurité, je pouvais déjà remarquer la marque qu'il m'avait laissée sur la paume. Je ne m'attardai pas pourtant à analyser ce triste spectacle, devinant immédiatement qu'il s'agissait du signe que m'envoyait Œngus pour le rejoindre. Il ne serait pas utile cette fois d'utiliser le baume guérisseur pour soigner mes blessures. Cette marque ne me gênait pas.

Je me déshabillai donc à mon tour, espérant naïvement que la nuit m'envelopperait de sa pudeur.

Mon état d'esprit était bien différent qu'au Royaume des Mary-Morgans. Je n'étais plus obsédée par l'idée d'arriver à mes fins. Ce rapprochement codifié le rendait presque cérémonieux, étrangement important.

Je pénétrai dans le lac, craignant la morsure du froid, mais ne pus qu'être surprise par la douce chaleur de l'eau. De mémoire, je n'avais jamais entendu parler d'une source chaude d'une telle étendue.

J'aimais la sensation qu'elle procurait à mes muscles endoloris et m'accordai donc quelques instants pour masser mes membres avant de franchir les derniers pas qui me séparaient encore bien trop de mon ange noir.

Je me redressai, laissant le fétaud m'observer sans tenter de me dissimuler. Son regard n'était pas le plus important. La seule chose qui l'était, c'était : pourquoi m'avait-il demandé de le rejoindre ? Je fixai ses yeux qui ne restaient pas concentrés sur mon visage et ne pus m'empêcher de frissonner malgré l'eau qui était de plus en plus chaude à mesure de mes pas. Je m'approchai prudemment craignant l'assaut d'un nouvel arc électrique, mais cela n'arriva pas. Au contraire, le fétaud me tendit la main et je la saisis en toute confiance.

Quelques centimètres nous séparaient, mes tremblements se firent plus intenses, cela faisait bien trop longtemps que cette intimité n'avait pu être possible.

Œngus me saisit l'autre, puis les posa toutes les deux sur son torse. La lumière bleue de son aura les enveloppa dans un agréable engourdissement. L'énergie rampa lentement à la surface de ma peau. Mes mains. Mes coudes. Mes épaules. Jusqu'à m'englober totalement.

Nous ne faisions plus qu'un !

Je me risquai à glisser mes mains le long de son torse. Je

percevais les traces de mon passage, car il restait marqué par la chair de poule.

— Tu as froid? interrogeai-je le fétaud, fascinée par ces marques.

— Non, c'est toi qui provoques cela. Uniquement toi.

Un frisson me parcourut face à cet aveu tellement lourd de sens.

Le corps de mon ange noir n'était même plus capable de camoufler l'attachement qu'il me portait ou tout du moins le désir qu'il éprouvait.

Mon cœur battait à tout rompre. La chaleur du halo qui nous englobait se fit plus intense.

Œngus s'approcha de moi.

Je pouvais sentir son haleine chaude et haletante souffler fiévreusement sur mon visage.

— Tu souhaites que les lucioles disparaissent n'est-ce pas? murmura-t-il presque indiciblement.

— Quoi? demandais-je étonnée, ne m'attendant absolument pas à aborder un tel sujet pendant un moment aussi puissant en émotions.

— Les lucioles! Tu veux vraiment qu'elles disparaissent, non?

— Oui, bien sûr que oui, m'agaçai-je de la tournure que prenaient les choses.

— Ok, très bien, susurra-t-il les yeux baissés, à l'évidence plus pour lui que pour moi.

Il attendit encore quelques secondes avant de relever la tête. Son regard triste brillait d'une émotion différente cependant mais je n'aurais pas su dire laquelle.

— Télès, il y a beaucoup de choses que tu ne connais pas sur notre monde : des créatures, des évènements, des coutumes, des prédictions…

— Justement, j'ai envie de… le coupai-je, mais Œngus ne me laissa pas finir ma phrase à son tour.

— Je l'ai bien compris, mais il y a des choses que tu découvriras le moment venu, d'autres, crois-moi, qu'il est préférable que tu ignores. En ce qui concerne la dernière partie, je partagerai les informations avec toi quand tu seras prête. Je te le promets.

Ses prunelles anthracite me glacèrent. Un mélange de dévouement et d'autorité qui me dépassait totalement.

— En attendant, reprit-il, tu devras me faire confiance, car c'est ainsi que les choses doivent être.

— Que les choses doivent…

— Je te demande juste de me faire confiance. Tu peux faire ça ? m'interrompit-il encore une fois.

— Oui, je peux faire ça, répondis-je frustrée par cet échange qui semblait n'aller que dans un seul sens.

Œngus me sourit.

Je lui répondis tristement, attendrie de le voir enfin satisfait après tout ce temps à être taciturne.

Le fétaud posa sa main sur ma joue, la descendit doucement sur mon cou, puis me caressa quelques instants l'ovale du visage avec son pouce.

Je fermai les yeux et frissonnai de délectation.

Le baiser que déposa mon ange noir fut aussi léger que la caresse de l'aile d'un papillon. Simple. Tendre. Entier. Vrai…

Immobile, les paupières closes, j'appréciais l'empreinte laissée sur mes lèvres. Quand je me décidai enfin à retrouver le monde réel en ouvrant les yeux, je fus désemparée de découvrir que le rêve était fini.

Œngus, le dos tourné, était déjà parti. Mes lucioles aussi.

Je sentais qu'aucun mot ne serait le bienvenu. Alors je continuai à me taire douloureusement.

Je l'avais demandé. J'avais été exaucée.

Je n'avais juste pas réalisé que mon souhait d'être seule me faisait encore plus peur que la mort.

CHAPITRE 16

Le mentor

— *N*ous y sommes, lâcha Œngus légèrement essoufflé.

— Comment ça «nous y sommes»? Tu parles de quoi au juste? Parce que pour ma part, je ne vois absolument rien en dehors de ces continuels maudits galets et cette paroi ou montagne, j'en sais rien, que tu nous as fait longer depuis que nous avons quitté le lac, c'est-à-dire il y a à peu près mille ans, pestai-je encore une fois.

Je profitai de cet arrêt pour m'appuyer avec ma main droite sur la paroi. J'étais totalement exténuée. En plus, à force, j'éprouvais presque une certaine lassitude de m'entendre ronchonner, grogner, ironiser, me lamenter, souffler, maudire, médire avec toujours un léger fond d'énervement…

— «Mille ans»? me reprit-il. C'est plutôt à toi de me dire de quoi tu parles? Tu sais très bien qu'arrivés à cet âge, nous sommes obligés de partir pour Tech Duinn. Donc je ne sais pas si ton tatouage joue sur ta notion du temps, mais je peux t'assurer que nous marchons seulement depuis deux heures.

Je regardais le fétaud les yeux écarquillés. La surprise de sa réponse me laissa muette.

Mes lèvres s'ouvraient et se fermaient telles celles d'un poisson à l'agonie.

—J'ai vu juste? Tu as perdu la notion du temps? me pressa-t-il de répondre, visiblement inquiet.

— Non. Bien sûr que non, c'est juste une expression idiote que les humains disent pour dire que cela leur a paru très long, répondis-je décontenancée.

— Je ne pense pas que tu sois idiote, mais cette phrase est effectivement très sotte pour des gens qui vivent si peu de temps.

— Merci de le rappeler, fis-je la moue. Bien ! Sur ces bonnes paroles remotivantes, nous allons pouvoir poursuivre. Donc tu disais que nous étions arrivés. Tu peux développer s'il te plaît ? changeai-je de sujet après une telle douche froide.

— Oui, nous sommes arrivés à l'entrée de la grotte d'Eochaid.

— Alors loin de moi l'idée de vouloir relancer le débat, mais je *t'assure* que je ne vois absolument *RIEN*, répétai-je pour lui montrer son erreur.

— Évidemment que tu ne vois rien ! Eochaid est un Gardien, voyons ! On ne pénètre pas dans son territoire aussi facilement. Ce n'est pas plus étrange que de se réfugier dans le château des Mary-Morgans ou un labyrinthe.

Compte tenu du ton que mon compagnon venait d'employer, j'avais quand même cette fois quelques doutes qu'il ne me trouvait finalement pas idiote ! En plus, je devais reconnaître que son raisonnement sonnait très juste.

Je ne me laissais pas démonter et tentais de bluffer pour sauver la mise.

— Justement ! Tu m'as mal comprise. Je te demandais où se trouvait la « clé » qui permet d'y accéder, puisque *justement* pour les autres gardiens il y avait une astuce : le nénuphar et l'arche, énumérai-je à l'aide de mes doigts.

Ma voix s'éteignit de honte sur le dernier mot. J'avais

conscience que dire deux fois «justement» dans la même phrase n'était pas le meilleur moyen pour que mon stratagème fonctionne.

Œngus poursuivit en ne montrant pourtant aucune indignation face à ce navrant spectacle. Je lui en fus d'ailleurs très reconnaissante même si je n'avais aucune certitude qu'il l'ait fait exprès…

— Regarde les galets. Ils ne sont pas tous identiques. La plupart sont de couleur grise sauf trois noirs un peu plus gros. Ce ne sont pas des galets, mais des roches volcaniques qui n'ont absolument rien à faire ici. Tous les volcans d'Alleïa se trouvent sur la côte Sud. Ces roches sont alignées pour montrer l'entrée de la grotte. Observe maintenant la paroi qu'elles indiquent. Tu peux constater qu'à hauteur d'épaule il y a deux protubérances un peu arrondies. C'est là que se trouve le passage.

— Impressionnant! Comment arrives-tu à te souvenir d'autant de détails alors que tu n'es venu qu'une fois? demandais-je, totalement décontenancée.

Il fallait être honnête, je ne voyais absolument pas ce qu'il me montrait. Sans lui, je n'aurais jamais réussi à trouver Eochaid, dans l'hypothèse où j'aurais réussi par miracle à survivre jusque-là. Je grimaçais, malgré moi, à l'écoute de mes pensées qui avaient au moins le mérite d'être objectives faute d'être bienveillantes.

— Je n'ai jamais dit que je n'étais venu qu'une fois. J'y ai passé beaucoup de temps en fait. Eochaid était mon Maître. C'est lui qui m'a tout appris sur les pierres.

Le teint opalescent de mon compagnon vira au rouge.

— Tu as été l'apprenti d'un Gardien? Et c'est seulement maintenant que tu en parles? Mais je croyais que tu vivais dans le village des Hybrides ! C'était quand ? Cela a duré combien de temps ? Comment as-tu fait pour le rencontrer ? le harcelai-je de questions.

J'étais passablement contrariée, mais surtout curieuse d'en savoir plus.

— En même temps, nous n'avons jamais eu le temps de parler de ce genre de choses depuis que l'on se connait, s'excusa-t-il presque. Je répondrai à tes questions plus tard si tu le veux bien. Le plus important maintenant, c'est de retrouver Eochaid. Pour toi comme pour moi.

Satisfaite, je me contentais d'approuver d'un signe de tête.

— Bien, poursuivit-il. Tu vas passer la première. Ne t'inquiète pas. Ici, tu ne risques rien. Je te le promets, me rassura-t-il en me voyant me décomposer à son annonce. Place-toi devant le mur, face à lui. Puis tu poses une main sur chaque protubérance. C'est bien, m'encouragea le fétaud. Tu as juste à dire ton nom à voix haute et tu seras à l'intérieur. C'est aussi simple que ça. Par contre, je tiens à préciser : tu *dois* dire Télès. Face au mur, tu ne peux pas mentir. Si tu prononçais Tali, les choses ne se passeraient pas bien. Tu comprends ?

Je hochai de nouveau la tête, mais sa phrase m'inquiétait un peu. Nous étions passés en cinq secondes de « tu ne risques rien » à «fais attention cela peut être dangereux». Compte tenu de mes deux précédentes rencontres avec les gardiens, j'avais la sensation que la deuxième possibilité était la plus probable !

Je soufflai un bon coup et me lançai.

— Télès, criai-je.

Je me retrouvai instantanément dans un couloir sombre. Les parois en pierre qui le délimitaient étaient à la portée de mes bras. La roche était recouverte de mousse humide. Les gouttelettes s'écoulaient le long de ma main. Le passage était seulement éclairé par deux traits de lumière verts qui se trouvaient à la lisière entre la paroi et le sol. Je me baissai pour regarder de plus près.

— Des pierres phosphorescentes, répondit Œngus à ma question non formulée.

Je sursautai et tombai en avant sur le sol.

— Tu aurais pu t'annoncer, sifflai-je entre mes dents en me relevant.

J'époussetai pour la forme mon pantalon bien trop sale. Ce qui me permit surtout d'évacuer un peu ma contrariété en forçant le geste.

— Techniquement je l'ai fait puisque j'ai dû dire mon nom avant d'entrer. Pas de ma faute si tu n'as pas entendu, haussa-t-il les épaules.

Le visage du fétaud semblait soudainement beaucoup plus serein.

— Ce tunnel mesure environ cent mètres. Ensuite nous allons arriver dans ce qui pourrait s'apparenter à son salon…

Œngus s'arrêta un instant de parler.

— Tu jugeras par toi-même cela sera plus simple. Je passe devant si tu veux cette fois.

Je n'eus pas le temps de répondre qu'Œngus était déjà à quelques pas devant moi. Sa frénésie était si forte qu'elle en devenait palpable dans l'air.

— Allez viens, m'ordonna-t-il presque d'impatience.

— Oui, j'arrive, répondis-je en débutant ma course pour le rattraper.

À mon grand dam, le fétaud ne le comprit pas ainsi et se mit à courir à son tour.

Œngus n'avait, au moins, pas menti, la sortie du tunnel

apparut rapidement. Éblouie par la lumière, je n'avais pas vu que mon compagnon avait stoppé sa course et lui rentrai dedans de plein fouet. Il ne broncha même pas, totalement indifférent. Je me reculai un peu par réflexe. Sa tête faisait des allers-retours de droite à gauche. Il regardait la salle à l'évidence.

Sans grande surprise, nous nous trouvions dans une caverne d'une dizaine de mètres de haut agencée en L. Il y a avait un couloir très sombre en forme de rond immense sur ma gauche qui faisait penser à une énorme galerie de lapin. À ma droite, un meuble en bois qui touchait presque le plafond. Il comportait plusieurs étagères où étaient disposés des bocaux en verre poussiéreux et étiquetés. Je ne distinguais pas ce qu'ils comportaient, mais au moins cette fois, il n'y avait pas l'air d'avoir d'animaux ou de trucs ayant appartenu à quelque chose de vivants. Je frissonnai à ce souvenir lugubre.

Je me décalai un peu du fétaud pour observer le reste de la pièce.

Les murs étaient découpés en hauteur par cinq étagères en pierre recouvertes de milliers de supports lumineux : des grosses bougies blanches, des candélabres en argent, des lanternes en métal noir et des lampes à pétrole en verre de différentes couleurs. Leur luminosité était largement suffisante pour se sentir bien comme en plein jour. Le reste des murs n'étaient pas pour autant épargnés par la décoration. Les éléments accrochés changeaient en fonction de l'utilité de l'espace.

Face à nous, je supposais voir un atelier compte tenu de la table en pierre et des outils accrochés au mur, juste en dessous. Derrière, se trouvait la cuisine composée chichement d'un bloc de granit. Les casseroles et les poêles étaient suspendues par des crochets, une planche de bois supportait des carafes en verre, une cruche et de la vaisselle. Le filet d'eau qui s'écoulait de la paroi à travers un petit bec pour retomber directement dans une vasque creusée dans le sol était également un indice prometteur.

Sur la pointe des pieds, je me penchais en avant par curiosité pour en découvrir plus. Au fond à droite, une immense bibliothèque comportait de vieux livres usés. Même de loin, je pouvais voir sur certains livres les pages à travers la reliure fatiguée. Il y avait également un fauteuil à côté d'un sofa qui devait être autrefois de couleur rouge. Là encore, ces meubles n'étaient plus que des vestiges. Le tissu frotté par le temps apparaissait dans une teinte rosâtre. Ce salon semblait avoir été oublié là tellement il était différent du reste de la pièce beaucoup plus brute. Il était vraiment étrange de voir ce mobilier baroque avec son ossature doré en forme d'entrelacs dans cet endroit.

Plus proche de nous, dans le renfoncement se trouvaient deux ouvertures en forme de portes fermées par des rideaux noirs. Je les scrutai puisqu'à l'évidence notre nouvel hôte sortirait de l'un d'entre eux.

Œngus ne bougeait pas. Toujours dans l'attente. Immobile.

— Mais que t'est-il arrivé encore mon garçon ? s'emporta une voix grave à côté de moi.

— Mais qu'est-ce que vous avez tous surtout à toujours arriver par surprise ? Vous ne pourriez pas faire comme les gens normaux et vous annoncer un minimum ? ripostai-je contrariée d'avoir été une nouvelle fois surprise.

Le fétaud sursauta puis me regarda les yeux écarquillés.

— Bonjour Maître. Pardonnez Télès. Son impétuosité surpasse parfois les règles de savoir-vivre. Ce qui, je vous assure, ne l'empêche pourtant pas d'être digne de devenir

Maël. C'est sans nul doute son tatouage qui la fait déraisonner.

— Mon jeune apprenti, je suis désolée de te le dire, mais le tatouage n'a pas ce pouvoir. La marque du Maël peut certes exacerber certains traits de caractère, mais il ne les modifie en rien. C'est justement pour découvrir qui ils sont réellement que le sort a été conçu ainsi. Ton amie n'est pas manipulée. Tu découvres juste son entièreté si je puis dire, rétorqua le Gardien un petit sourire aux lèvres.

Je restai là, les bras ballants. Obligée de constater que je venais de me faire tacler dès le départ par notre nouveau Gardien.

— Bonjour Eochaid, tentai-je de rappeler ma présence de manière assez gauche.

— Bonjour Télès, me répondit le vieil homme avec un sourire bienveillant.

Le Gardien était un homme très grand d'environ deux mètres. Ses épaules redressées et larges laissaient penser que sa corpulence devait impressionner quand il était plus jeune. Désormais son corps ne lui avait pas rendu grâce, car il était assez décharné. Son visage creusé et ridé était encore plus diaphane que celui d'Œngus. Ses yeux, d'un bleu clair presque transparent contrastaient avec ses longs cheveux noir de jais qui lui arrivaient en dessous des épaules. Il portait une aube bleu ciel et une ceinture tressée de la même couleur.

— Nous venons pour l'épreuve Maître. Mais avant, pourriez-vous, s'il vous plaît, m'aider, supplia à mi-mot le fétaud.

Notre hôte détourna ses yeux de moi pour observer mon compagnon. Son regard plissé suggérait qu'il faisait une rapide analyse de la situation.

— Bien entendu, voyons, l'apaisa-t-il aussitôt. Ma chère, lança-t-il en se tournant vers moi, je vous prierai de vous installer dans le salon. Même si les risques sont contenus, je préférerais que cette manipulation ne vous tue pas. Je serais fortement incommodé de devoir expliquer aux autres Gardiens que votre mort n'est pas due à une mission. Ils m'en tiendraient rigueur et il est préférable pour tout le monde que cela n'arrive pas. Tss, tss, siffla-t-il entre ses dents tout en secouant la tête.

— Très bien, je vais attendre là-bas, approuvais-je, dépitée de si peu de compassion vis-à-vis de ma mort.

Je m'installais dans le fauteuil en velours rouge râpé. Cela était peut-être dû à l'absence d'un quelconque confort depuis onze jours. En tout cas, je le trouvais extrêmement douillet et me délectais de caresser le moelleux de l'accoudoir, tout en me tortillant pour me positionner de la façon la plus agréable possible. Je lâchais un petit soupir de satisfaction avant de regarder les joues en feu vers mes deux voisins. Je me rassurais de les voir absorber dans leur rituel.

— Tu as compris mon garçon ? Je vais mettre le premier anneau sur ton majeur, ensuite je vais retirer l'ancien puis poser le nouvel anneau de protection. Ferme les yeux si tu préfères pour te concentrer sur le champ énergétique.

Œngus hocha la tête puis s'exécuta.

— Bien, je vais commencer. Reste concentré.

Dès que le Gardien s'approcha du fétaud, le champ magnétique se fit plus intense et commença à s'élargir de nouveau. Pourtant cela n'arrêta pas le vieil homme qui prit la main droite de mon compagnon sans hésitation malgré les coups d'arc électrique. Eochaid enleva les bagues noires en hématite qu'ils portaient et glissa la première au majeur puis retira l'endommagée du doigt d'Œngus. Un grésillement retentit instantanément. Le fétaud fronçait les sourcils sous la concentration. Alors que jusqu'ici les attaques ne faisaient aucun dégât, soudainement elles se firent beaucoup plus nombreuses, laissant à chaque coup de fouet des traces rouges comme des piqûres de méduse sur le bras et le visage du vieil homme.

— Je crois en toi mon garçon. Ne me déçois pas, encouragea le maître.

Le gardien enfila rapidement le deuxième anneau, puis tout redevint normal. Plus de lumière bleue. Plus d'attaques. Juste mon ange noir qui réapparut enfin.

— Merci, souffla Œngus dans un réel soulagement en lui rendant le premier anneau.

— Avec plaisir mon jeune apprenti, sourit-il sincèrement tout en replaçant la bague à son doigt. Maintenant qu'il n'y a plus de risque, installe-toi avec ton amie. Il faut que nous nous occupions de ton aile.

Mon ange noir, sans un mot, vint me rejoindre dans le canapé. Tandis que le Gardien alla dans la cuisine. Il cherchait à l'évidence un flacon dans les dizaines de carafes qu'il possédait. Une fois trouvé, le vieil homme prit un plateau pour nous ramener trois verres, une carafe et une cruche.

— Ma chère, vous m'excuserez, mais je n'ai rien d'autre à vous proposer que de l'eau. Je n'ai guère l'habitude des visites et j'avoue avoir oublié les bonnes manières en ce qui concerne la bonne réception des invités. Je ne m'en rends compte que maintenant, s'amusa-t-il de préciser en me tendant le verre d'eau. Quant à toi, mon jeune ami, tu vas boire ceci d'une traite. C'est un Elixir de Guérison, des pierres d'ambre jaune et d'émeraude infusées dans du whisky.

Le Gardien remplit un verre d'un liquide ambré avec des reflets verts et le tendit au fétaud qui l'attrapa.

— Le whisky c'est pour conserver la préparation ? osai-je

demander intriguée par ce médicament étrange.

— Non, c'est pour le goût, répondit distraitement notre hôte.

— Ah… Euh… OK…

— Allez vas-y, cela va te faire du bien, encouragea le vieil homme. Je vais préparer un onguent cicatrisant pour ta plaie. Je suppose que tu préfères que cela soit cette demoiselle, m'indiquant d'un coup de tête, qui te l'applique plutôt que moi ?

— En effet, si vous le permettez, répondit Œngus avant de porter à ses lèvres le verre rempli à ras bord.

Le fétaud avait obéi. Il avait bu l'intégralité du breuvage d'un seul coup. Aussitôt, son teint devint encore plus blanc qu'à l'ordinaire.

— Veuillez m'excuser, mais je vais devoir vous laisser poursuivre sans moi. Je crois qu'un peu de repos aidera à cicatriser plus vite, annonça Œngus en se relevant péniblement.

Ce dernier avait à peine fait un pas qu'il manqua de tomber en trébuchant sur un objet invisible.

Eochaid fit un mouvement de la main. Une fumée dense comme un nuage de poussière émergea du sol avant d'envelopper l'Hybride. Le cocon l'accompagna jusqu'à la porte la plus éloignée de nous.

Je regardais, fascinée, cette étrange escorte qui mettait en sécurité, malgré lui, mon ange noir.

Le fétaud n'eut même pas besoin de repousser le rideau. Le nuage s'en occupa délicatement pour lui.

Le rideau rabattu, je me rendis compte que pour la première fois depuis longtemps je me sentais toujours en sécurité malgré l'absence de mon compagnon de route.

— Il doit vraiment être fatigué pour partir ainsi, me coupa le Gardien dans mes rêveries.

— Vous ne pensez pas plutôt que c'est à cause du whisky ? tentai-je de le mettre sur la piste la plus probable.

— Non, voyons. Mon breuvage macère depuis plusieurs centaines d'années et il n'a jamais fait de mal à personne ! On me complimente d'ailleurs à chaque fois pour la saveur de mon médicament, s'empressa-t-il d'ajouter avec une certaine fierté.

— Vous avez certainement raison. Cela doit être la fatigue alors, répondis-je moins par conviction que par crainte de le blesser après avoir aidé mon compagnon.

— Je te remercie d'avoir ramené sain et sauf mon apprenti, ajouta Eochaid d'une voix sincère.

— Il n'y a pas de quoi, je n'ai pas fait grand chose vous savez. Beaucoup de mes tentatives se sont soldées par des échecs pour être honnête avec vous.

Je baissai les yeux en repensant aux blessures que nous avions cumulées chacun lors des jours précédents.

— Tu te sous-estimes, je trouve. L'idée du brancard était brillante. Tu as fait preuve d'habilité et d'astuces. C'est tout à fait admirable compte tenu de ton très jeune âge, me complimenta sérieusement le vieil homme.

— Pardonnez-moi si ce n'est pas correct de le demander, mais comment savez-vous que j'ai construit un brancard au juste ?

— Je te propose une entente : je veux bien répondre à ta question si tu réponds également à ton tour à une des miennes, demanda-t-il de manière taquine.

Je hochai la tête méfiante.

— Tu as rencontré Dagda, mon âme jumelle, qui a la

capacité de voir l'avenir. Mon pouvoir est le miroir du sien. Je connais le passé. Il me suffit d'être en présence d'une personne ou d'un lieu pour connaître l'intégralité de son histoire.

Je le regardai perplexe, ne voyant absolument pas en quoi son don avait une quelconque utilité.

Le passé, c'est le passé. Tout le monde le connaît, rétorquai-je en pensée pour ne pas manquer de respect une nouvelle fois à notre hôte.

— La plupart des gens négligent le présent déjà bien trop obnubilés par l'avenir, répondit-il d'une certaine façon à mon opinion non formulée. Pourtant, c'est bien le passé, les expériences qui font ce que nous sommes. De plus, l'esprit est limité. Il ne se souvient pas de tout alors que les souvenirs sont là quelque part. À l'instar de cette cicatrice à peine visible que tu as sur ton auriculaire gauche suite à une chute au moment de tes premiers pas. En ta présence, je vois tes parents se précipiter vers toi. Mais si je te touchais, les cellules de ton corps me raconteraient plus de choses encore. Ce qu'ils ont ressenti, ce qu'ils ont vécu à leur tour, tout comme l'ensemble de ta lignée.

Je fixai la minuscule ligne blanchâtre sur mon doigt. Je n'y avais jusqu'ici jamais prêté attention.

— Ma lignée ? répétai-je ne comprenant pas ce qu'il voulait dire par là.

— Tes ancêtres, si tu préfères. À mon tour de t'interroger, sembla-t-il pressé d'ajouter.

Pour toute réponse, je hochai une nouvelle fois la tête.

— Pourquoi lui avoir menti sur l'échéance ? Il pense qu'il te reste dix jours alors que nous savons tous les deux que le chiffre correct est huit. Ses actions démontrent que son seul objectif est de te sauver la vie. Son traitement va durer cinq jours complets et il ne peut le recevoir qu'ici auprès de moi. Cela signifie que si tu souhaites qu'il t'accompagne pour rencontrer Nemed, quand bien même vous voyagez avec mon aide, tu arriveras le dernier jour. As-tu conscience qu'il ne te restera que quelques heures ?

Je gardai le silence un instant. Espérant presque que le Gardien puisse lire la réponse directement dans mon regard. Je ne savais pas si c'était par pudeur ou juste parce que j'étais totalement épuisée. Mais à mon plus grand désarroi, il ne reprit pas la parole.

— Pour être honnête, je n'ai pas pensé aussi loin. Finalement, vos conclusions sont presque plus optimistes que les scénarios que j'avais vaguement envisagés. Si son aile est réparée alors c'est parfait. Je n'en demande pas plus.

Je tentai de lui faire un sourire, mais je sentis ma bouche former un rictus maladroit… Je grimaçais de plus belle.

— Pourquoi fais-tu cela pour lui ? m'interrogea le vieil homme protecteur.

— J'aimerais vous répondre parce que je l'aime, mais ce n'est pas que ça. En fait, je lui suis redevable. Œngus a protégé ma sœur. Allant même à se sacrifier pour la sauver, en passant toutes ces années dans le Domaine de l'Oubli en compagnie des Cairneks et de sa mère. Je frissonnai en repensant à ses doigts glacés autour de mon cou. Et vous savez très bien qu'il en a fait encore plus pour moi.

Eochaid cligna les yeux d'approbation, ce qui m'encouragea à poursuivre.

— Soyons réalistes, je n'aurais pas survécu aussi longtemps sans lui. Évidemment, je ne parle pas que de cette quête. Sans Œngus, je serais morte l'été dernier. Il m'a offert une année supplémentaire sans rien attendre en retour… Ou plutôt si, il a formulé un seul souhait : que je revienne au solstice d'hiver. Je ne l'ai pas fait, secouai-je la tête. Donc, pour une fois que je peux faire quelque chose pour lui à mon tour, je n'ai pas envie qu'il culpabilise ou qu'il s'oppose à mon choix.

Le Gardien pinça ses lèvres, songeur. Ses traits crispés indiquaient une féroce cogitation intérieure.

— Mon enfant, as-tu seulement conscience du tempérament de la Gardienne de l'air ? Elle est sans équivoque la plus intransigeante d'entre nous. Nemed ne comprendra pas ta décision. Elle va vouloir faire taire ton orgueil de la défier ainsi ! Es-tu prête à assumer sa colère ?

Ses yeux bleus me transperçaient. Le Gardien ne me laissait aucune chance de ne pas comprendre sa menace.

— Vous pensez sérieusement que c'est par orgueil ? demandai-je surprise après mes explications.

— Moi, non. Mais, Nemed, le pensera.

La tête posée en arrière sur le rebord du fauteuil, je pris le temps d'une grande respiration avant de me redresser.

— Alors très bien, qu'il en soit ainsi. Je prends le risque.

CHAPITRE 17

La force du Gardien

Perchée en haut d'un bloc de granit qu'Eochaid avait fait émerger du sol pour que je lui tienne compagnie, j'observais le Gardien, la tête posée sur mes bras croisés, confortablement avachi sur la table de la cuisine.

— Tu as déjà réalisé des cataplasmes, mais as-tu envie d'apprendre à concocter un baume guérisseur ? me demanda-t-il d'une voix d'enseignant passionné.

Je hochai la tête, pas mécontente qu'un Gardien me propose de faire quelque chose sans que je me risque à y perdre la vie encore une fois.

— Bien, tu vas pouvoir m'aider et apprendre. DEUX choses positives ! C'est FANTASTIQUE ! s'enthousiasma-t-il sincèrement.

Surprise par un tel engouement, je me contentais d'acquiescer mollement. Cependant, sa ferveur me gagna au point de me réjouir à mon tour.

— Bon, voyons s'il me manque quelque chose : j'ai de la cire de rose de Damas, du beurre de kombo, différentes macérations : tepezcohuite, calendula, lavande vraie… C'est quoi celle-ci déjà ? se demanda-t-il à lui-même en débouchant un flacon de liquide rose foncé. Ah oui ! Hibiscus ! Parfait pour protéger les nouvelles cellules ! se félicita-t-il de cette trouvaille.

J'observai le vieil homme s'agiter dans tous les sens, non sans une certaine ferveur. Si cela n'avait pas été pour soigner l'aile d'Œngus, j'aurais presque pu m'amuser de la situation. Il était étrange de voir un des Gardiens, eux qui sont si puissants, s'articuler comme un enfant dans un magasin de bonbons.

— Je n'ai pas le choix, il va falloir que je leur demande, pensa Eochaid à haute voix, le visage assombri.

Les yeux plissés du vieil homme ne me laissaient pas interpréter son visage. Était-ce de la concentration ou bien de l'hésitation ?

Le Gardien tendit le bras droit vers le mur avant de frapper deux fois la paroi de la grotte avec le tranchant du poing.

Un vrombissement retentit, aussitôt suivi d'un craquement si bruyant que je dus me protéger les oreilles avec mes mains.

Une liane descendit du plafond, je levai la tête pour voir une brèche dans la paroi que je n'avais pas remarquée jusqu'ici.

Eochaid attrapa l'extrémité de la plante, puis la plaça devant sa bouche avant de l'utiliser comme une sorte de micro : «s'il te plaît, envoie-moi trois fleurs mon amie».

Par la suite, la liane s'enroula sur elle-même avant de disparaître rapidement dans la fissure.

Le Gardien fouilla de sa main droite l'intérieur de sa manche gauche avant d'en sortir un petit objet brillant.

— Sérieusement ? Vous avez un couteau caché dans votre manche ? lâchai-je estomaquée.

— C'est un athamé, non un couteau, fillette, rectifia solennellement le vieil homme.

Je fis la moue, n'appréciant guère ce nouveau sobriquet qui venait de m'être attribué. Tout cela parce que je n'avais pas reconnu ce qui n'était rien de plus qu'un coupe-papier un peu aiguisé !

Eochaid ne se répandit pas en explications supplémentaires pour une fois. Il se détourna de moi pour se diriger vers la source d'eau naturelle que j'avais remarquée plus tôt dans la journée et se trancha la paume de la main à l'aide de son poignard. Le poing fermé, le Gardien laissa s'écouler le filet de sang dans le bassin. Même de là où je me trouvais, je pouvais voir les volutes de sang qui finissaient par se disperser dans l'eau autrefois cristalline.

J'étais à la fois fascinée et dégoûtée, néanmoins une partie de mon cerveau tordu ne put s'empêcher d'espérer sincèrement que ce ne soit pas l'endroit où nous devrions faire la vaisselle lors de notre séjour.

— Je croyais que vous étiez difficile à blesser ? Ce sont les paroles de Dagda en tout cas, demandais-je surtout pour chasser cette pensée de ma tête.

— Elle ne t'a pas menti. J'ai forgé moi-même cet instrument comme d'autres tout aussi puissants. Je ne saurai que te déconseiller d'y toucher à ton tour, répondit-il un mi-sourire aux lèvres qui dissimulait à peine son ton narquois.

Eochaid attrapa un torchon souillé sur l'étagère et compressa la plaie en joignant les deux mains.

Je voulus lui dire que risquer l'infection n'était pas une bonne idée, mais pour une fois, je sus me résigner à me taire n'étant pas vraiment sûre de cette possibilité.

Par contre, un autre sujet me donnait vraiment envie d'en savoir davantage.

— En parlant de Dagda, vous avez dit qu'elle était votre âme jumelle. Est-ce la même chose que les associés pour les Eryans ? osais-je questionner le Gardien non sans une certaine crainte de sa réaction.

— Non, mon enfant. Il s'agit bien d'amour et d'âmes, mais ce n'est pas identique, répondit-il de manière bienveillante. Les associés sont deux âmes sœurs. Deux âmes complémentaires et distinctes, destinées à partager leurs vies ensemble. Une âme jumelle va au-delà de ça. C'est une même âme qui a été séparée au moment d'entrer dans le monde matériel. Dagda n'est pas uniquement mon amour. Elle est moi.

Ses yeux brillaient de douleur. Pour la première fois, son habituel sourire s'éteint.

— Elle doit vous manquer terriblement si je saisis bien ?

— « Manquer » n'est pas le mot exact. Il est possible de manquer d'air et d'en mourir. Je préférerais cette sensation à ce que je ressens.

— Mais alors, pourquoi ne pas la rejoindre ? m'emportai-je malgré moi.

— À cause de vous ou plutôt des membres d'Alleïa si tu préfères. La propension des êtres mortels à vouloir se faire la guerre nous empêche de nous retrouver. À l'époque où nous étions tous réunis, nous avons vécu des années fastes et heureuses, c'est vrai. Mais cela nous a rendus également négligents. Nous n'avons pas vu la situation se gangrener. Quand nous avons enfin décidé de nous engager dans le combat, deux d'entre nous en sont morts. Les Gardiens doivent maintenir l'équilibre. Même si nos présences et nos actions restent imperceptibles pour le peuple, notre raison d'être est pourtant bien celle-ci. La perte de Setenta et de Omnios a été un drame pour nous, mais cela aurait pu être catastrophique pour Alleïa, voire au-delà de ses limites. Nous avons décidé de rester séparés jusqu'au moment où les vivants auront assez mûri pour comprendre leur propre folie.

— Mais ce n'est pas juste ! Vous n'y êtes pour rien !

Pourtant, vous vous sacrifiez. Pourquoi ne pas leur expliquer comme à moi ? Sur Terre, on dit que l'Histoire est un éternel recommencement. Vous qui maîtrisez le passé, expliquez-leur, m'emportai-je de rage de tant d'injustice.

— Ce n'est pas si simple. J'ai été, tout comme toi, en colère il y a bien longtemps. Ne comprenant pas pourquoi la souffrance d'une guerre ne servait pas de leçon aux générations d'après. Un jour, j'ai enfin compris. Maintenant, je suis en paix avec ça. Passons, voulut-il terminer la conversation une fois pour toutes. Veux-tu bien me donner un des récipients qui se trouvent sur le mur s'il te plaît ? m'indiqua le vieil homme en montrant la paroi à côté de moi.

— Non ! Expliquez-moi pourquoi vous acceptez cela, insistai-je butée. Si vous l'aimez autant, pourquoi accepter de souffrir ainsi !

— Bien, se crispa-t-il quelque peu. Je vais essayer de te donner un exemple pour que cela t'apparaisse plus compréhensible. Imagine, à un moment donné dans le passé, que ta grand-mère ait été piquée par une épine de rose. Plus tard, elle décidera de construire une barrière autour du massif de fleurs pour protéger les générations futures. Ta mère aurait alors grandi avec l'idée que les roses étaient dangereuses et qu'il ne fallait pas s'en approcher. Elle les aurait trouvées jolies, mais se serait méfiée d'elles. En toute logique, Kellia aurait donc mûri avec cette idée. Idée que bien évidemment, elle t'aurait transmise à son tour pour te protéger. Là encore, tu aurais été prudente toute ta vie. Sauf qu'au moment de transmettre l'information à ta fille, tu te serais rendu compte que tu pourrais faire mieux : *Protéger* les générations futures, insista-t-il sur le mot d'un ton guttural en faisant un signe du doigt. Pour sauver le monde d'un possible accident, tu aurais décidé de détruire le rosier. Bien évidemment, dans ta grandeur d'âme, tu aurais aussi suggéré à tous de procéder ainsi pour le bien d'autrui.

Le Gardien marqua une pause me laissant le temps de comprendre la morale de sa démonstration.

— Réalise par cette histoire que la transmission d'une douleur ou d'une peur n'est pas forcément bénéfique, conclut-il en retrouvant une voix normale. Si la grand-mère n'avait pas pris de telles précautions, il est fort probable que Kellia aurait pu approcher les fleurs, en apprécier le parfum voire même trouver une manière de les sentir sans se piquer. Alors peut-être que toi, oui, TOI, posa-t-il un doigt sur ma poitrine, tu aurais peut-être appris à manipuler les fleurs. Qui sait, tu aurais peut-être même pris l'habitude de préparer un bouquet de roses fraîches pour agrémenter la table des repas en famille ?

Le Gardien arrêta son monologue. Le regard dans le vide, un sourire apparut.

— Chacun doit faire ses propres expériences pour grandir et s'améliorer, reprit-il doucement. Cela ne se transmet pas. Cela se vit. Comprends-tu cette fois ?

— Oui. Je crois que oui, fronçai-je les sourcils en pleine réflexion. Cependant, je suis toujours aussi désolée pour vous.

Eochaid me sourit, mais ses yeux brillaient bien trop pour que je ne puisse l'apprécier.

Faute d'avoir les mots adéquats, je me contentai de me pencher pour saisir une des casseroles sur le mur.

— Télès, m'interpella Eochaid.

Le Gardien attendait visiblement que je tourne mon regard vers lui pour poursuivre.

— Peux-tu me rendre un service s'il te plaît ? Je hochai la tête, attendant la suite. Si l'occasion devait se présenter, ne parle pas à Macha de mon allégorie de la rose. Elle n'apprécierait pas que j'aie suggéré de couper des fleurs. Et je peux t'assurer que ni toi ni moi, n'avons envie de recevoir un bouquet de pattes de porc coupées. Jamais personne d'ailleurs, secoua-t-il la tête navrée.

Face à ma grimace totalement choquée et écœurée, Eochaid explosa d'un rire tonitruant.

Un craquement retentit soudainement. L'effet de surprise fut bref, la liane se trouva de nouveau presque instantanément face à nous.

— Tu ne m'as jamais déçu mon amie, chuchota le Gardien à la plante au moment d'en saisir l'extrémité.

Au contact de ses doigts, des bourgeons apparurent sur le végétal avant de se transformer en trois magnifiques fleurs d'hibiscus rose. Les fleurs étaient absolument identiques à celles présentes dans les cheveux de Macha.

— Vous savez que ce remède est inefficace, alors pourquoi lui en avez-vous demandé ? bravai-je de dénigrer sa solution.

— Il ne lui ferait pas de mal non plus. Mais en effet ces fleurs ne me seront pas utiles pour le baume, j'en ai besoin pour exécuter un rituel bien particulier. Il me manque juste le dernier ingrédient qui ne devrait plus tarder…

Un sourire apparut sur son visage ridé suivi d'un clin d'œil avant que son corps ne se détourne vers la source.

Le filet d'eau jusqu'alors translucide se gorgea de paillettes d'or jusqu'à ressembler à un écoulement de métal en fusion.

— Tu vois! Je te l'avais bien dit! s'exclama fièrement le Gardien en récoltant le liquide doré dans une carafe en verre.

Eochaid se redressa. Sa joie était clairement palpable.

— Bien! Maintenant que nous avons tous les ingrédients, à toi de réaliser le baume! me lança-t-il toujours aussi enthousiaste.

— Vous êtes certain que cela doit avoir cette texture? interrogeai-je mon instructeur du jour, sceptique.

Une grimace sur le visage, je laissai s'écouler la pâte visqueuse le long de ma cuillère en bois.

— Disons que tous les ingrédients ont été incorporés… Il est vrai qu'au cours de ces dernières centaines d'années, je n'aurais jamais soupçonné qu'il soit possible d'obtenir un tel résultat… commenta le Gardien un peu décontenancé.

— Quoi? Je fais quoi maintenant alors? paniquai-je totalement.

— Rien! répondit-il si précipitamment que je me vexai aussitôt. Comme je te l'ai dit, tu as suivi le protocole. Cela sera donc parfait, se radoucit-il pour tenter de m'encourager.

Malgré son effort, le mal était fait. Je me sentais misérable de ne pas avoir réussi à réaliser une simple recette de cuisine.

— Il est temps d'aller chercher notre principal intéressé si tu veux respecter notre calendrier, me coupa-t-il dans mes pensées. Allez hop hop hop, pressa le Gardien en frappant toniquement ses deux mains.

— Oui. Oui. J'y vais, stressai-je subitement.

Je me dirigeai à grands pas vers la chambre d'Œngus. Le Gardien sur mes talons. J'entrouvris doucement le rideau qui servait de porte avant de voir mon ange noir allongé sur une planche de marbre gris, la tête vers la porte, visiblement serein. J'avais beaucoup de plaisir à le voir ainsi.

La chambre était quant à elle petite et spartiate. À l'instar de la cuisine, la pièce était uniquement équipée d'un bloc de granit, séparant deux plaques étroites collées aux murs qui se faisaient face.

Cette chambre avait plus l'air d'une cellule qu'un espace de détente, commentai-je pour moi en grimaçant, appréhendant déjà les prochaines nuits à dormir sur un très gros caillou.

Je n'avais jusqu'alors jamais autant envié la capacité des fées à pouvoir dormir en harmonie avec la nature.

Œngus s'agita et ouvrit les paupières pour laisser apercevoir un regard peu alerte. À l'évidence, c'était notre présence qui avait troublé son sommeil et non le fait qu'il ait retrouvé toutes ces capacités. Car mon expérience avait beau être maigre dans le domaine de la nuit, le visage brouillé de mon ami laissait quand même supposer qu'il n'avait pas encore digéré le breuvage de son maître.

— J'ai raté quelque chose ? lança-t-il en plissant les yeux.

— En dehors du fait qu'il nous reste peu de temps avant qu'une nouvelle psychopathe de Gardienne veuille ma mort, qu'il y a des trous dans le plafond, de sérieux problèmes de canalisation et que si tu me vois cuisiner, il est probable que tu craignes pour ta vie… Tu n'as rien raté de spécial, répondis-je sans réfléchir.

La mâchoire du fétaud s'affaissa, laissant sa bouche s'entrouvrir.

Malgré moi, je venais d'inventer une méthode pour dessaouler instantanément. J'aurais bien aimé me féliciter de ce nouveau super pouvoir, mais le regard choqué d'Œngus me découragea un peu dans ma démarche.

— Quand tu te sentiras prêt, j'ouvrirai la salle de soin, intervint Eochaid totalement indifférent à la scène qui se jouait.

Mon compagnon hocha la tête pour toute réponse et le vieil homme quitta la chambre sans un mot de plus.

— Il y a une autre salle ? interrogeai-je Œngus.

— Oui, elle est dissimulée derrière la paroi où se trouve la bibliothèque. J'ai déjà vu mon Maître l'utiliser dans le passé. Je vais devoir y séjourner plusieurs heures par jour. J'espère juste que nous pourrons repartir dans deux jours.

— Eochaid m'a annoncé que ton traitement durerait cinq jours.

Le fétaud lâcha un juron.

Les traits de son visage s'affaissèrent de désarroi.

— Je suppose que cinq jours seront suffisants pour nous rendre auprès de Nemed, se voulut-il encourageant, un sourire forcé sur les lèvres.

— L'as-tu déjà vu soigner des problèmes comme le tien ? changeai-je de sujet pour ne pas lui mentir à nouveau.

Œngus secoua la tête avant de poursuivre :

— Les ailes des Eryans ne subissent pas ce genre de blessure normalement. Mais s'il y a bien une personne que je crois capable de sauver mon aile, c'est Eochaid. J'ai assisté à des prodiges. Il a mon entière confiance, conclut-il en déposant un baiser furtif sur mon front avant de me prendre la main et de nous faire sortir de la chambre.

Le salon avait été entièrement vidé. Les meubles étaient tous regroupés dans un coin de la pièce.

Le gardien, debout, là où se trouvait le canapé auparavant, portait de ses deux mains un petit coffret noir qui semblait bien trop léger pour nécessiter de telle précaution.

Entre lui et le mur, un bol en or massif était posé au sol. Je pouvais voir à l'intérieur les trois fleurs d'hibiscus flotter sur un liquide doré.

Eochaid tapa du pied.

Une aura blanche se forma autour du Gardien. Sur le sol, les particules de pierres qui entouraient ses chaussures semblaient vibrer.

— Par les pouvoirs qui m'ont été donnés à la lueur du jour pour éclaircir les nuits sombres des vivants. Je vous invoque, proclama d'une voix grave le vieil homme au vide.

Une vibration me traversa.

L'aura d'Eochaid s'agrandit d'une cinquantaine de centimètres. Une onde de choc secouait le sol en rythme autour de lui.

— J'invoque le fer et son énergie.

Le Gardien tapa une nouvelle fois du pied. Une ligne argent apparut sur le sol.

— J'invoque l'argile et sa malléabilité, poursuivit-il en reproduisant le même geste.

Une deuxième ligne de poudre marron coupant la première émergea également de nulle part.

— J'invoque le diamant et sa dureté. J'invoque le sable et sa métamorphose. J'invoque le sel et sa protection.

Entre chaque invocation, Eochaid avait martelé le sol. Faisant ainsi apparaître un trait du même matériau.

Les lignes n'étaient pas dessinées au hasard. Elle formait une étoile à 5 branches. Au centre du pentagramme, le réceptacle contenait les ingrédients des Gardiennes.

Je n'avais pas eu besoin de poser la question pour comprendre qui étaient les expéditrices des derniers éléments qui permettraient la guérison de mon ange noir.

— J'invoque votre puissance. Maintenant! hurla le vieil

homme en frappant une dernière fois le sol.

Une onde de choc nous parvint et nous fit percuter une des parois de la grotte.

Je faisais mon possible pour garder les yeux ouverts. J'étais absolument fascinée par ce qui se déroulait devant moi.

L'énergie dégagée par Eochaid semblait vivante. Une flamme blanche déchaînée.

Le pentagramme s'était illuminé dans un vert fluorescent. La lueur se reflétait étrangement dans le réceptacle doré.

Le Gardien ouvrit la boîte noire qu'il n'avait pas lâchée tout au long de son rituel. Il en sortit un pinceau extrêmement fin.

Eochaid s'avança doucement à l'intérieur de l'étoile, remplaçant le récipient par l'écrin.

Il s'avança du mur de la grotte, plongea le pinceau dans le liquide doré et dessina un symbole que je reconnus aussitôt : la terre.

Le dernier trait s'illumina à son tour en vert.

Le Gardien regardait son œuvre, le regard concentré.

Soudain, la peinture s'anima toute seule. Le «V» central se dédoubla avant que le dessin ne se sépare en deux.

Les trois parties se déplacèrent avant de se rejoindre pour former un nouveau pentagramme.

Eochaid posa sa main dans le centre de l'étoile. La couleur changea d'un vert flamboyant à un rose intense.

Un craquement retentit au moment où la paroi du mur se déplaça vers la droite pour laisser apparaître une minuscule pièce éclairée de pierres qui recouvraient entièrement les murs et le plafond.

— Des émeraudes ? chuchotai-je.

Œngus hocha la tête et rejoignit son mentor.

— Une fois à l'intérieur, tu ne pourras pas en sortir. Tu le sais ? interrogea le Gardien.

— Oui, Maître.

— Tu es prêt ? poursuivit-il son interrogatoire sur un ton cérémonieux.

— Oui, Maître.

Le fétaud s'engouffra dans la brèche puis s'assit en tailleur.

— La porte s'ouvrira de nouveau quand le premier soin sera terminé.

À peine eut-il terminé la phrase que le mur de pierre fit marche arrière pour sceller l'ouverture.

Juste le temps à Œngus de me sourire. Le regard inquiet, il m'offrit un dernier clin d'œil.

Lorsque les deux parois se rejoignirent, un bruit de grondement retentit. Comme si la terre venait de sonner le glas éteignant au passage la flamme qui consumait le Gardien et avalant les traits dessinés sur le sol.

Eochaid récupéra son boîtier pour y ranger son pinceau puis leva sa tête vers moi.

Mon souffle s'arrêta. Soudainement terrifiée de me retrouver sans mon protecteur.

— Vous souhaitez que je réalise mon épreuve maintenant ? demandai-je fébrile au Gardien en espérant qu'il me réponde par la négative.

— En effet ! répondit-il, les traits toujours tirés par la concentration.

Un frisson glacial me parcourut la colonne vertébrale.

Qu'est-ce qu'un homme aussi puissant allait vouloir que je fasse pour prouver ma valeur ?

— Quel sera mon défi ? osai-je malgré tout l'interroger sachant que de toute façon je n'avais pas le choix.

— Tu vas devoir faire preuve de patience, de courage et de sens du détail, leva-t-il le doigt pour appuyer sur chaque mot.

— Très bien. Que dois-je faire ? me préparai-je mentalement à une nouvelle énigme.

— Du ménage ! lança-t-il, un sourire satisfait aux lèvres.

CHAPITRE 18

Le village des insoumis

L'après-midi était déjà bien avancé au vu de la lumière des lampes qui semblait varier en fonction du moment de la journée.

J'étais toujours assise sur le sol, en train d'astiquer un bocal en verre calé entre les jambes. Eochaid avait mis un temps qui m'avait paru être une éternité pour déterminer la couleur et le style d'écriture qu'il désirait pour les nouvelles étiquettes de sa collection. Il m'avait fait tester différents crayons, craies, plumes avant de faire enfin son choix.

À l'instar de Dagda, le Gardien avait une centaine de récipients qui renfermait tous un élément différent. Mais même vu de près ce n'était toujours pas aussi glauque que les trésors de l'Oracle.

Lorsque je l'avais interrogé sur la raison du nombre impressionnant de contenants, le Gardien m'avait répondu qu'il s'agissait de sa mémoire externe. J'avais voulu plaisanter en lui expliquant que nous appelions ça un disque dur... Ma blague avait fait un flop retentissant.

Je me trouvais donc là, à avoir pour noble tâche de nettoyer les pots en verre, de décoller les étiquettes et de les changer en suivant le protocole que le vieil homme m'avait noté sur un bout de parchemin. Je réalisais mes étiquettes de mémoire tant il était difficile de décrypter l'écriture minuscule du Gardien :

Écrire en MAJUSCULE ITALIQUE

En vert – Les végétaux

En gris - Les lieux

En bleu – Les personnes

En violet – Les objets

En marron – Les animaux

En noir - Autres

Ne connaissant aucun des mots qui étaient notés, Eochaid avait séparé les bocaux en six tas différents afin que je puisse savoir dans quelle catégorie les classer. Je n'étais arrivée qu'à la troisième rangée sur les quinze existantes. Apparemment, le vieil homme avait prévu une tâche qui m'occuperait pratiquement pendant la durée des soins de mon compagnon ou autrement dit les quatre jours suivants.

Le Gardien était en train de lire un vieux livre usé dans un fauteuil à côté de moi. Il se levait de temps en temps pour contrôler mon travail avec un hochement de tête satisfait.

C'était idiot, mais j'étais contente qu'il le fasse.

Pour ma part, je m'étais positionnée de telle sorte à pouvoir vérifier l'ouverture de la salle de soin même s'il était évident que le bruit de son déverrouillage ne pourrait pas passer inaperçu.

En plus, je savais que celle-ci allait s'enclencher prochainement, car Eochaid commençait lui aussi à jeter un œil régulièrement dans cette direction.

Il fut donc le premier à bondir de son siège lorsque le cliquetis de l'ouverture s'enclencha. Je suivais de près le Gardien, ayant hâte de voir si l'aile de mon ange noir était enfin réparée.

Œngus sortit de la salle dès qu'il le put.

L'Hybride était à couper le souffle. Absolument majestueux. Je ne l'avais jamais vu aller aussi bien. Ses traits reposés. Ses épaules droites et un dos puissant pour accueillir ses ailes immenses. Une énergie nouvelle dans son regard.

Il était juste sublime. Irréel de perfection.

Le Gardien s'arrêta devant lui et attendit une tacite approbation pour toucher l'aile du fétaud.

Les bords de la plaie semblaient être rattachés par de fins filaments. Je voyais la lumière verte de la salle à travers son aile, mais les rayons étaient arrêtés partiellement par ce fin réseau qui venait de se créer.

— C'est bien mon garçon, félicita le Gardien. Nous allons pouvoir sauver ton aile. Il va juste falloir être patient.

— Je le serai. Merci, mon Maître, souffla-t-il, reconnaissant.

— Télès, tu vas pouvoir arrêter ta tâche pour te consacrer à une autre qui, je ne doute pas, t'apparaîtra plus agréable.

Totalement embarrassée, je m'empourprai aussitôt en repensant à la capacité du Gardien à connaître tous mes actes passés. À chaque souvenir intime, mes joues s'enflammaient plus encore.

— Oui, je vais soigner son aile, me sentais-je obligée de préciser.

— Je n'en attendais pas moins de toi, lança-t-il taquin.

— Maître, il serait plus facile pour nous de faire le pansement si vous aménagiez ma chambre, me sortit Œngus de ce mauvais pas.

— Ah oui, c'est vrai ! Vous dormez ensemble, j'oubliais. Je vais m'en occuper.

C'était de pire en pire.

Je me liquéfiais totalement sur place.

Mon père m'aurait surprise en train d'embrasser Œngus dans ma chambre, ça n'aurait pas été très différent de ce que je ressentais là.

Je cherchais en vain, étant donné que je venais d'y repenser, à chasser tous les souvenirs qui pouvaient me mettre mal à l'aise.

Ce n'était évidemment pas pour empêcher Eochaid de les connaître, puisque c'était de toute façon impossible, mais juste pour éviter de me torturer l'esprit davantage.

— Maître, c'est gentil, mais je ne pensais pas à ça.

Le regard que lui lança Eochaid fit rougir Œngus à son tour.

Apparemment, je n'étais pas la seule à ne pas assumer toutes mes pensées et tous mes actes.

— Télès est une dame doublée d'une humaine si vous voyez ce que je veux dire.

— Aaaaah ! Oui ! Oui, bien sûr ! Il faut que j'ouvre les pièces de Kellia ? C'est bien de cela qu» il s'agit ? demanda le vieil homme presque soulagé qu'il ne s'agisse que de banalité au final.

— Oui, Maître, répondit Œngus satisfait.

— Comment ça les «pièces de Kellia»? Ma mère a vécu aussi ici? les interrogeai-je totalement dépassée par la conversation.

— Oui, quand ta mère est venue me demander de prendre en charge l'instruction d'Œngus. Elle est restée quelques mois avec nous. Je crois qu'elle pensait que je n'étais pas à la hauteur de la tâche pour m'occuper de son protégé, indiqua son apprenti en lui tapotant la tête.

Le Gardien eut un sourire amusé.

— Le deuxième lit était celui de ma mère si je comprends bien, conclus-je sans attendre de confirmation de leurs parts, sachant par avance que j'avais raison.

Eochaid tapa du pied et des grincements de pierres retentirent.

— Vos appartements sont prêts jeunes gens, se vanta-t-il à moitié.

Je me dirigeai vers la chambre autant par curiosité que pour faire plaisir au Gardien qui n'était pas peu fier de lui.

Le couchage de gauche avait disparu. À sa place, le grand bloc de pierre.

Une grande planche centrale faisait office de lit double.

À droite, une ouverture qui n'existait pas jusqu'alors.

Je m'engouffrai dans la nouvelle pièce. Le sol était identique au reste de la grotte. Les murs en marbre blanc étaient à peine perceptibles tant il y avait de choses dans ce placard amélioré. Il s'agissait en fait d'un spacieux dressing. D'un côté des affaires masculines et de l'autre des habits féminins.

Au sol, plusieurs paires de chaussures de part et d'autre.

Le couloir qui séparait les deux allées de vêtements mesurait environ trois mètres. Au fond, se trouvait une porte en verre.

— Tes vêtements et ceux de ma mère ? demandai-je surprise de constater que mon ange noir avait une garde-robe bien plus fournie que la mienne.

— Oui, Kellia avait une fâcheuse tendance à m'apporter beaucoup de cadeaux lors de ses visites, tenta-t-il de se justifier.

— Il oublie de préciser qu'elle l'obligeait à se changer à chacune de ses visites, intervint Eochaid en riant.

— C'est vrai aussi, confirma Œngus embarrassé, en se frottant l'arrière du crâne avec sa main.

— Je refuse de te voir habillée de la même façon dorénavant. J'ai vraiment cru que tu avais deux voire trois tenues maximum, approuvais-je la contrainte de ma mère.

Elle ne le faisait certainement pas pour les mêmes raisons que moi, mais j'approuvais grandement l'idée de voir mon ange noir sous son meilleur jour.

— Tu devrais également trouver de quoi te changer, non ? lança Œngus en me faisant un signe du menton vers la collection de ma mère.

— Honnêtement, s'il n'y a que des robes. Je préfère encore porter mes vêtements sales, grimaçai-je.

— Ne t'inquiète pas pour ça. Tu n'en trouveras presque aucune. Kellia profitait d'être ici pour être libre de sa tenue vestimentaire, m'encouragea Eochaid à fouiller dans la penderie.

— C'est une excellente nouvelle, je dois bien reconnaître que je n'en pouvais plus et que j'avais hâte de me changer. La porte du fond nous emmène à quoi ? demandai-je en saisissant déjà la poignée.

Face à moi, une pièce spacieuse comportant un énorme bassin entouré de pierres brutes. Les serviettes disposées sur un banc en granit à proximité de celui-ci me firent comprendre qu'il s'agissait de la salle de bains.

— Magnifique votre baignoire, complimentai-je le Gardien pour lui faire plaisir.

Eochaid et Œngus ne me répondirent pas, ils étaient tous les deux en train de regarder derrière moi, faisant totalement abstraction de ma présence.

— Maître, la cascade? interrogea le fétaud à l'évidence inquiet.

— Cascade? Quelle cascade? leur demandai-je en jetant un œil au grand bassin rempli d'eau.

Eochaid avait déjà quitté le dressing.

Mon compagnon le suivit. Je fis de même pour comprendre la raison de toute cette agitation.

— Plus d'eau ici non plus, lança le vieil homme, une main posée sur le mur. Je ressens la roche. L'écoulement ne s'est ni arrêté pour raison mécanique ni magique, conclut-il, le regard sévère. Nous devons en savoir plus! Demain, vous irez au village des Insoumis!

— Le village des Insoumis? répétai-je lassée d'être en écho de cette conversation.

— C'est le village ancestral des Erdluitles. C'est à la suite de la construction de ce village que les Erdluitles ont évolué pour ressembler à ce qu'ils sont aujourd'hui. Ils se trouvent à deux heures de marche d'ici, me répondit Œngus compréhensif.

— Tu parles de la punition du Conclave? Ma mère nous en a parlé! Je préférai éviter de révéler que c'était Louan qui nous avait remémoré cette histoire l'année dernière.

Le fétaud hocha la tête.

— Pourquoi «Insoumis»? continuai-je mon investigation.

— En réponse à la décision du Conclave, une grande partie du peuple des Erdluitles a quitté le village qu'ils estimaient maudit. Cependant, certains sont restés avec pour objectif de vivre leur pénitence dans l'endroit qui avait scellé leurs destins.

Les tempestaires se sont alors réorganisés pour former une nouvelle communauté. C'est pourquoi on les appelle les Insoumis.

— Le Conclave, c'est vous quatre réunis ? interrogeai-je le Gardien en appuyant le dos et les coudes sur la table.

— Non, ce sont des Êtres supérieurs aux Gardiens. C'est eux que j'appelle quand je demande d'augmenter mes pouvoirs. Ils étaient là avant nous et seront là après nous. Personne ne les a jamais vus, nous les rencontrons en songe, mais jamais représentés de la même manière.

— Ok, nous partirons tôt demain matin pour que nous soyons rentrés à temps pour le deuxième soin. Si vous me le permettez, je vais aller me rafraîchir…

En m'apprêtant à partir, je donnais un coup de coude dans la boîte noire du Gardien, mais fort heureusement, j'eus le réflexe de la rattraper avant qu'elle ne touche le sol.

— Aïe ! m'exclamai-je en la lâchant sur la table. Désolée, Eochaid ! Je ne voulais pas l'abîmer. J'ai eu mal et n'ai pas pu me contrôler, m'en voulais-je vraiment de l'avoir peut-être détériorée.

— Donne ta main, se précipita le Gardien vers moi.

En lui tendant, je remarquai une marque rouge de la forme de l'étui.

— Je me suis brûlée, commentai-je surprise.

Le vieil homme observa ma blessure en silence.

— Le baume pourrait peut-être soigner cela ? demandai-je pour rompre le silence.

— Oui, certainement. Tu devrais te soigner. Il est inutile que tu souffres plus que nécessaire, m'invita à partir Eochaid.

— Je suis désolée pour votre boîte, m'excusai-je de nouveau

face à l'inquiétude que je ressentais dû au manque de réaction de notre hôte.

— Ne t'inquiète pas pour cela. L'obsidienne est une pierre extrêmement solide. Va faire ce que tu as à faire.

— Très bien, je reviens tout à l'heure.

Je jetai un œil à Œngus espérant qu'il me suive, mais il ne me regardait même pas. Il fixait de façon insistante son Maître.

Je quittai la pièce, frustrée, m'attardant derrière le rideau en espérant que Eochaid ne pouvait percevoir mes vibrations.

Comme je l'avais deviné, Œngus attaqua la discussion dès le rideau rabattu.

— Qu'est ce qui s'est passé Maître ? Pourquoi sa main... Pourquoi sa main ...

— N'a-t-elle pas explosé ? termina le gardien pour lui. Je ne saurais y répondre. Je connais déjà ta prochaine question. Je n'ai pas non plus la réponse à : comment elle a survécu à une attaque de Noson Dda. C'est physiquement impossible pour une fée.

— Elle n'est pas une fée ! Elle n'a ni ailes ni pouvoirs contrairement à Alice.

— Oui, j'ai vu dans vos souvenirs. Sa sœur a hérité des pouvoirs de télékinésie et de l'affinité avec les végétaux de leur mère. Pas sa capacité à communiquer avec les chevaux cependant. Télès n'est pour autant pas entièrement humaine. Les événements nous l'ont prouvé. D'ailleurs, je n'ai absolument aucune idée de la façon dont elle a soigné ton aile. Tu sais très bien que je ne peux traiter ce type de blessure que dans les vingt-quatre heures où elles ont eu lieu. Je l'ai regardée préparer un baume. Il est clair qu'elle n'a aucun talent particulier dans le domaine.

Je rougis de honte, toujours cachée, en attendant ce piètre

commentaire.

— Quoi que Télès soit ou quoi qu'elle soit capable de faire, estime-toi heureux mon apprenti, car grâce à elle tu pourras voler de nouveau.

— Elle ne sera donc pas une fée, entendis-je conclure tristement Œngus.

— Ni une humaine, confirma le vieil homme perplexe.

Un silence pesant retentit.

Cette conversation était terminée.

Je me détournai, le cœur lourd. Me sentant douloureusement différente.

Après le repas, je m'étais couchée rapidement. Eochaid m'avait donné un futon et une couverture pour que cela soit plus facile pour moi. J'avais beaucoup apprécié cette initiative pleine d'humanité.

J'avais écourté la soirée, car je n'aimais pas la façon dont les deux hommes me regardaient. Je sentais mes faits et gestes analysés comme si j'étais juste devenue une énigme qu'il fallait résoudre.

Œngus me rejoignit dans notre lit bien plus tard. Sans surprise, il avait été discret. Le fétaud ne s'était pas imposé, mais j'avais ressenti sa présence. Je n'arrivais pas à dormir profondément quand il était loin de moi. En plus, maintenant que j'avais de nouveau la possibilité de le toucher, il était inconcevable que je m'en prive.

Je ne savais pas si j'allais pouvoir le faire encore longtemps et le destin m'en avait déjà suffisamment privé.

Alors qu'il s'était installé sur le ventre, les bras croisés sous la tête, je m'étais contentée de lui prendre la main la plus proche de moi.

J'avais aimé qu'il me la caresse doucement avant de la serrer légèrement.

Une fois sa respiration plus profonde, j'avais déplacé mes doigts sur son poignet pour ressentir le bruit mélodieux des battements de son cœur pour enfin me laisser aller et sombrer dans le sommeil.

Le réveil fut rapide et efficace. Nous savions tous les deux que le temps était compté avant la deuxième séance de soin.

Eochaid avait mis en place un système de filtre minéral qui avait permis de récupérer un peu de rosée, mais cela ne remplissait pas plus qu'un seul petit pichet. Le Gardien y avait ajouté les trois fleurs de Macha, mais elles ne contenaient plus assez de magie pour nous désaltérer suffisamment.

L'eau allait donc nous manquer rapidement.

Au moment de partir, Œngus avait posé une main sur mon épaule. Il m'avait expliqué qu'il était préférable qu'il reste à quelques pas derrière moi. Pour lui, une personne de mon rang ne pouvait se présenter comme l'égal d'un être comme lui.

Le fétaud était persuadé que cela serait mal perçu par le village.

Je n'étais pas d'accord avec lui, néanmoins son regard sévère ne m'avait aucunement permis de négocier.

Sa détermination était telle que j'avais dû me contenter de hocher la tête.

Le village des Insoumis se trouvait dans une cuvette en plein milieu des montagnes. C'était une véritable forteresse naturelle.

Le chemin dissimulé entre celles-ci était très pénible. Dur sous les pieds. L'air s'était raréfié ce qui avait rendu l'ascension encore plus difficile. J'étais soulagée de savoir qu'il n'était pas si éloigné de la grotte d'Eochaid.

La végétation commençait à se faire plus présente, mais à la différence des paysages que j'avais vus jusqu'alors, l'herbe était jaunie par la brûlure du soleil. Tout était rabougri, entortillé, sec et en souffrance.

Cela ne me donnait que très peu d'espoir. Il était peu probable que les Erdluitles soient épargnés par la pénurie d'eau.

Le chemin s'élargissait. Bientôt nous pûmes voir l'ensemble de la plaine ainsi que le village.

Je pouvais distinguer une cinquantaine de maisons individuelles en contrebas.

Nous y serions prochainement.

Le chemin était asséché et poussiéreux.

M'essuyant le front de ma manche, je regardai le ciel totalement violet. Pas un seul nuage à l'horizon.

Malgré l'heure matinale, le soleil était déjà très intense. La journée allait être très chaude.

Alors que je contemplai, autant que je m'inquiétai, ce ciel trop parfait, un son attira mon attention.

Je tournai mon regard vers la gauche pour y voir un petit garçon assis et recroquevillé sur lui-même légèrement dissimulé par un gros rocher.

— Pourquoi pleures-tu ? lui demandai-je en m'approchant doucement.

Il releva la tête soudainement, plus contrarié que surpris de mon intervention, avant de s'essuyer rapidement les yeux avec les deux mains.

— Je ne pleure pas, voyons ! C'est juste de la sueur ! Je suis issu du clan des AK et des EK. Je suis courageux. Rien ne peut m'atteindre, me répondit-il fièrement entrecoupé de reniflements tout en se redressant.

Le jeune Erdluitle arrivait à la hauteur de mon ventre. Il semblait ne pas avoir plus de dix ans. Ses oreilles d'âne n'étaient pas dissimulées. Elles étaient d'une jolie teinte gris clair. Son pantalon trop long et large, compte tenu de ses jambes frêles, dissimulait de moitié ses pieds en pattes de canard. Sa chemise blanche à manches courtes était remarquablement bien repassée.

— Pardonne-moi, m'amusai-je de cette bravoure feinte, mais touchante. Je ne t'avais pas bien vu, c'est pour cela.

L'enfant nous dévisagea tour à tour.

— Vous êtes la Laeradenn Tali, s'exclama-t-il choqué. Et toi, indiquant mon compagnon, tu es Œngus, l'Hybride Destructeur ! recula-t-il d'un pas.

— Il s'agit juste d'Œngus. Mon ami. *Et* j'apprécierais que tu n'utilises pas le terme de « Destructeur ». C'est inconvenant pour ne pas dire assez déplacé comme accueil, défendais-je sévèrement mon ange noir.

Le fétaud posa sa main sur mon épaule.

— Laisse s'il te plaît. Ce n'est pas le plus important

aujourd'hui.

Je le regardais, le regard insistant, mais le fétaud se contenta de secouer la tête.

— OK, acceptai-je sa requête même si je n'étais pas à l'aise avec cela. Comment t'appelles-tu ? demandai-je à l'Erdluitle pour couper court à cette conversation silencieuse.

— Tariek, répondit-il en ne quittant pas des yeux le fétaud.

Soudain, l'enfant s'agita. Il posa sa main sur sa tête. Son visage devint rouge. Ses yeux fuyants.

Il n'était pas difficile de deviner l'origine de son embarras.

J'éprouvais beaucoup de compassion face au fardeau des Erdluitles.

— Tes oreilles sont magnifiques. Je t'envie de pouvoir entendre mieux que moi, complimentai-je l'enfant.

Mes mots étaient peut-être maladroits, mais j'espérais que Tariek entendrait ma sincérité.

Il n'y avait rien d'imparfait dans les Hybrides et les Erdluitles. Pour moi, leurs différences étaient identiques à être blonds ou bruns. Cela changeait, mais c'était normal.

L'enfant se redressa fièrement. C'était sincère cette fois.

J'étais si contente que mes mots eurent raisonné en lui.

— Mon oncle avait raison ! Vous n'êtes pas comme les autres, m'indiqua Tariek.

— Ton oncle a parlé de moi ? Comment cela se fait ? ne compris-je pas son commentaire.

— Vous le connaissez. C'est le plus célèbre des Erdluitles en ce moment grâce à son poste à la garde des Mary Morgans, annonça-t-il tout sourire.

— Sortek ! exclamâmes-nous ne s'attendant pas à une telle nouvelle.

Tariek hocha la tête avec enthousiasme.

— Venez, je vais vous présenter à tout le monde ! me prit-il la main avant de me tirer derrière lui.

CHAPITRE 19

Le condamné

Tariek avait l'air soudainement hésitant au moment d'entrer dans le village.

— Que se passe-t-il ? m'inquiétais-je de son brusque changement de comportement.

— Je ne vous ai pas tout dit... Le village n'est plus tout à fait le même ces derniers temps. Il n'y a plus d'eau depuis des jours. Des gens sont tombés malades sans que l'on comprenne pourquoi... J'ai essayé d'aider, mais je n'ai pas réussi, précisa-t-il en reniflant à cause de l'émotion.

— C'est pour cela que tu étais à l'extérieur ? Pour trouver de l'eau ? interrogea le fétaud.

— Entre autres... répondit-il en baissant la tête

— C'est une noble initiative. Digne d'un descendant des Ak et des Ek, tenta d'encourager mon compagnon.

L'enfant nous gratifia d'un sourire penaud.

— Vous êtes venus pour nous aider ? demanda-t-il presque suppliant.

— Nous sommes venus découvrir ce qu'il se passait, me contentai-je de lui dire de crainte de lui donner un faux espoir.

Je ne savais pas ce qui causait cette pénurie d'eau et encore moins si je pouvais être utile. Comment aurais-je pu être d'une quelconque aide pour un peuple qui maîtrisait les éléments ? Je ne saisissais d'ailleurs pas pourquoi les tempestaires n'avaient pas pu faire pleuvoir.

— Je vais vous emmener rencontrer ma mère. Je suis persuadée qu'elle sera soulagée que vous soyez venus nous aider.

Nous pénétrâmes dans le village avec pour ma part une certaine appréhension.

Mais à peine avions nous mis un pied dans la rue principale, qu'elle fut presque aussitôt désertée après que les habitants nous avaient vus.

D'ordinaire, je me serais vexée, mais les Erdluitles ne tardèrent pas à ressortir de leurs maisons affublés de couvre-chefs plus ou moins surprenants pour ne pas dire parfois ridicules.

La taille de certains chapeaux était tellement grande en comparaison de leurs silhouettes si frêles.

Les rares adultes restèrent sur le pas de leurs portes. Nous saluant d'un air méfiant.

À l'inverse, une dizaine d'enfants nous encerclèrent rapidement dans des rires de clochettes qui me réchauffèrent le cœur.

Œngus me précédait de quelques pas. Tout comme moi, il avait remarqué que les enfants le craignaient.

Je n'aimais pas cette situation et j'avais de la peine pour mon compagnon. Cependant, je devais reconnaître que j'avais beaucoup de plaisir à être entourée de la sorte.

Les petites filles portaient de grands chapeaux en paille blancs avec des rubans assortis à leurs robes à cerceaux. Je constatai rapidement que les vêtements étaient anciens. Rapiécés avec amour pour tenter de préserver leur majesté d'autrefois.

Les garçons, eux, ressemblaient à Tariek. Des chemises de couleurs claires et des pantalons larges dissimulaient une partie de leurs pattes. Mais à la différence de mon nouvel ami, ils portaient tous une sorte de grand gavroche qui dissimulait leurs oreilles.

Il ne fallut d'ailleurs pas longtemps pour que l'un des enfants fasse la remarque à Tariek qu'il devait au plus vite se couvrir. Je voulus prendre la parole, mais le jeune Erdluitle me devança.

— La Laeradenn me trouve très beau ainsi, bomba-t-il le torse en élargissant ses épaules.

L'autre enfant me regarda les yeux ronds remplis d'interrogations.

Pour toute réponse, je hochai la tête en lui souriant.

Il nous regarda tour à tour, Tariek et moi, avant de lever une main vers sa casquette marron. Elle était jolie cependant. Il y avait une marguerite brodée dessus.

— Carfak, si tu fais ça, je le dirai à maman! intervint un Erdluitle un peu plus âgé derrière lui.

Le jeune garçon se ravisa aussitôt. Le regard triste. Une moue sur les lèvres. Ses yeux brillaient bien trop.

Je serrai les dents de colère envers cette situation. Il m'était insupportable de voir des enfants subir une telle injustice.

Mon bras commençant à m'élancer, j'étouffai un cri. La douleur fut telle que je chancelai avant de m'accrocher maladroitement à Tariek qui risqua de tomber à son tour.

— Tali! se précipita Œngus pour me saisir la taille et me retenir.

— Vous allez bien Laeradenn? s'empressa de demander le jeune Erdluitle en tentant de me maintenir de toutes ses faibles forces d'enfant.

— Oui, soufflai-je fébrilement.

Je sentais tous les regards des bambins me dévisager et percevais leurs peurs dans leurs silences.

Je me ressaisis le mieux possible déplaçant mon poids sans ménagement vers Œngus.

— Tout va bien, mentis-je. Le soleil et moi ne sommes pas bons amis, plaisantai-je pourtant à la limite de la nausée.

— Ma maison est juste là, m'indiqua Tariek en me montrant du doigt une maison à quelques mètres de nous.

Comme toutes les autres, elle était en pierres grises, comportait des colombages, une porte à deux vantaux et des volets en bois.

Les maisons des Erdluitles se ressemblaient toutes. La seule particularité était la couleur des boiseries.

Celles de la famille de Tariek étaient jaunes.

Œngus m'aida à parcourir les derniers pas qui nous séparaient de la maisonnette. En effet, une fois devant la porte ouverte, je réalisais que la hauteur du plafond était à peine plus élevée que moi. D'ailleurs, le fétaud dut se pencher lorsqu'il franchit le seuil pour entrer dans la maison. Tariek referma la partie inférieure derrière nous, laissant ainsi les autres enfants à l'extérieur. Cela ne les découragea pas cependant, ils se bousculaient gentiment pour semblait-il ne pas perdre une miette du spectacle.

Il était étrange de se sentir comme dans une maison de poupée. La salle principale était composée d'une table massive en bois de chêne. Le socle reposait sur deux grands triangles ajourés d'entrelacs. Les tabourets étaient des morceaux de larges troncs d'arbres sculptés. Plus loin à gauche, la cuisine, où trônait un magnifique poêle à bois forgé. Sur le mur de pierres, d'anciennes casseroles en inox. À côté, un vaisselier rempli d'assiettes en porcelaines blanches avec un liseré or, des chopes en laiton et des verres à pied en cristal. À ma droite, il y avait deux fauteuils recouverts de tissu bleu roi ainsi qu'un rocking-chair en rotin où reposait une vieille couverture en laine. Un coussin de la même couleur que les fauteuils trônait sur la chaise à bascule.

— Tark, c'est toi? C'est quoi tout ce bruit et cette agitation à l'extérieur? demanda une voix douce qui semblait très fatiguée.

Une petite femme sortit de la seule autre porte de la pièce. Elle portait également une robe ample de couleur vieux rose. Ses traits étaient creusés. Ses paupières bien trop lourdes. Les oreilles blanchâtres et pliées. Elle avait une large écharpe en tissu beige qui parcourait son corps de l'épaule gauche à sa hanche droite. Ses bras étaient croisés sur son ventre et semblaient tenir un objet précieux au vu de leur position en coupe. Il me fallut quelques instants pour distinguer le minuscule visage de bébé qui dormait paisiblement dans le drapé de l'étoffe. Il semblait si petit… Si fragile.

— Maman, je suis revenu avec la Laeradenn et l'Hybri… Son ami, Œngus, se corrigea l'enfant en sondant mon visage.

Je lui souris en approbation au mot qu'il venait d'utiliser.

— Comment ça «la Laeradenn»? répéta-t-elle mécaniquement avant de nous regarder, mon compagnon et moi-même. Bienvenue Laeradenn Tali, tenta-t-elle de faire une révérence maladroite avant de chanceler.

L'Erdluitle et le fétaud furent plus rapides que moi. Cette fois, c'est la petite femme qu'ils aidèrent à ne pas tomber avant de l'installer sur un tabouret.

Œngus semblait manipuler la mère de Tariek aussi facilement

que s'il s'agissait d'une poupée de chiffon… C'était d'ailleurs exactement cela ! Une petite poupée dans une petite maison.

— Ça va maman ? s'inquiéta l'enfant.

— Oui, mon chéri. Je vais bien, mentit-elle encore plus mal que moi.

Il était évident que l'état physique de la petite femme était bien plus préoccupant que le mien.

Certes la douleur m'avait accablée, mais c'était de quelque chose de bien plus profond dont souffrait la mère de Tariek.

— Vous êtes Mariek, n'est-ce pas ? intervint Œngus.

— Mon petit frère vous a parlé de moi. Je suis assez surprise qu'il l'ait fait, répondit-elle distraitement, une roseur sur les joues. Il m'a également parlé de vous deux. Il m'a d'ailleurs dit le plus grand bien de vous, Laeradenn, me sourit-elle sincèrement. Quant à vous, s'adressa-t-elle de nouveau au fétaud en lui prenant la main, il a fait de son mieux, compte tenu de la situation et j'avoue mieux le comprendre maintenant.

— C'est un honneur de connaître votre frère, remercia tacitement Œngus.

— Oh ça ! Vous savez, il est presque aussi célèbre que vous deux maintenant ! Avec son nouveau poste à la cour des Mary-Morgans. Ces nouvelles fonctions. Et puis, ça s'est su qu'ils connaissaient les Laeradenn. Ça a fait du bruit, ça aussi. Quand il est venu vous voir, Gus, l'année dernière… Les gens ont parlé… Mais mon petit frère a su faire taire les mauvaises langues. Les gens SAVENT maintenant qu'il est l'unique tempestaire à maîtriser tous les éléments ! annonça-t-elle les yeux brillants de fierté. Il n'a même plus le temps de venir rendre visite à sa petite Erdbibberli,

— Erdbibberli ? répétai-je malgré moi pour intégrer ce nouveau mot.

— Vous ne trouvez pas évident que cela soit une fille? demanda blessée Mariek.

— Si si, bien sûr, c'est le prénom que j'ai trouvé joli. C'est tout, tentai-je de me rattraper sans vraiment être certaine d'avoir bien compris.

—Solerak? Merci, c'est gentil... Qui vous l'a dit? interrogea la petite femme suspicieuse.

— Sortek, nous l'a dit, me porta secours Œngus.

Je hochai la tête, car c'est ce qui me semblait juste à faire à ce moment-là. Mais clairement j'étais totalement perdue.

— Vous devriez vous asseoir Laeradenn, m'invita Tariek en pointant du doigt le tabouret en face de sa mère.

— Je te remercie, appréciai-je sincèrement le geste en m'installant sur le tronc le plus près de moi.

Même sans les voir, j'entendais les enfants toujours derrière la demi-porte s'agiter.

Œngus s'installa entre nous deux puis se pencha vers moi subtilement.

— Les Erdbibberlis sont les femmes des Erdluitles, me murmura-t-il rapidement à l'oreille.

D'un clignement de paupières, je lui fis comprendre que je l'avais bien entendu.

— Vous avez soif, Laeradenn? me demanda gentiment Tariek.

— Oh oui! Avec plaisir! avouai-je sans hésiter.

L'enfant se précipita vers ses amis pour leur chuchoter quelque chose avant de revenir à sa place. Debout derrière sa mère.

—Que se passe-t-il au village? questionna mon compagnon.

Mariek jeta un œil attendri à son bébé.

— Le puits ne donnait plus d'eau depuis plusieurs jours. Le chef du village Tonerak a demandé à ce qu'il soit foré plus profondément, ce qui a dans un premier temps fonctionné. Mais il apparaît évident maintenant que l'eau du puits nous rend malades pour ne pas dire très malades.

— La grand-mère de Carfak est morte il y a deux jours. Cela fait treize habitants depuis le début de la sécheresse, précisa rapidement Tariek sous l'effet de la panique.

— C'est horrible, lâchai-je.

— Pardonnez ma question, mais pourquoi ne pas avoir fait pleuvoir ? interrogea Œngus.

— Malheureusement, cette pénurie tombe au plus mauvais moment. Tous les tempestaires spécialistes de la terre ou de l'eau ont été réquisitionnés par le Royaume des Mary Morgans. Apparemment il y a eu une attaque d'un serpent géant. Si j'ai bien compris, ils avaient besoin des Erdluitles pour mettre en place un barrage renforcé. Nous avons essayé de les contacter mais en vain, répondit-elle les yeux embués de larmes. Mais nos jeunes font leur maximum pour nous aider, pressa-t-elle le bras de son fils dépité. Ils sont merveilleux et nous survivons grâce à eux.

— Nous arrivons tout au plus à produire un verre d'eau par jour, parfois deux… Mais jamais plus, compléta-t-il l'explication de sa mère avec des trémolos dans la voix.

— C'est déjà formidable ! tenta-t-elle de le ragaillardir. Vous permettez à chaque famille d'avoir de l'eau chaque jour.

— Un verre maman ! Un seul verre ! s'emporta-t-il en donnant un coup de pied dans la souche qui servait de tabouret à Œngus.

— Ta mère a raison Tariek, sans tes pouvoirs, bien plus de personnes seraient mortes, annonça sévèrement Œngus.

— Je ne l'avais pas vu comme ça, grimaça l'enfant honteux de son emportement.

— Savez-vous quelle est la cause de la contamination de l'eau ? poursuivit le fétaud.

— Non. Aucune idée. Cela fait des centaines d'années que notre puits puise son eau dans la seule source potable de ces montagnes. Il n'y a jamais eu de précédent.

Un silence s'installa. La Erdbibberli semblait sonder une ultime fois sa mémoire.

— Et l'eau du lac ? demandai-je sans grande conviction, car cela me semblait trop évident pour qu'ils n'y pensent pas.

— Le lac est maudit. Il est interdit de consommer son eau, répondit le petit Erdluitle choqué par ma proposition.

— Comment ça «MAUDIT» ? lançai-je au fétaud en repensant à notre baignade de la veille.

J'étais absolument estomaquée qu'il ait pu passer sous silence une information comme celle-ci. Il ne pouvait pas avoir pu passer autant de temps dans cette contrée et l'ignorer. Je savais que c'était impossible.

— La légende dit qu'un monstre y vit, cracha Œngus à contrecœur non sans un certain malaise.

— Tu peux me dire depuis quand penses-tu qu'à Alleïa les légendes restent des légendes ? articulai-je furieuse.

Mon tatouage se fit sentir, mais il ne fut qu'une simple gêne pour une fois. Cependant, il ne passa pas inaperçu pour tout le monde.

— Vous êtes venue nous aider Laeradenn ? C'est Eochaid qui vous envoie ? C'est votre épreuve ? s'enthousiasma Tariek avec beaucoup trop d'espoir.

Je restai figée face à sa demande. N'osant pas lui dire la

vérité, je maintenais un silence que je savais lourd de sens.

Sauf pour l'enfant qui me regardait les yeux ronds. Comme s'il possédait une fausse vérité que je n'osais pas fissurer.

— Mon chéri, voyons. La Laeradenn ne peut pas nous aider. Elle n'a pas de pouvoirs. Tu le sais bien. Ton oncle te l'a dit, tenta de le raisonner Mariek.

— Il a aussi dit qu'elle avait affronté bien des épreuves. La Laeradenn a défié Etede elle-même. Elle a été choisie pour devenir Maël. Si elle est là aujourd'hui, c'est qu'elle a réussi les autres épreuves ! s'obstina Tariek comme pour conclure la conversation.

J'étais touchée de la confiance de l'enfant à mon égard. À l'écouter, j'étais capable de grandes choses. Si seulement, il connaissait la vérité… Comment pouvais-je lui dire que ma présence ici était plutôt une combinaison de hasard et de chance essentiellement due aux pouvoirs de l'Hybride qui faisait tant peur aux habitants du village ?

Alors que je n'imaginais pas cela possible, le discours du petit Erdluitle sembla pourtant avoir un impact sur sa mère.

Mariek nous regarda profondément comme si elle pensait pouvoir voir nos âmes de cette manière.

— Mon fils a raison ? Vous êtes venus nous aider ? demanda-t-elle soudainement remplie d'incertitudes.

— Nous sommes avant tout venus comprendre ce qu'il passait avec l'eau, trancha Œngus pour qu'aucun doute ne puisse s'installer.

— J'ai répondu à toutes vos questions et n'ai pas d'autres informations à vous donner à ce sujet… J'aimerais cependant vous demander une dernière chose, s'interrompit-elle en attendant mon approbation pour poursuivre.

Je hochai la tête non sans une certaine appréhension.

— Mon fils a raison ? Est-ce Eochaid qui vous envoie ? Est-ce une épreuve ? Sommes-nous une épreuve ? siffla-t-elle entre ses dents en colère en serrant plus fort les bras autour de son précieux chargement.

J'ouvrais la bouche, abasourdie face à cette idée totalement absurde.

— Non ! repris-je mes esprits. Bien sûr que non ! Comment pouvez-vous croire que cela puisse être une épreuve ? Cela serait si cruel, secouai-je la tête en tentant de combattre un haut-le-cœur.

Je regardais mon compagnon pour trouver un soutien, mais je ne pus croiser ses pupilles anthracite. Ses yeux étaient baissés, faussement concentré sur ses doigts entortillés ensemble.

Comment pouvait-il, lui aussi, laisser cette abjection lui traverser l'esprit ?

— Eochaid m'a déjà donné une tâche à accomplir. Cela n'a rien à voir avec votre village, restai-je approximative, trop honteuse de dévoiler la mission ingrate et peu héroïque du Gardien.

— Je vous crois, s'apaisa la Erdbibberli. Vous êtes les bienvenus chez nous, soyez en certains. Tous les deux, précisa-t-elle en regardant l'Hybride.

Tariek se précipita de rejoindre ses amis toujours à l'extérieur et revint avec deux grands verres en porcelaine remplis d'eau qu'il déposa devant nous. Ils étaient si hauts qu'ils me firent penser à de petits vases. J'étais enchantée d'une telle profusion d'eau. La soif était si forte par cette chaleur. Voir d'aussi grands récipients me rassura également. C'était certes minime pour une famille, mais au moins chaque membre devait pouvoir boire un verre d'eau par jour. C'était déjà un bon début !

Compte tenu de la situation, je n'envisageai pas, bien

entendu, de boire le verre seule. Mais je n'y tenais plus. L'envie devint trop pressante.

— Je te remercie Tariek, lançai-je en saisissant le vase d'une main pour le soulever jusqu'à ma bouche.

Mon geste fut stoppé en pleine course. Les deux mains d'Œngus avaient saisi le verre et l'avaient reposé très délicatement sur la table.

— J'ai encore fait quelque chose d'impoli, chuchotai-je à l'oreille du fétaud.

— Retourne-toi, m'ordonna-t-il sur le même ton.

Je plissai les yeux sans comprendre et m'exécutai.

Il y avait toujours une foule d'enfants qui nous fixaient en souriant. Mais cette fois je remarquai dans leurs minuscules mains de gros dés à coudre en bois.

Non, pensais-je. *Ce ne sont pas des dés… mais des verres !*

Je réalisai instantanément l'horrible erreur que j'allais commettre. C'était bien des vases que Tariek nous avait servis ! Chacun avait la capacité d'une dizaine de verres. *On nous avait donné la ration de la moitié du village !* constatai-je totalement hébétée.

Des enfants arrivaient encore avec des verres remplis. Ils les tenaient fermement avec leurs deux mains comme une bougie sacrée. Et c'est vrai que leurs chargements étaient importants ! Je reconnus Carfak parmi les enfants, mais son frère le rattrapa pour lui reprendre ce qu'il avait entre les mains. Le jeune Erdluitle eut un regard triste, puis sourit de nouveau. Il quitta mon champ de vision, et réapparut derrière la fenêtre ouverte. Il était parti rejoindre un petit groupe de trois autres enfants, tous accroupis autour d'une petite bassine, le poing en avant. Je pus distinguer, lorsqu'un rayon du soleil la toucha, une goutte d'eau étincelante tomber de la paume de l'un des bambins.

Les quatre silhouettes s'agitèrent dans une danse enthousiaste qui contrastait grandement avec le sentiment de désolation qui m'accablait à ce moment-là.

Mon corps se retourna lentement pour fuir ce triste spectacle.

— Je n'ai pas très soif, mais merci. Sincèrement, insistai-je sur le dernier mot.

Ce n'était pas un mensonge. La scène qui se déroulait à l'extérieur m'avait enlevé toute capacité à avaler quoi que ce soit.

— L'eau générée par les Erdluitles est excellente, je vous assure ! Notre eau est très prisée dans les régions du Nord. Vous pouvez boire sans crainte, m'encouragea Tariek en mimant le geste de boire.

L'enfant souriait, mais son regard était lourd. Lourd du poids des derniers jours.

— Je regrette, mais je ne peux pas accepter tant de générosité. Vous en avez plus besoin que nous. Vous n'avez pas à vous sacrifier de la sorte. Préservez-vous le temps que nous trouvions la cause du manque d'eau et de cette épidémie.

Une boule apparut dans ma gorge, j'espérai presque que cela soit la soif et non la honte de m'être engagée de la sorte sans certitude de pouvoir les aider.

— Nous devons partir, mais nous reviendrons demain, me levai-je suivie de près par mon compagnon.

Alors que je me dirigeai vers la porte, les enfants s'écartèrent brusquement dans un silence glacial.

Un Erdluitle trapu aux oreilles noires fendit l'attroupement pour se diriger à grands pas vers nous puis ouvrit la porte sans ménagement.

— On m'a dit que tu avais de la visite Mariek ! persifla-t-il hostile.

— Je peux recevoir qui je souhaite Tonerak. Je les ai invités à rentrer. Contrairement à toi, cracha-t-elle visiblement contrariée par sa présence.

— Je ne crois pas que Odelak apprécierait beaucoup tes nouvelles fréquentations, rétorqua-t-il en nous indiquant d'un signe de tête.

— Tu n'es pas bien placé pour parler à la place de mon mari. Cela a beau être un Ak, tu sais très bien qu'il n'approuve pas tes méthodes donc en attendant son retour du Royaume des Mary-Morgans, je suis et reste la seule chef de cette maison. En cette qualité, la Laeradenn et son ami sont les bienvenus, ne perdit-elle pas son cran.

— Son ami ! Tu oses donner ce terme à cette abomination ! vociféra-t-il dégoûté et crachant à nos pieds.

— Je ne vous permets pas de parler ainsi de… intervins-je bien déterminée à faire taire le chef du village.

— Je n'ai pas besoin que vous me le permettiez *Laeradenn*, me coupa-t-il dédaigneux. Vous n'êtes pas sur votre territoire. Personne n'a à vous écouter ici. Nulle part d'ailleurs. J'ai rencontré des gens du Nord qui ont eu la langue bien pendue à votre sujet. Vous êtes la honte de la famille royale. Une Sang-mêlé. Une bâtarde sans pouvoir qui n'est reconnue que par une poignée risible d'Eryans et par ces succubes de Mary Morgans.

— Tu n'oserais pas parler comme ça si Odelak était là ou mieux encore : Sortek, le défia-t-elle.

— Mariek tu veux vraiment parler de ton cher petit frère ? Celui qui t'a abandonnée ici pendant qu'il se cache dans son précieux Royaume sous-marin. Qu'a-t-il fait pour toi depuis qu'il a rejoint la garde des Mary-Morgans ? Ce n'est qu'un traître à son sang qui a trouvé un moyen de fuir sa condition. Il ne pense plus à toi. Ni à tes enfants d'ailleurs, la piqua-t-il au vif. Avec tous ces précieux pouvoirs, il aurait pu sauver tout le village. Mais il n'est pas là! sourit-il fièrement de sa cruelle tirade.

— Maman… supplia presque Tariek.

La Erdbibberli regarda son fils navré, puis une nouvelle force la gagna.

— Ça suffit maintenant! Si Sortek habitait encore le village, il aurait été mobilisé avec les autres tempestaires. Sa présence n'aurait rien changé. Sortek fait plus pour notre cause en étant ailleurs que toi ici! se redressa-t-elle dignement.

— Si tu n'aimes pas vivre ici, je ne te retiens pas. Tu peux, toi et ta famille, rejoindre ton frère… Ah non, c'est vrai, j'oubliais! Les Erdluitles sans pouvoir n'intéressent pas les Mary Morgans. Mais rien ne t'empêche d'aller plus au Nord. Je suis certain que les Eryans seraient ravis d'avoir quatre nouveaux esclaves pour faire leurs corvées, semblait-il avoir touché un point sensible.

Tariek se refugia derrière sa mère qui baissait les yeux.

— Je suis certaine que les Eryans accueilleraient correctement une honorable famille d'Erdluitles qui souhaite aménager avec eux, tentai-je de faire taire Tonerak.

— Accueilleraient? C'est une plaisanterie? Les Eryans nous considèrent comme inférieurs! Êtes-vous si idiote pour…

— Stop! Taisez-vous! s'emporta Œngus qui avait fait preuve d'une bien trop grande discrétion jusqu'alors.

— Tu OSES me parler? Toi? Comment OSES-tu, ne serait-ce qu'entrer dans notre village! Tu es un ASSASSIN et tu n'as JAMAIS payé pour tes crimes. Tu as été protégé par sa mère – m'indiqua-t-il du doigt, qui a été bien maline de te confier à un Gardien pour que l'on ne te traque pas comme l'animal que tu es ! Nous savions tous que tu étais à quelques kilomètres de nous. Les Eryans t'ont rejeté, mais nous, nous devions faire avec ta présence. PERSONNE s'est inquiété de nous quand tu es arrivé. Tu es un tueur d'Erdluitles et le Gardien a bien su te protéger à l'époque. Cela ne signifie pas que nous avons oublié et que nous ne profiterons pas pour te tuer dès que l'occasion se présentera. Car sois-en certain, cela arrivera ! Quand le jour viendra, je serai là pour voir cela, s'approcha-t-il d'Œngus pour enfoncer son doigt dans sa poitrine.

Le fétaud avait les traits tirés. La gorge tendue.

— Nous partons ! m'ordonna-t-il sévèrement avant de quitter la pièce à pas vifs.

Je regardai Mariek et Tariek une dernière fois avant de leur faire un signe de tête compatissant, puis me précipitai à l'extérieur pour rejoindre le Fétaud déjà très loin.

Alors que je voulus courir pour le rattraper, un groupe d'enfants sortis de nulle part s'interposèrent entre Œngus et moi. Face à leurs dos, je les vis commencer à jeter sur l'Hydride tout ce qu'ils trouvaient sur le sol.

Ma première envie fut de les interrompre, mais j'étais tellement dépassée par tout ce qui venait de se dérouler, que je choisis de les bousculer en courant tout droit vers mon ange noir.

J'entendis les enfants ronchonner et rire derrière moi, mais ne me retournai pas cependant. Ma seule obsession était : *qui est l'inconnu avec qui je partage mes nuits ?*

CHAPITRE 20

L'œuf

$\mathcal{N}$ous arrivâmes à la grotte en début d'après-midi. Juste à temps pour que Œngus puisse recevoir son soin.

— Tu as l'air d'être pressée de te débarrasser de moi cet après-midi, me reprocha piteusement mon ange noir.

— Non, pas du tout, mentis-je maladroitement. Ton traitement est important, c'est tout.

Je me dressai sur la pointe des pieds pour l'embrasser furtivement.

Le fétaud me répondit par un grognement sceptique avant d'entrer dans la minuscule pièce de traitement.

— Si tu le dis, évita-t-il mon regard. Pourtant tu ne m'as pas adressé un seul mot depuis que nous avons quitté le village.

L'Hybride s'assit en tailleur sur le sol de la caverne. Avant que le mur de roche ne scelle la salle, il me lança malgré tout, un dernier sourire forcé.

N'y tenant plus, j'attendis à peine les derniers grincements de pierres pour franchir les quelques pas qui me séparaient du rideau menant à la chambre du Gardien. Mais une fois arrivée devant, je me trouvai bien embêtée, car je n'avais pas songé à la façon dont j'allais bien pouvoir m'annoncer en l'absence d'une porte solide à laquelle frapper.

Je me dandinais d'un pied sur l'autre, explorant l'idée d'ouvrir tout simplement le rideau en faisant fi de toute politesse.

— Tu peux entrer, Télès. Tu es la bienvenue.

À cette annonce, j'espérai que mon souffle de soulagement ne fut pas trop bruyant.

Je poussai doucement le tissu de la main, me laissant à peine l'espace pour franchir le seuil.

— Bonjour Eochaid, vous allez bien? Vous voulez que je fasse quelque chose aujourd'hui? balbutiai-je sans trop savoir par où commencer.

— Je te ferai grâce des formules de politesse. Dis-moi plutôt la raison de ta visite, ne tergiversa pas le vieil homme.

— Nous avons rencontré des Erdluitles ce matin. Au village des Insoumis. Sans aucune raison, ils m'ont accueillie avec beaucoup de gentillesse, mais encore une fois Œngus a été totalement mis à l'écart pour ne pas dire, totalement rejeté. Dans les meilleurs des cas, c'était des œillades mauvaises, dans les pires, des insultes. En partant, il y a même des enfants qui lui ont jeté des cailloux. Nous avons également eu la malchance de rencontrer le chef du village… c'est un Erdluitle infâme. Il a craché son venin en déblatérant des choses ignobles à la famille de Sortek, à moi et à Œngus. Il a dit… Il a dit qu'Œngus était un assassin… mais c'est faux, n'est-ce pas? espérai-je que le Gardien démente ces paroles.

— Je vois. Le vieil homme pinça ses lèvres et croisa les mains. Qu'est-ce qu'un assassin pour toi? m'interrogea-t-il à mon tour.

— Une personne qui tue une autre personne, répondis-je sèchement tant la solution était évidente.

— Alors le chef du village a dit vrai. Œngus est un assassin, hocha-t-il la tête.

— C'est impossible. Il y a une erreur ou bien forcément

une explication. Il ne peut pas avoir fait ça gratuitement. Je le connais bien ! C'est juste impossible… Ce n'est pas un meurtrier ! Je le saurais dans le cas contraire, affirmai-je, ne pouvant accepter l'idée de m'être si lourdement trompée sur le fétaud.

— Je ne le suppose pas. Je le sais, dois-je te rappeler ce que je suis capable de voir ? Aussi douloureux que cela puisse être pour toi. L'homme que tu aimes a bien ôté la vie.

— Qui était-ce ? demandai-je souhaitant que cela puisse changer quelque chose.

— Des Erdluitles. Quatre enfants. Ils sont morts sur le coup.

La gorge soudainement sèche. J'avalai ma salive bruyamment.

— Mais c'est abominable ! C'était un accident ? sentis-je ma voix vibrer malgré moi.

— D'une certaine façon. Œngus était un tout jeune fétaud à l'époque. Il ne portait pas encore de bague pour brider ses pouvoirs. Quand les Erdluitles lui ont jeté des pierres parce que c'était un Hybride. Œngus ne s'est pas défendu. Il s'est contenté de se mettre en boule pour se protéger. Malheureusement, une pierre lui a tranché la joue. Son pouvoir s'est alors déclenché sans qu'il puisse ni le contrôler ni l'arrêter. Les enfants étaient trop près. Ils ne pouvaient pas survivre à l'onde de choc. Leurs organes ont littéralement implosé de l'intérieur.

Je restais là, la bouche entrouverte après avoir entendu cette scène digne d'un film d'horreur.

— C'est après cet événement que Kellia m'a emmené Œngus pour que je m'en occupe et qu'il ne puisse plus blesser qui que ce soit.

— Mais ce n'était pas de sa faute ! Ce n'était qu'un enfant ! le défendis-je comme je le pouvais.

— Les Erdluitles l'étaient également.

— Ils l'ont attaqué, m'énervai-je de la mauvaise volonté du Gardien à m'aider.

— Ils avaient peur.

— Peur de quoi ? m'emportai-je de plus en plus.

— Peur d'être blessés par un Hybride qui ne contrôle pas ses pouvoirs ! Cette affaire prouve qu'ils avaient raison.

— Vous êtes du côté des Erdluitles ? grimaçai-je un peu perdue.

— Je suis du côté de la justice. Et elle n'est pas toujours simple.

Le vieil homme fit un signe de la main, un symbole nous séparant apparut alors sur le sol.

— Que vois-tu ? me demanda-t-il d'une voix douce.

— Un six… répondis-je perplexe ne comprenant pas le rapport avec notre conversation.

— Moi, un neuf. Qui de nous deux a raison ?

Je restai muette face à ce dilemme.

— Je suis d'accord avec toi. Nous n'avons tort ni l'un ni l'autre. Mais pour arriver à cette conclusion, il faut savoir prendre un peu de recul. Sais-tu ce que tu peux voir si tu prends un peu de recul dans cette histoire ?

Je secouai la tête.

— Eh bien, au-delà de cinq jeunes enfants apeurés, démunis et voulant chacun trouver une place dans un monde qui ne veut pas d'eux, tu pourrais voir un peu plus loin, un jeune fétaud aux ailes vertes, minuscules, comme son sens des valeurs, siffla-t-il en aparté, ordonner à de pauvres Erdluitles de lapider un Hybride pour pouvoir avoir des bonbons et être invités à une fête avec d'autres fétauds.

— Vous plaisantez j'espère? Ne me dites pas que toute cette sordide histoire a eu lieu uniquement à cause de quelques confiseries? demandai-je la bile à la bouche.

— Tu te contentes de regarder sans prendre du recul encore une fois. Il ne s'agit pas que de sucreries. Ces enfants voulaient juste se faire accepter. Et s'il fallait trouver un autre souffre-douleur pour pouvoir enfin être autorisés à vivre dignement, cela ne leur semblait pas si mal.

Les larmes s'écoulaient de mes joues en silence. Pour Œngus. Pour sa pénible vie. Pour ces enfants. Pour leurs vies gâchées. Mais aussi pour toutes les autres vies qui risquaient de souffrir si les choses ne changeaient pas. Il était injuste d'être catalogué comme inférieur à cause de sa lignée de naissance, de l'endroit ou avec des particularités qui ne plaisaient pas au plus grand nombre. Je n'aimais pas les Eryans, encore moins leurs certitudes.

Si les habitants d'Alleïa n'avaient déjà pas leurs places sur leur propre territoire, quelle était ma légitimité à être ici? Je détestais devoir le reconnaître, mais Tonerak avait raison. Personne ne m'accepterait à Alleïa. Toutes les épreuves n'y changeraient rien.

— Eochaid, puis-je vous poser une dernière question? demandai-je en me mordant les lèvres.

— Il semble que cela soit devenu une habitude, non? rétorqua-t-il un sourire au coin de la bouche.

Je grimaçai penaude et attendis quelques instants avant de poursuivre malgré sa tacite approbation.

— Je vous ai entendus, Œngus et vous, lorsque vous parliez de moi. Lui, pense que je ne serai jamais une fée. Vous, que je ne suis pas non plus une humaine. Alors à votre avis qu'est-ce que je suis? l'interrogeai-je les yeux brillants.

Le Gardien posa son regard attendri sur moi.

— J'avais oublié à quel point les humains ont ce besoin d'identité pour ne pas dire d'individualité. Vous oubliez en permanence la complexité de votre être. Vos gênes sont bien plus composés de l'histoire de vos ancêtres que de la vôtre.

Le Gardien se pencha vers moi pour m'attraper doucement le bras. Je sursautai, mais ne tentai pas de me dégager pour autant.

Les yeux du vieil homme devinrent blancs. J'avais l'impression de voir des formes sombres y défiler comme un théâtre d'ombres chinoises.

— Passionnant, commenta-t-il pour lui.

Lorsqu'il revint à lui. Il me regarda avec un nouveau regard, presque respectueux.

— Tu es un délicieux mélange d'un grand amour, de la puissance d'une famille, du courage d'une autre, des larmes dues à la guerre, à la perte d'une fille, d'une mère. Tu es également issue d'une famille d'explorateurs. Mais surtout tu es toi, Télès. Tout simplement TOI.

— Merci… soufflai-je, envahie d'une étrange et agréable sensation d'apaisement. Je crois que c'est ce dont j'avais besoin.

Reconnaissante, j'essuyai mes yeux d'un seul mouvement de bras.

— Où vas-tu ? m'interrogea le Gardien, curieux.

— Je retourne poursuivre ma tâche. J'aimerais terminer de réétiqueter vos bocaux avant la fin du traitement d'Œngus. J'ai promis d'aider les Erdluitles. Il faut que je me donne les moyens de m'y tenir.

— C'est un noble vœu en effet, me félicita respectueusement le Gardien. Je vais essayer de vous aider du mieux que je peux.

Pendant que tu t'occuperas de mes souvenirs, je chercherai dans ma bibliothèque si des ouvrages peuvent nous être utiles. Certains appartenaient aux autres Gardiens, peut-être y trouverons-nous des réponses.

— Merci Eochaid. Merci. Sincèrement.

Je refrénai un élan de ma part de le serrer dans mes bras.

En quittant la pièce, un minuscule espoir que les choses s'arrangent m'anima chaudement.

— Enfin! soufflai-je, satisfaite d'avoir si bien avancé. Il ne me restait plus que les derniers pots de la mystérieuse catégorie : autres. J'avais beau retourner le problème dans tous les sens, je ne voyais pas ce qu'il pouvait s'y trouver. Si ce n'était ni une personne, ni un lieu, ni un animal, ni un végétal, ni un objet… Franchement, cela pouvait être quoi?

Tandis que je nettoyais les récipients, assise en tailleur sur le sol, les bocaux entre les genoux, j'avais passé une grande majeure partie de mon temps à essayer de deviner, observer ce qu'ils contenaient.

Pour les lieux, il y avait du sable, des cailloux, parfois un morceau de faïence. J'avais souri lorsque j'avais dû recopier «Royaume des Mary-Morgans» sur un bocal contenant un morceau de marbre blanc. Je m'étais bien promis de ne pas parler à Dwrya du vandalisme du Gardien. Je me demandais quand même à quelle partie du château, il avait dérobé un bout de mur ou de colonne!

En ce qui concerne les objets, cela avait été frustrant. La plupart des récipients étaient vides ou plutôt ne contenaient qu'un morceau de tissu blanc. J'avais demandé au Gardien si je pouvais les écarter puisqu'il n'y avait plus rien à l'intérieur. Mais il avait refusé sous prétexte qu'apparemment, je regardais mal. Je n'avais pas insisté. Après tout, c'était sa mission, difficile d'aller contre son avis.

J'avais préféré les animaux aux personnes. Dans les bocaux des animaux, il y avait surtout des mues, des touffes de poils ou des plumes. Rien d'impressionnant en soit. Par contre, pour les personnes… Il était sincèrement plus sympathique de nettoyer le récipient protégeant un morceau de vêtement, plutôt que des ongles ou des cheveux… Dans l'un d'entre eux, il y avait une dent ! UNE DENT ! Qui collectionne les dents des gens ? QUI ??? Ce pot n'a clairement pas été le mieux dépoussiéré… Du coup, j'espérais que le vieil homme n'inspecterait pas de trop près mon travail.

Quant aux végétaux, il ne s'agissait que de fleurs et de plantes séchées. Cela avait été le moment le plus ennuyeux au final.

Mais les dix-huit bocaux qui me faisaient face ! Ça, c'était une énigme !

Avant de me mettre à l'œuvre, je les alignais pour faire l'inventaire tout en lisant les étiquettes.

SYLPHIDE : ce mot ne m'était pas inconnu. Je me souvenais qu'Œngus m'en avait parlé. Si ma mémoire était bonne, c'était avant notre arrivée au Domaine de l'Oubli. Sylphide était le nom donné aux créatures qui avaient créé les âmes des Eryans et leurs associés. Il était étrange de penser qu'une Déité faisait place dans la collection privée de Eochaid ! Dans un bocal poussiéreux de surcroît… Dans la catégorie « Autres » ! Était-ce une sorte de blasphème ? grimaçai-je. Je regardai à l'intérieur, mais n'y distinguai absolument rien en dehors d'un résidu de poussières dans le fond du bocal.

Finalement, pas de quoi m'inquiéter! Je poursuivis donc mon listing.

MACHA : pour une fois que je reconnaissais un nom! Ma curiosité l'emporta aussitôt mais je m'empourprai encore plus vite à la vue du contenu. Il n'y avait aucun doute à avoir sur l'utilisation de ce minuscule morceau de dentelle rouge criard. La seule question qui me traversa l'esprit à ce moment-là était : Comment le vieil homme pouvait avoir en trophée une petite culotte d'une autre Gardienne que sa Flamme Jumelle?

Concluant assez rapidement qu'il était hors de question que j'interroge le Gardien à ce sujet, je m'empressai de passer au suivant.

NEMED : un frisson me traversa en lisant son nom. Je jetai un œil méfiant, comme si le bocal pouvait lui aussi être dangereux pour moi! Il n'y avait qu'une tresse de cheveux d'un roux profond magnifique. La crinière était étonnamment brillante et pleine de vitalité. Elle ne ressemblait pas aux mèches inertes que j'avais pu observer précédemment lors du nettoyage. Je restai perplexe face à cette différence.

DAGDA : L'étiquette était dorée et l'écriture extrêmement soignée. Le bocal était également plus gros que les autres. Un morceau de satin blanc était élégamment plié à l'intérieur. Comme un coussin solennel.

Je me recueillis quelques instants face à ce petit autel en verre.

Cette mise en scène me touchait. Une vague de chaleur m'envahit agréablement et m'apporta un peu de paix. J'appréciai le moment avant de reprendre.

OGMIOS : Le Gardien des animaux, me remémorai-je

l'histoire de Dagda. Un petit morceau de tissu blanc tâché de rouge était collé au fond du bocal. Je soupçonnais que c'était le sang coagulé qui en était la cause et détournai rapidement mon regard.

SETENTA : Le Gardien du feu. Le bocal contenait cette fois, un éclat de métal doré et du tissu rouge.

J'essayai de comprendre de quoi il s'agissait, en vain.

CRANN BETHADH : Aucun souvenir de ce mot bien trop complexe pour moi. Une petite branche était posée en travers du récipient.

Un lieu ou un végétal, conclus-je. Par contre, je me demandais pourquoi il était classé dans cette catégorie alors que l'origine était très évidente.

PRIODAS : Encore inconnu! Il y avait un insecte mort à l'intérieur du bocal. J'hésitais à demander à Eochaid si c'était la chose que devait contenir le récipient ou bien si c'était le cadavre d'une petite bête qui avait été piégée par erreur! En y regardant de plus près, je reconnus une sorte de luciole avec des ailes très courtes.

Surprenant!

COF LLIFO : Un bocal rempli d'eau cristalline…

Je regardais les trois récipients suivants comme si on m'avait fait une mauvaise farce. Les trois peuples de l'ombre étaient là : Cairnek, Tân et Ergyd.

Dans le premier de la terre mélangée à des insectes morts. Absolument répugnant!

Le deuxième bocal renfermait une roche volcanique qui ressemblait de façon étrange à une main. Un léger frisson me glaçant l'échine me fit me dandiner mal à l'aise.

Le dernier bocal funèbre, contenant un morceau de

roche… Au moins cette fois, je n'étais pas mécontente de ne pas reconnaître la partie du corps qui avait été prélevée !

Encore six bocaux avant la fin de l'exploration.

TECH DUINN : *Impossible*, songeai-je. Les Eryans ont bien dit que personne n'était jamais revenu de là-bas. Une fois atteint l'âge de mille ans, c'était un voyage sans retour. Quand et comment Eochaid aurait pu aller sur l'île et en revenir ?

Je regardais le sable blanc et fin d'une grande pureté. Je ne connaissais rien de semblable. L'espace d'un instant, il me sembla voir l'île de Tech Duinn. Sa côte blanche, sa forêt dense de palmiers immenses et ses habitants qui accueillent en masse le bateau qui arrive. Cette image me troubla, je n'expliquai pas cette sensation surtout que j'étais presque certaine que c'était bien une vision de Tech Duinn.

Je secouai la tête comme pour me libérer puis passai au bocal suivant, non sans jeter un dernier coup d'œil songeur au souvenir provenant de l'île.

TARANNON : ce mot ne me parlait pas. Par contre, le contenu de ce bocal oui ! Des dizaines et des dizaines de petits anneaux argentés surmontés d'une hématite… Identiques à ceux d'Œngus. Il y avait donc une autre personne ou peut-être même plusieurs qui portaient ou avaient porté le même anneau de canalisation que mon ange noir ! J'étais partagée entre la surprise, l'enthousiasme et une légère peur. Il était rassurant de se dire que l'Hybride n'était finalement pas le dernier. Et qu'il pourrait un jour trouver des pairs avec qui échanger pour partager leurs similitudes. Mais une petite partie de moi eut peur. Peur de leur puissance. Peur qu'ils ne soient pas aussi bienveillants que le fétaud… Mais la peur la plus inconfortable était celle de ne plus avoir ma place. Est-ce qu'Œngus me porterait le même intérêt s'il n'était pas si seul ? Je pinçai les lèvres, la mâchoire serrée en entendant résonner cette question dans mon esprit. Il était minable de douter à ce point de mon compagnon car les événements avaient bien démontré qu'il n'était pas là uniquement pour combattre sa solitude… Pourtant cette idée se terrait toujours dans un coin de ma tête et ressortait régulièrement en provoquant systématiquement une douleur dans ma poitrine.

Aussi difficile que cela me semblât sur le moment, je savais qu'il fallait que j'interroge le Gardien sur le contenu de ce pot.

KELLIA : À peine eus-je lu le prénom de ma mère que mon cerveau s'éteignit immédiatement. Incapable de réfléchir ou ne serait-ce que de constater le contenu du bocal. Je restai coite face au récipient quelques minutes, posant ma main sur mon cou pour y sentir le métal rassurant de mon médaillon. J'attendis que la cadence de mon souffle s'apaise pour me pencher et observer l'intérieur à travers le verre poussiéreux. Un mouchoir blanc jeté trônait en plein milieu. Il comportait une tache rouge similaire à celle de Ogmios. Pas seulement identique par sa couleur ou son origine évidente. Non. C'était bien plus troublant que cela, la forme également. Je pris précautionneusement le bocal de ma mère et le disposai à côté de celui du Gardien pour comparer les contenus. Je détaillais les taches, leurs variations de couleurs, leurs branches, la façon dont elles avaient diffusé dans le tissu blanc. Aucune différence. *Impossible !* me répétai-je en boucle. Était-ce la raison qui avait motivé Eochaid à conserver un morceau de tissu taché du sang de ma mère ?

Mes pensées divaguèrent un long moment sur les raisons de ces ressemblances. Après avoir passé en revue tous les scénarios possibles, mon esprit statua sur la possibilité que Ogmios et Kellia se soient blessés exactement dans les mêmes circonstances. Peut-être même avec un outil de la confection de Eochaid ! Cette explication m'apaisa. J'avais besoin de comprendre pour pouvoir me concentrer de nouveau sur ma tâche.

MYNEDFA : Un petit tas de terre noire, aérée, presque mousseuse. Cela me fit penser au terreau qu'utilisait maman quand elle jardinait à Pleumeliac.

Ce souvenir me fit sourire.

PHENIX : Phenix ? Phenix ! Comme dans les légendes ? Comme dans les livres ? Comme dans les films ? Un vrai Phenix ? L'oiseau immortel qui renaît de ses cendres ! Celui aux super pouvoirs !

Je lâchai un juron en voyant la plume rouge avec des reflets or. Eochaid possédait une plume de Phénix ! Il y avait également une coquille noire nacrée de rouge de la taille d'un œuf d'autruche.

La classe ! m'enthousiasmai-je en poussant distraitement le dernier bocal pour mieux voir les reliques.

Soudain, l'autre récipient s'illumina d'une lumière jaune orangé étincelante.

Naturellement, le pot intitulé «ADDANC» attira toute mon attention. Malgré la lumière, je distinguai une mue d'un gros lézard ainsi qu'une nouvelle coquille. C'est de l'intérieur de celle-ci que provenait la lumière. Je retournai le pot pour échapper à la trop grande clarté. Cela me permit de mieux observer les morceaux du grand Œuf rouge pourpre.

— Il est bien bizarre celui-là ! commentai-je à voix haute sans m'en rendre compte. Bon allez, me motivai-je, il faut que je termine !

Je pris le torchon et décidai de commencer par le dernier bocal.

— Qu'as-tu fait ? hurla d'une voix sévère Eochaid toujours dans la bibliothèque.

— Rien ! me défendis-je très vite sans comprendre de quoi il m'accusait.

Le vieil homme retrouva une vigueur que je lui méconnaissais en me rejoignant en quelques pas.

— Qu'as-tu fait ? répéta-t-il plus calmement.

— Je ne les ai pas abîmés ! J'ai fait uniquement ce que vous m'avez demandé, répondis-je au bord des larmes craignant la réaction et les pouvoirs du Gardien.

— As-tu touché à ce bocal ? me demande-t-il en m'indiquant « Addanc ».

— Oui pour le déplacer… Vous ne m'aviez pas dit de ne pas y toucher. Je n'aurais pas dû ?

— Qu'il s'illumine n'a rien de surprenant puisque vous vous êtes baignés dans le lac maudit, mais… que cela ne soit pas en vert… raisonna-t-il pour lui-même. Tu es certaine que tu n'as rien fait ? persista-t-il son interrogatoire.

Je regardai Eochaid mal à l'aise, apeurée et terriblement gênée qu'il me parle d'un évènement où à l'évidence la pudeur de la nuit n'avait pas l'air de lui avoir caché grand-chose…

— Vous savez bien que non, l'assurai-je de mon innocence.

— Tu as raison, pardonne-moi ! Je ne vois rien dans cette scène qui aurait pu déclencher cela… Nous allons devoir attendre que le soin se termine. Je demanderai alors à Œngus de s'approcher de l'œuf.

— Vous allez m'expliquer ce qui se passe ? voulus-je en savoir plus compte tenu de la réaction inquiétante du Gardien.

— Pas si je peux l'éviter, me tourna-t-il le dos avant de retourner à la bibliothèque..

J'ouvris la bouche et la refermai sachant que c'était peine perdue.

CHAPITRE 21

Propagation

Éochaid était assis dans le fauteuil, un livre fermé sur les genoux tandis qu'il en lisait silencieusement un autre. Il n'avait pas quitté des yeux le grand livre ancien depuis plusieurs heures. Je distinguais la couverture en cuir noire, usée par le temps, les feuilles jaunies ainsi que l'écriture manuscrite qui noircissait les centaines de pages.

Le Gardien ne m'avait pas adressé une seule fois la parole depuis que je m'étais installée dans le canapé. Après l'épisode du bocal, je n'avais pas osé l'interrompre et je décidais donc rapidement de poursuivre seule les recherches pour comprendre ce qu'il se passait au village des Insoumis.

La bibliothèque comprenait suffisamment d'ouvrages pour que je ne sache pas par où commencer. Je lisais les titres sur les tranches pour m'aider à choisir. Beaucoup étaient assez évocateurs comme «La végétation dans le pays des Golaus» ou bien «La modification génétique des espèces animales créées par Ogmios». Cela ne m'était d'aucune utilité mais j'étais déjà soulagée de pouvoir les écarter sans avoir à les ouvrir. La tâche serait moins longue si les livres à étudier se réduisaient à quelques-uns seulement. Je n'oubliais pas l'échéance. Il nous restait seulement trois jours pour trouver la cause de l'empoisonnement de l'eau et aider les Erdluitles.

En espérant que mon état ne se dégrade pas trop d'ici là…

Le tatouage visible au niveau de ma main gauche était noir. Je relevai doucement ma manche pour constater les dégâts. La couleur sombre couvrait la moitié de mon avant-bras, le reste était toujours rouge foncé. Cela picotait en permanence comme des fourmillements, mais cela restait supportable. J'avais vu le tracé changer dès le début de l'après-midi, mais j'avais préféré en faire abstraction puisque de toute façon, je n'avais pour le moment aucune solution pour changer cela.

Le grincement de la porte en pierre massive se fit enfin retentir. Un vrai soulagement de pouvoir retrouver enfin mon ange noir.

Une nouvelle fois Eochaid fut le premier à accueillir l'Hybride à la sortie de la salle de soin. Le vieil homme inspecta rapidement l'aile. Il était facile de constater qu'il y avait des progrès. Un film transparent bleuté s'était formé au niveau de la blessure. On ne voyait plus la lumière à travers la plaie. La cicatrisation était fragile, mais permettait d'avoir de l'espoir quant à la suite du traitement.

Eochaid hocha la tête de satisfaction mais Œngus ne fut pas dupe.

— Qu'est-ce qu'il se passe ? demanda-t-il sans ménagement.

— J'ai besoin que tu fasses quelque chose pour moi. Peux-tu me ramener le bocal «Addanc» qui est posé sur l'étagère ?

Le Gardien refusait à l'évidence de donner plus d'explications.

— Bien sûr ! répondit le fétaud en me jetant un coup d'œil sévère avant de s'exécuter.

Le vieil homme ne quitta pas des yeux l'Hybride. Son souffle semblait couper. Il était totalement figé.

L'œuf réagit dès que Œngus posa les mains sur le récipient. La lumière jaune orangé réapparut immédiatement.

Mon compagnon retira ses mains du verre d'un geste brusque puis nous regarda, les sourcils froncés, d'un air interrogateur.

— Ça ira mon apprenti. Tu peux revenir sans. C'était une simple vérification.

Eochaid s'installa dans le fauteuil. Nous le suivîmes en silence.

— J'ai de bonnes nouvelles à vous apporter. Mais malheureusement, des mauvaises également, pesa-t-il ses mots avant de poursuivre. Je vais commencer par les plus positives. Je pense savoir l'origine de l'empoisonnement de l'eau. Si mes doutes s'avèrent exacts, alors je pourrai réaliser le remède pour soigner les Erdluitles malades.

Œngus et moi, nous nous regardâmes en souriant de soulagement à l'écoute d'une telle annonce.

— Ne vous enthousiasmez pas trop vite mes enfants, modéra le Gardien. Il va d'abord falloir vérifier si l'Addanc est bien le responsable de ce désastre. De plus, comme je viens de vous le dire, il y a un revers à tout cela. Premièrement, je ne sais pas comment la créature a pu migrer jusqu'aux montagnes de l'Est. Deuxièmement, je n'ai aucun moyen de savoir quel type de mutation il a subi, resta-t-il songeur.

— Pourquoi pensez-vous qu'il ait muté ? interrogea Œngus surpris.

— Tout simplement à cause de la réaction de l'œuf en votre présence. La couleur a changé. Son ADN a donc forcément muté.

— Vous avez l'air de bien connaître cet animal. Pourtant, je n'en ai jamais entendu parler jusqu'à présent. *Vous-même* ne m'en avez pas parlé, reprocha le fétaud à demi-mot.

— Il est normal que tu n'en saches rien. Personne ne

connaît son existence à part moi. Ce n'est pas sans raison que j'ai colporté la légende que le lac était maudit. Je ne voulais pas qu'on le découvre, dit-il d'un air presque désinvolte.

— C'est vous qui avez répandu cette rumeur ? Mais comment est-ce possible ? intervins-je.

— L'avantage d'être quasiment immortel, me fit-il un clin d'œil. Il n'y a plus aucun habitant d'Alleïa qui se souvient de l'époque où le lac était un lieu prisé pour la baignade. Le temps a fait son œuvre.

— La créature est donc ancienne, si je comprends bien, analysa rapidement mon compagnon.

— En effet, son commencement date d'une époque lointaine et révolue maintenant.

— Mais pourquoi avoir caché l'existence d'un animal aussi dangereux ? m'emportai-je.

— L'est-il vraiment ? Des milliers d'années se sont écoulés et c'est le premier incident de la sorte. En plus, tant que vous ne vous serez pas rendus au village pour le vérifier, il est encore possible qu'il ne soit pas responsable de cet empoisonnement.

— Une fois que nous aurons fait ce que vous demandez : que se passera-t-il s'il s'agit véritablement de l'Addanc ? poursuivit-il inlassablement son méticuleux interrogatoire.

— Vous devrez le trouver et me ramener un peu du mucus qui recouvre ses écailles. C'est l'ingrédient clé du remède, nous regarda-t-il tour à tour droit dans les yeux.

— Pourquoi nous ? m'énervais-je. C'est vous qui avez protégé cette créature. En plus, vos pouvoirs sont sans comparaison avec nos capacités, sans compter qu'Œngus ne possède plus de harpe pour nous protéger !

— Oui. Peut-être. Mais c'est toi qui as fait la promesse d'aider les Erdluitles. Pas moi. Surtout que c'est une promesse que je n'aurais pas pu formuler. Nous, les Gardiens, nous nous sommes engagés à ne plus intervenir sur la vie des habitants d'Alleïa. Nous sommes les spectateurs compatissants de vos destins. Rien de plus. Je suis le seul à pouvoir vous aider en réalisant le remède. C'est bien l'unique raison qui me pousse à agir différemment qu'à l'habitude. Aucunement, parce que je me sens responsable. Les choses arrivent, car elles doivent arriver. Une fois qu'on l'accepte, la vie est beaucoup plus facile, finit-il son laïus bien trop moralisateur à mon goût.

— Plus facile pour qui au juste ? ne pus-je contenir ma rage de plus en plus attisée par le feu de mon bras. Pour la douzaine de morts empoisonnés à cause de votre bestiole ou bien pour tous les autres malades ? crachai-je haineuse.

— Télès ! Ça suffit ! m'ordonna Œngus.

— Télès ? soufflai-je surprise qu'il m'appelle ainsi.

La simple évocation de ma nomination me calma aussitôt. Comme une enfant grondée après une bêtise.

— Que devons-nous faire ? demanda-t-il au Gardien sans chercher à me ménager.

— Demain matin, vous retournerez chez les tempestaires avec un morceau de la coquille. Si une lumière apparaît à proximité de l'eau alors nous saurons que c'est l'Addanc.

— Pourquoi ne pas aller directement le chercher dans la montagne vu que vous avez l'air d'être sûr de vous ? intervins-je sans m'emporter cette fois.

Le vieil homme sembla encore plus âgé qu'à l'ordinaire. Il reprit la parole, le visage fermé.

— Parce que si je me trompe, il y aura encore plus de morts !

L'ascension pour atteindre le Village des Insoumis fut plus rapide, mais beaucoup plus pesante.

Je n'arrivais pas à déterminer si c'était un avantage de savoir ce qui pouvait nous attendre ou non.

Eochaid n'avait pas été très aidant au sujet de la créature. Pour le moment, il avait concédé à nous donner la seule information évidente au vu de la mue présente dans le bocal : le monstre était un reptile. À l'évidence un TRÈS gros lézard !

Une montée d'angoisse ma gagna en entrant dans le village. Alors que la veille, il régnait malgré tout une certaine frénésie. Cette fois, il n'y avait absolument plus personne dans les rues.

Nos pas tapaient les pavés si fort que cela en devenait oppressant. Notre présence résonnait entre les façades des maisons.

Un autre détail me frappa également. La présence de foulards ou de tissus à l'entrée, accrochés sur les volets. Quelques-uns étaient noirs, mais la plupart étaient gris. Rares étaient les portes épargnées par cette nouvelle signalétique.

— Tu les avais remarqués hier ? interrogeai-je mon compagnon en indiquant un mouchoir noir clouté sur une porte.

— Ils n'étaient pas là. Cela n'augure rien de bon, lança-t-il la mâchoire crispée.

Nous arrivâmes devant la porte jaune fermée de Mariek.

Une veste grise y était suspendue de manière lugubre.

Je voulus la retirer sans vraiment comprendre pourquoi sa

présence me gênait tant.

Ma main allait atteindre le vêtement quand une voix m'arrêta.

— Ne faites pas ça Laeradenn !

Je me retournai pour voir une petite Erdbibberli un peu plus jeune que Tariek qui tendait le bras pour empêcher mon geste.

— Si vous l'enlevez, nous ne saurons plus dans quelle maison nous devons aller donner des soins, m'expliqua-t-elle en voyant mon incompréhension.

— Comment ça des soins ? interrogea vivement Œngus.

— Oui, nous avons dû mettre en place ce système cette nuit. Il y a eu plus de malades… De morts aussi… C'est triste surtout que Tonerak avait trouvé une solution pour que nous puissions boire l'eau, montra-t-elle l'écuelle en bois qu'elle tenait de ces deux mains, un demi-sourire aux lèvres et les yeux embués de larmes.

— Il a trouvé une méthode pour traiter l'eau ? demanda Œngus suspicieux.

— Oui grâce à un système de filtres avec des pierres, de la terre et des fougères. Cela a mis un peu de temps à fonctionner au début, mais maintenant tout le monde a de l'eau, reprit-elle, du rose aux joues.

Ce système bien trop simple ne semblait pas cohérent avec la possibilité que le monstre ancestral soit responsable de l'empoisonnement de l'eau.

Si c'était vrai. C'est que nous nous étions trompés.

Œngus ne répondit pas. Il se contenta de sortir un mouchoir blanc de sa poche.

— Dis-moi, petite, peux-tu me rendre un service s'il te

plaît ? interrogea-t-il l'enfant.

— Je m'appelle Oceak. Oui je veux bien, répondit-elle avec sa voix innocente.

— Très bien Oceak, adoucit-il encore plus sa voix. Peux-tu prendre ce mouchoir s'il te plaît ? J'aimerais que tu mettes ce qu'il contient à l'intérieur de ton bol.

La petite hocha la tête avec une certaine crainte dans le regard, mais posa malgré tout le récipient sur le sol pour pouvoir récupérer le morceau de tissu blanc.

Nous reculâmes de quelques pas en essayant d'être discrets pour ne pas plus l'effrayer.

Oceak fronça les sourcils en ouvrant le carré de tissu puis s'exécuta en déposant délicatement le morceau de coquille dans l'eau.

— C'est rigolo ! Ça brille ! Elle est devenue toute jaune ! rit-elle d'un son de clochettes.

Un frisson glacial me traversa l'échine.

— L'Addanc ! murmurai-je.

Œngus me fit un signe d'approbation.

— Il y a un autre problème, commenta le fétaud la mâchoire crispée, attendant d'avoir toute mon attention pour poursuivre. Si la coquille s'illumine cela signifie que le filtre ne fonctionne pas. L'eau est toujours empoisonnée. Nous devons prévenir immédiatement Eochaid. Mais avant, nous devons arrêter ce massacre ! Il faut que les habitants arrêtent tout de suite de boire l'eau du puits.

Il se tourna vers Oceak qui n'avait pas raté une miette de notre conversation au vu de son regard d'enfant apeurée.

— Tout va bien se passer, tenta de la rassurer Œngus. Dis-moi, à quoi correspondent les vêtements accrochés sur les façades ?

— Les gris, c'est pour signaler les personnes malades. Les noirs quand elles sont mortes. S'il n'y a que du noir, elles sont toutes mortes… baissa-t-elle les yeux.

J'observai les façades des maisons dans la rue et comptai malgré moi le nombre de pièces de tissu noir.

Sept! Dont deux vêtements seuls. Le bilan était lourd. Cinq morts isolés plus deux familles entières.

Rien que dans cette rue… En 24 heures à peine.

Quel était le bilan pour le village entier ? songeai-je la boule au ventre.

Je regardai la porte jaune. Un vêtement gris. Ils étaient malades.

— Que se passe-t-il chez la famille de Tariek ? me devança le fétaud.

— Maman s'en occupe. C'est pour eux, Tariek et nos mamans, que je ramenais de l'eau. Pour Solerak, c'est sa maman qui lui donne à boire. C'est maman qui me la dit.

— C'est une très gentille attention, mais il ne faut pas boire cette eau.

— D'accord… mais je fais quoi de l'eau ? Et pour maman ? s'inquiéta de plus en plus l'enfant. Papa m'a dit de l'emmener, insista-t-elle.

— Ne t'inquiète pas. Je suis persuadée que ta maman va très bien se débrouiller pour le moment. J'aimerais discuter avec ton papa, tu peux nous y emmener ?

Le fétaud sut être convaincant, car la petite Erdbibberli accepta sa demande.

Je voulus renverser le bol toujours posé sur le sol, mais mon compagnon me stoppa.

— Non, ne fais pas ça. On va en avoir besoin. Prends-le s'il te plaît.

J'obéis sans comprendre.

— Papa est encore à la forge à cette heure. Il dit qu'il faut continuer à vivre et travailler pour se préparer à de nouvelles commandes. Papa est très fort pour faire apparaître la foudre. Son four est le plus chaud de la ville. C'est pour ça qu'il est resté plutôt que d'aller chez les Mary Morgans. En plus, si les Elfes viennent, ils pourront passer commande. Papa, lui, sera prêt. Peut-être qu'ils nous aideront si papa les aide aussi, nous raconta l'enfant sur le chemin.

Elle s'arrêta et regarda le visage de l'Hybride. Une petite ride se forma entre ses deux yeux.

— Tu es un elfe, toi. Pourquoi tu n'as pas de harpe comme les autres ? demanda-t-elle intriguée.

— Je l'ai perdue, lui avoua-t-il avec un rictus navré.

— Oh… Je suis désolée pour toi. Cela doit être embêtant quand même, commenta-t-elle, sincèrement attristée pour mon compagnon.

— Que viennent commander les Elfes ? fus-je piquée de curiosité.

— Des cordes, voyons ! Tout le monde sait ça ! me rétorqua Oceak comme si j'étais stupide.

— Seuls les Erdluitles du village des Insoumis savent concevoir les cordes des harpes Elfiques. Pour le bois, nous devons faire appel aux Gwraidds, m'expliqua rapidement mon compagnon pour m'éviter de paraître ignorante plus longtemps.

En traversant le bourg, je constatai que le village était constitué de cercles successifs de maisons alignées qui entouraient la place centrale. Le cercle le plus proche était composé uniquement de commerces au vu des enseignes. Je reconnus une boulangerie, une boucherie, un tailleur et un vendeur de pipes ou de tabac, mais pour la plupart la pancarte ne signifiait rien pour moi.

Au milieu de la place trônait le puits. Tout un système d'échafaudage le surplombait. Un long tube en bois posé en biais s'étendait sur plusieurs mètres pour terminer dans un grand bac.

Quelques Erdluitles faisaient la queue pour récupérer de l'eau.

Je voulus intervenir mais Œngus m'en empêcha.

— Nous n'y arriverons pas de cette manière. Tonerak ne nous porte pas en estime, il démontera tous nos arguments en deux secondes. Tous ses partisans le suivront et la communauté sera condamnée. Nous devons être plus malins. Si la famille d'Oceak a décidé de soigner celle de Tariek, c'est qu'elle n'est pas forcément d'accord avec les agissements du chef du village ou au minimum n'a rien contre la façon de vivre des parents de Tariek. C'est déjà un avantage pour nous. Nous devons collaborer avec les Erdluitles les plus ouverts et non lutter contre les plus fermés. Nous ne connaissons rien de ce village ni sur son fonctionnement. Nous ne pouvons que leur donner une chance… Libre à eux de la saisir ou non.

Je hochai la tête d'approbation même si je me refusais à penser que nous n'allions pas réussir à aider tout le monde.

— Nous sommes arrivés, prévint la petite Erdbibberli en montrant du doigt une maison aux menuiseries rouges.

— Merci beaucoup ! Tu as été d'une grande aide, félicita le fétaud.

— Je peux aller rejoindre maman maintenant ? interrogea Oceak en dandinant d'un pied sur l'autre.

— Oui, bien entendu. Mais te souviens-tu de ce qu'il faut lui dire de ne pas faire ? montra-t-il son index.

— Il ne faut pas boire l'eau, récita-t-elle fière d'elle.

— Parfait, la complimenta-t-il. Tu peux retrouver ta maman.

Oceak avait déjà fait quelques pas vers le chemin inverse, puis fit demi-tour, un sourire aux lèvres.

— Mon papa s'appelle Telmak, chuchota l'enfant avant que nous rentrions dans la maison.

— Merci, soufflai-je en lui rendant son sourire.

L'enfant partit en courant, laissant son rire de clochette résonner.

Œngus poussa la demi-porte pour pénétrer dans la boutique.

Le sol était pavé de briques rouges. Le plafond, plus haut que chez Mariek, nous permettait de rester debout sans avoir à pencher notre tête. C'était un confort non négligeable au vu de la raison de notre visite. Je supposais que c'était dû à la clientèle diversifiée du maître des lieux.

À gauche, les travaux terminés étaient accrochés sur le mur : des roues, des boucliers, des fers à cheval, plusieurs rouleaux de cordes plus ou moins fines, des instruments de toutes sortes.

À l'entrée de la pièce étaient positionnés deux meubles.

Un présentoir à épées sur lequel étaient rangées cinq armes massives. Trois d'entre elles avaient des pommeaux et des gardes finement travaillés tandis que les deux autres étaient beaucoup plus sobres avec des poignées simplement entourées de cuir noir et marron.

Sur l'autre meuble, une étagère d'environ un mètre de hauteur, se trouvaient de petits ouvrages : des broches en or, des peignes, des miroirs et des boucles de ceinture.

Au milieu de la pièce, une souche de bois devait faire office de table.

À droite, l'atelier composé d'une cheminée, d'un soufflet et d'une enclume. Les outils étaient classés sur le mur par catégorie : pinces, marteaux de différentes tailles, du petit maillet à la grosse masse, des brosses métalliques. Les autres instruments, je ne les connaissais pas.

L'Erdluitle, la peau mate, les oreilles brunes, avec un tablier en cuir qui protégeait une grande partie de son corps, nous tournait le dos. Il utilisait une grande pince pour retourner une pièce dans le four.

Lorsqu'il se retourna, son visage changea instantanément. Son air fatigué se muta en méfiance.

— Bonjour. En quoi puis-je aider la Laeradenn et son compagnon de voyage ? demanda-t-il très professionnellement.

— Bonjour Telmak, nous sommes juste venus discuter, répondis-je puisque l'Erdluitle semblait vouloir s'adresser à moi seule.

— Vous êtes dans une boutique ici, Laeradenn. Non dans un boudoir. Sauf votre respect, je ne vois pas de quoi vous pourriez souhaiter que nous discutions.

— Nous venons pour parler de l'eau du puits. En venant rendre visite à Tariek et sa mère, nous avons croisé Oceak qui apportait de l'eau... Nous avons dû lui dire qu'elle était toujours nocive ! Personne ne doit la boire. Nous souhaitons juste en discuter également avec vous, poursuivis-je en faisant abstraction de son cynisme à mon égard.

— Merci pour votre intervention, mais l'eau est redevenue potable. Tonerak a trouvé une méthode pour la purifier, lança l'Erdluitle passablement contrarié.

— Sa méthode n'a pas fonctionné. J'insiste, il faut

immédiatement arrêter de la boire... Nous pouvons le prouver!

— C'est-à-dire? J'ai entendu parler de votre conversation houleuse d'hier avec notre chef. Ainsi que votre impossibilité à nous aider. Pourtant, soudainement, vous arrivez en me disant que Tonerak se trompe et que vous avez des solutions! En 24 heures! Soit vous les aviez déjà. Soit vous vous moquez de moi, persifla l'Erdluitle.

— Ni l'un ni l'autre. Je vous assure. Regardez à l'intérieur de cette écuelle, posai-je le récipient sur la souche.

Je reculai de quelques pas pour permettre à Telmak de prendre ma place.

— C'est quoi ce truc lumineux au fond? questionna-t-il sur un ton moins hostile.

— Un morceau de l'œuf d'un animal très rare appelé Addanc. Une sorte de lézard venimeux. Sa coquille ne réagit que lorsqu'il est présent. C'est la preuve dont nous avions besoin pour savoir s'il était responsable ou non de l'empoisonnement du puits.

— Admettons. Vous comptez faire quoi au juste maintenant?

Nous avions, cette fois, toute l'attention de l'Erdluitle.

— Déjà, le village doit stopper immédiatement la consommation de l'eau du puits. Nous, nous allons retrouver l'Addanc pour pouvoir ramener un des ingrédients du remède et purifier l'eau.

— Pourquoi me dire tout cela plutôt qu'au reste du village? demanda-t-il les sourcils froncés.

— Parce que nous ne sommes pas des vôtres! intervint Œngus. Si nous avons réussi à te convaincre alors nous ne doutons pas que tu sauras le faire à ton tour. Ta famille est en bonne santé pour le moment et il est indiscutable que tu aies envie que cela se poursuive ainsi. D'autres familles doivent le souhaiter aussi. Comme tu l'as dit et à juste titre, nous avons eu une conversation assez désagréable avec votre chef. Si tu en as eu connaissance, cela doit être également le cas pour le reste du village. Nous ne souhaitons pas que cette mésentente entre Tonerak et nous entraîne plus de morts juste parce que nous sommes vus comme des gens indignes de confiance. Laisse-nous seulement une journée supplémentaire et nous reviendrons avec le moyen de vous soigner.

— Je vois, pinça-t-il ses lèvres épaisses. Je vais faire passer le message. Je garde le récipient avec la coquille de votre œuf, ne nous laissa-t-il pas le choix.

— Nous ne l'entendions pas autrement… Puis-je formuler une autre demande ? hésita Œngus.

— Faites toujours, se méfia le forgeron, les yeux plissés.

— J'aimerais acheter des cordes pour une nouvelle harpe…

— Je vous arrête tout de suite, l'interrompit Telmak. Il est hors de question que je fasse des affaires avec l'Hybride Destructeur. Je n'approuve pas toujours les méthodes de Tonerak, mais ce n'est pas pour autant que j'applique l'adage «l'ennemi de mon ennemi est mon ami». Tu étais et restes un tueur d'Erdluitles. Il est donc impossible que je te donne volontairement une arme pour nous mettre encore plus en danger. Ma réponse est définitivement non.

Le visage d'Œngus se ferma.

Un silence lourd s'installa un peu trop longtemps.

Je regardai tour à tour les deux hommes.

— Cela change-t-il quelque chose pour toi ? Comptes-tu ne pas retrouver cette bête ? interrogea l'Erdluitle suspicieux.

— Aucunement ! Je ne suis pas l'ami des Erdluitles. Mais des Erdluitles sont mes amis. Je ne saurai continuer à regarder dans les yeux Sortek si je ne cherchais pas à sauver sa famille! Fais ce que tu as à faire pour sauver les tiens. Et je ferai de même. À demain, Telmak.

Œngus sortit sans plus de cérémonie.

Je le rattrapai une nouvelle fois avec une certaine difficulté tant ses foulées étaient grandes.

— Sois prête à partir après mon soin! conclut-il définitivement cette conversation.

CHAPITRE 22

Tout feu. Tout flamme.

Je regardai l'aiguille noir argenté qui indiquait le Nord-Ouest depuis plus d'une heure.

Eochaid m'avait appris à réaliser une boussole pour retrouver l'Addanc en utilisant une coupe en or remplie d'eau comme support. Une fine flèche en magnétite indiquait la direction à suivre. Puis il suffisait ensuite d'introduire dans l'eau un élément appartenant à la chose ou à la personne que l'on cherchait.

Simple, mais d'une extraordinaire efficacité.

J'avais réalisé des tests au cours de la journée avec un morceau de fil qui provenait de l'un des vêtements de ma mère. Impressionnant !

Je ne me lassais pas de regarder le petit bol d'environ cinq centimètres qui tenait parfaitement dans la paume de ma main.

Le Gardien m'avait donné, dans une boîte en bois, des fioles en verre fermées par un bouchon en liège. L'une contenait l'un de ses cheveux pour que nous puissions l'utiliser et revenir plus vite à la grotte. Les trois autres nous permettraient de récolter un peu du mucus dont était recouvert l'Addanc. Quelques millilitres suffisaient, mais Eochaid préférait être certain d'avoir une fiole intacte sur les trois. On ne pouvait pas dire que les discours d'encouragement étaient le point fort du vieil homme…

Eochaid avait également élaboré la base du remède. J'avais proposé de l'assister, mais il avait immédiatement décliné mon offre. Compte tenu de ses commentaires sur mon baume guérisseur, je n'avais pas eu besoin de lui demander la raison d'un tel refus. Donc, oui j'étais vexée, mais clairement pas étonnée.

Le reste de l'après-midi s'était écoulé lentement. Il restait encore un peu de temps avant que le soin de mon compagnon ne se termine et je ne savais plus vraiment comment m'occuper.

La moitié des livres du Gardien était trop complexe à comprendre. Quant à l'autre moitié, elle était d'un ennui abyssal. Étudier les espèces disparues ne me passionnait déjà pas vraiment en cours de SVT alors le faire juste pour le plaisir… Non merci !

Le vieil homme avait oublié de ranger les deux livres qui l'avaient tant captivé la veille. Un grand et lourd avec une couverture bleue, tandis que l'autre était recouvert de cuir noir.

Eochaid était parti par le grand tunnel rond. Il m'avait précisé qu'il reviendrait juste à temps pour nous donner les derniers éléments nécessaires à notre mission. Je n'étais donc pas inquiète d'être surprise à fouiller dans ses affaires. Je commençai par le livre le plus massif. Il l'était tellement que je me contentai de l'explorer directement sur le fauteuil. Il s'ouvrit naturellement à l'endroit où se trouvait une enveloppe en papier blanc jauni. L'encre était à peine visible mais on pouvait encore y lire le nom du Gardien. Je posai le courrier sans m'y attarder et commençai ma lecture.

Il s'agissait d'un journal intime au vu des dates et de l'écriture manuscrite. Je reconnus aussitôt celle du Gardien.

Apparemment cela parlait aussi des autres Gardiens, car je

lus leurs noms. Cependant un début de phrase m'interpella plus :

«Nous arrivâmes trop tard au Nemeton. Je me souviens avoir à peine entendu les reproches de Nemed. De toute façon, qu'aurais-je pu lui répondre ? Je savais qu'elle avait raison. Je m'étais obstiné à attendre Dagda. Alors qu'au final, elle allait bien ! Ma bien-aimée ne risquait déjà plus rien lorsque nous l'avons rejointe. J'avais sacrifié deux vies pour une autre qui n'était pas en danger. (Malgré la culpabilité que je ressens encore maintenant, je sais qu'il m'aurait été impossible d'agir autrement.)

Nous étions là. Debout. Devant Setenta à genoux qui tenait dans ses bras son frère. Tous les deux morts. Autour d'eux, un vrai massacre. Les deux armées totalement brûlées. On pouvait encore voir les corps des miséreux qui avaient tenté de fuir parfois même en rampant. Leurs chairs noires calcinées. Sans aucun doute, l'œuvre de Setenta. Il les avait tous tués. TOUS ! Je peux encore sentir dans mes narines l'odeur des soldats morts dans la souffrance. Au départ, je m'étais couvert le nez pour ne plus les sentir et puis j'ai pensé à leurs vains sacrifices. La terre qu'ils n'auraient jamais. À notre aveuglement qui avait provoqué tout cela. Si seulement, nous avions été plus attentifs. Peut-être que cela ne serait pas arrivé. J'ai donc baissé ma manche pour leur faire honneur. Inspirer plus fort pour laisser leurs poussières me pénétrer et m'habiter jusqu'à ma mort. Ils seraient immortels à travers moi et je ne faillirai plus à ma mission pour eux. **EUX TOUS !**

Nemed a exigé que nous laissions le charnier dans cet état. Que l'odeur se répande. Que les animaux charognards fassent leurs œuvres. Elle voulait que cet endroit soit maudit. À jamais. Une scène vivante de ce désastre. Que les squelettes soient indéfiniment les vestiges macabres du Nemeton pour que les habitants d'Alleïa n'oublient pas ce massacre.

Je n'ai pas reconnu mon amie. Elle qui est d'ordinaire si honnête et équitable. Sa haine était si palpable… Même Macha lui a lancé un regard surpris. Je ne sais pas ce qui s'est passé entre elles deux mais ce n'était pas normal. D'habitude, c'est Nemed qui s'occupait de Macha. Et là, j'ai vu Macha se précipiter auprès de Dagda pour prendre soin d'elle.

Je me sentais coupable mais c'était encore pire pour mon amour. Elle était tombée au sol. Son visage mouillé caché entre ses mains.

Il était hors de question que je laisse ce champ de bataille dans cet état. Mes amis et des hommes braves méritaient mieux que ça.

Je me suis approché des jumeaux. On pouvait distinguer les traînées des larmes de Setenta sur son visage ensanglanté. Après un bref examen, je n'ai pas vu de blessures qui auraient pu être mortelles. Je crois que sa mort était uniquement due à celle de son âme jumelle.

C'est donc ça qui nous attend ? Nous, les Gardiens ? Si Dagda meurt, je mourrai aussi avec elle ? En même temps, à quoi bon vivre si elle ne respire plus le même air que moi ?… C'est peut-être mieux ainsi.

La cause de la mort de Ogmios était plus évidente. Il avait un poignard enfoncé dans le cœur jusqu'à la crosse. J'ai cru que j'allais vomir quand j'ai reconnu l'arme que j'avais offerte à Setenta. Si j'avais su à ce moment-là qu'il s'en servirait contre son frère…

Je ne sais pas vraiment pourquoi mais je n'ai pas pu m'empêcher de récupérer une partie de leurs vêtements ainsi qu'un éclat de poignard qui s'était cassé dans une pierre au sol. C'est lorsque j'ai récupéré la roche que je les ai vues.

Deux grosses pierres avec un point lumineux dans chacune. Une rouge et l'autre noire. C'était étrange car je savais que ce n'était pas minéral et donc forcément organique mais je n'ai pas voulu en parler aux Gardiennes. Je les ai récupérées puis glissées dans ma poche centrale avec les morceaux de vêtements pour les protéger. Je sais que ce sont des œufs créés grâce ou à cause de la magie. Il me reste plus qu'à attendre de voir quels animaux vont éclore… »

Je connaissais la suite de l'histoire, car Œngus me l'avait racontée. Il s'agissait de la création de l'Arbre de vie.

La légende avait une tout autre saveur après avoir lu les mots d'Eochaid. Les personnages avaient une existence réelle et des émotions. Cela changeait tout.

Il était évident pour moi que les œufs étaient ceux présents dans les bocaux en verre : L'Addanc et le Phénix.

J'attirai vers moi l'autre ouvrage, beaucoup plus petit. Là encore, je reconnus l'écriture en pattes de mouche du Gardien. Cependant, cela n'avait rien à voir avec le premier livre. Il y avait des schémas, des calculs et des notes brouillonnes gribouillées un peu partout. C'était un cahier d'expérience. Et compte tenu du nombre de fois où était mentionné le nom des deux animaux, cela ne laissait aucun doute sur les sujets évalués.

Une des expériences décrivait notamment la réaction des créatures dans le milieu aquatique. Les tests étaient réalisés trois fois dans des conditions identiques pour valider le résultat. La conclusion de l'une d'entre elles me choqua particulièrement :

« Le Phénix n'a démontré aucune affinité avec l'eau. Peu importe la durée d'immersion et la température du liquide, le Phénix choisira systématiquement l'auto combustion. Au fur et à mesure des essais, le Phénix se régénèrera de plus en plus rapidement mettant ainsi un terme à l'évaluation.

L'Addanc ne réagit pas de la même manière. Il cherche toujours une solution pour sortir de l'environnement hostile. Il n'y a pas de résignation. Le délai pour tomber en syncope s'est allongé au fur et à mesure des essais. Lors du dernier test – Exp 13 -, l'animal a développé des branchies qui lui ont permis de nager sans difficulté et survivre au milieu aquatique. La capacité d'adaptation de l'Addanc a donc encore généré une nouvelle caractéristique ».

— Encore ! murmurai-je.

Je regardai les centaines de pages noircies avec une sensation de malaise.

Combien d'expériences avaient bien pu subir ces animaux ?

Le cahier se terminait ainsi :

« Le Phénix a retrouvé sa liberté depuis plusieurs jours. L'Addanc n'a pas l'air de vouloir suivre le même chemin et devient de plus en plus dépendant de moi. Sa capacité d'adaptation réduit d'autant que sa confiance en moi grandit. Je vais donc l'emmener dans la chaîne montagneuse du Nord afin qu'il poursuive son évolution. Je ne peux assumer la disparition de l'unique membre d'une espèce. Il est souhaitable que ces caractéristiques se renforcent quitte à devenir immortel… voire invincible ! »

Je refermai le livre. La bouche sèche. La langue râpeuse. Des centaines de questions se battaient dans ma tête.

Pourquoi Eochaid a-t-il sauvé ces créatures ?

Pourquoi a-t-il fait des expériences sur eux ?

Pourquoi nous envoie-t-il alors que l'Addanc a, semble-t-il, une affinité avec lui ?

Pourquoi nous envoie-t-il trouver cette créature qui est immortelle ?

Immortelle… Quelle chance avions-nous face à elle ?

Tellement de pourquoi. Tellement de questions sans réponses.

Je m'installai dans le canapé. La tête appuyée sur l'assise, observant le plafond de la grotte sans vraiment le voir.

Je laissai les images défiler devant mes yeux. Des souvenirs qui n'étaient pas les miens. Le sommeil me gagna sans même que je m'en rende compte.

Mon réveil ne fut pas des plus agréables. Ce sont les voix des deux hommes qui me sortirent de ma léthargie.

Je ne bougeai pas cependant, de crainte que la conversation cesse. Je ne voulais pas manquer une nouvelle information.

— Tu as compris ? demanda Eochaid. Je te donne trois flèches, mais tu ne dois pas manquer ta cible. Si l'Addanc a un comportement dangereux, tu dois tirer sur lui mortellement. Ne cherche pas à le blesser. Tue-le.

— Mais je pourrais me contenter de le ralentir… Cela éviterait de lui ôter la vie. Nous devons certes sauver le village mais la mort de l'animal me semble un peu radicale à mon sens, fit preuve d'altruisme le fétaud.

— Non ! J'insiste. Si vous êtes en danger, ne prenez aucun risque et abattez-le. Je sais que je peux te faire confiance. De toute façon, tu ne risqueras pas la vie de la Laeradenn. Une fois la menace de l'Addanc écartée, vous devrez verser le contenu de ce sac dans la rivière, c'est la seule méthode pour purifier l'eau. Quant à l'autre sacoche, mon jeune apprenti… Eh bien ce n'est ni plus ni moins qu'un retardateur. Il vous faudra jeter les graines tout au long de votre ascension. Ces algues sont de bons détoxifiants. Cela ne sauvera pas les Erdluitles de l'empoisonnement, mais au moins la propagation sera ralentie.

— Très bien Maître. Avez-vous d'autres conseils à me donner ?

— D'être prudents ! Tous les deux. L'Addanc est un animal merveilleux, mais tout aussi surprenant.

— Nous le serons. Je préfère attendre le réveil de Tali avant de partir. La nuit va être longue. Il est donc préférable qu'elle ait recouvré toutes ses forces.

— Je comprends. Tu as raison. Ce qui tombe très bien puisque vous allez pouvoir partir dès maintenant.

— Quoi ? lâcha Œngus surpris.

— Les poussières vibrent différemment autour d'elle depuis un moment. Elle est réveillée. Ton amie n'a d'ailleurs absolument rien raté de notre conversation. N'est-ce pas Laeradenn ?

— Je suis prête et toi ? tentai-je de détourner le sujet, une moue sur les lèvres.

Nous avions passé un long moment à suivre la boussole sans savoir si le chemin était le bon.

Je jetai un œil régulier sur le petit bol que je tenais dans ma main droite qui n'était pas plus lourd qu'une balle de tennis.

Arrivés à la rivière, les sentiments s'opposaient. Un certain soulagement de voir enfin de l'eau, mais aussi l'anxiété de se rapprocher de l'Addanc.

Œngus obéissait aux ordres du Gardien en semant régulièrement des graines dans l'eau. Chacune créait un maillage végétal extrêmement complexe. Nous le savions, l'objectif était juste de ralentir le poison dans le cas où Telmak n'aurait pas convaincu le reste du village de stopper la consommation de l'eau du puits. Nous nous accrochions pourtant au mince espoir que cela puisse sauver des vies.

Le reste du temps, le fétaud avait les deux mains sur l'arc déjà armé.

Un fin carquois contenant deux flèches traversait de part en part son dos. De l'autre côté, un sac bien plus gros en toile. Nous ne l'avions pas ouvert, ni l'un ni l'autre. Nous savions juste que nous devions le vider dans la rivière une fois notre mission achevée et cela nous suffisait.

De voir mon ange noir en position de tir augmentait mon anxiété, tout comme l'obscurité croissante.

Eochaid nous avait équipés, tous les deux, de gants en cuir épais ainsi qu'une ceinture recouverte des mêmes pierres vertes fluorescentes présentes dans son couloir. Étonnamment, elles étaient très légères et ne limitaient absolument pas nos déplacements. Mais, surtout elles nous permettaient de poser nos pieds en toute sécurité sur le chemin vierge de toute trace de passage.

Les lunes d'Alleïa éclairaient suffisamment pour éviter les branchages et les différents obstacles qui se trouvaient au-dessus de nos poitrines.

Malgré la difficulté de l'ascension, notre cadence restait dynamique.

J'entendais un bruit de fond dans ma tête désagréable et oppressant.

Tic Tac Tic Tac Tic Tac TIC TAC TIC TAC TIC TAC TIC TAC TIC TAC TIC TAC…

Bien entendu, je ne pouvais pas l'oublier !

Une seule nuit pour trouver l'Addanc.

Une seule journée pour donner le remède aux Erdluitles

Deux jours avant notre départ.

Quatre jours avant la fin de l'échéance.

Quatre jours avant que mon destin soit scellé !

TIC TAC TIC TAC TIC TAC TIC TAC TIC TAC TIC TAC, hurlait mon esprit encore plus fort.

J'accélérai d'autant plus pour ne plus laisser de place à mes pensées. Toute mon attention était déplacée sur le fait de ne pas tomber.

Le souffle d'Œngus s'accéléra à côté de moi. Il avait, pour la première fois, peine à me suivre, mais ne se plaignait pourtant pas.

Nous gravissions cette montagne aux seuls sons de nos pas dans les fougères, du craquement des branchages, de notre respiration haletante et des battements de nos cœurs prêts à exploser.

Une course contre la montre qui n'était plus juste ne plus perdre de temps. Non, cela allait bien au-delà de ça. Il s'agissait de ne plus perdre de vies !

Je n'avais pas la moindre idée de la façon dont j'avais pu tenir une telle cadence pendant les heures de montées qui s'en étaient suivies. La seule chose qui m'intriguait, c'était l'aiguille de ma boussole qui était devenue folle. Elle tournait à toute allure comme une hélice. Nous étions devant un trou dans la montagne. Une grotte sombre qui laissait à peine la place pour le passage d'un homme.

L'Addanc était là. C'était une certitude.

L'Hybride et moi échangeâmes un regard entendu. Il n'y avait pas de mots à prononcer puisque pas de plan possible. Nous ne savions pas à quoi nous attendre. J'avais choisi de ne pas partager mes découvertes sur les expériences du Gardien sur cet animal. La méfiance était préférable à la véritable crainte. La peur n'empêchait pas le danger, bien au contraire. Cela paralysait la réflexion. Œngus avait besoin de toutes ses facultés. Surtout qu'il n'était pas équipé de sa harpe. Maintenant que je connaissais les conséquences, le retrait de sa bague était également inenvisageable. Pourtant, l'Hybride restait toujours notre meilleur atout pour survivre à tout cela.

Il me lança un dernier regard et s'engouffra dans la fissure. Je vidai l'eau de ma boussole pour la ranger dans ma poche avant de le suivre silencieusement en maîtrisant, autant que possible, mes pas. Je n'osais même plus respirer.

Plusieurs mètres qui semblaient une éternité.

— Cache ta ceinture sous ton t-shirt, murmura Œngus tendu.

Je m'exécutai, tout comme lui. Le noir nous happa instantanément. À l'exception d'un rai de lumière jaune face à nous.

L'Addanc…

Nous avançâmes plus prudemment encore.

Un tronc d'arbre barrait en partie la sortie.

Œngus s'agenouilla. Ce qui me permit d'apercevoir l'intérieur de la caverne. La lumière jaune intense donnait une sensation étrange à l'ensemble. Presque spectrale.

La grotte était en fait un cratère d'une dizaine de mètres. Un ancien volcan inactif. Il y avait des troncs d'arbres partout entremêlés. Un jeu de mikado géant.

La paroi du fond suintait, un liquide s'écoulait vers une profonde tranchée.

La source de la rivière, commentai-je.

Ma poitrine tressauta en la voyant.

La créature illuminait toute la salle. Elle était couchée sur le sol, la tête penchée vers le précipice.

Je n'avais pas imaginé une telle chose. L'Addanc mesurait plus de quatre mètres de long. Il faisait penser à une salamandre noire, mais au bout de ses pattes, se trouvaient des griffes arquées d'une vingtaine de centimètres. Il se tourna vers nous. Des yeux jaunes, les pupilles noires, verticales, caractéristiques des reptiles. Sa langue fourchue siffla, humant l'air. Il savait que nous étions là.

Un plus petit sifflement raisonna dans un léger écho.

— Ils sont deux Œngus! soufflai-je.

— Impossible! C'est la grotte qui donne cette sensation.

— Regarde par toi-même, insistai-je sûre de moi. L'Addanc n'est pas dans l'eau. Ce n'est pas lui qui empoisonne la rivière. C'est l'autre! lui montrai-je le précipice.

Le fétaud tourna la tête plusieurs fois entre l'animal et la fissure, puis lâcha un juron.

— Il faut que je tue le premier! Nous n'avons pas le choix. Nous ne pourrons pas nous occuper des deux en même temps, c'est trop dangereux !

— Non ! Ne fais pas ça ! Il faut peut-être juste aider le deuxième. Il a l'air beaucoup plus petit !

— Je ne prendrai pas le risque. Eochaid m'a confié cette tâche. Je ne le décevrai pas. Les choses ont changé. S'il y en a un deuxième, pas de regrets. L'espèce perdurera. Ça me va.

Il arma son arc et sortit de la brèche.

Je me précipitai à l'extérieur pour le devancer et regardai le précipice. Finalement, pas si profond, pas plus de deux mètres. Je le vis immédiatement, un Addanc miniature de moins d'un mètre. Ses pattes accrochées sur un rocher. La tête posée, les paupières mi-closes.

— Un bébé ! L'Addanc a eu un bébé ! murmurai-je.

Les lignes du cahier me revinrent en mémoire : « *La capacité d'adaptation de l'Addanc a donc encore généré une nouvelle caractéristique* ».

En l'absence d'autres membres de son espèce, il avait muté pour pouvoir se reproduire seul.

— Arrête ! hurlai-je au fétaud. C'est un bébé qui est dans l'eau. Elle veut juste sauver son bébé.

— Quoi ? Mais de quoi tu parles ? cracha Œngus de colère. Mon maître m'a donné l'ordre de le tuer si nécessaire ! Je vais le faire quoi que tu en penses. Une vie contre des dizaines. La décision est simple. Je ne serai pas encore une fois l'Hybride connu pour avoir fait mourir des Erdluitles. C'est fini tout ça ! Je me suis aussi engagé auprès de Telmak pour sauver sa famille, serra-t-il la mâchoire.

Le monstre se retourna complètement. Le regard fixe. Son expression avait changé. Ses sifflements, plus menaçants.

Soudain, il leva la tête et siffla encore plus fort. Le bébé répondit par de nombreux petits couinements plaintifs. Puis un cri d'oiseau retentit. Si puissant, que je bouchais mes oreilles. Une lumière rouge descendit. Un immense oiseau déployait ses ailes dans sa descente. La créature était plus immense encore que l'autre monstre. Ses plumes bleues et rouges rayonnaient à en paraître presque aveuglantes.

— Le Phénix, soufflai-je.

Il se posa lourdement sur un tronc d'arbre tout près de l'Addanc mère.

Les deux créatures criaient de façon menaçante. Le Phénix donnait des coups de bec qui n'atteignaient pas leur cible et présentait ses serres acérées à chaque geste du reptile. L'oiseau essayait de se rapprocher du précipice, mais l'autre créature s'interposait systématiquement. La joute était féroce. Chaque centimètre gagné était repris presque aussitôt. Aucun des deux ne lâchait rien.

Le Phénix se redressa. Ses ailes reprirent leurs battements. Sa force était telle qu'à chaque mouvement, la poussière en suspension s'agglomérait en un brouillard épais. Je me protégeais les yeux à l'aide de mon bras.

Le souffle s'apaisa. Le monstre était maintenant à quelques mètres au-dessus de nous. Un tronc d'arbre coincé entre ses serres. Il se déplaça lentement vers le précipice dans un bruit assourdissant. Ses ailes étaient aussi bruyantes que les pales d'un hélicoptère.

Les cris des deux Addancs s'accélérèrent.

— Le bébé! Le Phénix veut tuer le bébé! articulai-je choquée.

La scène était épouvantable. Les cris déchirants de l'Addanc mère. Le bébé qui chouinait, terrifié.

Ce n'était pas le monstre que nous étions venus chercher.

— Gus! Tire sur le Phénix! hurlai-je autant à cause de la panique que pour tenter de couvrir le bruit et pour que le fétaud puisse m'entendre dans ce vacarme.

— Non. Il est de notre côté. Il faut le laisser faire, me répondit-il sur le même ton.

— Il est du côté de personne. Il ne vit que pour lui! Tue-le! MAINTENANT! ordonnai-je sans équivoque cette fois.

Mon regard changea.

Je le sentis.

Œngus lui le vit!

L'Hybride hocha la tête, puis banda son arc avant de tirer.

La flèche atterrit en plein milieu de la poitrine.

Les serres libérèrent l'énorme morceau de bois qui se fracassa sur le sol.

La terre trembla.

Le Phénix brilla encore plus intensément. La boule de lumière qui l'entourait grandit. La caverne devint plus chaude.

L'autodestruction! Il allait prendre feu!

Œngus avait la tête vers le ciel. Mi-fasciné. Mi-terrifié.

Je le pris par le bras et le tirai de toutes mes forces pour le sortir de sa torpeur.

— Viens! Suis-moi! criai-je alors que le vacarme s'amplifiait de plus en plus.

Je ne pris même pas la peine de me retourner vers mon compagnon. J'accélérai juste quand je sentis moins de résistance et me précipitai vers la faille.

— N'avale pas l'eau! hurlai-je avant de sauter.

Nous atterrîmes dans la rivière. Une explosion nous propulsa encore plus dans les profondeurs. Je ne lâchai pas la main de mon ange noir cette fois. Nous ne revivrons pas l'épisode avec les Cairneks. Je me l'étais promis.

Une vague de flammes lécha la surface de l'eau. Je retins ma respiration jusqu'à voir la lumière orange disparaître et reprendre mon souffle.

Le calme était revenu.

Le Phénix était mort !

CHAPITRE 23

Chapeau bas

La chaleur était telle que la vision de la grotte était brouillée. Il était impossible de remonter pour le moment. Nous étions coincés dans la rivière à côté d'un énorme bébé lézard. Il ne semblait pas hostile, mais sa taille n'en restait pas moins impressionnante pour autant.

C'était sans compter sur l'intervention de maman Addanc. Un éclair bleu jaillit suivi d'un brouillard blanc épais. Un frisson glacial me parcourut lorsqu'il nous atteignit. Tout était redevenu normal. En un seul instant.

Œngus me regarda avec de grands yeux, totalement dans l'incompréhension des événements qui se déroulaient autour de nous.

Je lui répondis par un hochement de tête confiant pour lui montrer qu'à l'inverse pour moi, tout m'apparaissait logique.

Une ombre se répandait comme une auréole autour de nos deux corps immergés.

Un juron m'échappa.

— Le remède ! Il faut que l'on sorte le bébé de l'eau sans plus attendre.

Le fétaud s'exécuta aussitôt.

La roche était bien trop abrupte pour permettre à la petite créature de remonter seule mais il y avait suffisamment de place et de prises pour qu'un homme puisse se tenir debout à certains endroits. Mini Addanc n'était pas méfiant envers nous, il collabora sans aucune réticence. Il fut donc aisé de récolter le mucus présent sur sa peau pour remplir les trois fioles. Même si une seule suffisait, je préférai ne prendre aucun risque. Je ne pouvais pas m'empêcher de surveiller mes gants, j'avais malgré moi peur de rentrer en contact direct avec ce poison si puissant. Nous ne connaissions pas les conséquences d'un tel évènement et je ne souhaitais pas en faire l'expérience pour le découvrir.

Ensuite, Œngus usa de sa grande force pour attraper l'animal et le rendre à sa mère. Physiquement, l'exercice fut facile, mais lorsque maman Addanc avait ouvert sa gueule pour attraper son bébé, il n'y avait pas eu que mon souffle qui s'était arrêté à ce moment-là.

Le bébé en sécurité, nous avions pu tranquillement ouvrir le sac pour y découvrir des centaines de fleurs d'hibiscus.

— Macha, murmurai-je.

La Gardienne était encore une fois intervenue pour nous aider. J'étais autant émue que troublée par cette découverte.

Nous répandîmes les fleurs dans la rivière. Les premières fanèrent instantanément ce qui me paniqua totalement. Mais au fur et à mesure, les fleurs poursuivirent leur œuvre. Elles ne s'étiolèrent plus. Au contraire, les pétales répandaient leur magie dans l'eau dans de grandes volutes.

— Nous avons réussi, soufflai-je tellement soulagée.

Œngus me pressa légèrement le bras avec sa main.

— Grâce à toi, me félicita-t-il avec une fierté qui transpirait dans sa voix.

Je souriais face au spectacle des fleurs qui dansaient dans la rivière, reconnaissante des paroles de mon compagnon et de l'aide de la Gardienne de la flore.

— Nous devons rentrer, me coupa mon compagnon dans mes rêveries.

Le fétaud me proposa de m'aider pour remonter, mais je réussis sans mal à franchir la paroi.

Une fois dans la grotte, une scène étrange était en train de se dérouler.

Maman Addanc faisait barrage entre son bébé et un oisillon aux dimensions démesurées, le nouveau-né devait faire une trentaine de centimètres.

Mini Addanc, hargneux, sifflait et claquait sa mâchoire en direction de l'oiseau.

Je comprenais sans mal sa colère. Encore plus, son envie d'en découdre avec le Phénix ! Surtout maintenant qu'il était à sa taille !

Mais maman Addanc ne l'entendait pas ainsi. Elle protégeait l'oisillon malgré tout. Le monstre claqua à son tour fermement la mâchoire. Son bébé gémit mais baissa la tête avant de s'approcher du Phénix. Il le renifla, chouina une dernière fois avant de le gratifier d'un coup de langue fourchue sur la tête.

— C'est terminé cette fois, conclut Œngus.

— Oui, tu as raison. Il est temps de poursuivre notre route, approuvai-je.

Lorsque nous retrouvâmes Eochaid le soleil s'était levé depuis déjà quelques heures.

— Comment allez-vous mes enfants ? se précipita-t-il vers nous à peine nous fûmes entrés dans la salle principale.

Nous ne répondîmes pas.

Cela n'était pas nécessaire. Les mots ne remplaceraient de toute façon pas la capacité du Gardien à lire en nous.

Je devinais ce qu'il pouvait percevoir : le bébé, le Phénix, les flammes, la lumière bleue. Il verrait que sa créature n'a pas perdu sa capacité d'adaptation, la survie des trois créatures et la réussite de notre mission.

Son regard passait d'une émotion à l'autre en un instant. De la surprise au soulagement avec pourtant un épisode d'appréhension.

Le Gardien avait tout vu. C'était certain.

— Merci mon enfant ! Merci de les avoir sauvés tous les quatre, me serra-t-il dans ses bras sans que je ne m'y attende.

— Pas de quoi, ne sus-je que répondre d'autre tellement sa réaction m'avait surprise.

Le vieil homme lâcha son étreinte.

— Donne-moi une des fioles. Garde précieusement les deux autres. Un jour, tu pourrais en avoir besoin.

— D'accord, comme vous voulez, lui répondis-je en tendant un flacon de poison.

Je ne voyais pas comment un tel poison aurait pu m'être utile à l'avenir et n'avais aucune envie de l'imaginer d'ailleurs.

— Le remède sera prêt très vite, m'informa le Gardien. Il suffira de le verser dans le puits et d'en récolter les fruits.

— Nous n'aurons pas le temps de faire le voyage ce matin. Nous irons après mon soin et…

— Non ! Je n'attendrai pas tout ce temps, coupai-je le fétaud. Non, je ne le ferai pas ! affirmai-je encore plus convaincue. Dès que le remède sera prêt, je partirai au Village des Insoumis. Tu m'y rejoindras après ta séance si je ne suis pas encore revenue.

Les hommes me regardèrent, mais ne discutèrent pas.

Les choses semblaient être en train de changer.

Il n'y avait personne au Village.

Seuls les vêtements noirs et gris qui s'agitaient sous la brise chaude me tenaient compagnie.

Je m'efforçai de ne pas les compter pour ne pas m'étourdir de leur augmentation.

J'avançai donc vers la place en ne pensant qu'à trouver le puits, serrant bien trop fortement la gourde contenant le remède avec mes deux mains.

Le regard fixé droit devant moi. La bouche sèche. Les muscles crispés.

Je fis semblant de ne pas voir le foulard noir qui s'était ajouté au vêtement gris de la maison de Tariek.

Une erreur!

C'était évident! Totalement compréhensible dans ce chaos.

Je pressais mes pas malgré moi pour courir.

Étrange, non? *Nous avions réussi notre mission donc pourquoi ce sentiment d'oppression d'un coup?*

Je secouai la tête pour ne pas répondre à mes questions forcément ridicules puis allongeai ma foulée avant de stopper net ma course.

Des brancards. Des dizaines et des dizaines de brancards face à moi. Tous recouverts d'un drap pour dissimuler les corps. Un chapeau était posé sur chaque défunt pour l'identifier.

Je me frayais un chemin dans ce désastre pour atteindre le puits. Cette fois, j'étais bien obligée de regarder mes chaussures, tout comme cesser d'être aveugle. Les silhouettes pouvaient parfois être si minuscules.

Des Erdluitles de petites tailles sans doute... Cela ne pouvait pas être des enfants, n'est-ce pas ?

Des chapeaux de toutes dimensions, de toutes les couleurs, d'Erdbibberlis et d'Erdluitles.

Je ne pus m'empêcher de les détailler au fur et à mesure de mon avancée.

Chapeau. Blanc en paille. Ruban jaune. Fleurs roses.

Gavroche. Bleu marine. Ancre brodée.

Chapeau. Rose. Pas de ruban.

Chapeau rose. Couronne de fleurs.

Gavroche. Noire. Feuille brodée.

Gavroche. Marron. Marguerite brodée...

— Marguerite brodée, murmurai-je des trémolos dans la voix. Carfak...

L'enfant qui nous avait accueillis avait la même... Je détaillais rapidement le drap blanc. Mais mon esprit refusait l'information. Le corps n'était pas à la bonne taille. C'était évident.

J'arrêtais de regarder le sol pour ne pas devenir folle et m'orientais sans faillir vers le puits.

Un liquide violet épais s'écoula lentement lorsque je vidai la gourde au-dessus de l'eau.

La terre trembla. Des fils sortirent du sol avant de

s'épaissirent en branches qui montèrent vers le ciel en rampant sur la roche du puits. Les lianes s'enroulèrent le long de l'échafaudage construit pour filtrer l'eau. Des feuilles apparurent. Le buisson se densifia. Des baies semblables à du cassis naquirent sous mes yeux.

Il fallait maintenant distribuer le remède aux survivants.

Je cueillais autant de fruits que possible et les disposais dans mon bas de t-shirt plié pour les transporter plus facilement.

Il fallait que Tonerak m'aide si je voulais être efficace.

Cette fois, il n'y avait plus de bruits qui résonnaient dans la forge. L'Erdluitle ne travaillait plus. À en croire les paroles d'Oceak, ce n'était pas dans les habitudes de son père. Même lui avait perdu espoir de toute aide finalement.

Je rentrai dans l'atelier en frappant doucement à la porte.

Oceak était allongée sur le banc, la tête sur les genoux de son père. Il caressait ses cheveux noirs en lui chuchotant des paroles rassurantes. Ils ne m'entendirent pas arriver.

— Tonerak ! Je suis revenue, attirai-je son attention.

— Quoi ? leva-t-il sa tête vers moi, le regard vitreux par la fièvre.

— Je suis revenue. Avec le remède, lui montrai-je ma cueillette.

— Vous avez le remède ? éclata-t-il en sanglots.

— Oui ! oui ! Il y en aura pour tout le monde. Une baie. Une seule baie suffit pour vous soigner, expliquai-je en leur tendant deux fruits.

La fillette ouvrit les paupières et me les arracha de la main avant de courir hors de la pièce.

— Votre femme ? demandai-je en lui tendant un nouveau fruit.

— Oui, depuis cette nuit, informa-t-il en récupérant la boule violette avant de la mettre, sans hésiter, dans sa bouche.

— J'ai encore besoin de vous Tonerak. Nous devons prévenir au plus vite le reste du village que le remède est là. Comment pouvons-nous faire ? le suppliai-je presque.

Les sourcils de l'Erdluitle se froncèrent, puis le petit homme se leva pour décrocher une cloche de son mur.

— Nous allons les prévenir, ne vous inquiétez pas. Allez plutôt retrouver Tariek s'il n'est pas déjà trop tard… Le petit était mal en point, vous savez, Laeradenn.

Mon cœur s'arrêta en repensant au foulard noir devant leur porte.

Je laissai toutes les baies sur la table en n'en gardant qu'une poignée au cas où je croiserais d'autres Erdluitles en chemin.

— Bon courage Tonerak ! lançai-je en partant.

— Bonne chance, l'entendis-je me répondre alors que je courrais déjà vers la maison aux volets jaunes.

Sans surprise, il n'y avait personne pour m'accueillir.

La salle était effroyablement dénuée de vie en dehors des plats remplis de nourriture posés sur la table en bois. Parfois encore intacts. Comme figés dans le temps. À l'évidence, la solidarité des Erdluitles était la raison de la présence de ces denrées.

Alors que je m'approchais de la seule porte de la pièce, une vieille Erdbibberli en sortit.

— Je me doutais que c'était vous Laeradenn, me sourit-elle tristement. Il n'a eu de cesse de vous réclamer mon enfant.

— Pourquoi utilisez-vous le passé ? Est-il… Est-il… ne pus-je prononcer le mot.

— Non, Laeradenn. Il est inconscient, mais vivant. Pour le moment tout du moins. Avez-vous ramené le remède ? s'enquit-elle anxieuse.

— Oui, lui présentai-je les fruits en ouvrant ma paume. Un fruit par personne. Prenez-en un vous aussi.

La vieille femme hocha la tête, puis prit deux fruits avant de se détourner de moi.

Il y avait quatre portes dans le couloir, mais une seule était ouverte. La chambre de Tariek.

Le jeune Erdluitle semblait dormir. Son teint était si hâve. Les yeux enfoncés cernés de noir. Les gouttelettes qui ruisselaient sur son visage mouillaient son oreiller.

Son petit corps était recouvert d'une couverture en patchwork de toutes les couleurs.

Une vasque et une cruche en porcelaine étaient posées sur la table de nuit. Il y avait également un nécessaire médical : du linge, des plantes et un mortier.

En dehors de l'étagère remplie de jouets en bois, rien n'indiquait qu'il s'agissait d'une chambre d'enfant.

La soigneuse disposa la baie dans le mortier et la broya finement avant de l'introduire doucement dans la bouche de Tariek.

La vieille femme attendit que la dernière gorgée fut avalée pour introduire à son tour le fruit dans sa bouche.

Je ne savais pas qui était cette femme, mais elle venait de me montrer ce qu'était le sens des priorités.

— Nous devons faire de même pour Mariek, conseillai-je en indiquant le couloir à l'Erdbibberli.

Elle secoua la tête.

— Je regrette mon enfant. Tu ne peux plus rien pour Mariek. Elle nous a quittés cette nuit.

Les mots me manquèrent.

J'étais sous le choc.

C'était impossible. Nous avions réussi…

— Et le bébé ? Où est Solerak ? demandai-je haletante tant mon cœur s'accélérait.

— Avec sa mère. Mariek pensait que son lait ne serait pas contaminé… Elle n'avait pas imaginé empoisonner également le bébé en continuant de boire de l'eau du puits. Mais la petite avait si faim… Et elle est si petite, si fragile. Je n'ai pas eu la force de la retirer à sa mère. Elle doit s'éteindre dans ses bras. Le meilleur berceau qu'il soit pour un bébé.

Ses paroles se terminèrent douloureusement.

— Où est la chambre de Mariek ? demandai-je sans vraiment y penser.

— Juste à côté.

Je sortis de la pièce sans commentaire. Sans y réfléchir finalement. Et poussai la porte en bois.

Mariek était là. Étendue. Comme bercée par un sommeil apaisant.

Mais je connaissais déjà la mort.

J'avais été voir maman au funérarium.

Un goût métallique se répandit dans ma bouche. Je n'avais pas fait attention que j'étais en train de me mordre la lèvre.

Les bras de Mariek entouraient son bébé. La petite était

endormie, emmitouflée dans une couverture de laine, le ventre contre celui de sa mère.

Je m'approchai et posai ma main sur celle sans chaleur de l'Erdbibberli.

— Désolée, m'excusai-je. Je suis tellement désolée, fondis-je en larmes.

Nous avions échoué.

Je n'avais pas tenu ma promesse.

Mon corps se soulevait de spasmes. C'était si douloureux. Bien plus que l'acide qui se répandait dans mon tatouage. Les fissures dans mon cœur me faisaient beaucoup plus mal. Ma respiration était si difficile.

Je caressai de ma main la joue de Solerak pour lui faire également mes adieux.

— Sa peau est tiède, remarquai-je. Elle est vivante.

Mon cerveau s'arrêta de penser. Je dégageai l'enfant, partis avec lui sans regarder Mariek et m'installai dans le rocking-chair de l'entrée. Le bébé ne bougeait pas. Une poupée de chiffon très fragile. Elle était si minuscule.

Je pris une des baies dans ma bouche et laissai tomber les autres sur le sol. Je machai minutieusement le fruit et entrouvris la bouche de l'enfant pour déverser doucement le contenu, puis la pressai contre moi pour la bercer.

Je me basculais d'avant en arrière en chantonnant une berceuse de ma mère.

Elle vivrait.

Oh oui ! Elle vivrait ou j'en mourrais.

— Tali, tu m'entends ? Ça va ? demanda une voix lointaine.

Je détournai mon regard du bébé. Ma nuque était douloureuse.

— Œngus ! Bien sûr que je vais bien ! Pourquoi cette question ? l'envoyai-je sur les roses, contrariée d'avoir été interrompue.

Je me réinstallai pour poursuivre ma chanson.

— Cela fait des heures que tu es là à chanter. Il faut que tu te reposes maintenant. Donne-la-moi, tendit-il ses bras vers Solerak.

— Non ! Il faut que je la soigne d'abord ! m'exclamai-je en poursuivant mes mouvements d'avant en arrière.

— Tu ne peux rien faire de plus. Tu as sauvé beaucoup de personnes aujourd'hui. Tariek va déjà beaucoup mieux. Sa fièvre est tombée. Donne-la-moi Tali, s'il te plaît.

— Je leur ai promis Œngus. Je dois la sauver, suppliai-je que l'on me laisse tranquille.

— Tu l'as sauvée. Donne-la-moi. Fais-moi confiance.

Je regardai le bébé et ses joues pâles.

— Non. Tu ne sais pas toi. Elle a besoin de moi.

Je repris la berceuse :

« Éiníní, éiníní,

codalaígí, codalaígí

Éiníní, éiníní, »

« Codalaígí, codalaígí,

cois an chlaí amuigh, cois an chlaí amuigh [1] » poursuivit avec moi Œngus.

— Tu l'as connais ? m'interrompis-je comme si je venais de

---

1 « Éiníní », est le titre d'une berceuse Irlandaise qui se traduit « petit oiseau ».

sortir d'un brouillard épais.

— Kellia me la chantait également. Toi aussi, petit oiseau, il est temps que tu dormes. Confie-nous Solerak, nous en prendrons soin. Je te le promets.

Je vis pour la première fois que la vieille femme était au côté du fétaud. Je ne l'avais pas remarquée jusqu'ici.

Je regardai une dernière fois l'enfant et hochai la tête alors que les larmes s'écoulaient déjà sur mes joues.

L'Erdbibberli prit l'enfant et quitta rapidement la pièce.

— Rentrons, annonçai-je totalement vidée.

Après notre retour, j'avais pris une longue douche chaude dans la salle de bains privée d'Œngus. Le fétaud m'avait accompagnée, il m'avait passé sur le corps une éponge. Sans un mot. C'était mieux ainsi.

Son aile avait encore changé. La blessure formait maintenant un croissant de lune bleu nuit. L'aile était de nouveau opaque. Je me demandais si c'était leur vraie couleur. Comme pour ma sœur qui était passée du noir au rose. Je préférais laisser sous silence mes questions. Elles n'apporteraient rien de plus qu'une douleur supplémentaire à l'Hybride finalement.

Je m'endormis aussitôt après jusqu'au lendemain.

À mon réveil tout devint simplement mécanique.

Il fallait attendre.

J'attendais donc.

Œngus s'occupa des bagages pendant que je restais dans le canapé. Les genoux repliés, ma tête posée dessus.

J'observais le vent inexistant dans les rideaux de la porte du Gardien.

Tant que je ne réfléchissais pas. Alors tout irait bien.

À un moment, le fétaud partit en soin.

Je ne bougeais pas.

J'attendais.

Eochaid s'installa à côté de moi dans le canapé.

Je ne voulais pas de sa présence. Elle me gênait dans mon envie de ne surtout rien faire.

Réagir, c'était bouger.

Bouger, c'était vivre.

Et vivre, c'était souffrir…

— Tu ne peux pas te torturer ainsi mon enfant, déclara-t-il, ne voulant apparemment pas me laisser en paix.

Je l'ignorai. Sa volonté n'était pas la mienne. Il n'avait pas le droit de m'imposer d'exister.

— Tu les as sauvés, insista-t-il.

Ne pas bouger, me concentrai-je.

— Tu veux que je tue les autres ? me questionna-t-il sérieusement.

— Quoi ? Qu'avez-vous dit ? sortis-je de ma torpeur, choquée et me tournant vivement vers lui.

— Si ceux que tu as sauvés ne comptent pas. Ne vaudrait-il pas mieux tous les tuer ? continua-t-il son raisonnement.

— Non ! Évidemment que non ! secouai-je la tête.

— Bien. Cela a donc de l'importance. Tu ne les as peut-être pas *tous* sauvés, mais ils ne sont pas *tous* morts non plus.

Et cela a été possible grâce à toi ! N'oublie pas ça ! articula-t-il lentement.

Je hochai la tête plusieurs fois, puis me levai pour vérifier mon sac.

— Comment allons-nous nous rendre chez Nemed ? À pied ? Même par le sol, cela va être long. Tu peux voler Œngus ? demandai-je en regardant son aile de nouveau entièrement noire.

Nous étions tous les trois devant le grand trou béant.

— Je te l'ai déjà dit. Je vais vous aider. Vous allez voyager avec Yseer, il n'y a pas de moyens de locomotion plus rapides à Alleïa.

— Qui ou qu'est-ce que Yseer ? me hasardai-je sans véritablement être certaine de vouloir ma réponse.

— Mon animal de compagnie, répondit distraitement le vieil homme déjà bien trop affairé à récupérer le bocal nommé « Nemed ».

— Votre quoi ? secouai-je la tête en jetant un œil à mon compagnon en espérant une explication.

— Tu vas voir, commenta-t-il en souriant.

Le Gardien frappa des petits coups sur le bocal à l'aide de son athamé. Cela sonnait comme une clochette.

Des secousses retentirent. La terre vibrait de plus en plus fort.

— Il arrive, s'enthousiasma le vieil homme. Il est réactif mon Yseer.

Pour ma part, je n'étais pas du tout ni enthousiaste ni confiante. Plus je regardais la taille du trou et moins j'aimais cette idée.

— Nous pouvons toujours y aller en volant si tu le souhaites. Trois jours seront nécessaires mais, c'est faisable, tenta de me rassurer le fétaud.

— Nous n'avons plus autant de temps, avouai-je sans mesurer mes paroles. Je t'ai menti, il reste deux jours, annonçai-je à toute vitesse en entendant le vrombissement augmenter.

— Comment ça deux jours ? s'énerva mon compagnon.

— Ce n'est pas vraiment le moment d'en parler, tu ne crois pas ? l'interrogeai-je avec la ferme attention de ne pas lui répondre de toute façon.

Lorsque la créature sortit du trou, je crus que j'allais m'évanouir. Il s'agissait d'une immense taupe d'au moins deux mètres de hauteur. Un panier était installé sur son dos. Je supposais, avec une oppression à l'estomac, que c'était donc notre prochain fauteuil.

— Mon Yseer ! s'exclama le vieil homme en s'empressant de le prendre dans ses bras. Mon garçon, je sais que tu n'as jamais eu l'occasion de voyager avec lui, mais tu sais qu'il est le meilleur moyen d'arriver à temps chez Nemed.

Le fétaud hocha la tête.

— De toute façon, il semble que nous ayons des choses à nous dire avec la Laeradenn. Deux jours, cela nous laissera le temps, me lança-t-il d'une œillade mauvaise.

— Si vous souhaitez que le voyage passe plus vite, j'ai de la poudre de sommeil, indiqua le vieil homme ayant l'air de n'avoir absolument rien entendu des paroles de son apprenti.

— Ah! Cela fonctionne comment? m'enquis-je comme si de rien n'était à mon tour.

Le Gardien me montra innocemment une petite boîte contenant de la poudre blanche.

— Il suffit d'en prendre une pincée et de la respirer. C'est simple et instantané! clama-t-il fier de lui.

— Ok. Ok. Eochaid merci pour tout et votre accueil. Je reviendrai vous voir, c'est promis, enchaînai-je le plus vite possible.

— Télès! Non!

Œngus tenta de m'empêcher de respirer la poudre mais pour une fois il fut plus lent que moi.

CHAPITRE 24

La cité dans les nuages

Je me réveillai péniblement. Le corps engourdi. La tête lourde. La langue pâteuse.

Un lendemain de fête sans la fête, grimaçai-je à cette idée.

— Bois! Cela va améliorer ton état, ordonna Œngus en me tendant la gourde.

Nous nous trouvions toujours sur le dos de Yseer. Je devinais aisément que mon compagnon avait dû m'y installer après ma «fuite».

Le fétaud était assis à côté de moi, appuyé sur notre sac, tandis que je me trouvais allongée, recouverte d'un plaid. Le panier était entouré des pierres lumineuses d'Eochaid. La lumière était surprenante dans cette noirceur. Il y avait beaucoup d'ombres assez angoissantes. Le plafond de la grotte défilait à la vitesse des paysages d'un TGV. Je m'étais attendue à beaucoup plus d'inconfort en voyant la taupe géante, mais ses mouvements étaient d'une telle fluidité que j'avais l'impression de flotter dans les airs.

Je saisis la flasque et bus à grandes gorgées. L'eau avait un goût incroyable tant j'avais soif. À chaque nouvelle gorgée, ma soif augmentait, mais mes douleurs s'apaisaient. Je finis rapidement la gourde.

— Oh! Désolée. Je ne me suis pas rendu compte… Il n'y

en a plus, informai-je le fétaud, gênée.

— Ne t'inquiète pas, j'ai bu également beaucoup à mon réveil. Eochaid m'avait prévenu de cet effet secondaire, me fit-il avec un clin d'œil.

Œngus avait l'air détendu pour une fois. J'étais surprise par son comportement surtout après la façon dont je lui avais fait faux bond à notre départ.

— Il t'a dit quoi d'autre ? demandai-je curieuse.

— Le bla-bla-bla habituel : soyez prudents, attention à Nemed, qu'elle était parfois cruelle.

— Toujours aussi encourageant en tout cas, baissai-je les épaules.

— Il m'a également convaincu de dormir en me précisant que les Cairneks ne pouvaient pas pénétrer dans les tunnels, ni même nous détecter d'ailleurs. Ce qui est une excellente nouvelle, non ?

— Oui, c'est vrai, consentis-je à partager son enthousiasme.

— Mon maître m'a dit également que j'avais de la chance, sourit-il sincèrement.

— À quel sujet ? le questionnai-je.

Me demandant en quoi la vie de l'Hybride pouvait être qualifiée de chanceuse surtout ces derniers mois. On ne pouvait pas dire que mon entrée dans sa vie avait amélioré sa situation jusqu'ici.

— Ça me regarde. Tu as tes secrets, donc j'ai le droit d'avoir les miens, me moucha-t-il en évoquant l'échéance. Tu as d'ailleurs, toi aussi, de la chance que nous puissions encore arriver à temps. Je ne te l'aurais jamais pardonné. Sache-le, reprit-il avec son air sérieux.

— Je sais, fis-je la moue. Mais tu ne m'aurais pas laissé faire autrement.

— Si l'épreuve avec Nemed se passe bien alors nous pourrons dire que tu as fait le bon choix. Yseer ralentit. Je suppose que nous sommes arrivés, m'aida-t-il à me mettre debout.

— Et maintenant, nous faisons quoi ? demandai-je dépitée en montrant le mur qui nous barrait la route.

— Nous faisons confiance, annonça-t-il sereinement.

— Je suis surprise de ta réaction. Tu m'as habituée à être beaucoup plus nerveux, françai-je les sourcils.

— Eochaid nous a envoyés ici, je n'ai aucun doute sur son jugement. Il nous faut attendre.

— L'échéance se termine aujour…

Je n'eus pas le temps de terminer ma phrase qu'une lumière aveuglante m'obligea à fermer les paupières. L'instant d'après, le sous-terrain avait disparu pour laisser place à une petite salle éblouissante de clarté. Le sol était recouvert de marbre blanc. Quatre colonnes du même matériau encadraient la pièce à chaque coin. Le plafond était si haut qu'il en était à peine perceptible. Je fis un pas en arrière à cause du vertige provoqué à le regarder et me tins au seul meuble de la pièce. Il s'agissait d'un somptueux sofa en cuir d'un blanc immaculé. Une magnifique œuvre de design en forme de goutte d'eau.

Je réalisai rapidement qu'il y avait un souci cependant.

— Où sont les murs ? demandai-je sans m'attendre à une réponse.

Je m'avançai prudemment vers l'un des côtés de la salle. Il n'y avait que du blanc qui nous entourait. Je m'accrochai par crainte à une colonne et plongeai ma main dans le brouillard. Alors que je n'avais avancé mes doigts que de quelques centimètres, leurs extrémités n'étaient déjà plus visibles. La fumée était dense, presque palpable. Je m'avançai encore un peu pour tâter du pied le sol inapparent.

— Je ne ferais pas ça si j'étais toi, persifla une voix féminine derrière moi.

Je me retournai pour voir une femme mince et élancée. Sa peau était opalescente, d'une pureté parfaite. Entourant les traits fins de son visage, ses longs cheveux d'un cuivre intense soulignaient parfaitement ses yeux d'un vert foncé métallique.

— Il n'y a que le vide qui t'attend, poursuivit-elle sournoisement. Et je peux t'assurer que ton hybride domestiqué ne pourra pas venir à ton secours cette fois. J'ai posé un charme qui empêche n'importe quelle créature de voler, même les plus contre-nature, cracha-t-elle en direction d'Œngus, affichant ainsi clairement l'aversion qu'elle éprouvait pour lui.

Les lèvres pincées, la Gardienne passa lascivement une main derrière sa nuque pour regrouper sur une seule épaule les cheveux qui lui camouflaient le corps jusqu'ici, laissant apparaître sa poitrine généreuse.

— Mais vous êtes nue! m'offusquai-je d'aussi peu de pudeur.

— Et toi, habillée! Je ne suis pas responsable de ton refus d'être ce que tu es, répondit-elle mauvaise. Maintenant que les constats évidents ont été établis, il serait temps de poursuivre par votre épreuve. Je n'ai ni l'envie d'être une bienveillante hôte comme Ma Merveilleuse Macha, ni de vous héberger comme ce vieux fou d'Eochaid. Vous ne présentez aucun intérêt.

Œngus n'avait pas l'air choqué par le comportement de la Gardienne pour sa part. C'était de la méfiance que je lisais dans son regard avant qu'il ne le détourne.

— N'es-tu pas censé honorer de tes yeux ta Déesse, Hybride? Réalises-tu à quel point tu es misérable en me voyant ou bien ta dégénérescence ne te permet pas d'avoir un peu d'honneur ?

Le fétaud serra les poings, mais se contenta uniquement de la regarder fixement.

— Voilà qui est mieux ! Bon chien, articula-t-elle. Maintenant allez dormir ! L'épreuve commencera à votre réveil.

— Nemed, merci pour votre proposition, mais nous préférons débuter le plus tôt possible. Il ne reste que quelques heures…

— Qui es-tu pour croire que chez moi les gens ont le choix ? Assume tes décisions et ne demande pas à une autre personne que toi-même d'en porter les conséquences. L'échéance a été établie dès le départ. C'est ta mission ! Non la mienne ! Je vous ai dit de dormir. Il serait temps de te rappeler qui donne les ordres et qui doit obéir ! vociféra-t-elle avec rage.

— Soit. Je ne souhaite aucunement vous manquer de respect Gardienne. Nous obéirons et sommes prêts à vous suivre dans nos appartements, essayai-je d'apaiser la situation.

Eochaid ne m'avait pas menti. Nemed était visiblement en colère contre nous. Il fallait que j'améliore notre relation si je voulais espérer survivre à son épreuve.

— Je n'ai jamais dit que vous auriez la chance de rentrer dans mon Royaume ! s'offensa la Gardienne encore plus. Tu n'écoutes pas ! Je ne serai pas votre hôte ! Vous avez un canapé à votre disposition. Cela est déjà bien assez généreux de ma part de ne pas vous faire dormir sur le sol. Il ne faudrait pas que le bruit coure que je n'ai pas su accueillir la potentielle future Maël. Mais d'un autre côté, il faudrait déjà que vous restiez en vie pour pouvoir colporter ce genre de message, commenta-t-elle à voix haute pour elle. Enfin ! Je vous recommande vivement de consommer la boisson qui a été préparée spécialement pour vous, indiqua Nemed en montrant de la main un petit plateau en or posé sur le sofa.

Moi qui m'étais réjouie de cette nouvelle en l'entendant, quelle n'était pas ma déception de découvrir seulement deux verres à peine plus grands que des dés à coudre. Il y avait peu de chance pour que je sois désaltérée après cela !

Cependant, je m'exécutais suivie de près par Œngus. Tous les deux installés, nous bûmes le liquide âcre en dissimulant une grimace.

— C'est fait, commentai-je pour apaiser la Gardienne. Nemed ? la cherchai-je du regard.

— Elle est déjà partie.

— Quoi ? Mais elle n'a rien expliqué de… m'évanouis-je avant de terminer ma phrase.

J'avais froid. Tout était froid. Mon corps reposait sur un sol dur en pierre. Mon visage baignait dans une flaque d'eau. Mes vêtements étaient mouillés. Mes paupières, lourdes. Ma tête tournait.

J'entrouvris les yeux pour voir dans la pénombre mes doigts fripés et sales.

— Nemed nous a drogués, commentai-je pour Œngus tout en me redressant. Quelle garce ! lâchai-je de colère.

Je n'aimais pas cette sournoiserie. Cela n'avait rien à voir avec Eochaid. Là, mon esprit était brumeux. Et surtout, j'avais été trahie !

Il faisait sombre. Je devais être dans une grotte. Des gouttes d'eau tombaient lourdement sur le sol dans un écho bien trop puissant à mon goût.

— Gus ? interrogeai-je le vide encore une fois.

Pas de réponse.

— Gus ? criai-je plus fort.

Je n'aimais pas ce silence. Ni l'ambiance de l'endroit. Cela n'avait rien à voir avec les grottes que j'avais connues ces derniers jours. Je m'y sentais mal. Il y avait quelque chose de malsain qui régnait là.

— Début de l'épreuve, me motivai-je.

J'étais presque soulagée que le fétaud ne m'accompagne pas finalement. Nemed avait l'air de me mépriser férocement et je n'avais aucune envie que mon ange noir en subisse les conséquences. Je l'avais contrarié. C'était à moi d'assumer après tout.

— Vous auriez pu mettre plus de lumières, ronchonnai-je plus pour briser le silence qui m'oppressait que pour me plaindre.

J'avançais le long du couloir, les mains posées sur les parois pour éviter les obstacles. La sensation de la roche sous mes doigts était rassurante. Au bout, il ne s'agissait pas véritablement d'une sortie. Cela restait assez obscur. Certes, moins noir que tout ce qui m'entourait, mais j'étais certaine que je ne serai pas à l'extérieur une fois la destination atteinte.

— Allez ma grande ! La première fois, tu as bu un verre d'eau… Après avoir lutté contre une murène géante. Ok. Mais c'était pas de la faute de Dagda ! Juste pas de chance ! grimaçai-je. La deuxième… bon, ok, là, le labyrinthe n'était pas top. Mais ensuite, en dehors d'Œngus, qui a subi un charme qui l'a fait jouer jusqu'à avoir les doigts en sang… m'arrêtai-je dans ma lancée. Et bien, après, j'ai juste dû remplir un seau d'eau… Troué… Mais un seau d'eau quand même. Finalement, ça va. Pour Eochaid, ça a été encore plus simple. Il s'est contenté de me faire faire du ménage avant de m'envoyer trouver une créature immortelle et mortelle. C'est sûr que la vraie réflexion consiste peut-être à signaler aux Gardiens que l'environnement dans lequel ils vivent n'est pas ce que l'on pourrait appeler des endroits «surs», indiquai-je en mimant des guillemets avec mes doigts.

Ce monologue sur ton d'ironie me permettait surtout de garder mon sang-froid. J'avais beau aimer l'idée que le fétaud n'eut pas à subir l'épreuve, cela ne voulait pas dire pour autant que j'étais très rassurée.

Le couloir se terminait dans une grotte éclairée à la lumière des torches. En face de moi, se trouvait une sorte d'autel avec un couteau. Il y avait aussi deux cordes accrochées à la table en pierre par un anneau métallique. Je n'eus pas à suivre des yeux les cordes pour savoir où elles conduisaient, il suffisait de regarder en face de moi pour le comprendre.

Mon cœur tomba dans ma poitrine.

Deux prisons transparentes étaient accrochées sur la paroi rocheuse qui était de l'autre côté du précipice qui me séparait de celles-ci.

Œngus était là.

Alice aussi.

Ma sœur, sous sa forme de fée, tapait de toutes ses forces sur la vitre. Elle hurlait semblait-il. Je ne pouvais que le deviner à son expression, car aucun son ne sortait de sa cage.

Ils étaient tous les deux emprisonnés dans des sortes de tubes transparents verticaux qui longeaient toute la paroi. On n'en voyait ni le début, ni la fin. Leurs ailes aplaties contre le mur. Il n'y avait pas la place pour qu'ils puissent les faire battre et voler. De l'eau s'écoulait le long de la roche et remplissait la cage hermétique.

— Si l'eau continue comme cela, ils vont se noyer! commentai-je totalement paniquée et dévastée par cette scène.

Je m'approchai du vide. Une dizaine de mètres nous séparait. Impossible de traverser. Je me penchai encore mais me cognai la tête.

— Une barrière magique, devinai-je en passant ma main sur le mur invisible.

Je pouvais donc déjà éliminer toutes les possibilités qui m'obligeaient à trouver un moyen de franchir le gouffre.

On ne distinguait pas le fond. Il n'y avait que l'obscurité en bas.

L'eau était déjà montée à leurs tailles. Le liquide se répandait à la même vitesse dans les deux cages.

Nemed avait pensé à tout et ne semblait pas vouloir perdre de temps avec mon épreuve.

Je regardais les cordes tendues. Chacune se terminait sur une sorte de plateau où reposaient les pieds des prisonniers.

— Si une corde est coupée, le plateau s'ouvre et la personne tombe dans le tuyau jusque dans les profondeurs du précipice, analysai-je rapidement. Trancher le lien entraînerait inévitablement la mort puisqu'ils ne peuvent pas voler. Mais si je ne le fais pas, ils se noieront… Je ne comprends pas ce que je dois faire, les regardai-je se débattre.

Œngus était plus méthodique. Beaucoup plus calme, mais son expression en disait long sur ses émotions.

L'eau lui arrivant déjà à la poitrine, Alice n'arrivait pas à s'apaiser. Elle hurlait et pleurait en agrippant des deux mains la vitre.

— Je ne sais pas quoi faire, hurlai-je à mon tour en espérant qu'ils trouveraient une solution puisque j'en étais incapable.

Une voix résonna, mais ce ne fut pas celle que j'espérai.

— Tu dois choisir lequel devra mourir ce soir. La grotte réclame un sacrifice ! Si tu ne le fais pas. Les deux mourront par ta faute, clama la voix cruelle de Nemed.

— Il en est hors de question ! Jamais je ne ferai ça ! Ils n'ont rien à voir là-dedans. Relâchez-les ! Je suis prête à tout, mais pas à ça. C'est moi que vous voulez punir. Alors faites-le ! Torturez-moi si vous voulez. Tuez-moi ! Mais laissez-les tranquilles. Je vous en supplie, hurlai-je au vide.

Mais Nemed ne daigna pas répondre.

Je savais qu'elle s'amusait bien trop de mon désespoir.

Elle avait gagné.

Eochaid m'avait prévenue. Sa vengeance serait inqualifiable de cruauté.

Je regardai les deux êtres que j'aimais le plus au monde. L'eau les immergeait jusqu'au cou.

Alice levait la tête. Ses yeux révulsés de terreur. Les larmes ne coulaient plus tellement elle était choquée. Ses membres tentaient de nager dans un espace qui ne l'autorisait pas, mais son inconscient semblait lui donner envie de se battre malgré tout.

Œngus ne bougeait plus. Il se contentait de me regarder tristement. Un sourire fataliste sur son visage. Il articula trois mots que je compris aisément avant de hocher la tête comme une autorisation.

Une autorisation de quoi ? refusai-je de comprendre sa permission.

378

Le fétaud insistait en signe d'encouragement. L'eau à sa bouche.

Alice, dans la même situation.

Ils étaient proches du moment où il n'y aurait plus de retour possible.

Je me précipitai vers l'autel et saisis le couteau avant de le presser sur la corde d'Œngus et le regardai une dernière fois.

Mon ange noir restait impassible. Souriant et hochant la tête lentement.

— Non! hurlai-je. Non! refusai-je tout simplement de céder à cette folie.

Alice m'entendit et hurla encore plus fort. Absolument terrorisée.

— Votre grotte veut un sacrifice Nemed! Ils ne mourront pas! Vous avez perdu! crispai-je ma mâchoire de colère et de peur.

Je retournai le couteau contre moi et l'enfonçai de toutes mes forces dans mon ventre juste en dessous de mes côtes. La douleur était telle que je n'étais pas certaine de pouvoir lutter contre celle-ci et réussir à aller au bout de ma démarche. Je me laissai tomber à terre pour que le poids de mon corps appuie sur le manche du couteau maintenu par le sol.

Je n'étais pas aussi courageuse que j'aurais aimé l'être pour accomplir seule mon sacrifice, mais au moins j'avais réussi.

Ils vivraient.

Ils vivraient, me répétai-je en souriant avant de m'endormir définitivement.

J'entendais mon ange noir m'appeler. Il était si loin de moi. J'espérais qu'il ne soit pas mort à son tour, qu'il ne m'ait pas rejoint. Que ce soit de la main de Nemed ou de la sienne.

J'acceptais ce sacrifice sans aucune peine si cela permettait à ceux que j'aimais de vivre. C'est tout ce que je souhaitais. Que chacun puisse vieillir dans le monde approprié pour lui.

Le fétaud ne lâchait pourtant pas prise, il répétait sans cesse mon prénom. Une sensation de chaleur se déposa sur ma joue tandis que mon dos et mes jambes étaient enveloppés par le froid mordant.

Il était faux de penser que la mort était douce et apaisante. Elle était inconfortable, douloureuse et saisissante.

Cette fausse promesse de sérénité me contrariait au plus haut point.

Me contrariait ? pris-je conscience que je n'étais pas morte.

J'ouvris les yeux non sans difficulté. J'étais dans le vague, ne comprenant pas comment Œngus avait pu se libérer de sa cage.

Le fétaud me parlait mais je n'entendais rien. Un acouphène persistant m'en empêchait.

Les yeux plissés, je cherchai ma sœur.

— Où est Alice ? demandai-je la voix rocailleuse.

— Je ne sais pas. Je suppose qu'elle est retournée sur Terre… À moins qu'elle ne l'ait jamais quittée. À vrai dire, je ne suis même pas certain que tout cela soit arrivé, répondit mon compagnon perplexe.

— Alors comment savoir si elle va bien ? poursuivis-je inquiète.

Je tentai de m'asseoir. Ma tête tournait. Mon ventre, lui, était chaud et très douloureux.

— Parce que nous sommes là. Bien vivants ! À part si tu veux te torturer, il est inutile de supposer pour le moment qu'elle va mal.

Je capitulai en hochant la tête puis passai ma main sous mon t-shirt pour me masser le ventre.

Sauf que quelque chose n'allait pas !

Je soulevai le tissu pour voir une cicatrice d'environ cinq centimètres rouge et boursouflée juste en dessous de ma poitrine.

— Ce n'était pas un rêve, soufflai-je en massant l'endroit où, quelques minutes plus tôt, se trouvait le poignard.

— En effet, acquiesça-t-il sévèrement. Tu aurais pu mourir ! Ce que tu as fait était complètement idiot puisque je t'ai dit de couper la corde ! me reprocha-t-il en colère.

— Tu aurais voulu que je fasse quoi au juste ? Que je te sacrifie ? rétorquai-je passablement énervée par sa réaction.

— OUI ! C'est exactement ce que je t'ai demandé ! Tu tranchais la corde et tu vivais. Simple, non ? Mais comme d'habitude tu en as fait qu'à ta tête, continua-t-il sur le même ton. À quoi ça sert que je sois venu si à la moindre occasion tu te sabordes toi-même en prenant systématiquement le risque de mourir ? ne s'apaisait-il pas.

— Je ne comprends pas pourquoi tu es en colère. Je ne cherche pas à mourir, mais à ce que tu vives ! Nuance, répondis-je blasée.

Je ne le regardai pas. Mes yeux n'arrivaient pas à se détacher du petit trait sur ma peau. C'était une chose de prendre une décision sur le moment, une autre de devoir y réfléchir après.

Mais au final, je savais que la décision aurait été la même.

Si je n'avais pas été désignée pour prétendre à être Maël, ni

Œngus ni ma sœur ne se serait retrouvé dans cette grotte avec moi.

Le choix était logique. Donc, non, aucun regret même si l'issue n'avait pas été favorable.

— Tu n'aurais pas dû faire ce choix ! affirma-t-il pour avoir le dernier mot.

— Honnêtement, rien de ce que tu diras me fera penser que je n'ai pas trouvé la meilleure solution, souris-je.

— Parce que tu es en vie ? cracha-t-il.

— Non, parce que toi tu l'es.

Le fétaud feula pour montrer son désaccord, mais je l'ignorai totalement.

— Qu'est-ce qu'il t'arrive ? m'interrogea Œngus en changeant soudainement de sujet.

— Rien. Pourquoi cette question ?

— Tu es… différente, sembla-t-il peser ses mots. Plus calme, plissa-t-il les yeux, perplexe.

— Tout ça parce que je ne te hurle pas dessus parce que l'on n'est pas du même avis ? Wow tu as une sacrée opinion de moi dis donc. Aide-moi à me relever s'il te plait plutôt que de dire des bêtises, lui tendis-je mon bras pour qu'il me tire. Où sommes-nous ? observai-je la forêt qui nous entourait.

C'était très différent de ce que je connaissais. C'était plus une jungle. Avec de très grandes feuilles comme celles des bananiers. La végétation était très dense. Nous nous trouvions sur un petit espace de terre qui se poursuivait par un chemin étroit. Il n'y avait visiblement pas d'autre sortie que celle-ci, ni d'entrée d'ailleurs.

— Aucune idée, répondit le fétaud curieusement serein. On va s'en sortir ! Comme d'habitude, me fit-il un clin d'œil.

Si Laeradenn veut bien se donner la peine, me montra-t-il le chemin avec une révérence exagérée.

J'éclatai de rire. Que cela faisait du bien de rire. J'avais oublié cette sensation. Je pensais que jamais plus cela n'arriverait.

— Je vous remercie très cher, me pavanai-je en passant devant lui.

Son rire retentit à son tour. Ce qui me motivait à forcer encore plus le trait.

Une tache d'une couleur différente dans la végétation attira mon attention. Je m'approchai et dégageai la pierre.

— Ah bah finalement nous n'avons pas été perdus longtemps. Regarde, lui montrai-je fièrement la stèle.

— Désolé, mais je ne vais pas pouvoir t'aider cette fois. Nous ne sommes pas plus avancés, secoua-t-il la tête, navré.

— Oh dommage… Ce n'est pas grave. Tu n'es pas obligé de connaître tous les endroits non plus. C'était sympa en plus comme nom pour une fois : «le miroir des vérités passées et à venir». Il n'y a plus qu'à suivre le chemin. Nous verrons bien où cela nous mène, ne perdis-je pas mon enthousiasme en suivant la route.

Pour une fois qu'il n'y avait pas : de labyrinthe, de peur, de créatures, de grottes ou autres de prévu… J'étais plutôt détendue.

— Le miroir des vérités ? Où est-ce que tu as lu ça ? me stoppa mon compagnon.

— Là ! Sur la plaque d'entrée du site. Tu vois bien, non ? le contre-interrogeai-je ne comprenant pas son petit jeu.

— Non, justement je ne le vois pas ! Ou si tu préfères je ne LIS pas, tenta-t-il en lançant une devinette qui m'agaçait au plus haut point.

— Comment ça, tu ne le LIS pas ? C'est écrit, m'emportai-je de tant de mystère.

— Je veux bien te croire, mais je ne sais pas lire les runes ancestrales... Et toi non plus, normalement.

— Mais qu'est-ce que tu racontes ! Ce ne sont pas des runes ! C'est gravé là dans un langage plus que lisible, lui indiquai-je encore une fois l'écriture de ma main gauche.

— Regarde ton bras !

— Quoi ? relevai-je par réflexe ma manche. Le tatouage ! Il a disparu ! Mais qu'est-ce qui se passe ?

— La réponse est évidente, je crois.

Je secouai la tête totalement perdue.

— Il semblerait que tu sois Maël, annonça-t-il d'un ton neutre. Tu comptes faire quoi maintenant ?

Je me mordis la lèvre, cherchant du regard les réponses à la question que j'évitais de me poser depuis le début de toute cette histoire de fou.

— Il semble qu'il n'y ait qu'une seule option : celle de rester ! Devenia m'aidera, pour ne pas dire qu'elle fera ce qu'il y a à faire. Nous aurons ainsi toute l'occasion de passer du temps ensemble, souris-je tristement à la perspective de vivre dans une prison dorée dans un univers hostile qui ne m'aimait pas.

— Une seule option, répéta Œngus lourdement.

CHAPITRE 25

Les sens de la vie

Maël, pffff…

J'étais partagée entre devoir donner raison à Œngus, car ses arguments étaient quand même convaincants et penser qu'il était forcément à côté de la plaque.

Maël! La description qui m'avait été faite de ce titre était «choisi par les Dieux». Je ne voulais pas être vexante, mais à première vue, j'étais toujours moi. Pas d'ailes! Ni de super pouvoirs! Même sans vouloir être méchante à mon égard, j'étais plutôt du genre banal comme fille. Donc, on était bien loin du job promis là!

Mon ange noir n'avait pas l'air très heureux de cette nouvelle non plus d'ailleurs. Je m'attendais à une réaction plus enthousiaste de sa part, maintenant que j'étais contrainte à rester ici.

Comment allais-je faire d'ailleurs? L'annoncer à mon père? À Alice? Est-ce que Louan poserait la question? Pourquoi je pensais à lui soudainement? grimaçai-je malgré moi ce qui n'échappa pas à mon compagnon.

— Tu veux en parler? m'interrogea-t-il sans soupçonner mes pensées.

— Je ne préfère pas et toi non plus d'ailleurs si tu savais…. Tu as donc déjà entendu parler de ce lieu? changeai-je de sujet.

— Oui. Une seule fois. Kellia m'a expliqué qu'il y avait un lieu très particulier à Alleïa qui était en dehors du temps. Pour être tout à fait honnête avec toi, elle est restée très vague. Ta mère a juste évoqué que si un jour je me trouvais dans cet endroit, il fallait que je me baigne dans l'eau chaude de la source. Rien de plus, avala Œngus bruyamment.

Il y avait quelque chose qui le chiffonnait, mais il ne voulait pas le partager à l'évidence.

— Tu penses que c'est pour cela qu'il fait si chaud ? aérai-je mon t-shirt en le secouant. J'avais relevé mes manches, mais ça ne suffisait pas. Je m'étais habituée depuis quelques jours à dissimuler mon tatouage pour oublier sa présence, mais la chaleur était telle que le tissu devenait insupportable. Mes vêtements étaient humides et collaient sur ma peau moite. Mon jean presque crissant sur mon épiderme irrité.

— C'est effectivement fort probable, ôta-t-il sa chemise blanche pour la nouer autour de sa taille. La fine étoffe était presque transparente à cause de la sueur.

Le geste du fétaud me perturba un instant. Décidément, je ne m'habituais pas à sa nudité.

Chose étrange puisque nous avions partagé une douche la veille dans l'indifférence la plus totale… Ce constat me fit réfléchir. Après tout, je n'étais finalement plus obligée d'avoir si chaud ! Le fétaud avait déjà vu bien plus de moi par le passé. Je retirai donc mon pantalon pour le mettre dans mon sac et déchirai grandement le col de mon t-shirt avant de le descendre autour de mes hanches. J'utilisai les manches comme ceinture en les nouant entre elles.

— Mieux ! soufflai-je de satisfaction.

Mon compagnon, qui ne m'avait pas attendue, se tourna vers moi.

— Qu'est-ce qui est mieux? questionna-t-il en bafouillant sur le dernier mot.

— J'avais chaud, me justifiai-je sans savoir pourquoi j'avais soudainement l'impression d'avoir fait une bêtise.

— Tu es en sous-vêtement là! Tu le sais? m'interrogea Œngus fébrilement n'ayant pas repris tous ses moyens.

— Plutôt en tenue de plage. Bikini et paréo! tentai-je de dédramatiser une situation devenue gênante.

— Vous allez à la plage habillées comme ça? me demanda très sérieusement mon compagnon qui n'avait pas l'air d'apprécier cette coutume.

— Euh oui! Tu es bien torse nu toi! me sentis-je naître l'âme d'une féministe en herbe.

Je n'avais beau au grand jamais porté de deux pièces en public, il n'empêchait pas que je ne voyais pas le mal que d'autres le fassent. Au contraire, j'enviais ceux et celles qui s'assumaient!

— Oui, c'est vrai, sembla-t-il perturbé. Toi aussi, tu portes ce genre de chose? persista-t-il lourdement.

— Je fais comme tout le monde, mentis-je pour la cause. C'est quoi ton problème d'un coup? m'agaçai-je de sa nouvelle fausse pudeur.

— C'est la première fois que je te vois dans une telle tenue en dehors d'un espace fermé. Je crois que je n'étais pas préparé... avoua-t-il confus.

— Tu dis n'importe quoi! Au lac, j'étais encore moins habillée, ne vins-je pas à son aide.

— Il y avait l'eau! Il faisait nuit... continua-t-il son raisonnement.

— Ok. Admettons. Ça change quoi? fis-je un effort pour

comprendre sa logique.

— Rien. Je me disais juste que tu étais magnifique et que si tu t'habillais comme ça, je ne serais pas le seul à le voir, m'attira-t-il vers lui pour m'embrasser.

Son baiser était chaud, intense et gourmand. Œngus ne m'avait pas embrassée d'une telle façon depuis la nuit précédant notre entrée dans le labyrinthe. Presque une éternité s'était écoulée depuis. Tant de choses s'étaient passées... Impossible de croire que c'était seulement dix-sept jours plus tôt. J'avais la sensation qu'une vie s'était écoulée pendant ces deux dernières semaines. Et bien des vies s'étaient arrêtées également.

À cette pensée, je repoussai gentiment mon ange noir en écourtant légèrement son étreinte. Mes mains restèrent sur sa taille pour lui montrer que j'avais fortement apprécié son initiative. Avant de repartir, je lui déposai à mon tour un nouveau baiser aussi léger que la caresse d'un papillon.

Le bassin était creusé dans le sol, un rond d'environ deux mètres de diamètre, entouré de pierres pour le délimiter. La végétation disposée à un mètre tout autour rendait l'endroit assez oppressant. Une sorte de hammam naturel. La brume était assez dense. La chaleur encore plus forte.

— Tu crois que l'on doit se baigner l'un après l'autre? demandai-je pour connaître le «protocole» du lieu.

— Ta mère ne m'a rien dit à ce propos. Je t'avoue que je ne suis pas à l'aise avec cette notion de temps. Je n'ai ni l'envie que l'on soit séparés à cause d'un espace-temps différent, ni l'envie de risquer d'écourter encore plus ta vie à cause d'un éventuel bond dans le futur, pâlit-il.

Sa suggestion me glaça le sang. Je visualisais déjà le reflet d'une vieille femme fripée qui possédait étrangement mon regard à la surface de l'eau. Ma gorge sèche déglutit bruyamment et mes pieds fébriles s'éloignèrent du bassin.

— Tu crois que c'est possible ? m'inquiétai-je de ce qui allait se produire.

— Aucune idée, répondit-il avec un rictus peu confiant. Je vais y aller le premier, mais tu me donneras ta main quand même pour ne pas briser le lien… Au cas où. Tu peux te tourner s'il te plaît, me fit-il un signe de l'index avant de déboutonner son pantalon.

— Oui. Oui. Bien sûr, m'empourprai-je avant de m'exécuter.

Pourquoi tout d'un coup tout était redevenu bizarre à ce sujet ? Nous avions passé des nuits entières ensemble, partagé des bains, des douches et maintenant tout nous mettait mal à l'aise. Je me sentais stressée sans en comprendre la raison.

— Tends ta main puis ferme les yeux, le temps que j'entre dans l'eau.

Le fétaud me la saisit et la tira doucement vers lui. Je suivais ses mouvements comme je pouvais, m'asseyant au bord du bassin.

— C'est bon, m'autorisa-t-il à ouvrir de nouveau les paupières.

Mon ange noir était immergé jusqu'au torse, un sourire aux lèvres.

— Tout a l'air OK, gonfla-t-il ses poumons de soulagement.

— Comment tu te sens ? demandai-je pour vérifier qu'une

autre entourloupe magique n'ait pas eu lieu à son insu.

— Bien. Même très bien pour être honnête.

— Trop bien ? m'inquiétai-je de l'effet d'un sortilège.

— Non, juste très bien. Parce que c'est fini, que nous sommes vivants et que tu es là, m'attira-t-il à lui en prononçant les derniers mots.

Mes jambes étaient maintenant dans l'eau, reposant le long du corps de l'Hybride.

Ses yeux émeraude me fixaient d'une façon que je ne lui connaissais pas.

La chaleur du liquide qui glissait sur ma peau détendit mes muscles endoloris. J'avais oublié ce que cela faisait de se sentir aussi sereine.

Œngus avait raison. C'était très agréable comme sensation.

— Kellia voulait peut-être juste dire que le temps passait différemment ici. Nous sommes coupés de tout. Pas de Gardiens, ni d'Eryans.

— Ni de Mary-Morgans ! le coupai-je.

— Ni de Mary-Morgans, me sourit-il en hochant la tête. Plus de responsabilités. Pas de codes. Juste le moment présent. Toi et moi. J'aimerais juste que le temps s'arrête, m'embrassat-il doucement tout en défaisant le nœud de ma «jupe».

Je retirai le tissu déchiré puis Œngus m'entraîna avec lui dans le bassin. Mes jambes enroulées autour de sa taille, mon dos bloqué contre la paroi.

— Cela a des avantages… ton humanité. Je parle de ton absence d'ailes, regarda-t-il derrière moi en posant sa main sur ma joue.

Son pouce caressa doucement ma bouche avant qu'il ne m'embrasse de nouveau.

— La brume aussi a son avantage, ne quitta-t-il plus mes lèvres.

J'étais tellement troublée par le changement radical de comportement de mon compagnon que je ne savais même plus quoi répondre. C'était si différent. Si agréable que je me refusais de l'interrompre. Je me délectais de chacun de ses gestes en espérant un peu plus à chaque fois.

— Est-ce que… Es-tu… ne trouva-t-il plus ses mots à son tour.

— Tarannon ! C'est toi ? demanda une voix surprise alors que j'allais répondre à mon ange noir.

Stupéfaits, nous sursautâmes tous les deux, car nous avions immédiatement reconnu la personne qui avait prononcé ces mots.

Œngus me lâcha lourdement pour se retourner. De mon côté, je le poussai pour voir notre interlocutrice.

Dans la brume en face de nous, une fée aux cheveux longs châtains nous regardait, les yeux étonnés, mais bienveillants. Ses ailes turquoise immergées tout comme celles d'Œngus.

— Tarannon ! Que fais-tu là ? poursuivit-elle. Tu devrais être avec Eochaid normalement. Tu m'as suivie ? Et qui est cette jeune fille ? nous regarda-t-elle tour à tour inquisitrice. Une humaine ! Tarannon ! Voyons, à Alleïa ! Tu vas encore avoir des problèmes, le morigéna-t-elle en appuyant d'un geste du doigt. Qu'est-ce qui t'a pris ? Tu sais bien que je n'ai absolument rien contre ce peuple puisque tu connais ma situation avec John, mais nous ne pouvons pas les emmener ici. Même John n'est pas au courant. Comment peux-tu être certain qu'elle ne dira rien ? D'ailleurs quand as-tu eu le temps de la rencontrer ? Pourquoi tu ne réponds pas ? Tu es tout pâle… Ça va mon trésor ? s'inquiéta la magnifique fée en laissant enfin la possibilité à mon compagnon de répondre dans cette tirade de questions époustouflantes par leur quantité.

Je comprenais mieux certains traits de mon caractère à présent. Quant à «Tarannon», il allait devoir prochainement me donner une explication! Mais pas maintenant, car plus rien n'avait d'importance que cette conversation.

— Kellia, mais toi qu'est-ce que tu fais là? réussit à articuler le fétaud alors qu'il avait l'air d'être aussi troublé que moi.

— Une suggestion de Dagda avant mon départ définitif pour la Terre demain. Elle m'a dit que cela serait un rituel intéressant pour moi avant de bouleverser ma vie. Une manière de graver ma mémoire d'une certaine façon, haussa-t-elle les épaules en souriant.

Voir ma mère ainsi me laissait muette. Les derniers mois avant sa mort, elle n'était plus que l'ombre d'elle-même. Le visage creusé. Les paupières lourdes de fatigue. Son teint était si hâve. Elle avait l'air si fragile. La femme que je détaillais en face de moi ne ressemblait pas du tout à mon souvenir. Ce n'était pas non plus pour cela qu'elle n'était pas MA maman. Cette jeune femme rayonnante déblatérait de manière totalement désinvolte. Alors que ma mère aérienne respirait la sagesse. Deux versions différentes d'une personne incroyable dans tous les cas. J'aimais déjà La Laeradenn qui se trouvait de l'autre côté du bassin. C'était la première fois que j'avais l'impression de ressembler à ma mère. Et ses ailes! Si grandes! Si majestueuses! Des entrelacs semblables à ceux d'Alice. Un dégradé de turquoise magnifique et…

— Tu lui as dit de ne pas détailler les ailes des Eryans de cette façon? me sortit de ma rêverie la jeune Kellia.

— Oui… Je lui répète tout le temps, répondit Œngus gêné en se frottant la tête. Tu pars demain donc? reprit-il le contrôle de la conversation.

— Oui, nous en avons déjà parlé. Ne reviens pas là-dessus. J'aime John. J'ai vraiment envie de vivre avec lui. En plus, tu as entendu Dagda toi aussi ? C'est notre avenir à tous qui se joue là-bas. Celui d'Alleïa. Le tien. Tout comme le mien. Je ne t'ai jamais caché mon rêve de porter un enfant. Tu es grand maintenant et tu n'as plus autant besoin de moi. Je reviendrai Tarannon. Tu es mon fils. Mon premier enfant, précisa-t-elle avec beaucoup d'émotion dans la voix.

Ma mère aimait sincèrement Œngus. C'était évident. Je comprenais mieux l'attachement qu'ils se portaient. Cela en était presque troublant, comme une sensation de jalousie qui m'envahissait. Mon petit ami avait au final passé bien plus de temps avec ma mère que moi. Quand bien même nous aurions vécu une vie entière d'humaine, cela aurait été toujours moins qu'eux deux…

Je chassai cette idée qui me peinait pour me concentrer sur la situation. La Kellia présente à nos côtés provenait du passé. Mais était-ce nous qui l'avions rejointe ou l'inverse ? Et si c'était ma mère qui avait fait un bon dans le futur… Pouvait-elle rester avec nous ?

— Comment fonctionne le bassin ? me devança Œngus.

— Il utilise la mémoire de l'eau. Dagda m'a dit qu'étant donné que j'allais opérer un grand changement dans ma vie, il pouvait être bon de garder en mémoire tout ce que j'étais avant de partir. Vu que c'est la première fois que je venais, je ne m'attendais pas à avoir de la visite, rit-elle de bon cœur. En théorie, le sortilège ne fonctionne qu'en présence de la personne qui se baigne. Il faut être déjà venu pour pouvoir discuter avec la personne que l'on était. Bon, j'espère qu'il ne faudra pas que nous soyons présents tous les trois en même temps, car cela va compliquer la tâche, s'esclaffa-t-elle encore plus fort de la situation.

— Kellia, on doit te dire quelque chose, reprit le fétaud d'une voix plus sombre. Nous ne sommes pas avec toi ou plutôt TU n'es pas avec nous, précisa-t-il en espérant qu'elle comprenne seule.

— Qu'est-ce que tu racontes? plissa-t-elle les yeux pour analyser le visage de mon compagnon.

Ma mère tendit le bras vers nous, balaya la brume devant elle, puis se redressa avec un regard plus sévère.

— Je suis déjà partie si je comprends bien. Depuis combien de temps? voulut-elle sérieusement en savoir plus.

— Dix-neuf ans, répondis-je très vite juste pour pouvoir me mettre en avant et attirer l'attention de ma mère.

— Comment le sais-tu? Oh, sursauta-t-elle en posant une main sur son ventre. Quelle est ton appellation? s'intéressa-t-elle d'un coup à moi en me dévisageant.

Elle scrutait centimètre par centimètre chaque morceau de ma peau.

Je regardai Œngus qui hocha la tête en approbation à la question.

— Télès. Je me nomme Télès, sentis-je ma voix tremblée.

— Elle a accepté! Saphyra l'a fait! répondit ma mère encore plus émue que moi.

— J'ai une sœur, ne pus-je m'empêcher d'ajouter. Elle s'appelle Alice, elle te ressemble beaucoup. Une vraie artiste comme toi, racontai-je à toute vitesse.

— Tu as une sœur, articula-t-elle lentement. Une autre fille, frotta-t-elle son ventre délicatement.

— Télès est très courageuse, tu sais. Elle a un caractère fort, parfois pénible, mais elle a un grand cœur. Beaucoup de gens la comparent à toi et adhèrent déjà à sa succession…

— Mon père est mort si je comprends bien. Qu'en est-il des autres membres de la famille qui auraient pu succéder ? demanda-t-elle, la mâchoire crispée.

La maladresse du fétaud jeta un froid dans la conversation.

— Devenia est au château au moment où nous parlons, répondit-il à demi-mot.

Ma mère pinça ses lèvres, prit une grande respiration avant de reprendre d'une voix douce :

— Je suis désolée mon trésor. Pour ta mère également. Je sais bien que votre relation n'était pas simple, mais la perdre a dû être une épreuve. Je suis également désolée pour toi ma chérie, sourit-elle les yeux tristes.

Deux larmes coulèrent sur nos deux joues simultanément.

— Etede n'est pas morte ! Pourquoi penses-tu cela ? lâcha sans émotion le fétaud.

— Parce que l'une ne va pas sans l'autre. Nous avons fait un serment de sang peu après ta naissance. Il nous lie. L'une ne peut traverser le voile sans l'autre. Rien ne peut conjurer ce sort. Le sang parle, annonça-t-elle comme une évidence.

— Pourtant si ! Elle n'est pas morte, elle ! cracha-t-il haineux.

— C'est impossible Trésor, je te le répète. Tu as passé les épreuves ? As-tu réussi ? Comment tu te sens ma chérie ? poursuivit-elle son questionnement.

— Oui, c'est terminé. Je suis Maël. Pour être honnête, je ne sais pas comment je vais. Maman, ne va pas sur Terre. Dis à papa de te rejoindre. Nous serons bien ici tous ensemble. L'atmosphère de la Terre va te tuer. N'y va pas. Ne fais pas ça, la suppliai-je.

Je ne savais pas si j'avais jeté à la poubelle toutes les règles de respect du bon déroulement des évènements, mais je m'en moquais. Je ne me serais jamais pardonné de ne pas avoir saisi une telle occasion de sauver ma mère.

— C'est quoi cette histoire encore ? Qui t'a raconté de telles inepties ? Nous avons encore des membres de nos peuples et d'autres d'ailleurs qui vivent très bien sur Terre depuis des millénaires. Alleïa est une terre d'accueil encore très récente. La Terre est et restera toujours chez nous, secoua-t-elle la tête pour chasser l'idée.

Je me contentai de rester les bras ballants le long du corps. J'étais perdue et désemparée, car à l'évidence je ne saurai jamais pourquoi on m'avait pris ma mère si tôt.

— Je ne sais pas pourquoi c'est arrivé. Ni pourquoi cela n'a pas eu l'effet prévu. Mais les choses sont faites. Vos vies ont réussi à suivre leurs chemins. Alors c'est que tout est juste et à la bonne place. Je ne changerai rien, nous regarda-t-elle avec l'amour d'une mère. J'ai juste une chose à ajouter Tarannon, la prochaine fois que tu tenteras quelque chose avec ma fille. Premièrement, évite de le faire dans le bassin des mémoires, cela nous évitera tous les trois un moment assez embarrassant. Deuxièmement, les Gwraidds sont timides, mais très observatrices, fit-elle avec un signe de menton pour nous montrer les bois derrière nous.

Un craquement de branche retentit !

Nous nous tournâmes précipitamment pour en connaître l'origine.

Mal à l'aise, je m'enfonçai dans l'eau jusqu'au cou et allai remercier ma mère… Mais la silhouette dans la brume avait disparu.

Elle était partie.

Une partie de mon cœur avec elle.

— Nous ne voulions pas vous interrompre, prononça une voix frêle dans mon dos.

— Ni briser le lien, intervint une autre plus fortement.

— En toute franchise, je crois bien que la Laeradenn Kellia vous a utilisés pour couper court à cette discussion, répondit Œngus.

— Pour quelle raison ? m'attristai-je de ce choix.

— Elle te l'a dit : tout est à sa place. Tu lui as fait un beau cadeau en parlant de ta sœur. Tu as permis à ta mère de partir confiante vers la Terre.

— Oui, mais elle mourra quand même. Alors à quoi ça a servi ? me demandant si ce n'était pas pire au final de savoir qu'elle le sache ne changeait rien.

— Tu l'as informée. C'est le principal. Le futur de Kellia est ton passé. Cette discussion ne pouvait pas modifier les évènements, en tout cas, pas ceux que tu connais. Peut-être que ta mère a pris des décisions différentes en sachant cela et c'est ce qui t'a amenée ici aujourd'hui.

— Pourquoi penses-tu cela ? l'interrogeai je sans comprendre son raisonnement.

— Parce que si cela n'avait pas tout changé alors Kellia ne m'aurait pas dit de me baigner dans le bassin lorsque je l'ai revue le jour de ta nomination. Cela a eu des conséquences sois-en certaine, me serra-t-il le bras avec sa main.

Mon ange noir avait encore une fois su trouver les mots.

Savoir que l'on avait changé les choses était une sensation sans comparaison. Un énorme pansement sur une plaie ouverte.

Un toussotement discret interrompit notre conversation.

— Nous avons été envoyés pour venir vous chercher

donc si vous avez terminé, nous pourrions peut-être rentrer, intervient d'une voix douce la plus petite des deux.

Les deux femmes au teint hâlé ressemblaient à celles que nous avions rencontrées lors de la fête des Parias. Leurs cheveux crépus vert foncé presque noirs faisaient penser à des buissons. Leurs yeux de biche jaune doré ne reflétaient que leur gentillesse. Habillées simplement de feuilles et de fougères, elles n'avaient rien de sauvage. Bien au contraire, leur paix intérieure devenait évidente.

Elles devaient être sœurs pour se ressembler autant.

— Qui demande à s'entretenir avec le Maël? interrogea Œngus curieux.

— Crann Bethadh! Il veut connaître celle qui va veiller sur le pays d'Eryan.

— Cela sera un honneur de vous suivre, réagit le fétaud en posant le poing sur sa poitrine.

— Qui est Crann Bethadh? demandai-je penaude d'être encore ignorante.

— Notre Père à tous, répondit en souriant la plus grande des jeunes femmes.

CHAPITRE 26

Crann Bethadh

Filicaria, la plus grande des deux Gwraidds, menait l'expédition. La gentille Lonicera, plus timide, la talonnait deux pas en arrière. Tandis que nous nous contentions de suivre sans un mot depuis les brèves présentations.

Au fur et à mesure que nous nous enfoncions dans la végétation, le feuillage changeait. La jungle tropicale devenait plus familière. Des centaines de hêtres autour de moi, très hauts avec un feuillage dense. Je n'apercevais que de rares fois le collier de perles des planètes d'Alleïa. Pourtant elles nous offraient toujours une clarté bien suffisante pour que nous puissions progresser sans heurt dans les bois. Des puits de lumière marquaient notre chemin. Tout comme les branches des arbres. Même sans nos guides, la route nous aurait paru évidente. Une voûte se formait comme un long couloir naturel.

Les ombres fantomatiques ne me faisaient plus peur.

Ce paysage inconnu ne l'était plus.

J'étais chez moi.

Les racines sortaient de plus en plus de terre formant un réseau complexe. Une sorte de carte synaptique ou de réseau sanguin. Il y avait quelque chose de très humain dans leur structure. Les Gwraidds, tout comme le fétaud, les évitaient soigneusement d'un pas léger et dansant. Je faisais de même avec beaucoup moins de grâce, cependant.

Sans surprise, compte tenu de ma maladresse légendaire, je me pris le pied dans l'une d'entre elles et me préparai, les mains en avant, à amortir tant bien que mal ma chute. Mais un bras m'enveloppa délicatement autour de la taille, puis me ramena sur mes pieds.

— Merci Œngus, reconnus-je la force de mon compagnon.

Je me tournai, mais l'Hybride était bien trop loin de moi pour avoir accompli ce sauvetage.

Filicaria s'approcha, entoura les bras autour de l'arbre à côté de moi avant de poser son front sur l'écorce.

— Merci mon ami, murmura-t-elle.

Un visage d'homme se dessina dans le bois, son front posé sur celui de la jeune femme.

Je restai muette face à cette scène. Rien de ce que j'avais connu à Alleïa n'arrivait à la hauteur de cette magie.

Après le visage, le torse se sculpta, les deux branches se rapprochèrent et des bras commencèrent à apparaître. «L'homme» rendit l'étreinte à la Gwraidd, puis stoppa cette connexion en se reculant. Filicaria n'insista pas, reculant d'un pas, un sourire sur les lèvres.

— Comment puis-je faire pour le remercier également? demandai-je à la jeune femme.

— Pose ta main sur l'écorce. Les mots n'ont pas d'importance, ils n'existent que pour toi. Sois sincère! Il le saura, attrapa-t-elle mon poignet pour accompagner mon geste.

— Merci, soufflai-je sincèrement en fermant les yeux.

L'écorce vibra sous ma paume. Une énergie chaude se répandit sur ma peau. Une main prit forme en face de la mienne, les doigts se mêlèrent aux miens et me serrèrent doucement avant de disparaître dans le bois.

— Tu vois ! Il t'a entendue, me félicita mon guide.

Je hochai la tête émerveillée par cette rencontre.

Le bruissement des feuilles se fit distinguer. Un chuchotement qui s'amplifia en acclamation. Les feuilles tombèrent en pluie sur nous.

— Vous êtes la bienvenue Maël, m'annonça Filicaria fièrement.

Je tendais les bras en riant de bonheur face à un tel accueil.

— Merci, hurlai-je tant le bruit était puissant.

Le reste du chemin prit une autre dimension. Les branches des arbres nous accompagnaient, me tendant la main tantôt à gauche tantôt à droite. Parfois me faisant tourner sur moi-même comme une chorégraphie au son du vent dans les arbres.

Les autres n'étaient pas en reste. Mes trois compagnons dansaient tout comme moi. Les rires des Gwraidds étaient une note supplémentaire dans la partition.

Une musique naturelle résonnait dans l'air. Les craquements. Le souffle. L'agitation des feuilles… Tout avait un sens. La mélodie était là.

On célébrait mon arrivée.

C'était magique !

Chacun de mes pas se posait sur une branche, je n'avais plus à réfléchir. Je volais dans les airs plusieurs mètres au-dessus du vide. Enlacée par des lianes qui assuraient ma sécurité.

Une valse rapide.

Une danse incroyable.

Le rythme s'apaisa lorsque nous arrivâmes sur une immense plateforme nichée dans un arbre gigantesque.

Ce chêne était encore plus grand que l'Arbre de Vie présent au Nemeton.

Le seul chêne de cette Hêtraie.

L'arbre me déposa délicatement sur le sol en liane tressée. Je retins la branche quelques instants dans mes mains pour le remercier avant de la laisser glisser tristement entre mes paumes. Ce départ me déplaisait. Je savais déjà que la vibration de ce contact me manquerait.

Nous étions au village des Gwraidds.

Il y avait une trentaine de niches en forme de gouttes d'eau, formées par des entrelacs de branchages, suspendues dans les airs.

Une nouvelle musique plus douce s'installa.

Je reconnus le son harmonieux des flûtes et des harpes.

Cinq Gwraidds arrivèrent à notre rencontre, suivis du peuple entier. Celle du milieu portait une couronne en feuilles de chêne sur la tête. Son bras gauche était agrémenté de plusieurs dizaines de bracelets qui le recouvraient presque.

— Bienvenue à vous tous. Bienvenue dans les bras de Crann Bethadh. Et bon retour parmi nous mes sœurs, salua-t-elle d'un geste de côté de la main comme si elle caressait l'air.

— Grande sœur, voici Télès et Tarannon, nous présenta-t-elle impudiquement.

C'était la première fois depuis ma présence ici qu'un peuple connaissait mon vrai nom. J'étais convaincue que c'était la même chose pour Œngus.

— Mes sœurs! Mes frères! invita-t-elle au silence. Veuillez accueillir notre Maël, Télès, accompagnée de son compagnon Tarannon!

Les Gwraidds lancèrent un cri fédérateur qui résonna en écho dans la forêt. Il semblait provenir de tous les côtés à la fois.

Le calme revint lorsque la femme fit un signe du poing.

— Je suis Olea, la sœur aînée de notre communauté, reprit-elle. Télès. Tarannon, répéta-t-elle solennellement avec un hochement de tête. Un nom de Sirène attribué à une Humaine. Un nom d'Elfe porté par un Hybride. Vous êtes les incarnations de l'espoir pour notre peuple! Puissions espérer que vous saurez faire preuve d'autant de tolérance envers nous que vos protecteurs envers votre condition, annonça-t-elle sans animosité.

Olea n'avait pas l'air d'être en colère que son clan soit repoussé de la sorte par les Eryans. Sa voix calme était remplie de sagesse. Elle venait juste de prononcer un souhait. Rien de plus.

Les Gwraidds étaient surprenantes de bonté. Elles ne demandaient pas que nous leur venions en aide. Elles étaient heureuses et autonomes sans le reste des peuples d'Alleïa.

Alors que les autres communautés les dénigraient, je réalisai que c'était le seul clan qui n'attendait pas la reconnaissance ou l'intégration des Eryans. Elles vivaient en harmonie de leur côté.

C'est moi qui les enviais d'avoir cette chance d'être en paix.

— Vous pouvez compter sur Tarannon et moi-même pour que les pensées évoluent. Je le souhaite tout autant que votre clan, reproduisis-je le geste de la main que je l'avais vu faire un peu plus tôt.

Je ne savais pas ce que cela signifiait, mais mon instinct m'avait soufflé que c'était juste de le faire.

La réaction des Gwraidds ne se fit pas attendre. De nouveaux cris retentirent suivis de rires carillonnants.

Les quatre jeunes femmes qui entouraient Olea s'approchèrent de moi et m'encerclèrent en formant une ronde.

— Viens ! Il t'attend ! Crann Bethadh t'attend, m'indiquèrent-elles à l'unisson de quatre voix identiques.

Tous les mouvements de leurs lèvres étaient semblables. L'une ne pouvait pas ouvrir la bouche sans que les trois autres l'accompagnent en même temps. Quatre voix pour une seule pensée.

Les jeunes femmes dansaient autour de moi et me dirigeaient vers la branche centrale de l'arbre. Une colonne qui montait haut dans le ciel nocturne d'Alleïa.

— Il aura besoin de ta sève. Rapporte-nous tes fleurs pour que nous puissions aussi te connaître, demandèrent-elles en chœur.

L'écorce se fendit à mon arrivée, laissant juste l'ouverture suffisante à mon passage.

Je regardais une dernière fois les planètes mauves lumineuses et fermais les paupières pour en apprécier les rayons puis pénétrais sous leur clarté dans Crann Bethadh.

Dans cette étroite cavité, ne se trouvait qu'une ronce épaisse dont les épines me faisaient penser à des dents acérées. À cette idée, un frisson me glaça l'échine.

— Ma sève… Mon sang, murmurai-je pour moi-même.

Je m'avançai et piquai en grimaçant mon doigt sur une des pointes de l'arbuste. Une grosse goutte de sang perla rapidement sur la pulpe de mon doigt, je la laissai tomber sur le sol en espérant avoir saisi ce que je devais faire.

À peine mon sang toucha l'écorce que des tiges de fleurs et d'arbustes poussèrent jusqu'à la hauteur de mes mains avant d'éclore.

— Une violette, une rose blanche, une fleur de géranium, de la sauge, une fleur de cactus, reconnus-je en caressant un végétal après l'autre.

J'observai celles que je méconnaissais.

Une boule de petites fleurs blanches aux cœurs jaunes.

Un pompon soleil entouré de pétales dentelés de la même couleur.

La dernière : une tige couverte de clochettes blanches pendantes entourée d'une sorte de lierre orné de feuilles en forme d'étoile qui protégeaient une baie noire.

Je cueillis le bouquet comme les Gwraidds me l'avaient demandé puis sortis de la cavité.

Les jeunes femmes m'attendaient, me tendant déjà les bras pour recevoir les fleurs que j'avais dans les mains.

Je leur donnais un peu à contre-cœur, me sentant étrangement volée d'une partie de moi.

Elles me devancèrent pour aller rejoindre le reste du groupe.

Olea était installée sur une branche en forme de cercle tandis que les autres jeunes femmes étaient installées sur le sol. Seul un passage entre l'aînée et nous fendait la foule.

Tarannon, debout, se trouvait à sa droite.

Une place m'attendait à sa gauche.

Mes guides donnèrent solennellement mon bouquet, puis

s'installèrent avec leurs sœurs.

L'aînée tendit les fleurs face à elles. Des voix admiratives retentirent.

— Mes sœurs, voici le moment d'accueillir le Maël Télès, acclama Olea.

Les jeunes femmes répondirent en claquant rapidement les mains sur le sol créant un nouvel air.

— Violette, prononça doucement la Grande Sœur.

— Hey ! répondirent sept femmes en levant le bras vers le ciel.

— Spirée, poursuivit-elle fermement en levant la boule blanche.

— HEY ! reprirent onze autres femmes.

— Sauge ! clama-t-elle en montrant son poing.

— HEY ! cria plus de la moitié du groupe en riant.

Filicaria suivie de trois autres Gwraidds se lança dans des cris de ralliement.

— Rose blanche, annonça plus calmement Olea.

— Hey ! intervinrent trois jeunes femmes très frêles.

— Géranium, continua-t-elle sur le même ton.

— Hey, se manifesta une quinzaine de femmes dont la douce Lonicera.

— Hélénie et Fleur de cactus, montra tristement la Grande Sœur.

— Gloire à la Laeradenn Kellia ! hurla Filicaria.

La communauté répondit en accélérant les battements de leurs mains. Les bruissements des arbres qui s'étaient tus jusqu'ici réapparurent.

Mes yeux s'embuèrent de larmes face à cet hommage.

— Et gloire au Maël Télès, poursuivit-elle d'une voix puissante.

Des hurlements de joie résonnèrent à travers la forêt.

— Grande sœur, quelles sont les dernières fleurs ? demanda une voix timide dans l'assemblée.

— Hellébore blanche, Belladone et Lierre, fit-elle un sourire en coin.

Des rires gênés retentirent. Ce qui me mit mal à l'aise, car je ne comprenais pas ce qu'il se passait.

— Qu'est-ce que cela signifie ? osai-je enfin demander.

— Crann Bethadh vient de vous présenter à notre communauté. Nous savons maintenant que vous êtes une jeune femme gentille, comme Lonicera, forte, modeste, sensible et déterminée, une qualité que vous partagez avec Filicaria. Ce qui ne vous empêche pas de posséder encore la jeunesse de l'enfance, d'être aimante malgré la tristesse de la perte de votre mère, récita-t-elle en me montrant les fleurs correspondantes.

Je restai stupéfaite face à ce portrait plutôt flatteur.

— Que signifient les fleurs entremêlées avec le lierre ? Pourquoi vos sœurs ont ri ? voulus-je connaître la vérité car j'avais remarqué que Olea avait évité soigneusement le sujet.

— Elles sont le symbole d'un amour profond. Rien de plus. Il n'est pas le moment pour vous de vous en inquiéter.

— Alors il est l'heure de quoi ? l'interrogeai-je passablement frustrée par sa réponse.

— De danser, me prit-elle la main pour rejoindre ses sœurs qui étaient déjà debout à nous attendre.

La nuit était claire. Un nouveau jour s'annonçait.

Il ne restait plus que quelques sœurs pour partager ce moment de lâcher prise. Au fur et à mesure de la soirée, j'avais vu les Gwraidds partirent se «coucher». Je ne savais pas exactement ce qu'elles faisaient en fait... Les jeunes femmes s'approchaient des branches et l'écorce s'ouvrait devant elles. Un homme apparaissait dans le bois, jamais le même, la sœur se serrait alors contre lui, les mains posées sur le torse sculpté. Puis l'écorce se refermait sur les deux êtres comme un drap pudique.

— Tu ne veux pas dormir? demanda Tarannon qui ne s'était pas prêté au jeu de nous suivre dans nos chorégraphies.

Malgré mes invitations, il avait passé la soirée à nous observer en souriant.

— Si tu as raison. Je suis épuisée... Mais où allons-nous pouvoir dormir? Tu crois qu'il faut que nous nous présentions aussi à Crann Bethadh? l'interrogeai-je peu motivée par cette idée.

Je n'étais absolument pas choquée par la manière de vivre des Gwraidds. Je préférai de loin leurs mœurs à celles des Mary-Morgans. Cette communauté était belle et en paix. Je m'y sentais bien. Or, cela devenait inespéré à Alleïa.

— Non. Olea m'a montré le nid dans lequel nous allions dormir cette nuit. Si cela te convient bien sûr? vérifia le fétaud les paupières plissées.

— Oui, évidemment, le rassurai-je sans comprendre son embarras soudain.

Mon ange noir me prit la main et me guida à travers les nids suspendus. Notre «appartement» se trouvait au milieu des autres. Nous n'entendions même plus la musique de la fête. Juste le souffle dans les lianes, un léger carillon.

Au-dessus de l'ouverture, une gerbe blanche.

— Des roses mêlées à des hellébores… reconnus-je les fleurs de mon bouquet. Crois-tu qu'il y a une raison pour qu'elles soient là ? demandai-je à Tarannon.

— Sans doute, ne répondit-il pas entièrement avant de m'embrasser doucement et de m'aider à me glisser dans la niche.

Le sol était recouvert d'un futon, de plusieurs couches de draps en fin coton blanc. Tout autour de la paroi, se trouvaient des petits coussins violets.

La goutte ouverte à son extrémité permettait de voir le ciel rose matinal d'Alleïa.

Lorsqu'il me rejoint, le fétaud me prit le visage entre ses deux mains.

— Nous sommes seuls. Pas de Gwraidds cette fois dans les bois. J'aimerais que tu sois à moi maintenant. Si cela doit être la dernière fois avant que ta vie bascule alors je ne veux pas être une autre personne que ton associé ce matin. Peut-être qu'à notre réveil, nous aurons l'impression d'avoir rêvé. Tu voudras peut-être même tout oublier. Mais juste pour quelques heures, permets-moi cette illusion de croire qu'être Maël ne changera rien ! Que nous pourrons toujours nous aimer, me déclara-t-il ému.

Ses mots me firent peur. Je n'imaginais plus ma vie sans lui. Et lui sous-entendait qu'à notre retour, notre amour ne serait plus possible ! Je refusai de penser à cette idée qui n'avait aucun sens pour moi. Je n'avais pas tout risqué, ni sacrifié tant d'énergie pour me contenter de cela.

Je l'embrassai à mon tour en approbation à sa demande, car les mots devinrent soudainement un trop lourd fardeau.

La peur de le perdre se transforma en nervosité. Mes

respirations se firent rapides et saccadées. Le fétaud, calme, me fixait des yeux. Chaque fois que son torse se soulevait doucement, il clignait des paupières. Son regard changeait peu à peu. Plus évident. Plus confiant. Tarannon dressa sa main gauche, paume vers moi. Je posai la mienne contre la sienne. Une douce vague de chaleur m'envahit. Je crus voir un reflet bleu envelopper mes doigts avant de disparaître. Un frisson me parcourut. Nos deux poitrines s'accordèrent. Nos respirations ne firent plus qu'une. Lorsque son autre main prit mon visage, ma nervosité disparut. J'étais sereine. En accord avec le moment. En accord avec lui. Mon ange noir fit tomber le lambeau de tissu qui me servait de vêtement. Ses lèvres se firent plus chaudes. À moins que cela ne soit ma peau qui devenait plus fiévreuse. Difficile de juger tant la douceur des draps se confondait avec le corps de mon amant. Tout était nouveau. Pourtant l'évidence s'installa peu à peu. Chaque geste était répliqué par l'autre comme un miroir. Ses baisers. Sa chaleur. Ses caresses. Son abandon à l'autre. Une chorégraphie teintée d'alchimie et de désir. L'Hybride luttait contre sa nature, m'enlaçant tendrement d'une main et serrant de l'autre un coussin qui se consumait sous la chaleur dégagée. Lorsque nos respirations s'accélèrent, l'oreiller implosa comme tous ceux qui se trouvaient dans le nid. Les plumes blanches tombèrent en flocon sur moi. Une pluie de neige chaude duveteuse reposa sur le dos et les ailes de mon ange noir qui avaient trouvé refuge sur mon giron. Je caressais encore ses cheveux lorsque nous trouvâmes enfin le sommeil.

Des hurlements nous réveillèrent. Des cris stridents d'horreur.

Tarannon et moi, nous nous regardâmes les yeux apeurés.

— Habille-toi, m'ordonna-t-il en s'exécutant à son tour.

Nous regroupâmes nos affaires rapidement.

— Attends ici, m'empêcha-t-il de sortir d'un geste de la main.

Il m'embrassa sur le front et quitta la niche.

Les cris ne baissaient pas en intensité.

Je frissonnai, terrifiée. Mon souffle, saccadé. Le cœur, trop bruyant.

Une odeur de brûlé m'arriva aux narines. Elle était si forte que je sentis ma gorge me gratter.

— Le feu! Il y a le feu dans la forêt! compris-je stupéfaite d'une telle catastrophe.

Je quittai le nid sans attendre plus longtemps pour partir à la recherche de mon compagnon. La fumée intense provoquait un épais brouillard. Je couvris ma bouche et mon nez de mon col de t-shirt, mais cela ne suffit pas. Je toussai de plus en plus ne retrouvant pas mon oxygène. Mes pas étaient laborieux. Je reconnus la voix masculine de Tarannon et me dirigeai vers celle-ci au son. Je le retrouvai en train d'aider à faire passer des Gwraidds dans un arbre voisin.

— Que fais-tu là? Tu aurais dû rester dans le nid, tu y étais plus en sécurité pour le moment, n'arrêta-t-il pas pour autant d'aider la dernière jeune fille à attraper une branche intacte.

Le feu était partout autour de nous. Rares étaient les arbres épargnés.

— Crann Bethadh va maintenir le chemin pour qu'elles sortent de la forêt saine et sauve, me rassura-t-il.

— Mais comment? L'incendie se propage. Regarde, lui indiquai-je des bras le massacre devant nous. Aucun Hêtre ne sera épargné. Regarde, pleurai-je silencieusement face à ce massacre.

Je pensai à toute cette magie, toutes ces âmes qui se consumaient devant moi et pour lesquelles je ne pouvais rien faire encore une fois.

— Il va se sacrifier, me répondit une voix derrière moi.

Olea, une main sur le ventre, l'autre sur la gorge, s'avança vers nous.

— Merci Tarannon pour votre aide. Sauvez la Maël! Enfuyez-vous maintenant. Vous ne pouvez plus rien faire pour nous, lui serra-t-elle le bras gentiment.

— Et vous? Qu'allez-vous faire? souhaitez-vous que je vous transporte? interrogea mon compagnon inquiet.

— Non. Je vais rester ici auprès de notre père. Je ne souhaite pas qu'il vive ses derniers instants seuls. Il nous a tant donné. Crann Bethadh mérite ma présence en remerciements.

— Volez maintenant! Allez vers l'est, nous indiqua-t-elle le chemin de son bras. Vous trouverez la mer et les secours dont vous aurez besoin.

Je n'osai pas intervenir, comprenant sa décision, mais mon esprit refusait d'être si impuissant. Cela me révulsait qu'une telle tragédie puisse arriver. Comment était-ce possible?

— Adieu Télès, fit un signe de la main la jeune femme.

— Adieu Oléa, lui répondis-je de la même manière.

— Grande sœur, hocha-t-il la tête en signe de respect le poing sur la poitrine.

Tarannon m'attrapa dans ses bras puis prit son envol.

Nous arrivâmes rapidement dans les hauteurs. Les lumières

au sol devinrent plus visibles. Il y en avait bien plus que ce que j'avais perçu.

Ce feu était étrange. Sa façon de se déplacer n'avait pas de logique. Il ne semblait respecter aucun vent. Sa trajectoire était aléatoire, presque vivante.

— Les Tàns, cracha Tarannon.

Cet incendie n'était pas un accident. C'était une attaque !

— NON ! hurlai-je de rage.

Un bruissement retentit puis un souffle aussi puissant qu'une onde de choc nous atteignit. Lorsque j'ouvris les yeux, il n'y avait plus de lumière. Les feuilles vertes de Crann Bethadh devinrent grises.

Il s'était lui aussi éteint.

CHAPITRE 27

Félicitations !

*N*ous étions en route pour le Royaume des Mary-Morgans sans en comprendre la raison. Nous avions trouvé Yseer semblant nous attendre sur une plage à l'Est de la communauté des Gwraidds. Avec pour seule indication, un bocal identifié par une étiquette présentant mon écriture « Dagda ».

La boucle était bouclée.

Ma quête terminée.

Mais je n'étais pas satisfaite de cette conclusion. Cet ordre ne me satisfaisait pas. C'était Macha que je devais revoir pour lui demander d'intervenir afin d'aider le peuple des Gwraidds, TOUS les membres de cette communauté.

Même après en avoir discuté, la présence de l'animal domestique du Gardien de la Terre restait un mystère. Quelqu'un l'avait-il appelé ? Ou n'était-il jamais rentré après nous avoir emmenés chez Nemed ? Ni mon compagnon ni moi n'avions la réponse. Tout comme pour la question : Comment Olea le savait-elle ?

Nous avions émis des hypothèses plus pour nous occuper l'esprit pendant le trajet que pour un réel intérêt sur ces énigmes.

Ce qui venait de se passer était une tragédie. Les raisons magiques de notre sauvetage, bien superflues en comparaison.

La conversation se tarit rapidement. Laissant un silence pesant et désagréable.

— Pour ce qui s'est passé avant que l'on s'endorme… commença le fétaud.

— Oui, tu as raison. Nous n'avons pas encore eu le temps d'en parler, mais il est important qu'on le fasse! Donc tu te NOMMES TERANNON? le coupai je pour changer de conversation.

Je ne souhaitais pas mettre de mots sur un événement inqualifiable. C'était risqué de dénaturer un souvenir à cause de la pauvreté du vocabulaire. Et je le refusais.

En plus, le sujet que j'avais choisi avait aussi un grand intérêt.

— Oui, c'est bien mon nom, reconnut-il sans éluder pour une fois.

— Alors POURQUOI te faire appeler Œngus? m'emportai-je. Tu m'as dit que seuls les êtres les «plus nobles» pouvaient accéder à cet honneur. Tu ne penses pas que cela aurait pu changer le regard des autres sur toi? ne comprenais-je pas qu'il ait pu taire une information aussi capitale.

— Oui et non. Honnêtement je ne sais pas. Ma réputation a été faite lorsque j'étais enfant. Est-ce que j'ai espéré qu'être nommé puisse inverser les choses? Non, pas un seul instant. Au mieux, les Eryans auraient dit que la Laeradenn avait pris en pitié un petit Hybride. Cela aurait plus fait tache dans son parcours que glorifier le mien. En plus, les fétauds et les Elfes sont déjà en conflit à cause de ma naissance. Kellia n'a pas fait le meilleur choix en me donnant un nom Elfique. Je doute fortement qu'ils aient apprécié qu'une fée prenne encore des libertés concernant leurs coutumes, m'expliqua de façon très réfléchie mon compagnon.

— C'est donc ma mère ta protectrice, si j'ai bien compris, le jalousai-je encore plus de ce lien qui les avait unis.

— Oui. À mes cent ans comme le veut la tradition, sourit-il à ce souvenir.

À cette annonce, je me demandais si c'était la raison qui avait poussé notre mère à nous offrir un bijou provenant d'Alleïa pour nos dix ans, posai-je machinalement ma main sur mon talisman.

— Mais si tu ne veux pas qu'on l'utilise. Quel est l'intérêt ? m'agaçai-je de cette nouvelle cachotterie.

— La protection. Tout simplement. Savoir que Kellia tenait suffisamment à moi pour me faire une telle promesse d'avenir. Tu ne peux certainement pas le comprendre, mais pour moi ça changeait beaucoup de choses. C'est aussi pour cela que je me suis senti aussi trahi par son départ vers la Terre. Comme une sensation amère d'un sacrement rompu, fuit-il mon regard en le disant.

Je n'avais pas besoin de l'interroger plus pour deviner à quel point il avait dû se sentir abandonné.

— Puisque tu portes un nom. Pourquoi n'as-tu pas eu une prédiction par Dagda ? Tu m'as dit qu'elle pensait que tu ne le méritais pas. C'est absurde. Elle est voyante. Elle doit donc bien le savoir quand même ? ne comprenais-je pas comment la Gardienne, si précise dans sa divination, pouvait ne pas en être informée.

— Attention, je ne t'ai jamais dit qu'elle ne le savait pas. Je t'ai juste dit que je ne remplissais pas les conditions. Je ne me suis jamais présenté à Dagda comme Tarannon. Elle respecte juste mon choix de ne pas recevoir de prédiction, eut-il un sourire en coin.

— Pourquoi n'en veux-tu pas ? demandai-je curieuse.

— Parce que je sais déjà le principal. Je n'ai pas besoin d'en savoir plus pour le moment. Je vois ça comme une carte secrète à jouer si mes décisions pouvaient avoir de lourdes conséquences, haussa-t-il les épaules.

Je restai muette face à son indifférence. Avec le recul, je me rendais compte de la puissance du pouvoir de la Gardienne. Il ne s'agissait pas simplement de lire son horoscope le matin pour savoir si on allait passer une bonne journée et l'oublier une heure plus tard. Dagda ne se trompait pas. Elle savait. Voir le fétaud envisager cela comme une carte «pioche» dans un simple jeu de société me donnait le tournis.

Le silence se réinstalla, mais personne n'eut envie de le briser cette fois.

Nous arrivâmes dans une caverne très proche du Royaume des Mary-Morgans, la sortie, ou l'entrée finalement, était dissimulée par un grand buisson. Nous marchâmes moins de trente minutes sous le soleil matinal avant de voir le lac.

Le nénuphar nous attendait comme à son habitude. Il était étrange d'avoir une telle sensation de familiarité en le voyant et pourtant me sentir si différente des fois où je m'étais présentée à lui.

Il nous emmena dans les profondeurs du lac pour pénétrer dans le Royaume en marbre blanc. Sauf que je ne m'attendais pas à un tel comité d'accueil. Le hall était inondé de personnes. Des Mary-Morgans trinquaient généreusement avec des Eryans surexcités. Il fut presque difficile aux gens de former un cercle suffisamment grand pour que notre bulle de transport puisse se poser. Lorsque celle-ci éclata, je fus agressée par le brouhaha ambiant. Notre coque nous en avait protégés. Je sentis immédiatement un début de migraine se profiler à grande allure.

Les voix s'entremêlaient. De ce fait, je ne pouvais ni distinguer d'où elles provenaient ni de qui.

— Bravo Maël. Félicitations !

— Vous allez vous installer au Château des Eryans ?

— Votre sœur va vous rejoindre ?

— Quelles étaient vos épreuves ?

— Pourquoi l'Hybride est avec vous ?

Tellement de questions qui m'assommaient et auxquelles je n'avais pas envie de répondre. Je tournai la tête dans tous les sens pour tenter de suivre, malgré tout, les conversations.

Des bras me tirèrent. Rapidement une sorte de cloisonnement se forgea autour de moi.

Je reconnus alors les tenues de la garde des Mary-Morgans. Huit membres m'encerclaient pour me protéger et me permettre d'avancer. Après avoir réussi à se faufiler dans le convoi, Œngus profitait également de l'escorte.

L'escalier et les couloirs n'étaient pas épargnés par l'attroupement.

Lorsque les deux gardes à la tête du groupe s'écartèrent, nous nous trouvions devant la porte de ma chambre.

Je n'aurais jamais imaginé autant apprécier une porte de toute ma vie.

— Vous allez rester devant pour les empêcher de rentrer ? demandai-je timidement au seul Mary-Morgans qui portait un casque en métal, très semblable à celui d'un gladiateur.

Il hocha la tête avant de réciter sa leçon :

— Seuls ceux qui ont rendez-vous peuvent venir s'adresser à vous en dehors des heures de rassemblements royaux, resta-t-il le regard fixe devant lui.

— Merci, murmurai-je un peu décontenancée avant d'entrer dans mes appartements.

La chambre était identique à notre dernier séjour. Sauf qu'il y avait une centaine de paquets posés en pyramide qui nous attendaient encore une fois.

Je me précipitai vers le lit avant de m'y jeter en arrière.

— Tu crois que c'est encore à cause de la murène ? interrogeai-je Œngus qui commençait déjà à regarder les cartes qui les accompagnaient.

— Non, plutôt à ton couronnement. Il y a des cadeaux d'Erdluitles dans le tas, m'indique-t-il un petit paquet vert.

— Les Erdluitles ? répétai-je. Après la tragédie qui a touché leur village, ils ont trouvé le temps et la force de m'envoyer des cadeaux ! Ils n'auraient pas dû... Surtout que nous sommes arrivés trop tard pour beaucoup d'entre eux, secouai-je la tête les yeux brûlants.

— Nous sommes arrivés assez tôt pour d'autres. Pense à Tariek. Cet enfant ne serait plus là sans toi, tenta-t-il d'apaiser ma douleur.

Mon cœur était bien trop lourd pour que ses paroles puissent avoir un quelconque effet.

— Tu veux que les je les ouvre pendant que tu te reposes un peu ? demanda mon compagnon en secouant un paquet comme un hochet.

— Oui, s'il te plaît. Je ne souhaite offenser personne en tentant d'expliquer que cela ne m'intéresse pas... Mais tu ne dors jamais toi ? me renseignai-je en observant les effets de lumières bleutées sur le plafond.

J'adorai le Royaume des Mary-Morgans qui se mariait si bien avec le lac. Je caressais de la pulpe de mes doigts la couverture en fourrure blanche. Mes paupières étaient si lourdes.

— Pas tant que tu auras besoin de moi, répondit-il en se précipitant pour me donner son poignet avant que je m'endorme.

Lorsque j'ouvris les yeux, il me fallut quelques instants pour me rappeler où je me trouvais. C'est la lumière particulière qui me le rappela. Je cherchai du regard mon ange noir, il était assis au coin du bassin à regarder les flammes de la cheminée danser. Nous avions beau être en plein été, la température était basse en comparaison de l'extérieur.

— Tu ne t'es pas reposé un peu ? l'interpellai-le à travers la pièce.

— Non, je vais avoir du mal à dormir pendant quelques jours encore je pense, se tourna-t-il vers moi les traits tirés.

— Pourquoi ? ne comprenais-je pas ce qu'il voulait dire par là.

— Tant que ton couronnement ne sera pas officiel et les choses clarifiées si tu préfères. D'ailleurs as-tu pensé à ce que tu allais faire ? m'interrogea-t-il sans détour.

— Je ne sais pas. Personne ne m'a donné mes options… Crois-tu que les Eryans accepteraient de me laisser rentrer et de me voir que pendant les vacances scolaires ? demandai-je sans grande conviction.

Il me répondit par un rictus.

— C'est bien ce qu'il me semblait, me levai-je pour le rejoindre.

N'étant moi-même pas convaincue que cela soit le meilleur choix, je n'avais pas envie de débattre sur ce point.

— Et toi ? Crois-tu pouvoir t'adapter à cette nouvelle vie ? me questionna-t-il inquiet.

— Si tu es avec moi, alors j'irai bien. En plus, Devenia sera là pour m'aider. Alice pourrait me rendre visite. Quant à mon père… Est-ce qu'il se rendrait compte que je ne vis plus sur Terre ? terminai-je ma phrase tristement.

Le visage d'Œngus s'illumina.

— Pourquoi souris-tu ? ne me sentis-je pas soutenue.

— Parce que contrairement à ce que tu viens de me dire, tu y as pensé. Pour ne pas dire que tu t'es déjà préparée à rester, m'embrassa-t-il furtivement le front.

— Il y a une raison pour que tu aies gardé deux paquets près de toi ? changeai-je de sujet après avoir été coincée sans le vouloir.

— Oui, je me suis dit qu'ils devraient te plaire. Ils proviennent de Dwrya et du Village des Insoumis, consentit-il à entrer dans mon jeu en me tendant la plus petite boîte.

J'ouvris le couvercle pour y découvrir une carte où il était simplement écrit « Merci ».

— Il n'y a vraiment pas de quoi, murmurai-je tristement.

Au-dessus se trouvait une casquette Gavroche grisée ornée d'un éclair.

— Elle appartient à Tariek, précisa le fétaud. Son nom est

brodé à l'intérieur, m'expliqua-t-il sa soudaine clairvoyance face à mes yeux surpris.

— Cela me touche. Mais pourquoi me l'envoyer ?

— Parce que ton regard sur lui a changé beaucoup de choses. Il t'annonce qu'il n'en a plus besoin. Grâce à toi, dit-il fièrement.

Je serrai sur ma poitrine ce présent avant de la positionner naturellement sur ma tête et de continuer la découverte du contenu.

— Une broche en forme de colombe… Elle est magnifique, dis-je les larmes aux yeux.

— C'est une œuvre de Tonerak. D'ailleurs j'espère que tu ne m'en voudras pas, mais il y avait également un cadeau pour moi. Je l'ai déjà rangé dans mes affaires, m'annonça-t-il rapidement.

— Oh ! Mais c'est une excellente nouvelle. Personne ne pense jamais à tout ce que tu fais alors que je ne serais rien sans toi. Que t'a-t-il offert ? m'enquis-je morte de curiosité.

— Des cordes pour ma harpe, se redressa-t-il visiblement très heureux de ce choix. Si un jour les Gwraidds m'y autorisent, je pourrais peut-être obtenir un morceau de branche de Crann Bethadh pour façonner mon instrument… Mais j'ai déjà un élément capital. C'est déjà bien ! me sourit-il sincèrement.

Je hochai la tête en approbation.

— Qu'est-ce que… restai-je sans voix en regardant le fond du carton.

— Des pierres précieuses ! Elles n'ont pas de valeur à Alleïa ou plutôt pas la même valeur que sur Terre, précisa-t-il un sourire en coin.

— Mais il y en a des dizaines ! Elles sont énormes !

contemplai-je un gros caillou bleu nuit. Justement quel est l'intérêt si je suis destinée à rester ici ? C'est gentil… Mais à quoi bon ? fis-je une grimace en posant un gros diamant sur mon annulaire.

— Vois cela comme une prime d'arrivée à ton poste. Tu peux tout aussi bien les offrir à ta sœur et à ton père pour améliorer leurs vies sur Terre, me conseilla-t-il.

Je me détournai vivement vers lui. Ses paroles avaient fait mouche.

Je me précipitai vers mon sac pour en déverser le contenu à l'intérieur. Dès que j'en aurai l'occasion, je les donnerai à Alice pour qu'elle soit définitivement à l'abri du besoin pendant le restant de ses jours.

— Il faudra que je les remercie pour cela, revins-je à ma place pour ouvrir l'autre présent. Elle est époustouflante ! saisis-je la robe vert émeraude recouverte d'une fine dentelle noire. Je l'adore ! caressai-je les différentes étoffes.

— Dwrya l'a fait confectionner pour toi. Pour le bal de ce soir, m'expliqua mon compagnon.

— Un bal ? demandai-je surprise.

— En ton honneur. Pour marquer ta prise de pouvoir, si tu préfères. Il faudrait que tu sois prête dans trois heures tout au plus. Ça ira ? ironisa le fétaud.

— Trois heures ? S'il le faut je pourrais me préparer en vingt minutes. Que pourrions-nous faire pendant tout le reste du temps ? pris-je une pause forcée en me tapotant l'index sur les lèvres.

Le suspens fut de courte durée car Œngus repoussa ma main pour me prendre dans ses bras et m'embrasser doucement.

— Une idée ? me sourit-il, le regard tendre.

Toc toc toc

Le bruit nous fit nous écarter précipitamment l'un de l'autre.

Lorsque la porte s'ouvrit, nous avions les joues rouges d'embarras.

— Devenia ! me précipitai-je vers ma tante.

Face à elle, je sentis un moment d'hésitation avant de m'ouvrir ses bras où je me logeai sans réfléchir.

— Tali, je me suis tant inquiétée pour toi. Mais tu as réussi ! Tu es là parmi nous en tant que nouveau Maël ! Ta mère serait si fière de toi ! me serra-t-elle avec une certaine retenue.

Elle se dégagea de mon étreinte trop rapidement à mon goût puis s'adressa d'un ton sévère à mon compagnon.

— Œngus, je te remercie bien évidemment d'avoir pris soin du Maël, mais encore plus de me l'avoir ramenée saine et sauve. Cependant, maintenant que ces missions sont terminées, il semble plus juste que tu retournes dans tes appartements. Il ne faudrait pas que les Eryans se fassent de mauvaises idées sur votre relation. Il serait déplaisant de gâcher la fête à cause de commérages désagréables. La situation est déjà suffisamment inédite comme cela, dit-elle d'un air pincé.

Le visage que dévoilait Devenia ne me plaisait pas du tout. Qui était cette snobe ?

— Œngus est le bienvenu dans ma chambre. Je la partage avec lui lors de mes séjours chez les Mary-Morgans. En plus, ma vie privée ne regarde personne, défendis-je mon ange noir face à tant de mépris. J'aimerais mieux comprendre : que voulez-vous dire par « suffisamment inédite » ? l'interrogeai-je sachant déjà la réponse.

Je ne connaissais que trop bien le mépris des Eryans envers les humains.

— Eh bien, tu es une jeune femme ! Tous les Maëls étaient des hommes jusqu'ici. C'est donc bien une première ! se braqua-t-elle.

— Ta tante a raison. Tu dois te préparer, coupa Œngus. Moi également. Je vais en profiter pour aller saluer le chef de la Garde. Je passerai ton bonjour à Sortek cela lui fera plaisir, apaisa-t-il instantanément ma colère.

— Tu n'es pas obligé de partir si tu ne le souhaites pas, n'aimai-je pas qu'il soit évincé de la sorte après tout ce qu'il avait fait.

— Nous nous retrouverons directement au bal, se dirigea-t-il déjà vers la porte. Ne t'inquiète pas, prononça mon ange noir un sourire triste sur le visage avant de disparaître dans le couloir.

Je regardais les planches de bois de la porte fermée devant moi, espérant que celle-ci s'ouvre de nouveau et qu'Œngus vienne me chercher.

— As-tu vu ta robe de ce soir ? Comment la trouves-tu ? s'adoucit Devenia.

— Oui. Elle est magnifique, sortis-je de la boîte la robe légère comme une écume.

— Il ne s'agit pas de celle-ci, se décomposa ma tante. Tu ne peux pas porter une robe de Mary-Morgane pendant le bal voyons. Que penseraient les Eryans ? Il serait mal venu que le futur Maël soit comparé à un succube. Notre peuple accepte leurs mœurs, mais de là à ce que tu te présentes comme leur ambassadrice, c'est non ! traversa-t-elle à grands pas ma chambre pour aller directement dans mon armoire. C'est CETTE robe que tu porteras ce soir, tendit-elle un cintre vers moi.

Je restai muette.

Je n'avais jamais vu une œuvre pareille.

Devenia ne m'avait pas parlé du reste de l'après-midi, elle s'était contentée de donner des ordres à des fées qui étaient venues m'aider à m'apprêter. Elle était partie une heure avant le début du bal pour accueillir les «hôtes de Marques» pour réutiliser ses mots.

Les fées l'avaient suivie peu de temps après. Cela me laissait indifférente. Elles n'étaient pas très loquaces. D'ailleurs, je ne connaissais même pas leurs noms. J'aurais tellement aimé que Milam soit présente auprès de moi. En pensant à elle, j'espérai sincèrement qu'elle était heureuse avec son Associé sur l'île de Tech Duinn.

J'avais pour ordre de ne pas quitter ma chambre pour attendre qu'une escorte vienne me chercher le moment opportun. Il fallait «soigner» mon entrée. Là encore, je n'avais pas compris ce que ma tante voulait dire en utilisant ces mots. J'étais à peu de choses près très semblable à quelques semaines auparavant et on ne pouvait pas dire que j'avais reçu un accueil des plus chaleureux de la part des Eryans. En dehors de Patel, bien évidemment. Cela avait été la première victime de toute cette histoire. Le premier que je n'avais pas pu sauver. À l'instar de Mariek ainsi que de tellement d'autres. Combien de Gwraidds et d'Hêtres avaient survécu à l'incendie? Il fallait que je voie Dagda pour lui en parler. Pas que de ce sujet d'ailleurs! Le silence forcé de ces dernières heures m'avait permis d'échafauder un plan. J'étais certaine que cela fonctionnerait. Je souriais à cette idée en tapotant de ma main le contenu de ma poche. Au moins une chose de pratique dans cette robe si particulière. Mon regard se posa ensuite sur la broche que j'avais épinglée sur ma poitrine. Une profonde tristesse enrobée par l'apaisement de la reconnaissance m'envahit. Tonerak n'aurait pas pu faire de meilleur choix. J'avais attendu le départ de toutes les fées pour pouvoir la mettre, je ne voulais pas qu'on le rapporte à ma tante. Et encore moins risquer que l'on s'y oppose.

Assise à la tête de mon lit, je faisais glisser mes doigts à travers la barrière du lac. J'aimais sentir la caresse du liquide entre mes doigts écartés, tout autant que sa puissante résistance lorsque je serrais mes doigts.

Les poissons me tinrent compagnie. Leur spectacle m'apaisa, me faisant oublier ce qui n'allait pas pour me concentrer sur le moment présent.

Une personne frappa à la porte.

Le chef de mon escorte se présenta avant de me demander de le suivre. J'avais remarqué son regard surpris en me voyant et ne savais pas comment l'interpréter. Ma robe en était la cause. C'était évident.

Je traversais les couloirs désertés avec une certaine appréhension de mon accueil.

— Pourquoi Sortek n'est-il pas venu ? regrettai-je l'absence de mon ami.

— Maël, il occupe ce soir un poste que lui seul peut accomplir. Vous le retrouverez à la salle de bal, me répondit toujours solennellement le Mary-Morgan.

Je n'aimais pas cette nouvelle façon de s'adresser à moi. Plus de simplicité m'aurait fortement facilité la tâche. J'avais cependant hâte de découvrir de quelle mission était en charge le nouveau chef de la garde. Un sentiment de fierté m'envahit en y pensant.

L'immense arche qui menait à la salle était en face de moi. Les gardes stoppèrent leur marche puis me firent attendre quelques instants.

Cachée derrière mon escorte ou plutôt en partie cachée compte tenu de ma tenue, j'observais les invités, les Mary-Morgans et les Eryans mélangés. Certains à table pour manger, d'autres debout une coupe à la main, au milieu de cette scène figée, des danseurs tournoyaient.

— Le Maël Tali, retentit clairement mon annonce.

Nous franchîmes les derniers pas avant que l'escorte s'écarte, me laissant démunie face au regard de la salle.

Le silence fit place.

Mon souffle s'arrêta.

C'était le moment du verdict.

— Époustouflante, souffla une voix familière sur ma droite.

Œngus se dirigea vers moi, me tendit son bras gauche pour m'accompagner à la table principale où se trouvaient déjà Devenia et Llewilis.

Des voix admiratives commencèrent à résonner dans l'assemblée suivies d'applaudissements.

— Les ailes te vont assez bien tu sais, me complimenta le fétaud en murmurant rapidement dans mon oreille.

J'étais soulagée par la réaction des invités. La robe longue en soie blanche était simple avec ses manches longues serrées. Les ailes immenses dans mon dos, beaucoup moins. Elles étaient très similaires à celles des Eryans, pour ne pas dire identiques. Blanc nacré avec des entrelacs turquoise métallique. Elles étaient une réplique luxueuse de celles de ma mère. Si légères que j'avais l'impression qu'elles faisaient déjà partie de moi. C'était une sensation étrangement plaisante. Comme un morceau manquant jusqu'alors inconnu.

Au fur et à mesure de mon approche, je constatai qu'il n'y avait que trois couverts à ma table. Mon compagnon n'y était à l'évidence pas convié.

— Où seras-tu ? m'enquis-je inquiète.

— Jamais loin de toi. Ne t'inquiète pas, je ne te quitterai pas des yeux de la soirée, me rassura-t-il.

— Cela n'aurait pas dû se passer ainsi, me mordis-je la lèvre triste de ce qui était en train de se dérouler devant moi.

Il avait vu juste sur notre relation. Ses inquiétudes n'étaient pas sans fondements. On nous demandait déjà d'être séparés dès le soir de ma prise de pouvoir.

— Peu importe avec qui tu discuteras, danseras ou riras ce soir, car je sais très bien que tu viendras toujours me retrouver après, me pressa-t-il légèrement le bras de sa main droite avant de se dégager et s'écarter d'un pas.

Le fétaud posa le poing sur son cœur.

Je répondis par un hochement de tête avant de le voir se détourner de moi.

CHAPITRE 28

Félicitations…

$\mathcal{C}$ontre toute attente, ma soirée fut agréable. J'enchaînais les discussions et les danses, tout autant avec des Eryans que des Mary-Morgans. Tout le monde était agréable avec moi. Personne ne posait de questions sur ma quête. Je ne savais pas si des consignes avaient été données, mais c'était bien ainsi.

Comme promis, Œngus restait toujours dans mon champ de vision. Nous mîmes en place rapidement des signes visuels pour nous faire comprendre. Nous discutions donc malgré notre distance.

Devenia et Dwrya me conduisaient tour à tour aux différentes tables pour me présenter au plus grand nombre. Les deux femmes utilisaient des termes élogieux mais très différents.

Ma tante employait des mots comme : héritière, digne de sa lignée, ressemble à sa mère, fille de Kellia.

Bref, beaucoup de paraphrases pour mettre en avant mon origine plutôt que qui j'étais. J'étais fière de ma mère, mais je n'aimais pas cette impression de devoir avoir honte d'être une Humaine. J'avais respecté les règles après tout.

Dwrya, à ma plus grande surprise, était intarissable : courageuse, tolérante, protectrice, aventureuse, élégante… Par deux fois, elle réussit même à me faire rougir. Ce fut la Mary-

Morgane qui utilisa pour la première fois, le terme de Maëlle. Cette nouvelle dénomination se répandit rapidement parmi les convives. Deux heures après mon arrivée, je n'entendais plus que les mots «La première Maëlle» sur toutes les lèvres.

— C'est mon cadeau pour l'arrivée de Sortek dans nos vies, me chuchota-t-elle à l'oreille de sa voix cristalline.

— Où est-il d'ailleurs ? M'enquis-je.

— Il s'occupe d'invités très spéciaux au fond de la salle. Vous pouvez aller le retrouver si vous le souhaitez, il est positionné juste derrière la dernière arche.

— Merci, la saluai-je reconnaissante de sa gentillesse.

Je traversai la grande salle découpée en trois parties pour atteindre le dernier tiers après avoir discuté avec une trentaine d'inconnus.

La Mary-Morgane avait dit vrai.

L'Erdluitle était là. Élégamment vêtu d'un costume entièrement bleu marine, des bourses aux pieds et un canotier pour cacher ses oreilles.

— J'ai bien cru que je ne vous verrais jamais ! Me sourit-il chaleureusement.

Ses yeux brillaient.

Il détourna son regard vers la salle, les yeux légèrement plissés. L'Erdluitle faisait un mouvement de vagues avec ses doigts.

— Toutes mes félicitations à LA nouvelle Maëlle, annonça-t-il fièrement. Je n'ai jamais douté de vous, précisa-t-il ému.

— Et moi de vous, posai-je ma main sur son épaule.

Je restai ainsi profitant de sa présence pour me ressourcer. L'amitié de l'Erdluitle était sincère, cela me changeait de tous mes nouveaux amis.

— Je suis désolée pour votre sœur, osai-je poursuivre douloureusement. J'aurais aimé la sauver elle aussi, sentis-je les trémolos dans ma voix.

Sortek, sans un regard, me tapota la main de sa main libre.

— Vous avez accompli un miracle cette nuit-là. Maëlle Tali, on m'a rapporté ce que vous avez fait pour mon peuple. C'est bien plus que beaucoup n'ont jamais fait. Kellia avait beaucoup de partisans. Il est évident, mon enfant, que vous en aurez tout autant. Vous lui ressemblez tellement… Encore plus avec cette robe, c'est vrai. Mais je vous préfère sans vos ailes car votre différence fera de vous La meilleure Maëlle que les Erdluitles auront eue, prit-il le temps de me fixer droit dans les yeux.

— Merci mon ami, retins-je mes larmes, émue. Que faites-vous ici ? Changeai-je de sujet.

— Je m'occupe d'invités un peu particuliers, me fit-il signe de la tête pour m'indiquer une partie de la salle.

En face de nous, un mur d'eau où nageaient un triton et quatre sirènes. Un Mary-Morgan était proche de l'une d'elles dans la partie immergée, je supposais qu'ils discutaient car je voyais leurs lèvres bouger. Je savais que les Mary-Morgans avaient la faculté de vivre dans le milieu aquatique et sur la terre, c'était autre chose de le voir. Une autre sirène aux cheveux or communiquait par télépathie avec un Eryan aux grandes ailes violettes. Leurs deux mains étaient posées sur la barrière qui les séparait de part et d'autre du mur.

Le jeune Eryan aux grands yeux verts se retourna vers Sortek et lui fit un signe interrogateur. Mon ami répondit par un hochement de tête.

Alors que sa main gauche faisait toujours un signe de vague, sa main droite se mit également en action en dessinant un tourbillon avec son index.

La sirène aux cheveux or sortit du mur, enveloppée dans une robe d'eau qui empêchait sa queue de toucher le sol. Le fétaud s'approcha d'elle puis ils entamèrent une danse au rythme des mouvements de l'Erdluitle.

Absolument fascinée par ce spectacle et par le pouvoir du tempestaire, je regardai, comme hypnotisée, cette chorégraphie magique.

— Saphyra va venir ? Demandai-je, envieuse de voir ma protectrice.

— Non. Seules des personnes remarquables ont été invitées, m'expliqua le chef de la garde.

Je jetai un œil autour de moi pour réaliser pour la première fois depuis le début de la soirée qu'il n'y avait ni Erdluitle, en dehors de Sortek, ni Golaus ni de Gwraidds… Ce qui me rappela la mission que je m'étais fixée pour cette soirée.

— Nous nous verrons plus tard mon ami. J'avais promis à Dagda d'aller la voir à mon retour.

J'interprétai la porte ouverte comme une invitation à entrer. La salle des souvenirs était toujours aussi lugubre, mais elle faisait bien mon affaire pour le coup. Le salon était éclairé grâce à la lumière rougeoyante de l'âtre et des nombreux candélabres disposés dans la pièce.

La Gardienne était étrangement à la même place que lorsque je l'avais quittée quelques semaines plus tôt. Dos à moi, face à la barrière du lac.

— Bienvenue Maëlle Tali. Les félicitations sont de rigueur semble-t-il.

— Bonjour Dagda. Je vous remercie. Aviez-vous vu ce moment? demandai-je malgré moi, mais curieuse de savoir si l'Oracle avait anticipé toutes les horribles choses que je venais de traverser.

— C'était une des possibilités. Mais au fur et à mesure de tes choix, ce moment s'est effectivement imposé plus clairement, vint-elle s'installer dans le fauteuil.

— Si mes choix changent l'avenir, y avait-il un chemin qui m'aurait permis de ne pas devenir Maëlle? retins-je mon souffle espérant que la réponse soit positive.

— Non. Sauf les choix qui t'auraient conduite à la mort, annonça-t-elle sans aucune compassion.

— Le jeu était donc truqué depuis le départ. À quoi bon, ces épreuves? Surtout qu'elles n'avaient aucun sens : choisir un verre, remplir un seau, faire du ménage et la vengeance de Nemed… Qu'attendent vos Dieux comme réponse à cela? demandai-je impatiente de comprendre la raison de ces missions absurdes.

— C'est justement pour répondre à tes questions que je t'ai demandé de revenir me voir. À l'instar de ton grand-père avant toi, tu n'as pas l'air d'avoir pris le recul nécessaire pour faire tes propres conclusions. Les Gardiens ne sont pas à l'initiative des épreuves des Maëls, nous ne sommes que des spectateurs. Je t'ai juste proposé par politesse de boire un verre en ma compagnie. Les Dieux, eux, t'ont envoyé une murène, marqua-t-elle une pause pour me laisser digérer cette annonce.

— Était-ce une illusion? Un rêve comme pour la mission de Nemed? l'interrogeai-je décontenancée.

— Ni l'une ni l'autre de ces missions n'étaient une illusion. La première a permis de mettre en avant ta combativité et ton engagement vis-à-vis des autres. L'autre était pour analyser tes priorités : tes envies personnelles ou bien ta famille. Mais ton sacrifice fut révélateur de ton sens du devoir et de ta générosité.

— Personne n'a donc jamais risqué sa vie si je comprends bien ? soufflai-je fâchée d'avoir été tant manipulée.

— Saphyra, Œngus ou ta sœur auraient pu mourir si tes choix avaient été différents. Tout comme toi, dans le labyrinthe, si tu n'avais pas vaincu ta peur. Le courage et la bravoure étaient nécessaires ici. Les risques étaient plus modérés au Royaume des Mary-Morgans, car il y a de nombreux soigneurs. Quant à Nemed qui a modifié ton épreuve, elle n'a pas voulu risquer de provoquer la colère des Dieux. Il était préférable pour elle de te réveiller avant que tu ne meures. Même si elle n'a pas pu s'empêcher de te laisser une marque de son passage, montra-t-elle du doigt mon ventre.

Spontanément, je posai ma main sur ma cicatrice juste en dessous de mes côtes.

— Mais, si elle avait choisi de laisser mourir l'un des trois durant une de tes épreuves alors cette personne ne serait plus parmi nous aujourd'hui, poursuivit la Gardienne.

J'avalai douloureusement ma salive dans ma gorge soudainement sèche.

— Quelle était l'épreuve d'Eochaid ? demandai-je, les mots s'arrachant de ma bouche, tellement je craignais la réponse.

— L'Addanc, se contenta de dire la vieille femme.

— Rendez-vous compte du nombre de morts qu'il y a eu! Des enfants! Des enfants sont morts pour quelle raison ? Que je devienne Maëlle ? Mais qui sont vos Dieux pour provoquer cela ? déblatérai-je, la bile à la bouche.

— Les Dieux ne sont pas responsables de tes décisions. Si tu avais préféré remplir ton sens du devoir et rester à ta place lorsque j'exposais tes missions, Saphyra serait décédée ainsi que plusieurs membres de la garde des Mary-Morgans lorsqu'ils seraient partis en chasse de la murène. Les Erdluitles n'auraient pas été immédiatement mobilisés pour construire un nouveau barrage pour protéger le Royaume des Mary-Morgans. Des tempestaires auraient donc été présents lorsque vous seriez arrivés au Village des Insoumis. Il n'y aurait pas eu autant de morts parmi les Erdluitles. Mais aurais-tu préféré que cela soit le peuple des Mary-Morgans qui soit touché ? me contre-interrogea-t-elle sournoisement.

— Ni l'un ni l'autre n'aurait dû avoir à souffrir de cette façon. Et pourquoi les Gwraidds alors ? De quelle épreuve s'agissait-il ? repensais-je tristement à Crann Bethadh.

— Aucune. Tu es la seule responsable de ce drame, m'annonça-t-elle sur un ton neutre.

— Je n'ai rien fait, me défendis-je.

— C'est tout le problème. Tu n'as effectivement rien fait. Tu n'as même pas réfléchi. Croyais-tu vraiment que Etede laisserait un nouveau Maël prendre la place de celui qu'elle s'était donné la peine de faire disparaître ? Elle n'a aucun intérêt de permettre de retrouver un peu d'ordre dans ce chaos, me répondit-elle plus sévèrement.

Je n'osais plus parler.

Toutes ces informations me déchiraient de part en part. Chaque parole que je me répétais en silence me lacérait l'esprit.

Pourtant, il n'était pas encore l'heure de craquer. Je devais faire ce que j'avais méticuleusement planifié.

— Je suis venue négocier avec vous, changeai-je impoliment de sujet.

— Qu'espères-tu négocier ? Et avec quoi ? ne s'offensa pas Dagda.

— Avec deux fioles contenant du mucus de l'unique descendant de l'Addanc, sortis-je les deux tubes de ma poche.

— Je suis gagnante alors ! Une armure de Sirène n'est pas une pièce si unique que cela. Tu peux récupérer le collier de ta protectrice, m'indiqua-t-elle d'une main son bureau tandis que l'autre était déjà ouverte dans l'attente des tubes. Il est déjà prêt, me rappela-t-elle ses pouvoirs de divination.

— Pas si vite ! serrai-je les fioles contre moi. Deux flacons, deux trocs ! Je souhaite que vous demandiez à Macha d'intervenir auprès des Gwraidds. Elle doit tenter de sauver Crann Bethadh ainsi que le reste de la forêt. C'est ma condition pour vous les donner. Le collier n'est qu'un bonus. Le vrai deal, c'est sauver ce peuple, attendis-je sa réponse non sans une certaine appréhension.

— Je peux lui demander, mais je ne peux pas te promettre que cela fonctionne. Est-ce que cela te convient ? demanda-t-elle gentiment.

— Oui. Pour le moment, dus-je me contenter de cette solution.

J'étais frustrée de ne pas pouvoir faire mieux, mais au moins je ne les avais pas totalement abandonnés.

La Gardienne se leva pour s'approcher de la barrière du lac, elle souffla doucement dans sa main et un cercle d'eau apparut. Elle le déposa contre la paroi où la bulle disparut.

— C'est fait ! Cela sera rapide maintenant. Libre à Macha d'agir ou non. Je ne suis même pas certaine que son pouvoir le lui permette. Nous sommes des Gardiens et non des Dieux. Nous ne pouvons ramener personne d'entre les morts. Une fois le voile franchi, c'est la fin, m'expliqua tristement la vieille femme.

— Merci Dagda, m'approchai-je du bureau pour récupérer le bijou de ma protectrice. Ne m'en voulez pas, mais je ne peux rester plus longtemps ce soir. Un autre jour peut-être reviendrai-je, me dirigeai-je déjà vers la sortie.

Les paroles de la Gardienne m'avaient fait beaucoup de mal. Je ne souhaitais que partir loin d'elle et de cette folie.

— Des adieux sont en effet une possibilité. À moins que le huitième astre te fasse changer d'avis, l'entendis-je dire au loin.

JAMAIS, répondis-je en silence.

Tout le monde était à la fête, il n'avait donc pas été si difficile de passer inaperçue dans les couloirs.

Retrouver ma chambre fut une vraie libération. Je me moquais de la bienséance et de ce que les convives penseraient de mon absence.

Je ne voulais plus voir personne.

À peine franchis-je la porte que je m'effondrai en larmes sur le sol.

Tous ces morts pour une couronne !

Comment devais-je vivre avec ça sur la conscience ?

Je revoyais les sourires des Erdluitles qui m'avaient accueillie puis repensais au visage froid et figé de Mariek…

Alors que les Eryans dansaient à ce moment même, bien épargnés de ce massacre alors qu'aucun de ceux qui avaient souffert n'était là pour témoigner de cette mascarade cruelle.

Les Eryans ! Ne décolérai-je pas de leur hypocrisie. Si gentils ce soir alors que je savais très bien ce que ma condition d'humaine provoquait chez eux : du dégoût !

En tapant du poing sur le sol, je vis un reflet de moi qui ne me ressemblait pas. Avec des ailes immenses… soudainement bien trop lourdes à porter.

Je me débattais pour les retirer, mais elles ne cédèrent pas, je tirai plus encore pour les arracher. Elles devaient disparaître.

— Qu'est-ce que tu es en train de faire ? intervint Œngus paniqué en entrant dans la pièce.

— Aide-moi à enlever ma robe ! le suppliai-je en arrachant tout le tissu.

Le fétaud s'exécuta sans un mot. Je me réfugiai contre lui en jetant les lambeaux d'étoffe le plus loin possible de moi.

— Qu'est-ce qui s'est passé ? m'interrogea-t-il doucement.

— Ils sont tous morts à cause de MOI ! ne pus-je en dire plus tant mes larmes noyaient mes paroles.

Nous avions parlé jusque tard dans la nuit pour finalement m'endormir d'épuisement. Lorsque je me réveillai à cause d'un cauchemar, Œngus était là, à me couver du regard. Il m'avait proposé une tisane pour m'aider à retrouver le sommeil.

Je m'étais réveillée dans les bras de mon ange noir, un bandeau sur les yeux. Il me faisait une surprise, m'avait-il dit. Ma tête posée sur son épaule, le vent frais matinal effleurait mon visage agréablement.

Le fétaud se posa tout en douceur et me fit toucher le sol encore plus finement.

— Garde les yeux encore fermés un peu. Je ne souhaite pas risquer que tu sois éblouie.

Œngus me retira le bandeau délicatement et en profita pour me caresser la joue. Je me lovai contre sa main pour prolonger le moment.

Les paupières fermées, je me délectai de la chaleur sur mon visage, de la couleur rouge brillant annonciatrice d'un soleil radieux.

J'ouvris les yeux difficilement. Mon ange noir avait raison, le soleil était haut et aveuglant.

Le fétaud ne m'avait pas lâchée. Ses bras enveloppaient ma taille. À mon tour, je lui caressais le dos, effleurant ses ailes de mes doigts. Les joues brûlantes, j'espérais pudiquement que mon ange noir s'imagine que c'était dû à la chaleur estivale.

Puis, je reconnus la clairière tapissée de ses centaines de fleurs.

— Pourquoi m'avoir emmenée au Dolmen? Je ne comprends pas, demandai-je perplexe. Le fétaud se pencha doucement pour m'embrasser tendrement. J'en oubliai de rouvrir les paupières quand il eut terminé.

— Tu as été extraordinaire, me chuchota-t-il à l'oreille. Quoi que tu en penses. Quoi que Dagda ait pu te dire. Moi, j'ai vu ce que tu as fait et je suis fier de ce que tu as accompli.

Je souris, reconnaissante pour son effort. Mais je ne pus empêcher les larmes de couler en pensant à ceux qui y avaient laissé la vie. Juste à cause de mes choix. Pire encore, juste parce que ce monde se moquait des conséquences d'épreuves sadiques tant qu'il avait un nouveau Maël. Je regardai, dégoûtée, mon avant-bras gauche avant de voir apparaître en filigrane mon tatouage. C'était la première fois qu'il se manifestait depuis sa disparition à la fin des épreuves.

— Je ne plaisante pas ! Tu as été impressionnante ! Tu n'as pas hésité à te jeter sur une murène géante, à affronter tes peurs, résoudre des énigmes, à te sacrifier pour nous. Tu as même eu la force d'écouter les divagations d'un vieil homme bien trop bavard, sourit-il sincèrement au souvenir de son mentor. Lorsque je t'ai vue en harmonie avec le peuple des Gwraidds, la grâce dont tu as fait preuve pendant le bal… avala-t-il bruyamment sa salive. Ç'a été une évidence pour moi. Tu avais ta place ! Tu étais devenue Maëlle ! Mais tu n'es pas heureuse, secoua-t-il la tête. Tu n'aimes pas ce monde et surtout, il est dangereux pour toi. Tu es une humaine extraordinaire ! Beaucoup d'entre nous auraient à apprendre de toi, mais tu n'as ni notre force ni nos pouvoirs et encore moins notre longévité.

Je voulus le contredire, mais je n'en avais ni le courage ni l'envie…

Le fétaud ne fut pas dupe et comprit mon désarroi. Il sourit tristement avant de reprendre.

— Hier soir, j'ai convoqué Dagda, Devenia et Dwrya pour une réunion extraordinaire. Cela a été difficile, mais j'ai pu invoquer le fait que tu n'avais pas atteint l'âge de raison pour régner sur Alleïa.

— J'ai 18 ans. Je suis majeure. De quoi tu parles ? m'emportai-je sans comprendre.

— Je ne doute pas que cet âge soit important sur Terre, mais chez NOUS, l'âge de Raison est de 100 ans.

— Mais je serai peut-être décédée à cet âge ! rétorquai-je choquée qu'il soit si peu attentif à ma condition d'humaine.

— Justement, c'est un peu le but. Même si j'aimerais bien que tu m'accordes quelques années de plus avec toi.

Je le regardai émue venant de comprendre ce qu'il venait de faire.

— Tu viens de m'accorder ma liberté si je comprends bien ? Vivre ici sans contrainte de rentrer chez moi ? Sans les responsabilités ? Sans la couronne ? m'enthousiasmai-je de tant de génie.

J'allais pouvoir vivre ma vie avec mon ange noir sans me préoccuper de ce monde qui me répugnait au plus haut point.

— Pas tout à fait, répondit-il si bas que je l'entendis à peine.

Œngus me serra plus fort contre lui et posa sa tête sur la mienne.

— Je t'aime Télès, prononça-t-il distinctement cette fois.

— Moi aussi, je t'aime Tarannon, osai-je répondre timidement.

Le fétaud se pencha vers moi et m'embrassa longuement. Sa douce étreinte était si agréable que nous nous laissions porter par les mouvements de mon ange noir. Comme une danse romantique. Un pas après l'autre. Son long baiser rythmé par les caresses de ses mains chaudes. Puis la berceuse s'arrêta, nos corps stoppèrent cette chorégraphie silencieuse. Il n'y avait plus que les mains du fétaud qui bougeaient, glissant de mon dos à mes hanches qu'elles serrèrent presque sauvagement. Mon baiser n'en fut plus que fiévreux, une autorisation à en proposer plus. Mais le fétaud s'écarta un peu avant de m'embrasser le front, puis de me repousser fermement ce qui me fit reculer encore une fois d'un pas. Œngus fit preuve d'une telle puissance que je sentis une pression sur ma nuque.

J'ouvris les yeux, stupéfaite d'un tel changement de comportement pour découvrir horrifiée que je me trouvais sur la première marche de l'escalier du Dolmen. Je voulus franchir le portail, mais me retrouvai dans la clairière de Pleumeliac. Je reculai donc de nouveau pour réitérer la tentative. Sans succès. Je portai spontanément ma main à mon cou comme je le faisais chaque fois que j'avais besoin d'être rassurée, mais ma paume ne rencontra que la peau de mon décolleté. Je tâtai paniquée mon cou pour découvrir que mon collier avait disparu. Le collier de ma mère. Mon héritage. Sa preuve d'amour ! Je scrutai nerveusement le sol du regard sans rien trouver. Puis je compris. Je n'aurais jamais osé imaginer une telle trahison possible.

Il me l'a arraché, chuchotai je dévastée.

Je tombai à genoux. Je venais de tout perdre.

Mes larmes de tristesse se transformèrent rapidement en larmes de rage.

Après tous ces événements ?

Tout ce qu'ils m'avaient pris ?

J'avais droit à ÇA !

Je griffai la terre de mes ongles pour ressentir ma colère. Cette énergie nouvelle qui me permettait de trouver la force de me relever. Chaque pas que je faisais était animé des souvenirs de ces dernières semaines. Chaque larme. Chaque sacrifice. Chaque mort. Toutes ses émotions circulaient comme un fluide acide dans mes veines pour me transmettre le moyen d'avancer.

Avancer !

À suivre...

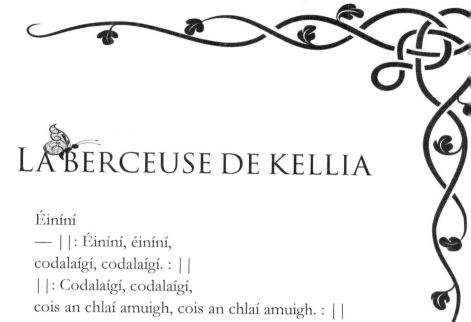

LA BERCEUSE DE KELLIA

Éiníní

— | |: Éiníní, éiníní,
codalaígí, codalaígí. : | |
| |: Codalaígí, codalaígí,
cois an chlaí amuigh, cois an chlaí amuigh. : | |

1. An londubh is an fiach dubh,
— téigí a chodladh, téigí a chodladh.
An chéirseach is an préachán,
— téigí a chodladh, téigí a chodladh.

— | |: Codalaígí, codalaígí,
cois an chlaí amuigh, cois an chlaí amuigh. : | |

2. An spideog is an fhuiseog,
— téigí a chodladh, téigí a chodladh.
An dreoilín is an smóilín,
— téigí a chodladh, téigí a chodladh.

— | |: Codalaígí, codalaígí,
cois an chlaí amuigh, cois an chlaí amuigh. : | |

Petits oiseaux

— ||: Petits oiseaux, petits oiseaux,
dormez, dormez. : ||
||: Dormez, dormez,
contre le mur dehors, contre le mur dehors. : ||

1. Le merle et le corbeau,
— allez dormir, allez dormir.
La merlette et la corneille,
— allez dormir, allez dormir.

— ||: Dormez, dormez,
contre le mur dehors, contre le mur dehors. : ||

2. Le rouge-gorge et l'alouette,
— allez dormir, allez dormir.
Le roitelet et la grive,
— allez dormir, allez dormir.

— ||: Dormez, dormez,
contre le mur dehors, contre le mur dehors : ||

SIGNIFICATION DES NOMS

Noms et mots Eryans

— Briac : Autorité
— Keñvered : Associé
— Laeradenn : Enfant naturel
— Maël : Prince, Chef
— Nevena : (Nenv) Ciel

Noms d'Elfes

— Anàrion : Fils du soleil
— Calion : Le lumineux
— Lastalaica : Qui a une oreille fine
— Tarannon : Don Royal

Noms de Sirènes

— Aglaopé : Au beau visage

— Télès : La parfaite
— Ligéia : Celle qui possède un cri perçant
— Thelxinoé : Qui charme l'esprit

Noms de Mary-Morgans

— Pwerus : Puissant
— Dwrya : (Dwr) eau
— Môred : (Môr) mer
— Rhyfeddod : Merveilles

Noms d'Humains

— Alice : Noble
— Louan : Belle lumière

Nom de Gwraidds

— Filicaria : Fougère
— Lonicera : Chèvrefeuille
— Olea : Olivier

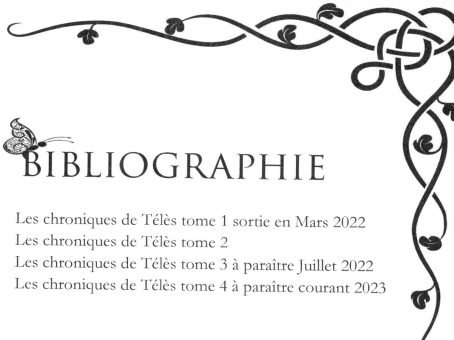

BIBLIOGRAPHIE

Les chroniques de Télès tome 1 sortie en Mars 2022
Les chroniques de Télès tome 2
Les chroniques de Télès tome 3 à paraître Juillet 2022
Les chroniques de Télès tome 4 à paraître courant 2023

CONTACT

Retrouvez Gayls sur Facebook et Instagram

Mail : leseditionscameleon@hotmail.com
Site Web : www.leseditionscameleon.com

Gabriel et Youen, mes merveilles
et leur enthousiasme

Sébastien qui lit
chapitre par chapitre
patiemment

Aude, ma
meilleure amie.
Ma Alice

Les faiseurs de rêves !

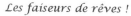

- La maison d'édition et
  les partenaires

- Les lecteurs

- L'origine : Mon père
  qui m'a appris à rêver

- Les autres : ceux que
  l'on ne cite pas mais
  que l'on n'oublie pas

MERCI

Gayls

vous présente

LES CHRONIQUES DE Télès

ENTRE TERRE ET MÈRE

Ce qui vous attend dans ce tome 3 :

Tali abandonnée sur Terre par Œngus peine à retrouver un sens à sa vie. Pourtant, la découverte de la présence du deuxième monde lui rappelle son devoir de Maëlle. Pas à pas, la jeune femme avance et évolue, acceptant même d'ouvrir son cœur à Louan. À moins que cela ne soit Owen qui lui fasse tourner la page sur Œngus… Mais il n'est pas encore temps pour elle de vivre un nouvel amour car le peuple de l'ombre tente de la détruire. La bataille se prépare !

Télès abandonnera-t-elle Alleïa à son sort au profit de son cœur ?

Impression: BoD - Books on Demand